W0338931

Kyra Groh

SICHERHEIT IST EINE VERDAMMT FIESE ILLUSION

ROMAN

MEDIATHEK
Marktstraße 9
D - 77694 Kehl am Rhein
Tel.: 0 78 51 88 - 2626
Mail: mediathek@stadt-kehl.de
AUSGESONDERT

ARCTIS

Auf Spotify gibt es eine Playlist zum Buch.
Unter dem Titel »Sicherheit ist eine verdammt fiese Illusion«
findet ihr Mias Lieblingssongs!

MIX
Papier aus verantwortungsvollen Quellen
FSC® C083411

Originalausgabe
1. Auflage 2020
© Atrium Verlag AG, Imprint Arctis, Zürich 2020
Alle Rechte vorbehalten
© Text: Kyra Groh
© Cover und Illustrationen: Martina Liebig
Satz: Greiner & Reichel, Köln
Druck und Bindung: CPI books GmbH, Leck
Printed in Germany
ISBN 978-3-03880-038-5

www.arctis-verlag.com
www.facebook.com/ArctisVerlag
https://www.instagram.com/arctis_verlag/

Für Lucienne
(du weißt schon, wieso)

Prolog

Mia

Ich sitze in der Mitte einer Autorückbank. Auf diesem Sitz, den mein bester Freund Luca immer den *Bitch Seat* nennt, weil derjenige, der dort Platz nimmt, bei einem Unfall echt die Arschkarte gezogen hat.

Als ich an mir heruntersehe, stelle ich fest, dass ich im Falle eines Unfalls wirklich schlechte Karten hätte, denn um meine Hüfte liegt lediglich ein lockerer Anschnallgurt. Genau auf der Höhe, wo sonst der Gürtel sitzt. Nur trage ich keine Hose. Ich habe gar nichts an, bis auf eines dieser komischen weißen OP-Hemden mit blauem Muster, die am Rücken offen sind und nur mit einem Schnürsenkelknoten zusammengehalten werden. Und kaum wird mir das bewusst, spüre ich auch schon, wie mein nackter Hintern auf dem ledernen Sitzbezug festklebt.

Nackte Haut auf Kunststoff kann bei Reibung üble Verbrennungen verursachen, denke ich – eine Tatsache, die mir erst beigebracht wurde, nachdem mein sechsjähriges Ich mit kurzen Radlerhosen über den PVC-Boden der Schulturnhalle geschlittert ist. Für diese Aktion erntete ich von meinen Klassenkameraden so schockierte Blicke, als hätte ich eine lebendige Vogelspinne verspeist. Mit Sahne und Kirsche obendrauf.

Einen Vorteil hat der Bitch Seat natürlich: Ich kann ungehindert auf die Straße schauen. Gleißende Ampellichter kommen auf uns zu und ziehen am Auto vorbei. Der Mittelstreifen auf der Fahrbahn verschmiert zu einer durchgehenden weißen Linie, die im Rausch der Geschwindigkeit merkwürdig ausfranst.

Erst als wir über eine große Kreuzung brettern, fällt mir auf, dass etwas nicht stimmt. Okay, zugegeben: Auch der OP-Kittel und mein blanker Hintern auf dem quietschenden Kunstleder hätten stichhaltige Beweise dafür sein können. Doch es ist die Schnelligkeit, mit der unser Wagen über rote Ampeln rast, die mir nun wirklich Angst einjagt. Denn Mama würde nie so schnell fahren. Nicht in der Innenstadt und schon gar nicht, wenn ich auf dem Rücksitz bin.

»Mama?«, frage ich. Meine Stimme klingt seltsam. Fast so, als wäre ich noch ein kleines Kind. »Mama, ist alles okay?«

Ich sehe den blonden Haarschopf meiner Mutter auf dem Fahrersitz, aber sie dreht sich nicht zu mir um. Also versuche ich es noch mal, viel lauter diesmal: »MAMA!«

Da dämmert es mir.

Wenn meine Mutter das Auto fährt, muss das hier ein Traum sein.

Es ist einer *dieser* Träume. *Scheiße.*

Ein kleiner Teil meines Gehirns ist jetzt wach. Verzweifelt versucht er, mich aus diesem Albtraum aufzuwecken. Mit nackten Backen auf dem Bitch Seat? Ich hätte es wissen müssen.

Ich rufe weiter: »MAMA!«

Mein waches Ich mahnt: »Sei vorsichtig, Mia. Lenk sie nicht ab, du weißt, was dann passiert!«

Aber ich höre nicht auf diese warnende Stimme. Ich schreie wie am Spieß. Und auf einmal passiert, was mein waches Ich schon vorher wusste: Mamas blonde, fransige Bob-Frisur wird von einem Windhauch ergriffen. Diese Frisur, die in meiner Erinnerung zum Inbegriff meiner Mutter geworden ist. Sie trug sie in unserem Sommerurlaub 2006, als Papa eine neue Kamera hatte und Fotos schoss wie ein Besessener.

Mamas Kopf dreht sich zur Seite.

Ab hier gibt es zwei Varianten für das Ende dieses Traums, den ich immer wieder träume, seit ich elf Jahre alt bin. Eine schlimme und eine nicht ganz so schlimme. Ich hoffe inständig, dass es die Letztere ist.

Mama wendet mir endlich ihr Gesicht zu. Sie ist schön. Wunderschön. So schön, wie bloß Menschen sind, die wir nur noch in Träumen sehen können.

Gott sei Dank! Es ist nicht die schlimme Version. Wie könnte es die schlimme sein, wenn Mamas Gesicht so wunderschön ist?

»Was ist denn los, Mia-Lotta?«

Mia-Lotta. Ein Name, der so schön klingt, weil ich auch ihn nur noch im Traum höre.

Ich lächle, als ich in das freundliche Gesicht meiner Mutter schaue. Doch dann gleitet ihr Blick an mir herunter und sie schreit. Sie schreit so sehr, dass die Scheiben der Autotüren springen.

»Mein Kind, mein Baby, meine Mia-Lotta«, schreit sie.

Der träumende Teil meines Gehirns versteht nicht, wieso sie so außer sich ist. Wieso schaut sie nicht auf die Straße?

Doch der wache Teil weiß Bescheid. Er meldet sich zu Wort und erinnert mich: »Du träumst, Mia. Mia, wach *auf.*«

Eine von Mamas Händen greift nach hinten. Sie tastet nach mir, hat jetzt keine Hand mehr am Lenkrad.

»Mama, die Straße!«

»Mein Kind, mein Baby, meine Mia-Lotta.«

»Mama! Mama, die Straße!«

Mamas Hände betasten meinen Schoß und kurz darauf sind sie voller Blut.

»Mama?«, frage ich, ganz überrascht darüber, wo all dieses Blut herkommt.

Ich schaue an mir herab und sehe, dass der gesamte Fahrzeugboden mit roter Flüssigkeit bedeckt ist, die unaufhaltsam aus meinem Unterleib hinauszufließen scheint.

Dachte ich wirklich, das sei die harmlose Variante des Traums? Ich habe mich geirrt, WOW! Und wie ich mich geirrt habe.

»Es tut mir leid, Mama«, sage ich.

»Mia-Lotta, tut dir etwas weh?«, fragt sie.

Ich runzele kritisch die Stirn. »Nein! Mama, ich bin's! Du weißt doch, mir tut nie etwas weh!«

Das beruhigt meine Mama. Sie lächelt mich an.

In diesem Moment donnert unser Wagen frontal gegen ein Hindernis und mein Traum zerbirst mitsamt dem Auto in einem Kegel aus Licht, Farben und dem Weckerklingeln.

Prolog

Jake

Mir tut die Brust weh.

Das Ziehen beginnt oberhalb meiner Achseln und erstreckt sich über die Länge des Schlüsselbeins bis in den *Pectoralis major*.

Gestern hab ich zum ersten Mal hundertzehn Kilo gedrückt. *Fucking hundertzehn Kilo*.

Von draußen höre ich, wie ein Auto in die Garage fährt. Nicht irgendein Auto. Sein Auto. Das tiefe, bedrohliche Brummen des Mercedes-Maybach G 650.

Ich muss schlafen. Erholung ist wichtig. Es gibt nichts Besseres als Schlaf, um sich zu regenerieren, und Regeneration ist essenziell, um sich noch weiter zu steigern, sagt Robby.

Früher habe ich den Mercedes-Maybach G 650 für den dopesten Shit gehalten. Aber dann musste *er* sich ja unbedingt einen kaufen – natürlich! Jetzt hat mein Kopf angefangen, den Sound des V12-Motors mit seiner Anwesenheit zu verknüpfen. Seitdem hasse ich dieses Auto.

Einhundertzehn Kilo hab ich gedrückt, einhundertzehn Kilo. Ich forme meinen Mund zu einem O und atme tief ein und aus, imitiere die Atmung, mit der ich mich im Fitnessstudio vorbereite, wenn ich einen neuen Rekord aufstellen will.

Aber ich kann nicht verhindern, dass das Versiegen des Motorengeräusches etwas in mir auslöst. Panik. In meinem Kopf herrscht … Panik. Er ist da.

Ich lege meinen Arm quer über die nackte Brust, um meinen Muskel ein wenig zu stretchen. Rede mir ein, dass ich nur wegen meines Muskelkaters nicht einschlafen kann. Muskelkater, das ist alles. Was dagegen hilft, sind Schlaf und Regeneration.

Ich muss stärker werden. Muss mich steigern. Für den Fall, dass die 630 PS eines Abends die Einfahrt hinauffahren und ich das Piepen des automatisch schließenden Garagentors, die darauf folgenden Schreie im Erdgeschoss höre. Und dass dann – an diesem Abend – doch mal etwas passiert. Etwas, das schlimmer ist als ein blauer Fleck an einem Arm, der zu fest gepackt wurde.

Einatmen … ausatmen …

Ich habe den unstillbaren Drang, auf die Uhr zu gucken. Wenn ich schon keinen Schlaf bekomme, dann will ich wenigstens wissen, wie viel mir tatsächlich entgeht. Ich brauche diesen Moment des Zorns und der Enttäuschung, in dem mir klar wird, wie zerschlagen ich mich morgen fühlen werde. Bin ich zwei Stunden im Minus? Drei? Fünf? Oder nur fünfzehn Minuten?

Bevor ich nach meinem Handy greifen kann, geht das Schreien los.

Am Anfang ist es kaum mehr als ein dumpfes, lärmendes Geräusch. Dann wechseln sich ihre Stimmen in unterschiedlichen Oktaven ab. Mal tiefes Brummen. Mal hohes, hysterisches Keifen.

Sie brauchen wie gewöhnlich drei bis vier Minuten, um sich warm zu schreien. Drei bis vier Minuten, bis ich die Worte deutlich verstehen kann, die sie sich gegenseitig an den Kopf werfen. Wie ein alter Traktor tuckern die beiden langsam los, ehe sie so richtig in Fahrt kommen. Von null auf hundert in unter fünf Minuten. Eine zwanzig Jahre alte Ehe ist kein Mercedes-Maybach. Diese hier zumindest nicht. Die Ehe meiner Eltern ist ein Totalschaden.

Manchmal streiten sie sich jede Nacht, manchmal ist einen ganzen Monat lang Ruhe. Das ist die schlimmste Zeit: wenn nichts passiert und wir uns schon in der Hoffnung wiegen, das Sturmtief verlassen zu haben. Bisher war jede Streitpause allerdings nur wie die Stille zwischen Blitz und Donner. Das Unwetter ist nie richtig weitergezogen. Wenn ich in den letzten zwei Jahren eines gelernt habe, dann, dass es immer wieder zurückkommt. Dieser Sturm zieht nicht einfach so ab.

Ich kann den Streit der beiden fast schon synchron mitsprechen. Es fängt an mit einem »Wo kommst du so spät her?«, »Wo hast du dich herumgetrieben?« oder geht direkt in medias res mit einem »Wo hast du dich dieses Mal zulaufen lassen?«, begleitet von den Vorwürfen, dass Dad wieder einmal betrunken Auto gefahren ist.

Dad kontert mit Abstreitversuchen, Anschuldigungen und Ausreden. Die drei großen A in unserem Haus.

Und dann geht es meist erst richtig los. Früher hat Mom noch versucht, ihm nachzuweisen, dass er log. Sie hat es darauf angelegt, einen Rausch, eine Affäre oder eine Unwahrheit aufzudecken, indem sie aus Rechnungen, Handynachrichten und belauschten Telefonaten zitiert hat. Doch seit etwa zwei Jahren verschleiert mein Vater gar nichts mehr. Er trinkt, er vögelt andere Frauen, er macht einfach, was er will.

Wenn Tageslicht durch die viel zu großen Glasfronten unseres viel zu großen Hauses fällt, gehört es zu den Aufgaben meiner Mom, so zu tun, als wäre nichts. Sie überschminkt aufgequollene Augen und trägt breite Armreife an den Handgelenken, an denen er sie in der Nacht zuvor wieder einmal zu grob gepackt hat.

Und ich? Ich sehe weg.

Ich verschränke die Arme hinter dem Kopf und versuche mich auf meinen neuen Rekord zu konzentrieren. »Jake«, sage ich mir, »du hast gestern verdammte einhundertzehn Kilo gedrückt.«

»MIR GEHT ES NICHT DARUM, WAS DAS AUTO GEKOSTET HAT! DU BRINGST DICH UM, JACOB, DU BRINGST DICH UM MIT DIESER SAUFEREI!«

Als ich meinen Namen – seinen Namen! – in Moms verzweifeltem Kreischen höre, drehe ich meinen Arm so weit zur Seite, dass meine Brust maximal überdehnt wird. Es schmerzt höllisch. Aber es ist die gute Art Schmerz – die, die mich von all dem Geschrei ablenkt.

Einhundertzehn Kilo, Jake, du hast einhundertzehn Kilo ge …

Mit einem leisen Quietschen öffnet sich die Tür meines Zimmers und ein schmaler Streifen orangegelben Lichts fällt bis vor mein Bett.

»Jake? Bist du wach?« Franky steht in der geöffneten Tür. Seine dürren Beine in den Pyjamashorts sind eng zusammengepresst.

»Yo, Buddy.« Ich bemühe mich um einen heiteren Tonfall, so als wollte ich sagen: »Yo, Buddy, klar bin ich wach. Aber nur rein zufällig, es hat nichts mit dem Geschrei über den drohenden Tod unseres Vaters durch zu viel Single Malt am Steuer zu tun.«

»Ich weiß, ich bin viel zu alt für so einen Kinderkram, aber darf ich bei dir pennen?«

»Klar, Mann.«

Es ist seltsam, dass er sich als zu alt empfindet, um bei mir im Bett zu schlafen. Für mich ist er immer noch der Kleine. Ich bin achtzehn und Franky ist elf. Vermutlich fällt ihm erst in ein paar Jahren auf, wie jung er tatsächlich noch war, als er so hochgestochene Sachen wie »Ich bin viel zu alt dafür« sagte. Doch mir ist schon jetzt klar, dass mein Bruder keinesfalls zu alt ist, um in einer Nacht wie dieser bei mir Unterschlupf zu suchen. Wenn ich heute bei jemandem, der älter und größer ist als ich, unter die Bettdecke kriechen könnte, dann würde ich es sofort tun.

Also rücke ich an die Wand und hebe meine Decke. Franky huscht so schnell darunter, als wäre er mitten in einen Regenschauer gekommen und hätte nun endlich einen Unterstand gefunden. Aber gewissermaßen ist ihm ja genau das widerfahren. Der Sturm im Hause Macintosh macht vor niemandem halt. Er macht auch elfjährige Jungs nass.

Zwischen Franky und mir herrscht ein unausgesprochenes Einverständnis. Wir werden niemandem sagen, dass wir manchmal zusammen in einem Bett schlafen, genauso wie ich niemandem erzählen werde, dass ich ihm manchmal beim Wechseln der Laken helfen muss, wenn ihm in der Nacht ein Missgeschick passiert ist. Ebenso einig sind wir uns darin, dass wir garantiert nicht über den Grund dahinter sprechen. Wir tun so, als könnten wir das Gewitter im Erdgeschoss nicht hören, legen uns auf den Rücken, verschränken die Arme und starren an die Decke.

Dann erzähle ich ihm: »Ey, Franky, weißt du was? Ich habe gestern hundertzehn Kilo gedrückt.«

»Nee, hast du nicht!«

»Doch, ich schwör's dir.«

»*You are fucking with me!*«, sagt er, weil manche Redewendungen in unserer Muttersprache leichter sind.

»*Watch your language, Bro*«, imitiere ich Moms strengen Tonfall.

Franky kichert und der Klang seiner lachenden Jungenstimme gibt mir zum ersten Mal in dieser Nacht Hoffnung, dass ich doch noch schlafen werde.

01 MIA

Es ist 06:57 Uhr. Wie jeden Morgen.

Ich habe mal gelesen, dass es besser sei, den Wecker auf eine ungerade Uhrzeit zu stellen, weil der Körper dann besser aus dem Tiefschlaf erwacht. Aber wahrscheinlich hat das eh nur eines dieser Fun-Fact-Profile erfunden, auf deren Fotos mich meine beste Freundin Hatice immer taggt. Hati fällt gerne auf so etwas rein.

Aber nach einem Traum wie dem von heute Nacht bin ich froh, wach zu sein. Egal ob zu einer geraden oder ungeraden Uhrzeit. Jeder andere würde nach diesem Albtraum wahrscheinlich ins Kissen schreien und das Laken mit tausend Tränen fluten. Doch ich weine schon lange nicht mehr. Natürlich nicht – ich bin einfach der totale Gefühlskrüppel.

Bevor mich die Kraft meiner eigenen Gefühllosigkeit zerquetschen kann, ertönt zum zweiten Mal an diesem Morgen mein nerviger Wecker. Was habe ich mir nur dabei gedacht, ausgerechnet einen Taylor Swift Song als Alarm einzustellen? In Kombination mit der absoluten Dunkelheit, die in meinem

Zimmer herrscht, erzeugt Taylor ein Horrorszenario der ganz besonderen Sorte. Ich kann ihre Musik überhaupt nicht ausstehen! Aber das ist natürlich genau der Grund, wieso ich ihr die Ehre zuteilte, mich aufzuwecken. Ich will mir ja keinen wirklich guten Song damit versauen, dass mein Gehirn ihn mit »Achtung! Aufstehen!« assoziiert.

Ich muss in genau neununddreißig Minuten im Bio-Kursraum des Anne-Frank-Gymnasiums sitzen. Dass ich nur so wenig Zeit habe, um mich fertig zu machen, ist für mich längst kein Problem mehr. Ich muss mich schon seit der fünften Klasse selbst wecken und habe mich nie darauf verlassen können, dass mir morgens jemand in den Hintern tritt oder mir eine Brotdose einpackt. Nach sechs Jahren immer gleicher Morgenroutine habe ich also ein ziemlich ausgeklügeltes Zeitmanagement entwickelt.

Ich knipse die Lichterkette an, die sich um das Kopfteil meines Bettes und über die Wand dahinter schlängelt. Mit einem Mal wird mein kleines Zimmer erleuchtet von Dutzenden Lichtflecken, die dreieckige Kegel an die mit Postern beklebte Wand werfen.

Wo andere Menschen vielleicht ein Vision Board aufgehängt haben – wie meine Freundin Hati, die über ihrem Bett tiefschürfende Botschaften an ihre Seele notiert und ihre Lebensträume in Form von Zeitungsausschnitten und Fotos visualisiert –, hängen bei mir Bilder von Bands und Sängern, die meine unaussprechlichen Gedanken in Musik fassen.

Ich liebe es, mich morgens nach dem Aufstehen nach meiner bunten Wirrwarrwand umzudrehen und einen Blick auf den Mann zu werfen, der genau in der Mitte hängt und mich verschmitzt angrinst: Mark Hoppus, Bassist von *blink-182*, aufgenommen irgendwann im Jahr 2004. Das Poster zeigt ihn auf der Bühne, mitten in einem Sprung. Er hat die Beine in den Skatersocken eng angezogen und auf seinem Kopf steht die süßeste Frisur der Welt zu Berge. Dieses Poster ist wahrscheinlich der Grund, wieso ich im aktuellen Jahrzehnt in der realen Welt und vor allem in meinem Bekanntenkreis niemals einen Freund finden werde. Ich bin zu verknallt in das Foto eines Mannes, der nur ein Jahr später geboren wurde als mein Vater und den kaum einer meiner Altersgenossen überhaupt kennt. Mal im Ernst: Die meisten dieser Musikbanausen haben noch nicht einmal von *blink-182* gehört. Dabei sind sie für mich die beste Band aller Zeiten – für mich und für meine Mutter, die mir ihre Musik schon vorgespielt hat, als ich noch klein und sie noch da war.

Nun ja … vielleicht bin ich aber auch einfach zu gefühlskalt, um mich im echten Leben überhaupt in irgendwen verlieben zu können.

Mein Vater würde sich wünschen, dass ich mir Bilder von gleichaltrigen Jungs aufhänge. Aber Papa findet auch, dass ich die drei übrigen Wände in meinem Zimmer nicht hätte grau streichen sollen, dass ich doch häufiger mal etwas Buntes tragen sollte und dass *Sunrise Avenue* eine richtige Band seien – egal, wie häufig ich ihm sage, dass Sänger von richtigen Bands niemals Juroren in Castingshows werden.

Ich klettere aus dem Bett und lande mit meinen Füßen in einem weichen Teppich aus getragenen Klamotten. Papa würde es übrigens auch begrüßen, wenn der Kleiderberg in meinem Zimmer etwas dezenter ausfallen würde. Dieser Kleiderberg, das Kleider*gebirge* trifft es wohl besser, erstreckt sich fast über den ganzen Boden und erreicht am höchsten Gipfel eine prächtige Größe von gut einem halben Meter. Mutig besteige ich meinen persönlichen Mount Waschmore und klaube mir ein Outfit heraus.

Nur wenige Minuten später stehe ich fertig angezogen im Badezimmer und bemerke bei einem kurzen Blick in den Spiegel, dass mein zufällig vor der Schmutzwäsche gerettetes Outfit gar nicht so übel aussieht. Der Spiegel in unserem Bad ist lächerlich groß und nimmt eine ganze Wand ein. Laut Papa ist das unbedingt notwendig, um sich aus allen Winkeln darin mustern zu können. Aber streng genommen führt es nur dazu, dass man selbst dann noch sein eigenes Abbild sehen kann, wenn man duscht oder auf der Toilette sitzt. Papa hat dieses Monstrum angebracht, um seine körperlichen Fortschritte zu begutachten. Dafür hat er ihn sogar mit einer vorteilhaften Beleuchtung ausgestattet. Mein Vater ist Bodybuilder und was soll ich sagen? Das ist genauso peinlich, wie es sich anhört.

An meinem Körper gibt es keine Muskelberge zu bewundern. Das grell von oben herabscheinende Licht strahlt bei mir heute nur einen riesigen Pickel an, der über Nacht auf meiner Stirn gewachsen ist. Er ist derart angeschwollen, dass er sich gut als Besetzung von Gregor Clegane alias Der Berg in *Game of Thrones* machen würde.

Er sitzt so zentral über meinen Augen, dass ich vermute, mein Hormonhaushalt hat mit Geodreieck und Zirkel exakt den Mittelpunkt meiner Stirn ermittelt, um das ekelhafteste Furunkel aller Zeiten besonders auffällig platzieren zu können.

Das Ding muss weg.

Ich gehe näher an den Spiegel, setze die unregelmäßig langen, schwarz lackierten Nägel meiner Zeigefinger neben den Pickel und drücke an meiner Stirn herum. Nichts passiert. Außer dass Der Berg jetzt auch noch glühend rot leuchtet. Ich drücke fester.

»Du weißt, dass du mit deinen Nägeln vorsichtig sein musst, Mia«, hallt die Stimme in meinem Kopf, die ich vor wenigen Minuten noch in meinem Traum gehört habe. *»Du verletzt dich sonst!«*

Du verletzt dich sonst. Einen Euro für jedes Mal, dass ich diesen Satz gehört habe, und ich könnte es mir leisten, *blink-182* für einen Auftritt an meinem achtzehnten Geburtstag zu buchen.

Die Stimme in meinem Schädel macht mich wütend. Was dazu führt, dass ich die schwarzen Kanten meiner Nägel so tief in meine Stirn grabe, bis eine feine Linie Blut aus der Haut heraustritt. Der Pickel bleibt unverändert scheußlich, wird jetzt jedoch zusätzlich verunstaltet von dem blutigen Schnitt, dem Abdruck meiner Nägel und dem hässlichen, reuevollen Ausdruck in meinen braunen Augen. Der Berg: 1. Mia: 0.

Von meinen neununddreißig Minuten muss ich nun wertvolle Sekunden abzwacken, um die Blutung auf meiner Stirn zu stoppen und das Desaster mit Make-up zu vertuschen. Routiniert mache ich mich ans Werk, hole einen Wattebausch, beträufele ihn mit Jod und Desinfektionsmittel und drücke die Tinktur, ohne mit der Wimper zu zucken, gegen die Verletzung. Eine Verletzung, die ich mir – Gott verdammt – beim Pickelausdrücken zugefügt habe! *Fingernägel kurz schneiden,* notiere ich mir auf meiner inneren Merkliste für Dinge, die ich in Zukunft besser beherzigen muss.

Das Bluten hört schnell auf. Ein Kratzer dieser Art am Arm oder so hätte wahrscheinlich nach einem Pflaster verlangt, aber der Kriegsschauplatz in meinem Gesicht ist schnell in Ordnung gebracht. Bekloppt sehe ich trotzdem aus, als ich mich kurze Zeit später mit Concealer zukleistere. Ich benutze im Normalfall nie einen Abdeckstift und bin daher nicht besonders gut darin, die sandfarbene Pampe aufzutragen. Resigniert fahre ich stattdessen mit dem Teil des Make-ups fort, der zu meinem Markenzeichen geworden ist: schwarzer Lidschatten, den ich mit den Fingern so verschmiere, dass es aussieht, als hätte ich ihn bereits gestern aufgetragen und über Nacht nicht weggemacht. Dazu ein bisschen Wimperntusche. Nicht zu viel. Meine Freundin Hati trägt jeden Morgen vier Schichten Wimperntusche auf und sieht damit aus wie die Prinzessin aus Tausendundeiner Nacht. Wenn ich meine übernatürlich großen Augen zu heftig tusche, gleiche ich eher einem dauererschrockenen Reh.

Um 07:21 Uhr schließe ich die Wohnungstür hinter mir zu und schlüpfe in meine Sneakers. Ganz vorsichtig, da meine Vans eh schon an mehreren Stellen eingerissen sind. Ich würde Papa ja bitten, mir Geld für ein neues Paar dazuzuschießen, aber dann sagt er bestimmt, dass die Schuhe nicht so schnell kaputtgingen, wenn ich sie wie ein normaler Mensch schnüren würde, statt faul reinzuschlüpfen. *Schnüren wie ein normaler Mensch.* Welcher normale Mensch schnürt sich jedes Mal die Schuhe?

Wie jeden Morgen gehe ich die außen gelegene Wendeltreppe runter, die unsere Wohnung mit den Studioräumlichkeiten verbindet.

Das Fitnessstudio, dessen Eigentümer mein Vater ist, befindet sich in einem rot geklinkerten alten Lagergebäude mit sechs Meter hohen Decken, vergitterten, bodentiefen Fensterscheiben, unverputztem Backstein und frei liegenden Rohrleitungen. Mit dieser Architektur könnte Papas Kraftschmiede ein wahrer Fitness-Hipster-Tempel sein. Doch mein Vater hat nicht sehr viel Verständnis für solche Modeerscheinungen. Die Kraftschmiede sah schon so aus, bevor man Fitnessstudios absichtlich einrichtete wie rustikale Fabrikhallen, in denen die Gewichte wie zufällig zwischen Hightech-Laufbändern und Bizeps-Maschinen herumliegen. Die Trainingsgeräte in der Kraftschmiede sind dagegen alle ein wenig überholt – aber noch in einwandfreiem Zustand, wie Papa immer betont –, die sanitären Anlagen haben schon mal bessere Zeiten erlebt und die Musikanlage gibt etwa einmal im Monat den Geist auf.

Aber in den letzten zehn Jahren hat Papa dennoch einen treuen Kundenstamm aufbauen können. Gerade weil es in der Kraftschmiede so anders ist als in anderen Fitnessstudios. Papa ist nie irgendeinem neumodischen Konzept oder einer Trendsportart nachgejagt. Auf Spinningkurse oder Bauch-Beine-Po-Programme reagiert er geradezu allergisch. Die alte Lagerhalle ist primär ein Ort, an dem Männer ihre Muskeln stählen.

Auch wenn ich meinen Vater wirklich in allem unterstütze, wundere ich mich schon manchmal, wieso die Gen-Lotterie ausgerechnet uns beide zu Verwandten ersten Grades auserkoren hat. Wenn er mit Maßband und Körperfettwaage vor dem Spiegel im Badezimmer steht und seinen massigen Körper in seine anatomischen Einzelteile zerlegt, dann frage ich mich, ob mein Apfel echt von diesem Stamm gefallen ist. Ich habe für Muskelkult und Kraftsport in etwa so viel übrig wie für den Song, den mein Wecker jeden Tag spielt. Früher bin ich mal ganz gerne laufen gegangen, aber seit mir klar geworden ist, wie gefährlich es sein kann, wenn ein Trottel wie ich durch die freie Wildbahn joggt, mache ich das nicht mehr. Es ist zu riskant.

Ich betrete die Kraftschmiede durch den Hintereingang. Das sanfte Klatschen meiner Gummisohlen hallt durch das fast leere Studio. So früh sind nur wenige Stammsportler hier und ich kenne sie alle mit Namen. Und sie alle kennen mich.

»Morgen, Mia!«, begrüßt mich Fred. Mit seinem winzigen Trägerhemdchen und seinen riesigen Pumphosen ist er ein Bodybuilder wie aus dem Bilderbuch und er ist tagein, tagaus der Erste im Studio.

»Guten Morgen, Mia«, höre ich Ginas Stimme. Sie ist die gute Seele der Kraftschmiede und arbeitet für meinen Vater, solange ich denken kann. Gina Arena ist nicht nur seine Thekenkraft und Buchhalterin, sondern auch seit jeher eine Freundin der Familie und die Mutter meines besten Freundes Luca. Ihre kurvige Figur, die hochgesteckten braunen Locken und ihr italienischer Charme bilden einen schönen Kontrast zum restlichen Publikum der Kraftschmiede. Ohne Gina würde der Schuppen vor lauter Testosteron wahrscheinlich überkochen.

Und das Wichtigste: Sie und Papa haben etwas miteinander. Sie wissen nicht, dass ich das weiß, aber sie wissen auch, dass ich nicht dumm bin. Ich habe die beiden nie miteinander erwischt – Gott sei Dank nicht! Aber ich weiß es eben, weil man manche Dinge im Leben einfach weiß. Dass echte Musiker nicht Juror bei einer Castingshow werden, zum Beispiel.

»Dein Vater ist da vorn.« Sie nickt zu dem Bereich, in dem man Bankdrücken machen kann, und ich sehe, dass Papa die morgendliche Leere für seine eigene Trainingseinheit nutzt.

»Ist gut«, murre ich.

»Was ist mit deiner Stirn passiert?«, fragt mich Gina. In ihrer Stimme liegt eine Besorgnis, die für einen aufgekratzten Pickel mehr als übertrieben ist. Was daran liegen könnte, dass ich es beim Aufkratzen des Pickels tatsächlich maßlos übertrieben habe. Und daran, dass Gina weiß, dass ich unvorsichtig bin. Oder besser gesagt: dass ich ich bin.

»Nichts. Alles okay.«

»Weiß dein Vater Bescheid?«

»Worüber? Dass ich einen Pickel von der Größe einer karibischen Urlaubsinsel habe, den ich versucht habe auszudrücken, so wie jeder andere gottverdammte Teenager es getan hätte?« Ich weiß, dass es nicht fair ist, meinen Frust an Gina auszulassen. Deswegen schiebe ich schnell hinterher: »Sorry, war nicht so gemeint.«

Sie lächelt mich freundlich an. »Weiß ich doch, Principessa.«

»Ich muss mich beeilen«, bemerke ich dann mit einem Blick auf die Uhr, die über der Theke hinter Gina hängt. »Sag Papa, dass ich schon weg bin.«

»Alles klar, bis heute Abend, Mia.« Schon seit vielen Jahren gehen wir jeden Freitagabend zu den Arenas zum Abendessen. Es ist der einzige Tag der Woche, an dem mein Vater alle fünfe gerade sein lässt und seinen Ernährungsplan über Bord wirft. Im Hause Arena zählen keine Kalorien. Was auch besser ist, denn ich fürchte, ich kenne gar nicht so hohe Zahlen, die ich für die Kalkulation von Ginas öltriefenden Gerichten benötigen würde. Meistens gibt es käseüberbackene Pasta mit cremigen Saucen und zum Nachtisch geschichtete Desserts mit Sahne und Mandelkeksen.

»Okay«, sage ich und winke ihr versöhnlich zu.

»Es gibt Pasta!«

Ich bin schon halb durch das Industrie-Rolltor verschwunden, das wir im Sommer als Ein- und Ausgang zum Studio nutzen, da donnert Papas tiefe Stimme durch die Halle.

»Fräulein!«

Och nee! Outfit-Predigt in drei … zwei … eins …

»Du könntest es wenigstens so aussehen lassen, als würdest du eine Hose tragen!« Papa nähert sich mit federnden Schritten, von oben bis unten verschwitzt, die Brustmuskeln aufgepumpt.

»Dasselbe könnte ich über dein Hemdchen sagen!«, spotte ich und zeige auf sein rosafarbenes Trägershirt, das weiß war, bevor er es mit einer roten Unterhose von mir gewaschen hat. Es ist so schlabberig und weit ausgeschnitten, dass Papas Brustwarzen blankliegen.

»Free the nippels!«, skandiere ich und boxe mit der Faust in die Luft. Papa wirft Gina einen Blick zu, mit dem er ihre Unterstützung einfordert. Doch Gina zuckt nur die Schultern.

»Wieso musste ausgerechnet ICH eine so schlagfertige Tochter abbekommen?«, fragt er dann und reibt sich mit den Handflächen über den glatt rasierten Schädel.

»Jeder bekommt, was er verdient«, erinnere ich ihn.

»Ach ja? Dann bekommst du eine Blasenentzündung«, meckert mein Vater und kann sich ein Lächeln über seinen superschlauen Spruch nicht verkneifen. Was die Schlagfertigkeit angeht, ist der Mia-Apfel vielleicht doch nicht so weit vom Stamm gefallen.

Ich verdrehe die Augen und hebe dann resignierend den Saum meines übergroßen Vintage-Bandshirts von *The Cure* an, das früher meiner Mutter gehört hat. Meinen Vater scheint die Tatsache, dass ich darunter nicht bloß die schwarzen Strumpfhosen, sondern auch ausgefranste schwarze Jeansshorts trage, nicht wirklich zu beruhigen.

»So. Hat mich gefreut, die Sittenpolizei zu treffen, aber ich muss jetzt echt los.«

Papa beugt sich zu mir runter und deutet mit einem Zeigefinger an seine verschwitzte Wange. Ich verdrehe noch einmal die Augen, drücke ihm dann aber doch einen Schmatzer auf die gewünschte Stelle.

»Du bist zu spät«, zischt Hati, als sie mich am Eingang vor dem Biologieraum abfängt. Sie starrt mich aus ihren dunklen, mysteriösen Augen mit vier Lagen Mascara und einem erschreckend akkuraten Lidstrich an. Da ich es heute Morgen nicht mal hinbekommen habe, mir einen Pickel auszudrücken, ohne dabei fast meinen Schädel zu spalten, will ich gar nicht wissen, was passiert, wenn ich versuchen würde, mir mit Pinsel und Tinte die Augen zu bemalen.

Hatice ist meine beste Freundin, seit ich denken kann. Wir sind schon zusammen in die erste Klasse gegangen und so dicke befreundet, dass ich manchmal nicht weiß, wo ich aufhöre und sie anfängt.

»Wieso bist du so spät?«, fragt sie mich mit hochgezogenen Augenbrauen. Auch die sind formvollendet geschminkt.

Hati sieht sich neuerdings Make-up-Tutorials auf YouTube an und seitdem malt sie ihre schwarzen, perfekt geschwungenen Brauen noch schwärzer und noch geschwungener nach.

»Ich musste meinem Vater schwören, dass ich mir in diesem Outfit keine Blasenentzündung einfangen werde.«

»Hä?«

Hati ist die lustigste Person, die ich kenne – manchmal wissentlich, aber auch ziemlich oft unfreiwillig. Denn obwohl sie clever ist, hat sie eine gewaltige Schwäche, was Redewendungen, Scherze und Ironie betrifft. Sie kapiert es manchmal einfach nicht.

»Ah, nicht so wichtig, lass uns reingehen.«

»Nach Bio haben wir Englisch«, erinnert sie mich.

»Jap«, murre ich und weiß schon, worauf sie hinauswill. Innerlich verdrehe ich die Augen und mache mich auf meine tägliche Dosis Hati-Gefühlsduselei gefasst.

»Sehe ich gut genug aus?«

»Du siehst fantastisch aus.«

»Ist der Rock too much?«

»Nein, der Rock ist okay.«

»Okay ist nicht gut genug, Mia.«

»Na, dann ist der Rock eben perfekt! Kurz genug, um Dominik deine wunderbar gebräunten Beine zu präsentieren, lang genug, um keine Blasenentzündung zu riskieren. Und jetzt los, lass uns reingehen.« Ich schubse sie vor mir in den Bioraum, wo unsere LK-Lehrerin schon mit der nächsten Einheit zum Thema Genetik auf uns wartet.

»Ich verstehe diesen Genetikkram eh nicht. Bio ist nur Zeitverschwendung vor Englisch.«

»Zeitverschwendung heißt in deinem Fall, dass du dich zweihundertachtzig Mal im Handspiegel bewundern wirst, um deinen Lippenstift zu checken.«

Hati sieht mich böse an, knickt dann aber ein und bestätigt: »Wahrscheinlich. Vielleicht mach ich aber auch ein bisschen auf Dreizehnjährige und übe meine Unterschrift mit Dominiks Nachnamen.«

Frau Waterstreit, unsere Lehrerin, hat bereits die Zeichnung eines DNA-Strangs an die Wand projiziert und klatscht nun in die Hände, um uns zum Schweigen zu bringen. Das Gerede wird sofort durch einen Klangteppich aus Stuhlgerutsche, Flüsterstimmen und dem Klackern von Fingernägeln auf Smartphone-Screens ersetzt.

»Hatice Günther klingt schon ziemlich fantastisch«, lobe ich leise lachend. Ihr türkischer Vorname harmoniert einfach erstklassig mit dem urdeutschen Namen Günther.

»Hatice Günther«, sie schaut verträumt in Richtung Decke. »Das ist doch gelebte Integration, oder?«

Ich schmunzele und sehe ihr dabei zu, wie sie einen Kugelschreiber aus ihrem Mäppchen zückt und tatsächlich anfängt, die Buchstaben ihres zukünftigen Namens auf ihren Collegeblock zu kritzeln. Derweil setzt unsere Biolehrerin die Einheit über menschliches Erbgut fort.

Es kommt mir surreal vor, dass überall in unserem Körper Gene sind. Unsere Haut: Gene. Unser Herz: Gene. Unser Gehirn: Gene. Und sie alle enthalten Informationen, die der Körper zum Funktionieren braucht.

Frau Waterstreit erklärt uns schon seit einigen Wochen, dass sich der gesamte Organismus aus Zellen zusammensetzt und dass in jedem Zellkern unsere gesamte Erbinformation enthalten ist. Und dass die Zellen, die unser Gehirn formen, auch die Infos enthalten, die eigentlich dazu da sind, das Herz zum Schlagen zu bringen. Der Körper ist also wie ein einziges großes Netz. Alles interagiert. Alles ist verbunden. Jede Zelle kennt die andere, weil sie gewissermaßen alle Zwillinge sind. Und wenn ich Zwillinge sage, meine ich natürlich Hundertbillionlinge, denn in etwa so viele Zellen hat der menschliche Körper.

Ich bin von der Thematik fasziniert und verstehe alles, was Frau Waterstreit erklärt. Aber gleichzeitig will sich ein kleiner Schalter in meinem Hirn einfach nicht umlegen. Ein Teil von mir *kann* nicht akzeptieren, was sie sagt. Wenn in wirklich jeder Zelle meines Körpers jede Information gespeichert ist, die mich, Mia, zu dem macht, was ich bin – wie soll sich dann jemals etwas verändern? Wenn das, was man sprichwörtlich »in den Genen trägt«, wirklich an jedem noch so kleinen Quadratmillimeterchen klebt – dann bin ich verflucht, auf ewig so zu bleiben, wie ich bin. Ich kann mir ja schlecht meine Zellen amputieren lassen.

Eigentlich weiß ich das alles schon lange. Ich bin mit dem Mantra groß geworden, dass die Krankheit, an der ich leide, bleiben wird. Trotzdem tue ich immer so, als wäre mir das egal. Aber als ich jetzt an die hundert Billionen Zellen meines Körpers denke, die alle ganz genau wissen, wie es um mich bestellt ist, da frage ich mich doch, wieso sie an diesem einen Abend vor sechs Jahren nicht mal ein Auge zukneifen konnten. Wieso meine kranken Zellen dafür gesorgt haben, dass alles so verdammt ... so verdammt scheiße wurde!

Ich sitze im Biounterricht und balle meine Hände unter

meinem Stuhl zu Fäusten. Wieso ist die Sache mit der Genetik nur so verdammt unfair?

Ich bin froh, dass keiner bemerkt, wie ich die Lippen aufeinanderpresse und nervös am Saum meines T-Shirts herumspiele. Das T-Shirt, das ich aus dem Kleiderschrank meiner Mutter retten konnte, ehe Papa all ihre Sachen weggeschafft hat.

»Du bist durchgeknallt!«, urteile ich schlicht, als Hati mir auf dem Weg von Bio zu Englisch die aus ihrem Block herausgerissene Seite unter die Nase hält. Die zukünftige Hatice Günther hat ihren Wunschnamen etwa eine Million Mal in den unterschiedlichsten Handschriften auf das Blatt gekritzelt und erwartet nun allen Ernstes von mir, dass ich die beste Unterschrift heraussuche.

»Nein. Ich bin verliebt!«

»Sag ich ja, durchgeknallt.«

»Nur, weil du ein gefühlloser Eisklotz bist!«

Noch bevor ich darauf reagieren kann, schlägt Hati sich die Hände vor den Mund und ächzt: »Scheiße, Mia, das habe ich nicht so gemeint! Ich meinte natürlich nur die richtigen Gefühle. Also die innen drin.«

»Weiß ich doch«, antworte ich, wobei ich mir nicht sicher bin, ob es so viel besser ist, dass sie nur meine innere Gefühlswelt für gestört hält. Richtige Gefühle? Was soll das schon heißen? Schmetterlinge und Romantik und der ganze Rotz?

Ja. Was das angeht, bin ich wohl tatsächlich ein gefühlloser Eisklotz.

»Bitte sei nicht sauer!«, fleht Hati mich an. »Ich bin ein Vollidiot. Ein liebestrunkener, hirnloser Vollidiot.«

»Ist schon okay, Frau Günther.«

»Du tust jetzt nur so, als wäre alles wieder gut, aber in Wahrheit überlegst du dir gerade, wie du mich umbringst und es wie einen Unfall aussehen lässt.«

Ich hake mich lachend bei ihr unter, während wir die Treppe in den ersten Stock hochsteigen.

»Ich müsste mir nichts überlegen. Ich würde Herrn Günther verraten, dass du seit der zehnten Klasse hoffnungslos in ihn verschossen bist und nur seinetwegen den Englisch-LK gewählt hast. Wenn dich das nicht umbringt, weiß ich auch nicht.«

Hati bleibt wie vom Donner gerührt mitten auf der letzten Treppenstufe stehen und starrt mich entsetzt an. »Das würdest du nicht!«

Ich rolle mit den Augen, greife nach ihrer Hand und bugsiere sie hinter mir her.

»Natürlich nicht, du Schaf! Es ist gruselig genug, dass du auf jemanden stehst, der bekennender *U2*-Fan und zehn Jahre älter ist als du.«

Dominik Günther hat letztes Jahr an unserer Schule als Lehrer für Englisch und Politik und Wirtschaft angefangen. An seinem ersten Arbeitstag sind ihm etwa fünfundsiebzig Prozent aller Schülerinnen verfallen und bis heute muss ich darüber den Kopf schütteln, dass ausgerechnet meine beste Freundin dazugehört. Zwar ist es irgendwie aufregend und sexy, wenn eine Siebzehnjährige in *Pretty Little Liars* eine Affäre mit ihrem Lehrer hat, aber in der echten Welt – einer Welt ohne mysteriöse Geheimbotschaften und wilde Highschool-Partys – sind Schwärmereien für Lehrpersonal eher seltsam.

Doch Hati ist und bleibt eine hoffnungslose Romantikerin.

»Ganz ehrlich, Mia. Ich verstehe nicht, wieso du den Musikgeschmack immer zu so einem großen Thema machen musst!«

Als wir vor dem Raum angekommen sind, in dem wir gleich Englisch bei Dominik haben (mein bescheuertes Gehirn hat sich tatsächlich angewöhnt, ihn beim Vornamen zu nennen!), drängen sich ein paar Mitschüler an uns vorbei. Darunter Felix, der mich mit einem erniedrigenden Blick mustert. Von meinem Haar bis zu meinen Strumpfhosen und wieder zurück.

»Wieso siehst du so aus?«, scheint er mich zu fragen. Ich feuere ihm einen Blick entgegen, aus dem er hoffentlich die Antwort ablesen kann: »Darum! Und vor einem Dreivierteljahr hat dich das noch nicht gestört.«

Felix Meier. Ein Typ, so banal wie sein Name und trotzdem der größte Fehler in meinem Leben. Den ich hätte vermeiden können, wenn ich vor einigen Monaten der Regel gefolgt wäre, die ich Hati nun vorpredige: »Der Musikgeschmack verrät dir alles, was du über einen Menschen wissen musst.«

»So?«

»Ja«, beharre ich und starre Felix Meier hinterher. Er ist ein blonder Angeber mit anrasiertem Nacken, der »Alles aus den Charts« für eine Stilrichtung und *Kay One* für einen respektablen Musiker hält.

»Ich habe einmal den Fehler gemacht, über schlechten Geschmack hinwegzusehen. Das passiert mir kein zweites Mal.« Für einen kurzen Augenblick spüre ich wieder, wie es sich angefühlt hat, mit Felix auf der Silvesterparty von Leo zu knutschen, und mein Magen zieht sich zusammen. »Gott, ich glaub, ich muss kotzen«, grummele ich.

»Hast du wieder an Felix' Waschlappenzunge gedacht?«

»Leider ja«, würge ich und gebe mir absichtlich nicht die geringste Mühe, unsere Unterhaltung vor dem Rest der Klasse zu verbergen.

Hati setzt sich auf ihren Platz hinten links in der Ecke und schmeißt ihre Umhängetasche darauf. Ich lasse mich neben sie fallen und beobachte argwöhnisch, wie Felix und seine Kumpels anfangen, über mich zu lachen. Ich weiß, dass sie über mich lachen, weil Leo gut hörbar mein »Ich glaub, ich muss kotzen« nachäfft und dabei Felix' Gesicht mit beiden Händen fasst, es sehr nah an seinen Mund zieht und Schlabbergeräusche imitiert. Sie ernten dafür einige Lacher aus dem gesamten Englisch-LK. Am liebsten würde ich aufstehen und langsam anfangen zu klatschen. Wow, Jungs. Wirklich eine tolle Vorstellung.

»Ich finde *U2* wirklich nicht besonders schlimm«, murmelt Hatice.

»Eben!«, brülle ich sie geradezu an. »*U2* sind der langweiligste, nichtssagendste, durchschnittlichste Bullshit! Jeder mag *U2*. Die sind ja so nett und Bono ist so ein Wohltäter und jeder kann auf Kommando »With or without you« singen. *U2* haben einfach nichts mit Geschmack zu tun. *U2* sind …«

»Jetzt sag bitte nicht Mainstream.«

»Nein! Schlimmer als Mainstream. Es wird immer jemanden geben, der den Mainstream hasst. Aber es wird nie jemanden geben, der so etwas Langweiliges wie *U2* hasst. Diese Band zu feiern ist, wie wenn deine Lieblingseissorte Vanille ist.«

»Vanille ist doch okay.« Hati will meinen Punkt nicht verstehen. Aber das ist in Ordnung. Solche Diskussionen führen wir beinahe täglich und es macht mir sogar ein bisschen Spaß, dass wir in vielen Punkten so unterschiedlicher Meinung sind. Sie wird meine Aufopferung für Themen wie Musik nie verstehen. Ich hingegen werde nie ihre Begeisterung für Romane teilen, auf denen oberkörperfreie Typen abgebildet sind, die aussehen, als würden sie sich selbst an den Achseln riechen.

»Aber wer würde freiwillig Vanille nehmen, wenn es noch dreißig andere Sorten gibt.«

»Wir können ja nicht alle auf Punkrock aus den Neunzigern stehen.«

»Zum Glück nicht«, schließe ich. Genau in diesem Moment wirft sich Hati in die Brust, als würde sie dazu ansetzen, beim Finale eines internationalen Sportevents die Hymne zu singen.

Dominik aka Herr Günther hat die Bühne betreten. Er legt seine Tasche aus abgewetztem Leder aufs Pult, zieht sein hippes Flanellhemd aus, hängt es über die Stuhllehne und demonstriert uns dabei, dass er auf dem rechten Oberarm ein Tattoo hat, das unter seinem T-Shirt-Ärmel zum Vorschein kommt.

Hati seufzt leicht.

»Good morning, guys«, sagt er. Auch das soll natürlich beweisen, dass er keiner dieser Dinosaurier-Lehrer ist und wir ganz locker miteinander umgehen können. Er erntet dafür prompt ein Echo von unserem Pausenclown Leo: »Good morning, dude!« Noch bevor er es ausgesprochen hat, sieht er sich schon bei seinen Kumpels nach Applaus um. In Gedanken klatsche ich wieder langsam und zynisch.

So. Witzig. Leo.

»Great, Leo. I assume this means you want to start with your homework. Please read out your essay about immigration in the UK.«

Hati lacht und wirft mir einen demonstrativen »Guck! Er steht auf unserer Seite!«-Blick zu. Ich lächle entgegenkommend, weil ich Herrn Günthers Reaktion wirklich ziemlich cool finde. Leo hingegen versucht sich mit einem Witz aus der Situation herauszuwinden: »I have a pretty bad Sehnenscheidenentzündung, Mister Günther, and you really don't want to know how I got it – höhöhö!«

Wieso? Wieso sind Typen in der elften Klasse eigentlich so himmelschreiend bescheuert? Wiesooo?

02 Jake

Die internationale Schule, auf die ich gehe, ist so etwas wie der Rolls-Royce unter den Bildungseinrichtungen. Die meisten Schüler sind Sprösslinge von reichen ausländischen Geschäftsleuten, Auswanderern oder Diplomaten, die ihre Kinder nicht in eine staatliche deutsche Schule stecken wollen. Viele stammen aus japanischen, chinesischen oder koreanischen Familien, einige aus dem europäischen Ausland und manche, wie meine Eltern, aus den Staaten. Die Väter bekleiden meist hohe Posten in der Industrie oder sind Chef ihrer eigenen Firma. Eines haben sie alle gemeinsam: Sie besitzen Geld. Viel Geld. Ein Schulhalbjahr auf der International School kostet gut und gerne zwanzigtausend Scheine. Oft werden die Schulgebühren von den Firmen bezahlt, in denen die Eltern tätig sind – wahrscheinlich aufgrund eines attraktiven Passus in ihren Arbeitsverträgen: »Komm nach Deutschland und arbeite für uns, dafür schicken wir deinen Nachwuchs auf eine Eliteschule, an deren Toren er jeden Morgen vom Sicherheitspersonal auf Waffen und Drogen überprüft wird.« Und das ist mein Ernst!

Das Gelände der Schule ist in etwa so gut gesichert wie Fort Knox oder Guantanamo. Rein kommt nur, wer einen Lichtbildausweis an der Hose oder an einem Schlüsselband um den Hals trägt. Wobei Letzteres ein Fehler ist, der nur neuen Schülern passiert. Nichts sagt deutlicher »Ich will unbedingt gemobbt werden«, als wenn man seinen Ausweis um den Hals trägt.

Ich fahre mit meinem eigenen Auto her und nehme Franky mit, der in die sechste Klasse geht. An unserer Schule macht man einen Doppelabschluss, erst den amerikanischen, dann den deutschen. Dieses Schuljahr mache ich mein Abi – hoffe ich zumindest. Gut sieht es dafür zurzeit nicht aus.

Ich parke meinen Wagen direkt neben einer Rostlaube, die ich als Bennis Seat Ibiza identifiziere, und ziehe den Schlüssel ab.

Franky sieht ein bisschen übermüdet aus. Wir haben kein Wort darüber verloren, dass wir die Nacht gemeinsam in meinem Bett verbracht und dabei mindestens einmal in Löffelchenposition gekuschelt haben. Ich bin kein Kuscheltyp, das habe ich bisher jedes Mädchen wissen lassen, aber – Gott – wenn dieser klapperdürre elfjährige Floh sich an mich drückt, dann kann ich einfach nicht anders, als ihn in den Arm zu nehmen.

Beim Aussteigen entdecke ich Benni, der neben seiner Karre steht und auf mich wartet. Benni ist so klein und zierlich, dass man ihn neben seinem weinroten, uralten Auto leicht übersehen könnte.

»Hey«, grüßt er uns.

Einige sagen, Benjamin Wecker sei der deutscheste Schüler, der die International School jemals von innen gesehen hat. Seine Mutter ist eine Deutsche, sein Vater kommt aus den USA, aber Benni hat ihn niemals kennengelernt. Er gehört zu den wenigen Schülern, die mit einem hundertprozentigen Stipendium ausgestattet sind. Es ist nicht leicht, an eine solche Förderung zu kommen, und nur sehr wenige Familien schaffen es, die Anforderungen zu erfüllen. Man muss bei der Anmeldung nachweisen, dass man englischsprachige Eltern hat, deren kulturelles Erbe man fortführen will – oder so ein Bullshit –, und finanziell muss man sich natürlich auch komplett blankmachen. Die Kids mit den Stipendien stechen aus der Masse der Markenkleidung tragenden Übrigen heraus wie Kerle bei einem Konzert von *BTS*. Oder eben: wie Bennis Seat Ibiza auf dem Schulparkplatz. Es versteht sich von selbst, dass einhundertprozentige Stipendien auf der Rangliste der Statussymbole direkt hinter Schlüsselbändern rangieren.

Ich weiß nicht genau, wieso Benni mein bester Freund ist. Es muss daran liegen, dass er anders ist. Dass er auf die Rangliste der Statussymbole einfach scheißt.

»*Buongiorno*«, grüße ich in meinem amerikanischsten Italo-Akzent und versuche dabei, so zu klingen wie Brad Pitt in *Inglourious Basterds*.

»Hey«, sagt Franky und bedenkt Benni mit einem Kopfnicken.

»Was geht, Frank the Tank?«

»Nich' viel«, antwortet mein kleiner Bruder.

»Was macht deine Karriere als Drummer?«

Franky hat vor etwas über einem Jahr zu seinem zehnten Geburtstag ein Schlagzeug geschenkt bekommen, obwohl er nie danach gefragt hat. Mein Vater hatte sich immer gewünscht, dass seine Kinder Gefallen an Musik finden. Da er selbst im Musikgeschäft ist, hielt er es wohl für eine Selbstverständlichkeit, dass wir einmal in seine Fußstapfen treten würden. Als sei es ganz normal, dass sich Hobbys und Vorlieben so weitervererben wie Haar- und Augenfarbe.

Wie sich vor einem Jahr herausstellte, verfügt Franky tatsächlich über musikalisches Talent. Im Gegensatz zu mir. Es gab eine Zeit, da hab ich mich selbst darin versucht, Rhymes zu schreiben. Aber ich war grottenschlecht. Die Welt hat sicher nicht auf einen Teenager gewartet, der Bullshit auf Superhit reimt. Dad war dennoch ganz verzückt von meinen Gehversuchen im Hip-Hop … und vielleicht ist das der Grund, dass ich es wieder aufgegeben habe. Es kam mir nicht fair vor, dass mir alle Türen offen stünden, nur weil mein Vater selbst mal ein Rapper war. 1980 landete Dad mit einem seiner Songs aus dem Nichts auf Platz 1 der deutschen Charts. Er war ein schwarzer, damals erst vierzehnjähriger Oldschool-Rapper, der sich unter dem Künstlernamen *Lil Mac* gegen *Nena* durchsetzte. Gegen *Nena*! Mit einem Rapsong! In Deutschland! Es war eine Sensation.

Mittlerweile sind Dads Tage als *Lil Mac* vorbei. Aber mit dem Geld und den Connections, die er aus dieser Zeit mitnahm, hat er ein eigenes Plattenlabel gegründet, ist noch erfolgreicher geworden und … Und, nun ja, hat ein Suchtproblem entwickelt, kommt fast nie nach Hause, und wenn doch, dann zittern wir alle davor, dass ihm seine so oft hoch erhobene Hand eines Tages ausrutschen wird. Aber natürlich ahnt das niemand. Schon gar nicht die Fernsehsendungen und Magazine, die ihn immer noch gerne zu Interviews einladen. Ich glaube, mein Vater saß im letzten Jahrzehnt häufiger auf dem Sofa der *Ultimativen Chartshow* als auf unserem eigenen.

Manchmal frage ich mich, ob Frankys Begeisterung für Musik nur andauert, weil er glaubt, dass sie etwas ändern wird. Dass sie ihm Dads Liebe einbringt, dass sie die Ehe unserer Eltern rettet. Und ich überlege, wie es ihn wohl verändert, wenn er eines Tages realisiert, dass das nicht eintreten wird.

»Was geht heute Abend?«, fragt Benni, nachdem wir die Sicherheitskontrollen passiert und uns von Franky getrennt haben, der in einen anderen Korridor zu den Klassen der Unterstufe abgebogen ist.

»Ich fürchte, Sophia will mich sehen.«

Mein Kumpel bleibt abrupt stehen und hakt wie immer die Daumen in die Schlaufen seines uralten Eastpack-Rucksacks. »Mann, was muss passieren, damit ihr euch endlich trennt? Ich meine: ein für alle Mal trennt?!«

Ich rufe mir Sophias Erscheinungsbild noch genauer ins Gedächtnis und hoffe, dass sich so etwas wie Liebe in mir regt – aber da ist nichts. Der Gedanke an meine Freundin nervt mich bloß. Wie immer.

»Weiß nicht. 'Ne nukleare Katastrophe?«, antworte ich daher.

Darauf sieht er mich mit todernstem Blick an und fragt skeptisch: »Echt, Mann? Wie ist das so, wenn man du ist? Wenn man es sich leisten kann, eine ultraheiße Freundin zu haben, und nicht weiß, wie man sie wieder loswird?«

Gar nicht mal so cool, denke ich, antworte aber: »Es ist ja nicht so, als müsste man seine erste Freundin gleich heiraten.«

»Hör auf mich, Mann!« Wir gehen weiter. »Ihr tut euch doch beide nur weh.«

»Boah, Benni, komm mir nicht so.«

»Aber es stimmt doch! Seit wann bist du mit ihr zusammen?«

»Weiß nicht … seit neun Monaten oder so?« Ich kratze mir den Nacken, als würde ich ernsthaft nachdenken. Sophia könnte mir wahrscheinlich auf die Minute genau vorrechnen, wie lange es her ist, dass wir uns auf einem Winter-Event der International School kennengelernt haben. Sie selbst geht nicht auf unsere Schule, aber eine ihrer besten Freundinnen ist in meinem Jahrgang und hat sie mitgenommen. Ich mochte es, dass sie nicht von hier war. Dass nicht jeder sie kannte. Dass man nicht wusste, wer ihr Ex war und mit wem sie schon mal was hatte. Nicht, weil ich das schlimm finde, sondern weil ich es hasse, wenn Leute reden. Über Sophia wussten sie nichts zu sagen. Außer, dass sie groß, schlank, blond und schön ist und dass sie sich verdammt gut zu der Musik bewegen konnte, die auf der Party lief. Dieser Party, auf der mich irgendjemand angestupst und gesagt hat: »Die da vorne checkt dich ab.« So kam das mit Sophia und mir.

»Findest du es nicht bedenklich, dass du Verben wie ›fürchten‹ benutzt, wenn du davon sprichst, deine geliebte Freundin zu sehen?«

»Bedenklich ist, dass du mich jeden Tag nach Sophia ausfragst. Gibt es nicht irgendeinen bescheuerten Bro-Kodex oder so, der es verbietet, über Gefühle zu reden?«

»Wieso? Ich erkenne da keinen Kausalzusammenhang! Wieso sollten wir nicht über Gefühle reden? Nur weil wir Männer sind? Wir sind Feministen!«

Hach, mein lieber Benni. Benni, der Wörter wie »Kausalzusammenhang« und »Feminismus« ganz nebenbei fallen lässt und sie auch noch so meint. Man muss diesen Kerl einfach lieben.

Die letzten Stunden am Freitagnachmittag fallen aus. Als sich die Nachricht verbreitet, dass sich unsere Englischlehrerin Mrs Townsend am Vortag das Sitzbein gebrochen hat, tut es mir für sie natürlich herzlich leid, aber es erfüllt mich auch mit Enthusiasmus. Denn zu keiner Zeit ist das Gym so leer wie nachmittags. Das bedeutet, ich kann dort ganz für mich sein. Ich und die Gewichte, eine gute Portion Schweiß, Atemlosigkeit und die Jagd nach einem neuen *Personal Record*. Keine Gedanken. Kein gar nichts. Weder Bilder von Sophia noch Erinnerungen an den Sturm vom Vorabend. Alles weit weg.

Benni und ich stolpern, begleitet von einigen Klassenkameraden, aus dem Schulgebäude. Alle haben nur ein Thema: das Wochenende. Das Wochenende ist für uns nicht einfach nur freie Zeit zum Ausschlafen. Manchmal fühlt es sich so an, als beinhalte der Stundenplan der International School auch private Pflichten für Samstag und Sonntag. Niemand geht an den Wochenenden früh ins Bett, liest ein Buch oder bleibt den ganzen Tag allein daheim, um achtundvierzig Stunden durchzuzocken. Natürlich könnte man das alles tun. Aber genauso gut könnte man sich sein Schlüsselband um den Hals zurren und sozialen Selbstmord begehen. Ich bin froh, dass auch an den freien Tagen immer irgendwo etwas los ist, dass irgendwer sturmfrei oder Geburtstag oder ein Feriendomizil hat, wo gefeiert wird. Es gibt immer eine Ausrede, nicht daheim sein zu müssen. Es gibt immer eine Möglichkeit, alles zu vergessen. Heute sind es Magnus Wikström und Sora Kim, die die Pläne für den morgigen Samstag laut umherschreien.

An der International School kommen und gehen die Schüler schneller als Popmusiker in den Charts. Eltern, die des Jobs wegen hierhergekommen sind, finden anderswo neue Jobs, die Kinder gehen mit. So läuft das hier. Mit kaum einem Mitschüler verbringt man mehrere Schuljahre am Stück. Vielleicht ist der Bund zwischen Benni und mir auch deswegen so etwas Besonderes. Magnus und Sora kamen beide vor drei Jahren hierher und in dieser Zeit sind sie gewissermaßen zu unserer Schulversion von *Beyoncé* und *Jay-Z* aufgestiegen. Bis auf die Tatsache, dass sie kein Paar sind. Na ja ... und dass sie äußerlich nicht viel mit den beiden zu tun haben. Magnus ist weiß, blond und irgendwie skatermäßig drauf und Sora Kims koreanische Gesichtszüge weisen sie nicht gerade als Beyoncés verlorene Schwester aus.

Aber die beiden bestimmen die Setlist für unsere Wochenenden. Vermutlich sind sie wie wir alle auf der Suche nach einem Grund, nicht allein zu Hause sein zu müssen. Natürlich sprechen wir über so etwas nicht miteinander. Wir feiern einfach und das genügt.

Magnus holt zu mir und Benni auf, drängt sich zwischen uns und legt einen Arm um meine Schultern, was ihm gar nicht so leichtfällt, weil ich viel größer bin als er.

»Was geht am Weekend, Bro?«, fragt er mich.

Unser Freundeskreis hat unfreiwillig so eine Art Codesprache entwickelt, in der man niemals die Wahrheit sagen muss. Statt »Es geht mir scheiße« antwortet man auf die Frage »Wie geht es dir?« mit einem ausgelassenen »Es läuft, Junge. Am Samstag bei dir?«. Und wenn man nicht sagen will, dass man Angst vor dem Wochenende hat, weil es bedeutet, dass man achtundvierzig Stunden lang den Atem anhalten muss, dann sagt man: »Mal sehen. Gleich erst mal pumpen.« Ich untermale meine klischeehafte Antwort mit klischeehaften Armbewegungen, die so etwas wie Bizeps-Curls andeuten sollen. Magnus wirft sich das lange Blondhaar aus der Stirn und bringt die anderen zum Lachen, indem er mit beiden Händen meinen Oberarm umfasst und ein beeindrucktes »Uff!« loslässt.

Sie wissen alle, dass ich mittlerweile beinahe exzessiv ins Fitnessstudio gehe. Meine Statur hat sich in den letzten Monaten so sehr verändert, dass ich es nicht mehr verbergen kann. Allerdings gebe ich nie damit an. Denn darum geht es nicht. Es ist keineswegs mein Ziel, in Muscle Shirts gut auszusehen, einen Sixpack zu haben oder eine Brust aus Stahl. Es geht darum, meinen Körper heftiger zu spüren als meinen Kopf. Aber das würden die wenigsten hier verstehen.

»Yo, Mac, so kenn ich dich.« Er kneift mir noch einmal in den Arm und tut so, als würde er sich dabei den Daumen brechen. Alle prusten los und geben jaulende Laute von sich. Ich stimme in das Lachen meiner Clique ein und verpasse wieder einmal den Moment, sie darauf hinzuweisen, dass ich den Namen Mac nicht leiden kann. Er erinnert mich zu sehr an den alten Künstlernamen meines Dads.

»Morgen Abend treffen wir uns im Hafenpark. Du kommst, oder?«

»Klar«, antworte ich. »Benni kommt auch mit.«

Magnus' Gesicht zuckt für den Bruchteil einer Sekunde. Er und die anderen respektieren Benni mittlerweile, weil er mein Freund ist. Aber sie sehen uns immer noch an, als wäre ich die Ballkönigin, die sich aus unerfindlichen Gründen für den verpickelten Typen mit Außenzahnspange und Hörgeräten entschieden hat.

»Auf jeden Fall kommt Benni mit«, erwidert Magnus mit dem breitesten Strahlen. »Ich texte dir!«

»Du, ich bin gar nicht so traurig, wenn ich da nicht hingehen muss«, sagt Benni mit zuckenden Schultern auf dem Weg zu unseren Autos. Ich schreibe derweil Franklin eine Nachricht, um ihn wissen zu lassen, dass ich ihn aufgrund der ausgefallenen Stunde nach Hause fahren kann.

»Du kommst mit«, murre ich, ohne aufzuschauen. Ich fühle mich immer wohler, wenn Benni dabei ist. »Du musst. Bestimmt wird es cool.«

»Natürlich.« Benni lässt resignierend die Arme fallen. »Bestimmt knutschen wir mit heißen Frauen rum, trinken Whisky-Cola aus Thermosflaschen und spielen ironisch irgendein Trinkspiel.«

»Höchstwahrscheinlich, ja.«

»Juhu.« Benni reißt sarkastisch die Arme in die Höhe, lässt sie aber rasch wieder sinken und reibt sich damit theatralisch übers Gesicht, sodass er für einen Moment aussieht wie Edvard Munchs *Der Schrei*.

Nach einigen Minuten kommt Franky mit wild schlackerndem Rucksack auf uns zugerannt und wir vertagen weitere Gespräche über Whisky und Frauen auf morgen.

Wir sitzen etwa zehn Minuten im Auto, als mein Handy in der Mittelkonsole aufblinkt wie eine Discokugel. Franky sieht mich erwartungsvoll an, gestikuliert zu meinem iPhone und macht im Rhythmus der Leuchtsignale ein paar übertriebene Moves mit seinen Händen.

Als ich nicht reagiere, fragt er: »Soll ich rangehen?«

»Nee«, entgegne ich knapp.

»Aber es ist Sophia.«

»Deswegen ja!«

»Aber sie ist deine Freundin.« Er wirkt schockiert. Nach meinem besten Freund setzt jetzt auch noch mein Babybruder zu einer tiefschürfenden Rede an. »Wenn du nicht mit ihr telefonieren willst, brauchst du auch nicht mit ihr zusammen sein.«

»Ach ja? Wo hast du diese Weisheit denn gelesen? Gregs Tagebuch Band Siebenhundertzwölf?«

»Das habe ich nirgends gelesen, es liegt ja wohl auf der Hand«, antwortet Franky nur.

Wann ist er nur so verdammt klugscheißerisch geworden? War das, bevor oder nachdem er oberkörperfrei vor dem Spiegel stand und sich auf die Suche nach seinem ersten Achselhaar gemacht hat?

»Ist das so? Vielleicht bin ich ja gar nicht mit ihr zusammen!« Ich reiße zur Unterstreichung meiner These die Augenbrauen hoch und kurbele am Lenkrad, um uns auf den Zubringer zur Autobahn zu manövrieren.

»Ja, genau, Jake. Vollkommen klar. Und wieso hör ich aus deinem Zimmer dann manchmal ›Oh, Jacob, oh ja, Jacob, oh, Jaaaaacob‹?«

Ich reiße die Augen noch weiter auf. Scheiße! Mein Bruder

hat uns gehört? Mein kleiner elfjähriger Beziehungsexperte von einem Bruder? Zugegeben, er macht Sophias übertriebenes Stöhnen ziemlich gut nach, formvollendet bis zu der Tatsache, dass sie mich immer bei meinem vollen Namen nennt.

»Ich muss dir ja wohl nicht erklären, dass man nicht zusammen sein muss, um rumzumachen. Und jetzt lassen wir dieses Thema. Es geht dich nämlich nichts an.«

Franky kann sich ein Grinsen nicht verkneifen.

»Jacob hat Seeeeex«, kichert er.

»Hat er nicht. Und nenn mich nicht Jacob.«

»Lügner«, zischt Franky mir zu.

Ich richte meinen Blick auf die Straße, während mich ein Mercedes gefährlich schneidet. Penner.

»Es klingelt schon wieder.«

»Es klingelt nicht, es leuchtet.«

Franky greift nach dem iPhone.

»LASS ES!«, brülle ich ihm zu.

»*Jesus*«, flucht er auf Englisch. »Ist ja gut.«

»Ich melde mich bei ihr, nachdem ich beim Training war.« Ich brauche jetzt dieses Training. Ich brauche das Nichts, das meinen Kopf erfüllt, während das Blut durch meine Muskeln pumpt. Um Franky das Wort abzuschneiden, drehe ich das Radio hoch, das bisher nur ein unverständliches Rauschen im Hintergrund war.

Es läuft *Machine Gun Kelly* mit »At My Best«, ein Song, zu dem ich bisher keine besondere Beziehung hatte, außer dass er letzten Sommer überall gespielt wurde und ich ihn darüber wohl irgendwie auswendig gelernt habe. Lyrics haben die Angewohnheit, sich tief in mein Gedächtnis zu graben – und zwar genau dort, wo ich eigentlich abspeichern sollte, wie man eine lineare Gleichung mit dem Gauß'schen Algorithmus lösen kann oder was die Entente cordiale von einem Cordon bleu unterscheidet.

Doch jetzt kommt mir das gerade recht. Ich übertöne Frankys Klugscheißerei in Sachen Liebe, indem ich laut anfange mitzurappen – irgendetwas von *issues* und *scar tissue* und dem ewigen Thema, ob man seine Probleme lieber verstecken sollte, um niemanden abzuschrecken.

Diese Zeilen lösen etwas in mir aus. Der *Machine Gun Kelly*-Typ hat natürlich absolut recht: In einer Beziehung bringen beide Partner immer ein Päckchen voller Probleme mit. Die Frage ist nur, ob man einander zeigt, was drinsteckt – und ob man mit dem Gepäck des anderen klarkommt. Ich habe Sophia noch nie meine *issues* offenbart. Nicht, weil ich Angst hätte, dass sie dann geht. Sondern weil ich mich vor dem fürchte, was passiert, wenn sie trotz allem bleibt. Wie lebt man mit jemandem, der alle Probleme von einem kennt? Wie kann dieser jemand bei einem bleiben? Wird Sophia nicht Angst bekommen, dass auch ich eines Tages ein zur Gewalt neigender Trinker werde, wenn ich ihr meine emotionalen Wunden zeige?

Ich starre auf die Straße und bin kurz davor, die Beherrschung zu verlieren. Diese Gedanken machen mich so fertig! Doch dann setzt mein Bruder mit seiner glockenklaren Stimme zum Refrain an und singt die Textzeilen, die ich immer supercheesy fand. Aber jetzt – jetzt trifft mich deren Bedeutung mitten ins Herz. Wie muss das sein, wenn man jemanden findet, der einen selbst dann noch akzeptiert, wenn man am absoluten Tiefpunkt angekommen ist?

Ich halte den Wagen auf der leicht ansteigenden Straße vor unserem Haus an, einem riesigen weißen Kasten aus Glas, Chrom und Schiefer, mit mehr Zimmern, als wir bewohnen, und mehr Autos in der Garage, als wir fahren könnten.

Franky reißt die Beifahrertür auf, schleudert sich beim Aussteigen die Schultasche über die schmalen Schultern und bemerkt erst, als die Tür wieder hinter ihm zugefallen ist, dass ich ihm nicht folge. Er streckt die Arme fragend von sich. »Wo bleibst du?«, formen seine Lippen.

Ich fahre das Seitenfenster hinunter, beuge mich über den Schaltknüppel und rufe ihm über das Schnurren des Motors zu: »Ich geh direkt ins Studio.«

Franks Schultern sinken ein. »Echt jetzt?«

»Sorry, Mann.«

»Ich dachte, wir könnten zocken oder so?«

»Später.«

»Was, wenn sie streiten?« Er nickt zum Haus. Denn das ist unser Haus geworden: ein Sinnbild für Streit.

»Dann rufst du mich an und ich bin in 'ner halben Stunde da. Und in der Zwischenzeit setzt du dich an dein Drum Set und prügelst dir so lange die Seele aus dem Leib, bis ihnen die Trommelfelle platzen.«

Franky grinst diebisch und das versetzt mir einen Stich in die Brust.

Ich warte bei laufendem Motor, bis mein Bruder den gepflasterten Weg durch den Vorgarten gegangen ist, seinen Schlüssel gezückt und ihn ins Schloss gesteckt hat. Er dreht sich noch mal zu mir um, hebt wehmütig die Hand. Ich winke zurück, lasse das Fenster wieder hochfahren und wende in drei Zügen, um zurück auf die Autobahn zu preschen.

Schon beim Gedanken daran, das Haus hinter mir zu lassen, wird mir leichter ums Herz. Die Stahlkette, die sich immer um meine Eingeweide zieht, wenn ich in Reichweite unseres Zuhauses bin, verwandelt sich in einen locker gebundenen Schnürsenkel.

Weil Franky nicht mehr mit im Auto sitzt, fahre ich ein wenig leichtsinniger. Ich greife nach meinem Handy, wische die Anzeige von Sophias verpasstem Anruf weg (wobei verpasst hier bedeutet: »wahrgenommen, aber ignoriert«) und drehe die Musik lauter.

03 MIA

Ich habe das Schulgebäude noch keine sieben Sekunden verlassen, als mich die erste WhatsApp von Hati erreicht. Manchmal habe ich das Gefühl, unsere Freundschaft wäre der Sauerstoff, der uns beide am Leben hält. Entfernen wir uns zu weit voneinander, springt automatisch die digitale Beatmungsmaschine an.

Ich komme heute Abend bei dir vorbei und labere mindestens zweieinhalb Stunden über Dominik.

Lass mich raten: Sein Haar ist so sexy, sein Tattoo so cool und die Art, wie er »dance« immer mit britischem Akzent ausspricht, macht dich fix und fertig!

Du weißt, dass das alles stimmt!

Ich kann heute Abend nicht.
Dinnerparty bei den Arenas.
Juhu!

Jetzt lass mich raten: Es gibt Nudeln?!

Pasta! Wenn man Nudeln sagt, wird man von
Gina erschlagen.

Wie lange geht das?
Ich muss echt dringend mit dir quatschen.
Auch wegen Felix.

Felix?

Ja!!!
Das ist doch scheiße, wie das gelaufen ist.

Das ist ein Jahrhundert her.

Neun Monate!

EIN JAHRHUNDERT!

Kann ich mitkommen zu den Arenas?
Ich werde auch bestimmt nicht Nudeln sagen.

Ich frag mal.

Damit schließe ich WhatsApp, gehe zu Spotify und schalte für den Rest des Heimwegs meine Playlist mit den besten Classic Punk Tracks an. Sie beginnt mit Patti Smiths »Because the night« und versetzt mich sofort in einen wunderbaren Rauschzustand.

Das Rolltor der Kraftschmiede steht offen. Die Paneele sind bis nach oben aufgezogen, sodass der Blick in den Eingangsbereich des Fitnessstudios frei ist. Natürlich hat das Studio auch einen normalen Besuchereingang. Er befindet sich direkt rechts neben dem Rollgatter, aber an einem warmen Septembertag wie heute wird dieser kaum benutzt.

Meine Ankunft gleicht der Szene von heute Morgen – nur so, als würde man sie rückwärts abspulen. Ich ziehe die Kopfhörer von den Ohren und lasse sie um meinen Hals baumeln. Daraus höre ich Joe Strummer von *The Clash* laut fragen, ob er gehen oder bleiben soll. Ich schlurfe unter dem Gatter hindurch in den Empfangsbereich. Wo vor einigen Stunden noch Gina stand, arbeitet jetzt Susi, eine von Papas Aushilfskräften.

Die Smoothie- und Kaffee-Bar war Papa lange ein Dorn im Auge. »Niemand braucht so einen Scheiß!«, hat er vor etwa einem Jahr noch gewütet, als Gina und ich ihn von der Idee überzeugen wollten. »Soll ich demnächst noch einen von diesen Baristern einstellen? Ich werde niemanden dafür bezahlen, dass er den Jungs Herzchen aus Kakao auf ihre Proteinshakes zaubert!«

»Das heißt Barista«, hatte ich ihn korrigiert und dafür einen Wutanfall geerntet. Mein Papa ist der liebste Mensch der Welt. Er versteckt es nur geschickt unter einer Schicht aus einschüchternder Muskelkraft, Ruppigkeit und Skepsis gegenüber neuen Trends. Hippe Cafés hält er für Verschwendung. Wenn er mich mit einem Becher von Starbucks sieht, droht er immer, mein Taschengeld zu kürzen, weil ich »anscheinend einen Geldscheißer im Keller« habe.

Susi, die »Barister« des heutigen Tages, ist allerdings gut beschäftigt, als ich hereinkomme. Die Mitglieder scheinen gegen ein paar Kakaoherzchen in ihren Shakeflaschen also nichts einzuwenden zu haben.

»Hey, Mia«, grüßt sie mich. »Schwarz?«, fragt sie und deutet auf den Kaffeevollautomaten vor sich.

Ich nicke. Jeden Mittag nach der Schule nehme ich einen schwarzen Kaffee mit nach oben, muss aber noch daran arbeiten, ihn auch zu trinken. Ich liebe zwar den Duft, der aus der Tasse aufsteigt, aber sobald sich der Inhalt meinem Mund nähert, protestieren meine Geschmacksknospen. Deswegen landet der Kaffee früher oder später meist im Ausguss. Der Grund, wieso ich ihn dennoch immer wieder bestelle, ist … Mama mochte schwarzen Kaffee. Sein Geruch ist wie der Anblick eines blonden Pagenschnitts: eine unauslöschliche Erinnerung.

»Ja, schwarz«, bestelle ich beherzt.

»Cooles Shirt«, macht Susi mir ein Kompliment, während sie eine Tasse unter die Maschine stellt und das Knöpfchen für *Café creme* betätigt.

»Danke«, sage ich, ehrlich erfreut.

»Von H&M?«, fragt sie.

»Äh …« Kurz bin ich sprachlos. Ich weiß ja, dass es so eine Art Modeerscheinung ist, T-Shirts von Bands zu tragen. Aber bisher hat sich das doch auf *Nirvana*, *Ramones* und *Metallica* beschränkt. Oder? ODER?

»Nein. Ist Vintage«, antworte ich.

»Ah, cool. Ich glaub, ich hab so ein ähnliches letztens im Laden gesehen. Aber ist ja auch egal.«

Kurz überlege ich, Susi zu erklären, dass das überhaupt nicht egal ist. Wenn H&M jetzt anfängt, T-Shirts von Bands zu verkaufen, die ich mag, werde ich in Zukunft ständig darauf hinweisen müssen, dass ich diese Musik *tatsächlich* höre.

Susi reicht mir meinen schwarzen Kaffee und ich nehme einen tiefen Zug. Allerdings nur mit der Nase. Vor meinem geistigen Auge tanzt der blonde Pagenkopf.

Auf dem Weg zum Hinterhof plaudere ich kurz mit ein paar Stammkunden, beantworte eine Frage nach meinem Schultag und lächle tapfer einen Kommentar zu meinen kurzen Haaren weg. Es ist jetzt schon vier Monate her, dass ich sie geschnitten habe, und noch immer haben sich nicht alle daran gewöhnt, ein Mädchen mit Kurzhaarschnitt zu sehen. Ich mache mir wenig aus Rollenbildern und die Annahme, ich sei kein richtiges Mädchen mehr, nur weil ich mir keinen Pferdeschwanz binden kann, kotzt mich an. Was soll das überhaupt sein: ein richtiges Mädchen? Ist jemand wie Susi weiblicher als ich, weil sie einen langen, lockigen Zopf und einen kurvigen Körper hat?

Mein Vater begegnet mir, kurz bevor ich durch den Gang zu den Umkleiden abbiegen und mich in die ungestörte Heimeligkeit unserer Wohnung verziehen kann. Er trägt in jeder Hand eine dicke Eisenscheibe, auf der eine große Zwanzig eingeprägt ist. Wenn Papa vierzig Kilo durch die Gegend schleppt, sieht es so leichtfüßig aus, wie wenn ich in jeder Hand eine 100-Gramm-Tafel Schokolade trage.

»Mia!«, ruft er und klingt dabei geradezu überrascht.

»Ja, ich bin es. Erstaunlich, oder? Deine Tochter!«

»Du kommst freitags nie vor zwei.«

Das stimmt tatsächlich und liegt in erster Linie daran, dass ich zu oft mit Hati vor der Schule rumhänge und den Moment hinauszögere, da wir beide unserer Wege gehen.

»Tja, ich dachte, du brauchst ein wenig Abwechslung«, scherze ich und klopfe dabei auf seinen dicken Oberarm, der sich vom Tragen der Gewichte angespannt hat.

Ich will schon weitergehen, da fällt mir ein: »Papa, kann Hati heute Abend mit zu den Arenas?«

Papa runzelt die Stirn und die Falten, die sich daraufhin ausbreiten, spinnen ein Netz, das sich von der Nasenwurzel bis über seinen blanken Schädel erstreckt. »Irgendwann wachst ihr zwei Tratschtanten noch an den Arschbacken zusammen.«

»Ist das ein ›Ja‹?«

Papa geht um mich herum, funkelt mich an und sagt: »Das ist ein ›Frag Gina‹!«

Ich grinse ihn an. »Kommst du gleich zum Mittagessen hoch?«

»Ich …«

Plötzlich schallt ein »Hey, Robby!« durch die Kraftschmiede und eine vierköpfige Gruppe junger Typen reckt die Köpfe nach meinem Vater. Papa heißt eigentlich Robert, aber sein Spitzname Robby hält sich vor allem in sportlichen Kreisen wacker. Er trägt ihn, seit er Ende der Achtzigerjahre in Amerika an internationalen Bodybuilding-Meisterschaften teilgenommen hat.

Die Jungs sehen aus, als wären sie von einer cleveren Plattenfirma zu einer Boyband zusammengecastet worden. Für jeden Geschmack ist etwas dabei: blonder Bubi, bärtiger Südländer, edgy Man-Bun-Träger und ein schwarzer Kerl mit Afro.

»Bin gleich da«, antwortet mein Vater.

Ich rechne damit, dass das Quartett sich jeden Augenblick in Formation bringt, und stelle mir vor, wie die vier ein mehrstimmiges »Duabduab Duabduab schallalalalaaa« anstimmen.

Dazu machen sie in meiner Vision rhythmische Bewegungen mit ihren Hüften und schnipsen so lange im Viervierteltakt, bis einer von ihnen einen Schritt nach vorne macht und mit glockenklarer Engelsstimme die erste Strophe ihres neuen Superhits anstimmt.

»Na los, Papa, *One Direction* warten schon.«

»Ha! Den hab ich verstanden«, antwortet er und wirkt richtig stolz, dass er meinen Witz kapiert hat, ohne dass ich die Metapher für ihn mit einer Boyband aus seinem Jahrtausend übersetzen musste.

»Der eine von denen, Jake, der ist echt gut … Ein richtiger Sportsmann!« Mit einem Nicken seines Kinns zeigt er mir, dass er den dunkelhäutigen Typen meint. Es ist der, der gerufen hat.

Ich hebe kritisch eine Augenbraue und stemme meine linke Hand in die Hüfte. Jake? Du meine Güte, er hat sogar einen Namen wie das Mitglied einer Castingband!

Meinem Vater ist es wichtig, guten Kontakt zu allen Mitgliedern zu pflegen. Aber die Beziehung zu den Teenagern – dem »Nachwuchs«, wie er sie nennt – ist ihm heilig. Wahrscheinlich hofft er, dass er eines Tages den nächsten Arnold Schwarzenegger entdeckt, sein Manager werden und ihn auf Bodybuilding-Wettkämpfe begleiten kann. Manchmal würde ich zu gerne verstehen, was meinen alten Herrn so an diesem Extremsport fasziniert.

Für mich ist Sport einfach kein Thema. Nicht mehr. Nicht, seit ich einmal die Angst in den Augen meines Vaters gesehen habe. Ausgelöst durch einen unvorsichtigen Moment beim Laufen, der mich um ein Haar mein Sprunggelenk gekostet hätte. Dabei war ich gut! Ich hätte vielleicht richtig gut werden können, wenn ich nicht irgendwann von den Begleiterscheinungen meiner Krankheit eingeholt worden wäre. Egal, wie schnell ich bin – die Krankheit ist einfach schneller.

»Robby, lass das Mädchen in Ruhe, ich brauche dich hier«, ruft der Junge namens Jake erneut. »Du musst mir helfen, meinen neuen Deadlift-PR aufzustellen!«

Du musst mir helfen, meinen neuen Deadlift-PR aufzustellen, äffe ich ihn in Gedanken nach. Bah! Ich kann diese Typen echt nicht leiden, die stets auf der Jagd nach einem neuen PR – dem *Personal Record* – sind und sich nur darum scheren, wie sie in Unterwäsche aussehen.

»Alter, das ist seine Tochter«, warnt ihn einer der anderen.

Ich verdrehe die Augen. Wenn Augendrehen Sport wäre, würde ich nach wie vor welchen treiben. Und zwar auf Profi-Level!

»Ich zieh ab«, stöhne ich.

»Im Kühlschrank ist noch Brokkoli mit Hähnchen.«

»Schön. Da kann es auch bleiben. Ich backe mir 'ne Pizza auf.«

Ich lasse meinen Vater stehen und sehe mich nur noch einmal um. Die Boyband hat sich wieder zur Bühnenperformance zusammengefunden, mit Jake an ihrer Spitze und meinem Vater als Gastauftritt. Jake wackelt mit dem Hintern und hüpft ein paarmal, dann macht er sich bereit. Ehe er die mit Eisenscheiben gespickte Stange vom Boden aufhebt, kreuzen sich kurz unsere Blicke.

Er zwinkert.

Ich vollführe meine Paradedisziplin: Ich verdrehe die Augen über diese Selbstverliebtheit.

Unsere Wohnung ist ein Nest. Papa hat sie schon immer so genannt und das nicht nur, weil sie auf dem Fitnessstudio aufsitzt wie ein Vogelnest auf einer Baumkrone. Meine Eltern haben sie aus- und umgebaut, als Mama mit mir schwanger war. Sie haben alles auf Vordermann gebracht und die Möbel von ihrem letzten Geld gekauft. Die meisten davon haben wir heute immer noch. Vor ein paar Jahren mussten wir lediglich ein neues Sofa kaufen, weil ich das alte mit meinem Blut ruiniert habe. Ich war über eine Falte im Wohnzimmerteppich gestolpert und auf den Glastisch gefallen, dessen Platte in tausend Scherben zersplitterte. Neunhundertneunundneunzig dieser Scherben flogen glitzernd durchs ganze Wohnzimmer, eine bohrte sich in meinen Unterarm. Ich war damals elf, Mama war erst seit einem halben Jahr tot und ich hatte einen Punkt in meinem Leben erreicht, an dem Verletzungen mich in grenzenlose Panik versetzten. Fast eine halbe Stunde lang saß ich hyperventilierend auf der Couch und sah in einer Art Trance dabei zu, wie das Blut aus meiner Wunde auf das Polster tropfte. In meinem Kopf war nur ein Gedanke: *Wie soll ich Papa nun auch noch verschweigen, dass ich das Sofa ruiniert habe?* Das halbe verdammte Sofa hatte die Farbe von verdünnter Tomatensuppe angenommen und mein Herz galoppierte in meiner Brust, weil mir nicht einfallen wollte, wie ich das vor ihm würde verheimlichen können.

Doch das musste ich gar nicht. Nicht dieses Mal. Anders als bei dem Unfall ein halbes Jahr zuvor konnte Papa sofort unschwer erkennen, dass ich mal wieder etwas zerstört hatte. Er verstand nicht, wieso ich derart große Panik um ein altes Möbelstück schob und mich immer wieder entschuldigte, statt die Blutung zu stillen. Er machte sich weitaus mehr Sorgen um –

nun ja … meinen Bluthaushalt! »Es ist nur ein Sofa, Mia, was hast du denn? Es ist doch nur ein Sofa«, murmelte Papa noch, als er mich an diesem Tag zum Arzt fuhr, nicht wissend, wie sehr mich seine beruhigend gemeinten Worte belasteten.

Klar, an diesem Tag war es nur eine olle Sitzgelegenheit. Doch ein halbes Jahr zuvor hatten mich meine Tollpatschigkeit und meine bescheuerte Krankheit meine Mutter gekostet. Und wer weiß … vielleicht würde es irgendwann auch meinen Vater erwischen …

Wir bekamen jedenfalls ein anderes Sofa. Ein dunkelgraues, das nicht so anfällig für Flecken ist. Wir schafften uns keinen neuen Couchtisch an und verbannten alle Teppiche aus der Wohnung. Denn so ist es, wenn man mit mir zusammenlebt: Man muss mit Verlusten rechnen.

Manchmal stelle ich mir vor, wie es wäre, in einer Art Selbsthilfegruppe zu sein. Mit Leuten, die genauso alt sind wie ich und ebenfalls an etwas leiden, das auf den ersten Blick wie eine beneidenswerte Superkraft wirkt. Ich male mir aus, wie ich mich in meiner ersten Sitzung wohl vorstellen würde. Wahrscheinlich mit: Hi! Mein Name ist Mia. Ich bin siebzehn Jahre alt und ich habe in meinem ganzen Leben noch nie Schmerz empfunden.

Dafür würde ich dann staunende Blicke und Anerkennung ernten. Jedenfalls so lange, bis ich die Sache genauer erkläre.

Schmerz ist für mich ein Wort wie Stratosphäre oder Kernschmelze oder Umsatzsteuererklärung. Ich kann mir grob vorstellen, was das sein soll, aber im Großen und Ganzen habe ich absolut keine Ahnung davon. Ich weiß lediglich, wie es aussieht, wenn jemand Schmerzen empfindet, und wie der Soundtrack von Leid klingt. Die Leute machen jaulende und zischende Laute, verzerren das Gesicht und oft weinen sie. Das alles kann ich biologisch erklären. Es ist leicht zu verstehen, dass Schmerz von Rezeptoren in der Haut aufgenommen und ins Gehirn geschickt wird, wo ein hochkomplexer bioinformatischer Prozess dann dafür sorgt, dass der Reiz verarbeitet wird. Ich habe auch genug Empathie, um zu verstehen, was das für die Person bedeutet. Aber ich kenne eben nur die Theorie. Bei mir selbst springt der Funke einfach nicht über.

Als ich klein war, habe ich versucht, andere Kinder nachzumachen, die auf dem Spielplatz hingefallen sind oder sich im Sandkasten gegenseitig mit der Schaufel eins übergebraten haben. Habe ihre Fratzen imitiert, alarmierende Geräusche von mir gegeben und den Körperteil festgehalten, auf den ich gestürzt war.

Ich erinnere mich daran, dass meine Eltern manchmal lachen mussten, wenn ich Schmerzen simulierte, wie ein Fußballer bei einer besonders schlecht geschauspielerten Schwalbe. Doch irgendwann fanden sie es gar nicht mehr lustig, weil mein Theater es ihnen unmöglich machte zu erkennen, wann ich mir wirklich wehgetan hatte. Vom kleinen Zipperlein bis zum Knochenbruch äußert sich bei mir alles gleich. Nämlich gar nicht.

Und weil mein Gehirn daher nie gelernt hat, Schmerzen in Lerneffekte umzusetzen, habe ich als kleines Kind meine Hände sehr oft in kochendes Wasser gehalten. Oder auf die Herdplatte. Oder in die rotierenden Arme eines Handrührgeräts, die gerade verführerisch riechenden Plätzchenteig kneteten. Ich habe mir häufiger die Knochen gebrochen, als ich zählen kann. Streng genommen habe ich bei der siebenundzwanzigsten Fraktur aufgehört zu zählen. Ich habe Freunde mit harten Ohrfeigen ausgeknockt, obwohl ich sie nur neckend anstupsen wollte. Ich habe mir Gliedmaßen in Türen und Schubladen gequetscht, bin Treppen hinabgestürzt, habe meine Zunge, Wangen und Lippen beim Kauen verletzt und mir so fest die Zähne geputzt, dass mein Zahnfleisch dauerentzündet war. Ich habe nie gelernt, wo meine eigenen Grenzen verlaufen. Und vor allem habe ich nie gelernt, wie man Verletzungen vermeidet.

Gerne würde ich behaupten, dass sich das mittlerweile geändert hat. Dass ich einen Weg gefunden habe, mir das beizubringen, was sich mein Körper partout nicht selbst aneignen will: seinen Selbsterhaltungstrieb. Aber das wäre gelogen.

Hati kommt um kurz nach fünf vorbei. Sie hat sich umgezogen und trägt jetzt eine Hose mit hohem Stretchanteil und einen simplen Pullover.

»Hier passt mehr – Achtung, ich habe geübt – PASTA rein«, erklärt sie, als ich sie an der Tür begrüße. Sie zieht dramatisch den Bund der Hose nach vorne. »Platz für eine Familienration.«

»Wir müssen nur meinen Vater unten abholen und dann können wir los.«

»Jetzt schon? Ich dachte, wir quatschen noch einen Moment unter vier Augen.«

»Können wir. Auf dem Weg nach unten. Du hast anderthalb Minuten.«

Anderthalb Minuten, um mir bestimmt mal wieder zu erklären, wieso Herr Günther trotz seiner Vorliebe für *U2* und ungeachtet der Tatsache, dass er unser gottverdammter Lehrer ist, eine gute Partie abgibt. Doch Hati überrascht mich mit dem Thema, das sie heute Mittag bereits angekündigt hat: »Ich find's nicht gut, dass Felix dich so behandelt. Ich meine, ihr hattet was miteinander. Das weiß jeder. Die halbe Stufe hat es mitbekommen.«

»Danke, dass du mich daran erinnerst.«

»Es sah übrigens echt heiß aus!«

Ich schieße ihr einen vernichtenden Blick entgegen. *»HEIß?«*

»Ja! Ich bin ja wirklich kein Profi, aber ich würde sagen, dass das mehr war als nur ein Kuss.«

War es auch, denke ich, *es war ein verfluchtes Vorspiel!* Aber das weiß Hati nicht und dabei möchte ich es auch lieber belassen. Es ist besser, dass Hatice weiterhin denkt, zwischen Felix und mir hätte es nur diesen »heißen« Kuss gegeben, den die halbe Jahrgangsstufe bei der letzten Silvesterfeier beobachten konnte. Das ist schlimm genug. Ich bin noch immer sehr glücklich darüber, dass Felix, ebenso wie ich, niemandem erzählt hat, wie es weiterging, nachdem wir den heißen Kuss in Leos Zimmer verlegt haben. Kurz flimmert die Erinnerung wie ein Amateurvideo in meinem Gedächtnis auf: Felix und ich, wie wir unser erstes Mal erleben und dabei so verkrampft sind, als wäre keinem von uns beiden so richtig klar, ob wir es aus Lust tun oder weil wir glauben, es der Situation schuldig zu sein. Immerhin war es eine Party, wir haben geknutscht und sind in Leos Bett gelandet. Es war wie in einem College-Film. Wir hatten wohl beide das Gefühl, es durchziehen zu müssen. Ich spüre noch immer sein Gewicht auf mir und seine Hand, die in meine Hose greift … Ich möchte nicht, dass Hati davon weiß. Sie würde nicht verstehen, dass ich mein erstes Mal genau so haben wollte. Unromantisch. Spontan. Ohne Verliebtheits-Quatsch. Was, wenn ich auch beim Sex supertollpatschig gewesen wäre und ausgerechnet meiner großen Liebe beim ersten Mal die Nase gebrochen hätte?

Ich war mir sicher, dass es so viel besser war. Mit Felix. In einem fremden Bett. Doch wann immer die gedankliche Wiederholung dieser Nacht seither in meinem Kopf abläuft, werde ich unglücklich und schotte die Erinnerung lieber ab.

»Es war nicht der Rede wert. Und jetzt Schluss mit diesem Thema!« Wir betreten das Studio durch den Hintereingang und stoßen dort direkt neben der Herrenumkleide auf meinen Vater.

»Hi, Robert«, begrüßt Hati ihn, »danke, dass ich mitkommen darf.«

Papa dreht sich zu uns um und offenbart, mit wem er da im Türrahmen zu den Umkleidekabinen gestanden hat. Unter seinem wilden Haar glänzen zwei bernsteinfarbene Augen auf mich und Hati herab. Es ist der Boyband-Boy. Jake.

Er sieht mich so eindringlich an, dass mir für einen kleinen Moment unwohl wird. Ich merke, wie er meine Frisur mustert. Und obwohl Aufmerksamkeit sicherlich eine Rolle spielt, wenn man sich als siebzehnjähriges Mädchen zu einem Pixie-Cut entschließt, so kann ich mich einfach nicht daran gewöhnen, ständig solche Blicke auf mich zu ziehen. Als ich mir vor vier Monaten meine schulterlangen dunkelbraunen Haare zuerst mit einer Haushaltsschere abgeschnitten und dann mit Papas Maschine abgesäbelt habe, wollte ich einfach anders aussehen. Ich wollte nicht mehr süß und brav und sommersprossig sein. Ich wollte sein wie Natalie Portman in *V wie Vendetta*. Oder Millie Bobby Brown in *Stranger Things*. Die meisten Leute fanden mich eh schon immer komisch. Was macht da ein weiterer, offensichtlicher Grund mehr schon aus? So passt meine Optik wenigstens zu meiner Identität: Hi. Ich bin Mia. Das Mädchen, mit dem irgendetwas nicht stimmt.

Unter Jakes Blick aber wächst mein leichtes Unwohlsein zu Unsicherheit heran. Ich ziehe reflexartig die Kapuze meiner schwarzen Sweatshirtjacke über den Kopf und verberge darunter meinen Haarschopf, der nun, einige Wochen nach der Attacke mit dem 10-Millimeter-Aufsatz, in fransigen, sechs Zentimeter langen Spitzen in meine Stirn pikst.

»Jake, das ist meine Tochter. Mia.« Papa legt überflüssigerweise einen Arm um mich, so als müsste er Jake wirklich klarmachen, dass das kleine, bleiche Mädchen seine Tochter ist und nicht etwa Hatice. Es ist tatsächlich nicht sehr offensichtlich, dass Papa und ich verwandt sind. Er ist so groß und stark, ich bin so … *ich*.

Jake wirkt ein bisschen verlegen. Es muss wesentlich leichter sein, in Gegenwart von drei Aushilfs-Schwarzeneggern den Dicken zu markieren, als die coole Fassade auch dann noch aufrechtzuerhalten, wenn die zuvor noch so plump angepöbelte Frau direkt vor einem steht.

»Äh … hi«, grüßt er schließlich und seine Stimme klingt ein bisschen so, wie das Innere von Reese's Peanut Butter Cups schmeckt. »Hey, äh … sorry wegen der Szene vorhin. Ich war total im Tunnel.«

Seine Auslegung von »vorhin« ist ziemlich großzügig. Papas Sportsfreund muss sich seit knapp vier Stunden im Studio aufhalten. Das ist ungewöhnlich … selbst für einen Proleten.

»Papa, wir müssen los«, unterbreche ich. Da Jake gut verstaut in meiner Vorurteilsschublade für Angeber steckt, habe ich keine Lust, mich weiter mit ihm auszutauschen. Da kann seine Stimme noch so lecker klingen.

»Ah. Ja. Gut. Dann sehen wir uns spätestens am Montag«, verabschiedet sich Papa von seinem Zögling und schlägt mit ihm ein, als wären sie alte Freunde.

»So ein Talent«, flüstert er vor sich hin, als wir den Ausgang ansteuern.

»Was war das denn?«, will Hati noch wissen.

»Die übliche Testosteron-Show in der Kraftschmiede. Nichts Neues.«

»Oh doch. *DER* war etwas Neues!«

»Denk gar nicht erst dran«, ermahne ich sie.

Hati hat ganz eindeutig hormonelle Verwirrungen!

»Als sie gehört hat, dass eine Person mehr mitkommt, hat sie eine ganze Packung Nudeln mehr gekocht«, sind Lucas erste Worte, als er um Punkt sechs die Tür der kleinen Zweizimmerwohnung öffnet, die er mit seiner Mutter bewohnt.

»Nudeln? Mia, du hast doch gesagt, man darf nicht Nudeln sagen!«

»Eine ganze Packung!«, wiederholt Luca. »Das sind fünfhundert Gramm!«

»Gar kein Problem, Lu«, grinse ich. »Hati hat ihre extrastretchigen Hosen an.« Ich schiebe mich an Luca vorbei in die Wohnung. Hati lässt, wie zum Beweis, ihren Hosenbund flitschen.

»Das kriegen wir schon hin, Großer«, beschwichtigt auch mein Vater, als er uns über die Türschwelle folgt und Luca zur Begrüßung sanft auf den Rücken klopft (so sanft, wie ein einhundertzehn Kilo schwerer Mann eben klopfen kann). Lucas eh schon recht instabiler Oberkörper knickt noch ein paar mehr Zentimeter ein. Doch er lächelt dabei. Es ist noch nicht lange her, dass Luca nur knapp einen Meter fünfzig gemessen hat. Doch im letzten Jahr ist er von heute auf morgen über zwanzig Zentimeter gewachsen. Allerdings hat er bei diesem Wachstumsschub trotz der mächtigen Sahnesaucen und Mascarponedesserts seiner Mutter kein einziges Gramm zugelegt und läuft nun als Mensch gewordene Spargelstange durch die Gegend. Den Kopf immer ein bisschen gebeugt, die Schultern hochgezogen, den Rücken geknickt. Sein Körper hatte keine Zeit zu lernen, wie er mit diesem neuen Paar Stelzenbeine laufen soll.

Wir ziehen in dem mit Schränken und Wäschekörben verrammelten kleinen Flur die Schuhe aus und hören Gina im Hintergrund aufgeregt werkeln.

»Da seid ihr ja, da seid ihr ja.« Ihre Stimme ist ein beschwörender Singsang.

Ich werfe einen kurzen Blick in die Küche, wo sie gerade den Kopf über den Herd reckt und Tomatensauce von einem hölzernen Löffel probiert. Es ist wirklich wie im Film. Ein Film, den ich mir sehr gerne jeden Freitag aufs Neue anschaue.

Nach je drei Tellern Pasta all'arrabbiata verkriechen wir uns in Lucas Zimmer. Ginas Schlafplatz ist ein ausklappbares Sofa im Wohnzimmer, damit Luca sein eigenes kleines Reich haben kann, und ich glaube, dafür ist er ihr sehr dankbar.

Hier kann er seine Vorliebe für Bücher, Fotografie und Videospiele vollends ausleben. An den Wänden reihen sich zerlesene Wälzer, Playstation-Spiele und Fotoabzüge. Luca hat vor Kurzem analoge Fotografie für sich entdeckt und hält es jetzt für äußerst innovativ, Bilder auf Film aufzunehmen, die Abzüge einzuscannen, auf sein Handy zu ziehen und sie dann auf Instagram zu posten. Er nennt das »Digitalen Bruch« und verdammt viele Follower lieben ihn dafür.

Luca zieht sein Bettzeug auf den Boden, wir lassen uns daraufplumpsen und beginnen gierig, unsere Dessertschälchen leer zu löffeln. Es gibt eine weiße Sahnecreme, die mit Amarettini-Keksen und Stückchen irgendeiner orangeroten Frucht garniert ist. Es schmeckt göttlich. Jeden Freitag, wenn eine Woche voller Tiefkühlpizzen und Papas Fitness-Fraß hinter mir liegt, könnte ich vor Freude einen Kopfsprung in Ginas Kreationen machen.

»Wie kann es sein, dass du bei dem Essen immer noch so dünn bist?«, fragt Hati, schaufelt sich eine Ladung der Creme in den Mund und stöhnt genüsslich.

»Willst du mich etwa bodyshamen?«, erwidert Luca nur halb im Scherz.

»Keineswegs«, schmatzt sie, »du bist absolut Hashtag Bodygoals.« Wir müssen alle drei anfangen zu lachen. Es hat sich eingebürgert, Luca mit seiner Sucht nach Instagram aufzuziehen. Am liebsten postet er Fotos von Büchern und Videospielen, die er mal in abgefuckten Landschaften, mal mit saisonaler Deko in Szene gesetzt hat. Die meisten Herzchen kassiert er jedoch, wenn er sich mit melancholischem Blick neben einem mannshohen Stapel Fantasyschmöker fotografiert.

Hatis Ausspruch tritt bei Luca ein Thema los. »Ich will, dass ihr beide für mich modelt.«

»Klar. Und ich will einen 1,0er Abi-Schnitt und ein Haus-Lama«, erwidere ich wie aus der Pistole geschossen. »Die sind nämlich echt niedlich. Es könnte tagsüber im Fitnessstudio leben, aus der Herrendusche trinken, zwischendrin ein paar Situps machen und abends spiele ich ihm *blink*-Songs vor.«

Motiviert durch meine alberne Reaktion auf Lucas hirnrissigen Wunsch, legt Hati nach: »Na gut. Dann möchte ich mit Dominik zusammenziehen! Wenn wir schon mal dabei sind, wäre ein bisschen Kohle auch nicht schlecht. Und solltest du zwei Lamas vorrätig haben, nehme ich auch eins.«

»Wow! Könnt ihr euch nicht einfach freuen, dass ich euch fotografieren will?« Luca kratzt mit Nachdruck weiße Pampe aus seinem Glasschälchen.

»Ich bin absolut unfotogen. Jedes Foto von mir bedeutet für dich zweihundert Follower weniger«, erkläre ich und lümmele mich tiefer in das Nest, das er uns auf dem Boden gebaut hat.

»Absoluter Blödsinn. Das Bild, das ich letztens von dir hochgeladen habe, hat über zweitausend Likes bekommen.«

»Was?«, frage ich entgeistert. Letzte Woche hat Luca ein Foto von mir gemacht, als wir gemeinsam eine Runde am Mainufer spazieren waren. Er ist durch die Umgebung gestreift, hat hie und da auf den Auslöser gedrückt und ehe ich mich's versah, wurde ich selbst zum Fotomodell. Und zwar, als ich gerade gedankenverloren auf einer Absperrung am Wasser saß und auf einen Tanker in der Ferne starrte. »Das, auf dem ich dahocke, als würde ich wildpinkeln?«

Ich verschränke die Arme hinter dem Kopf und spreize die Beine von mir. Wie ein großes X liege ich jetzt mitten auf Lucas Teppichboden, gestützt durch eine weiche Bettdecke im Rücken. Es ist das beste Gefühl der Welt, bei seinen Freunden so frei und zwanglos zu sein.

»Man wird euch auf den Fotos eh nicht erkennen. Das wird ein neues Projekt. Also. Seid ihr nun dabei?«

Hati zuckt die Schultern. »Na, wenn es dich glücklich macht. Bekommen wir trotzdem ein Lama?«

»Nein. Und du, Mia?«

Luca schaut mich erwartungsvoll aus seinen haselnussbraunen Augen an, die im Kontrast zu seinem blondierten Schopf aussehen wie glänzend polierte Murmeln. Sein von Natur aus schwarzes Haar hat er so hell gebleicht, dass es fast weiß ist. Ursprünglich wollte er mit diesem Look dem Model Lucky Blue Smith ähneln. Allerdings sieht er seit seinem Makeover eher aus wie Draco Malfoy. Draco Malfoy mit dicken schwarzen Raupen als Augenbrauen.

Ich lege theatralisch eine Elle über meine Augen. »Ooooh, dieser Blick. Der ist ja schrecklich. Da würde ich dir sogar zusagen, dass du mich bei lebendigem Leibe häuten darfst.«

»Na, wenn sich jemand bei lebendigem Leibe häuten lassen würde, dann ja wohl du. Du würdest dabei noch eine Wurzelbehandlung ohne Betäubung mitnehmen und dir gleichzeitig deinen Arm mit einer stumpfen Säge abtrennen.«

Ich lache herzhaft über seinen Witz. Luca war schon immer der Einzige, der es geschafft hat, mich mit Analgesie-Sprüchen zu belustigen. Dabei findet er genau die richtige Balance zwischen Scherz und Ernst, was wohl hauptsächlich daran liegt, dass wir uns schon unser ganzes Leben lang kennen. Luca war schon ein Teil von mir, als meine Mutter noch lebte. Und danach war er es immer noch. Er kennt mich. Er kennt uns.

»Also seid ihr dabei? Morgen im Hafenpark?« Luca klatscht in die Hände.

»Wieso denn im Hafenpark?«, frage ich skeptisch. Das Gebiet mit Sportplätzen, Grünfläche und Skatepark erstreckt sich entlang des Mainufers im Frankfurter Osten und zieht an freundlichen Samstagen immer Abertausende Menschen an. Sie gehen mit kleinen Kindern auf den Spielplatz, werfen Körbe beim Basketball, kicken oder skaten. Ich liebe es, den Skatern dabei zuzusehen, wie sie bei spektakulären Jumps ihre Hälse riskieren.

»Weil er für das neue Projekt perfekt ist. Außerdem ist der Park bei dir um die Ecke. Ich will also nicht die Ausrede hören, dass du aus Prinzip kein Rad fährst.«

Ich hole schon tief Luft, um ihm zu erklären, wieso Fahrradfahren wirklich verdammt gefährlich ist, da wirft Hati plötzlich ein: »Du könntest ein geiles neues Profilfoto von mir machen. Sobald die Tür vom Prüfungsraum nach dem Englisch-Abi hinter mir zugefallen ist, werde ich Dominik nämlich eine Freundschaftsanfrage auf Facebook schicken.«

Ich verdrehe die Augen, bin aber auch froh, dass sich das Thema von mir auf Hatis vollkommen aussichtslose Liebesgeschichte verlagert.

»Okay«, beginnt Luca, »bisher habe ich das für so eine Art Running Gag gehalten, aber wenn du allen Ernstes noch auf Facebook bist, damit du ihm in anderthalb Jahren 'ne Freundschaftsanfrage schicken kannst – da muss ich doch fragen: Was zur Hölle, Hati?«

Hati verzieht den Mund zu einer Schnute und stößt entrüstet aus: »Ich mache keine Witze!«

»Dann bist du bescheuert. Der Typ ist dreißig. Und dein Lehrer.«

»Und seine Lieblingsband ist *U2*«, werfe ich ein und wedele zur Unterstreichung dieses Details mit dem Zeigefinger.

Hati setzt sich aus ihrer Chill-Position auf, stellt ihre Dessertschale auf einem Stapel Bücher ab, der neben Lucas Bett emporwächst, und setzt sich dann auf den Unterschenkeln kniend vor uns auf.

»Hört zu«, beginnt sie und macht dabei eine beschwichtigende Geste mit den Händen. So wie sie jetzt dahockt, schaut sie fast ein bisschen aus, als wolle sie eine Yoga-Session mit uns abhalten. Vielleicht sagt sie gleich so etwas wie: »Beugt euch nach vorne und hebt das Bein in die Position des pinkelnden Hundes. Namaste!«

Der Ausdruck auf ihrem Gesicht ist jedoch tiefernst.

»Ich weiß, dass ihr das nicht versteht. Aber ich bin wirklich in ihn verliebt. Das war ich schon, als er zum ersten Mal in unser Klassenzimmer gekommen ist. Ich weiß, dass das bescheuert ist. Ich weiß, dass das wirkt, als hätte ich zu viele Folgen *Pretty Little Liars* geguckt. Aber ich mag alles an ihm. Okay? Alles! Ja, Mia, selbst dass er gern *U2* hört.«

Nicht im Traum wäre ich darauf gekommen, das jetzt einzustreuen. Ich mag vielleicht etwas gefühls- und schmerzverkrüppelt sein, aber ich erkenne sehr wohl, wenn meine beste Freundin einen Seelenstriptease hinlegt. Einen, in dem Emotionen auf den Tisch kommen, über die man besser keine Witze macht. Ich werfe Luca einen Seitenblick zu. Auch er wirkt jetzt verlegen, wie er so in seiner Creme herumrührt, die vom wiederholten Hinein- und Hinauslöffeln schon ganz flüssig geworden ist.

»Ich hab mir das nicht ausgesucht. So oft fange ich einfach an zu heulen, weil ich daran denken muss, dass ich keine Chance habe. Weil er fast dreißig ist und mein Lehrer und höchstwahrscheinlich eine Freundin hat. Es tut weh, ihn ständig im

Unterricht zu sehen und zu wissen, dass ich ihn niemals haben kann. Es tut weh, nicht bei ihm zu sein. Es tut weh, gar keinen Kontakt zu ihm zu haben. Und wenn ich nicht mal bei euch meine absolut idiotische Verknalltheit ausleben darf, was bleibt mir denn dann noch? Wenn ausgerechnet meine besten Freunde mir jeden Tag bestätigen, dass meine Gefühle falsch sind, dann tut es mir nicht nur im Herzen weh. Sondern überall, versteht ihr? Überall.«

Nein, denke ich. *Das verstehe ich nicht.* Es ist eine meiner zynischsten Angewohnheiten, »Du kannst mir nicht wehtun« zu antworten, wenn sich jemand bei mir dafür entschuldigt, mich angerempelt oder mir auf den Fuß getreten zu haben. Das habe ich schon als kleines Kind so gemacht – damals, als ich meine Krankheit noch mit einer gewissen Neugier und, ja, vielleicht auch mit Stolz nach außen getragen habe. Doch dieser Moment, in dem sich Hati so verletzlich zeigt, eignet sich ganz und gar nicht für meinen Galgenhumor.

Entsprechend verwirrt bin ich, als meine beiden Freunde mich plötzlich etwas kritisch ansehen.

»Hab ich das laut gesagt?«, frage ich peinlich berührt.

Die beiden nicken stumm im Gleichtakt.

»Ups«, murmele ich.

»Nein«, winkt Hati ab. »Ich hätte dran denken müssen.« Sie knabbert schuldbewusst am Nagel ihres Zeigefingers herum und entknotet endlich ihre Yoga-Haltung. Sie lässt sich seitlich auf ihren Hintern plumpsen und rollt dann in Rückenlage.

»Was für ein Schwachsinn«, versuche ich sie zu beruhigen. »Du hast schließlich von emotionalem Schmerz gesprochen. Nicht von physischem. Mein Körper ist zwar ein bisschen unfähig, aber das heißt ja nicht, dass ich keine Gefühle habe.«

Ich rutsche näher an Hati heran. Sie greift wieder nach meiner Hand und malt mit ihrem Daumen Kreise darauf.

»Okay«, sagt sie versöhnlich.

»Moment«, wirft Luca ein, »du musst schon zugeben, Mia, dass du nicht gerade vor Emotionen sprühst.« Luca geht zuerst in die Hocke und stemmt sich dann hoch. Mit einer unauffälligen, katzenartigen Bewegung greift er nach seiner Kamera, die sich auf seinem Schreibtisch zwischen noch mehr Büchern versteckt hat, und hält sie sich vor die Augen.

»Ich kann dir noch mal erzählen, wie ich Dominiks Musikgeschmack finde – dann wirst du sehen, dass ich sehr wohl emotional bin.«

»Nein, nein, Luca hat recht«, bestätigt Hati. Verräterin. Um den Dolchstoß in meinen Rücken wiedergutzumachen, verpasst sie meinem Handrücken eine Extra-Streicheleinheit. »Du machst zwar gerne mal einen dummen Spruch und regst dich künstlich über Banalitäten auf, aber du bist wirklich etwas … kalt.«

Ich wirbele herum, löse unsere Finger und stütze mich auf die Seite.

Kalt? Das klingt ja schrecklich. So als wäre ich innerlich tot. Oder stumpf. Oder beides.

»Versteh mich nicht falsch. Ich liebe dich und deine Art.«

»Aber ich bin ein Eisklotz?«

Hati verzieht ihren Mund zu einer eindeutig bestätigenden Miene.

Mhm … was soll's. Mir ist schon klar, dass ich nicht gerade der zugänglichste Mensch bin. Ich komme nicht gerne aus mir heraus. Überschwängliche Gefühle kreieren doch nur eine seltsame Form der Nähe. Nähe wiederum macht einen total anfällig für … nun ja … für Verletzungen. Und ich muss Verletzungen nun mal meiden – aus reinem Überlebenswillen. Denn ob kleine Schramme oder tödliche Wunde, mein Körper wird den Unterschied nicht erkennen. Was, wenn auch mein Herz diesen Unterschied nicht erkennt? Ich kann doch nicht das Fahrradfahren meiden, weil ich Angst vor einem schlimmen Sturz habe, dann aber wild drauflosfühlen und alles und jeden in mein Herz lassen? Das wäre grob fahrlässig.

Hatice schlängelt sich um eine eindeutige Antwort herum. »Jeder, der dich kennt, weiß, dass du die Beste bist.«

»Das stimmt«, höre ich Luca murmeln. Ich frage mich, wie unser Gespräch in diese Richtung geraten konnte. Haben wir nicht eben noch eine Sahnebombe von Nachtisch verdrückt, über unseren Englischlehrer gesprochen und Witze über Lucas Bodygoals gemacht?

»Aber du lässt es eben schwer zu, dass jemand dich überhaupt erst mal kennenlernen darf. Nehmen wir zum Beispiel Felix …«

»Fängst du damit schon wieder an?« Ich rolle mit den Augen. »Ich hatte zu keinem Zeitpunkt vor, Felix genauer kennenzulernen. Es reicht mir vollkommen, zu wissen, dass er auf Techno-Festivals geht und dass er beim Küssen solche Mhmmmmmm-Geräusche macht.« Und dass er Unterhosen von Calvin Klein trägt, die im Dreierpack mein ganzes monatliches Taschengeld kosten, füge ich in Gedanken hinzu. Als ich mich vor gut neun Monaten von Hati bequatschen ließ, mit zu Leos Silvesterparty zu gehen, war ich definitiv nicht darauf vorbereitet, an diesem Abend Model-Schlüppis am lebenden Objekt vorgeführt zu bekommen.

Wow, ich muss mich wirklich besser bemühen, diesen Abend

zu vergessen. Meine bisherige Verdrängungsarbeit scheint alles andere als erfolgreich gewesen zu sein, wenn ich mir sogar die Marke seiner Unterwäsche gemerkt habe.

»Deswegen sollte man nur Menschen küssen, die man tatsächlich kennenlernen will«, betet Hati mir vor.

»Was für ein Schwachsinn«, tadele ich. »Man kann Küssen auch zu ernst nehmen.«

»Sagt die Frau, die sich nicht traut, Fahrrad zu fahren.«

»Beim Küssen hat sich immerhin noch niemand den Schädel gebrochen.«

»Hast du dir denn beim Radfahren schon mal den Schädel gebrochen?«

»Woher soll ich das wissen?! Könnte schon sein!«

Wir sehen uns einen Augenblick gegenseitig an, dann brechen wir in Gelächter aus.

04 Jake

Sobald ich mein Schul-Outfit in der Kabine des Studios gegen meine übliche Gym-Uniform eingetauscht habe, merke ich, wie in meinem Gehirn etwas einrastet. Kaum spüre ich den eng anliegenden Funktionsstoff an Schultern, Bauch und Rücken, fließt Energie durch meinen Körper.

Ich bin zu Hause.

Nicht in der muffigen Umkleidekabine.

Nicht im Fitnessstudio.

Sondern in mir. In der Version von mir, die ich werde, wenn ich ein uraltes Paar Converse trage und mein Adrenalinspiegel schon beim Gedanken an den Sport steigt.

Ich habe vor etwa zwei Jahren mit dem Kraftsport angefangen. Einen Tag nachdem ich zum ersten Mal einen blauen Fleck an Moms Oberarm gesehen habe. Ich machte mich auf die Suche nach einem passenden Studio und schloss letztlich eine Mitgliedschaft in der Kraftschmiede ab, für die ich die Unterschrift meines Dads fälschen musste. Am Anfang war mein Ziel klar: Ich wollte bereit sein. Bereit für den Tag, an dem es nicht mehr nur ein blauer Fleck war. Doch es dauerte nicht lange, bis mir bewusst wurde, was der Sport wirklich mit mir macht. Wie er anfing, mich zu verändern. Die Beziehung zu meinem Körper. Die Beziehung zu mir selbst.

Ich habe diese Gedanken natürlich immer noch. Die an meine Mom. Und an Franky. Dass ich derjenige sein muss, der sie beschützt, wenn irgendwann – vermutlich bald, um ehrlich zu sein – alles den Bach runtergeht. Und dass ich in diesem Moment die stärkste Version von mir selbst sein muss.

Doch was mich wirklich stärker macht, sind nicht die Zahlen auf den Gewichtscheiben. Es ist das Gefühl, mich Woche um Woche selbst zu besiegen. Rauszufinden, wozu ich imstande bin. Bei jedem Studiobesuch kann ich mich verbessern, stagnieren oder nachlassen. Nur eine Person ist verantwortlich für meinen Erfolg oder Misserfolg: die, die mir aus dem Spiegel entgegenblickt. Noch nie habe ich etwas Derartiges gefühlt. Noch nie habe ich mich so … sicher gefühlt.

Als ich aus der Herrenumkleide trete, werde ich von ein paar Jungs in Empfang genommen, die ähnlich oft hier sind wie ich. Na toll … also habe ich doch nicht meine Ruhe. Was machen die denn schon hier?

Eigentlich sind sie gute Kerle, doch meistens begrüße ich sie nur knapp oder lasse mich auf ein kurzes Gespräch ein, ehe ich alleine meiner Wege gehe. Um in diesen Tunnel zu kommen, in dem ich nur an mich und meinen Fortschritt denke, brauche ich Stille. Einmal abgesehen von der dröhnenden Playlist in meinen Kopfhörern.

Wir geben einander die Hände, klopfen uns auf die Schultern und fragen, was so geht. Anders als in der Schule, wo man auf die Frage »*What's up?*« nur mit einem »*Not much*« oder »*Nothing*« reagiert, erfordert die Etikette im Fitnessstudio, dass man eine ausschließlich auf Sport ausgerichtete Antwort gibt. Also antworte ich: »Gut, gut. Ich kümmere mich heute um meinen Rücken.« Anerkennendes Nicken.

Die Jungs heucheln kein Interesse an meiner Freizeit. Das gefällt mir. Sie wissen nicht, ob ich eine Freundin habe oder wie ich in der Schule abschneide. Es ist seltsam, dass mich all diese Typen im Adamskostüm kennen, ich mich ihnen gegenüber aber erst richtig nackt fühlen würde, wenn sie plötzlich etwas aus meinem Privatleben erführen.

Genauso wie ich werden auch sie ihre Gründe dafür haben, dass sie ausgerechnet in diesen Laden gehen statt in ein hippes Fitnessstudio. Sie stöhnen nicht laut, wenn sie die Hanteln bewegen, machen keine Selfies mit aufgepumpten Muskeln und trainieren nicht tagein, tagaus ihre Arme. So etwas würde hier auch gar nicht gut ankommen. Die Kraftschmiede im Osten Frankfurts ist ganz anders als die Studios, in die meine Mitschüler gehen. Hier gibt es keine Spinning- oder Zumbakurse, keine Jugendlichen, die das Gym mit Tinder verwechseln, kein Schwimmbecken, keine Sauna, keine Massageliegen. Es ist der perfekte Ort für mich. Alles an der Kraftschmiede ist super. Vor allem der Besitzer, Robby. Er hat mich von Anfang an unter seine Fittiche genommen. Robby ist ein Mann ohne Berührungsängste. Jemand, der lauthals flucht und trotzdem zart ist wie ein Lamm. Er ist ein Tier. Also wirklich ein Koloss. Kein Berg von einem Mann, sondern ein Gebirge.

Von den Jungs habe ich gehört, dass er in den Neunzigern bei Bodybuilding-Wettbewerben in den Staaten mitgemacht hat. Er war einer von den wirklich Guten – und er sieht noch heute aus, als hätte ihn ein antiker Bildhauer aus einem Block Marmor gemeißelt.

Manchmal vergesse ich, dass Robby der Besitzer des Ladens und eigentlich zum Arbeiten hier ist. Für mich ist er ein Mentor geworden, der zufällig immer dann da ist, wenn ich ihn brauche. Er hat mir in der Zeit, die ich hier trainiere, so viel beigebracht. Nicht nur, wie ich dickere Schultern kriege oder saubere Squats ausführe. Sondern vor allem, dass Geist und Körper eins sind. Wer beschissene Gedanken mit sich rumschleppt, kann keine Leistung bringen. Wer Leistung erbringt, kann an nichts Beschissenes denken. Es ist so eine Art Yin-und-Yang-Ding. Keine Ahnung, wie das genau funktioniert. Ich weiß nur: Ich habe es Robby zu verdanken, dass ich mich nun auf den Kater in meinen Muskeln konzentriere, wann immer ich früher vor Zorn heulend in meinem Bett lag.

Als Robby unsere Vierergruppe bemerkt, kommt er zu uns, sagt Hallo und fragt: »Was ist denn los mit euch, Jungs? Ihr seid so früh da. Ist die Schule abgebrannt?«

»Akademischer Tag für Lehrer«, antwortet einer. »Semesterferien«, meint ein anderer.

»Freistunden«, erkläre ich knapp.

»Nicht schlecht. Meine Kleine kommt freitags nie vor zwei.« Robby erzählt oft von seiner *Kleinen*. Ich nehme an, er meint damit seine Tochter. Ich hoffe es zumindest. Sonst würde es wohl bedeuten, dass er eine Freundin hat, die noch zur Schule geht, und das würde meinem Respekt ihm gegenüber einen herben Dämpfer verpassen.

Robby führt mich plötzlich einen Schritt von den drei anderen Jungs weg. Einer von ihnen, Thomas, macht gerade seine Übung an der Brustpresse und die anderen beiden gucken schweigend mit anerkennendem Nicken zu.

»Blondie hat mir erzählt« – er nickt zu Thomas – »dass du gestern die Hundertzehn gedrückt hast. Mein lieber Scholli, aus dir wird echt noch ein Großer, Jake.«

Ich werde von Stolz überschwemmt. Ich meine: Dieser Kerl hat schon Meisterschaften in den Staaten gewonnen!

»Ja, ich …«, sage ich verlegen. Robby verpasst mir einen festen Schlag auf die Schulter. Mein Körper sackt unter der Wucht ein wenig zusammen. So muss es sich anfühlen, von Dwayne »The Rock« Johnson einen anerkennenden Klaps zu bekommen.

»Du bist ein Sportsmann«, sagt er und nichts, nichts, nichts könnte mich stolzer machen als diese simple Aussage. Es fühlt sich an, als hätte mich Robby in eine Art Geheimclub aufgenommen.

»Was steht heute an?«, fragt er.

Ohne es zuvor geplant zu haben, gehe ich direkt in den Angebermodus über: »Rücken. Und ich mache einen Maximalversuch im Deadlift.« Der Deadlift ist eine Paradedisziplin im Kraftsport. Man geht leicht in die Knie, hebt unter Hochspannung eine mit Gewichten bepackte Langhantel vom Boden an und richtet sich auf, bis die Beine gerade durchgestreckt sind.

»Sehr gut. Sag Bescheid, wenn du Hilfe brauchst. Keine falsche Scheu.«

Angespornt durch seine aufmunternden Worte, ziehe ich mir die Shorts ein wenig höher, fühle das Adrenalin durch meine Adern rauschen und mache mich ans Aufwärmen.

Es dauert etwa eine Stunde, bis ich mich warm gemacht und richtig zu trainieren begonnen habe. Ich bin fokussiert. Ich denke an nichts. Die Gespräche der übrigen Jungs blende ich aus. Mein Geist fokussiert sich ganz auf das Bevorstehende. So stelle ich mir Sex vor. Der Geist hat Pause, der Körper gibt den Ton an. Aber, wie gesagt: So stelle ich es mir lediglich vor …

»Jake!«

Ich komme nicht dazu, mich durch weitere Gedanken an Sex ablenken zu lassen. Thomas, der Sonnyboy der Gruppe, ruft meinen Namen.

Ich konzentriere mich, du Idiot!, schießt es mir durch den Kopf. Ich reduziere meinen Tadel auf einen inbrünstigen Seufzer und frage: »Was ist?«

»Vielleicht hat Robby Zeit, um dir unter die Arme zu greifen, wenn du gleich die Zweihundert versuchst.«

Ich blicke auf meine Füße, vor denen die silbrige Stange liegt. An ihren Enden stapeln sich schwere Eisenscheiben. Zweihundert Kilo insgesamt. Ich weiß, dass ich keine zweihundert Kilo anheben kann, aber ich habe einen Rausch und ich will es schaffen. Vor mir liegt ein ganzes Wochenende, an dem ich irgendwie vergessen muss, dass ich keine Ahnung habe, wie es weitergehen soll. An dem ich Franky davon ablenken muss, dass unsere Eltern sich im Krieg befinden und Dad ein Schwein ist. An dem ich mit Sophia Schluss machen sollte, obwohl ich das nicht will – nicht, weil sie mir am Herzen liegt, sondern weil ich zu feige bin. Und bis zur nächsten Ablenkung, der Party am morgigen Abend, ist es noch so verdammt lange hin …

»Unter die Arme greifen?«, schnaube ich. »Soll er die Stange vielleicht mit mir zusammen anheben?«

»Na, komm schon«, pflichtet ihm nun auch Riccardo bei, ein bulliger Typ mit Man-Bun, der ausschließlich hautenge Kleidung von Under Armour trägt. »Robby liebt dich, ich wette, er ist gern dabei, wenn du den Klotz hier hebst.«

»Ihr habt recht«, erwidere ich. Ihr habt recht? Was rede ich da? Doch ehe ich es mir anders überlegen kann, stolpert auch schon die nächste Dummheit aus meinem Mund. »Ey, Robby«, rufe ich durch die ganze Kraftschmiede. Der Laden ist fast ausgestorben zu dieser Zeit und mein Ruf hallt von den gepflasterten Wänden der alten Lagerhalle mehrfach wider.

Robby, der gerade damit beschäftigt ist, Gewichte aufzuräumen, dreht den Kopf nach mir um. Ich will mein Geschrei am liebsten sofort rückgängig machen. Was tue ich hier? Ich brauche ihn nicht. Ich werde an diesem Gewicht eh scheitern und ich will nicht, dass er mir dabei auch noch zusieht!

Hier geht es nur um dein Ego, Jake, sagt mir eine innere Stimme. Und diese Stimme kennt mich im Gegensatz zu Thomas und Riccardo wirklich gut.

Robby ragt vor dem Durchgang zu den Umkleidekabinen auf, in jeder Hand eine Eisenscheibe, und vor ihm – so klein, schlank und zierlich, dass ich sie nicht sofort gesehen habe – steht ein Mädchen. Ich kann von hier aus erkennen, dass ihr Gesicht von einem Paar riesiger Augen dominiert wird und dass es mit hellbraunen Sommersprossen besprenkelt ist. Ihr Haar ist kaum so lang wie mein kleiner Finger, der Blick finster und ihre Ausstrahlung besagt ganz klar: Lass. Mich. In. Ruhe.

Mein erster Gedanke ist: Sie sieht aus wie eine Elfe, die auf ein Grunge-Konzert geht.

Dann höre ich, wie sie sagt: »*One Direction* warten schon«, und kann mir ein Schmunzeln nicht verkneifen. Ich sehe in den

Spiegel vor uns. Es stimmt. Wir sehen aus wie eine Boyband. Eine gottverdammte Boyband.

Ich muss lachen.

Und weil mein Gehirn scheinbar nicht damit klarkommt, dass es sich gerade über den Witz der Grunge-Elfe belustigt, tue ich etwas noch viel Dümmeres und brülle durch das ganze Studio: »Robby, lass das Mädchen in Ruhe, ich brauche dich hier!«

Erst gegen halb sechs kann ich mich endlich von meinem Training loseisen. Nach einem Blick auf die Uhr bemerke ich, wie lange ich hier gewesen bin, und versuche mich zunächst an einer Rechtfertigung vor mir selbst.

In die Top drei meiner fadenscheinigen Ausreden schaffen es:

Platz 1: »Ich habe mich eben intensiv aufgewärmt und ausgekühlt, das kostet Zeit.«

Platz 2: »Ich wurde von den Jungs aufgehalten und soziale Kontakte sind wichtig.«

Platz 3: »Ich bin ein extrem ambitionierter Sportler und ein vierstündiges Training ist daher nicht lächerlich, sondern bewundernswert.«

Alles drei ist natürlich gequirlter Bullshit. Mein intensives Aufwärmen bestand aus zu vielen albernen Dehnübungen, mein *Cool down* waren zehn Minuten auf dem Laufband bei einer Geschwindigkeit von drei Kilometern die Stunde. Da läuft meine an beiden Hüften operierte Uroma ja schneller. Die Jungs sind schon vor anderthalb Stunden abgezischt, weil sie ins Wochenende starten wollten. Und was meine Ambitionen betrifft – so bin ich tatsächlich ambitioniert genug, um Fachliteratur über Kraftsport zu lesen, aber nirgendwo steht geschrieben, dass vierstündige Trainingseinheiten gesund sind. Im Gegenteil.

Was ist los mit mir?

Es ist der Gedanke an zu Hause. Der Gedanke an ein Wochenende dort. Der Gedanke an Sophia, die in einer Tour WhatsApp-Nachrichten schickt und mich auf Snapchat mit Fotos beballert. In der letzten Stunde hat sie mir drei Bilder gesendet und dabei ihre Schmollschnute und ihren Körper in Szene gesetzt, um mich zum Antworten zu bewegen. Damit komme ich einfach nicht klar. Ich will nicht lügen und behaupten, dass mich ihr Körper nicht anmacht. Sophia ist vermutlich die schönste Frau, die ich je kennengelernt habe. Aber ich will das nicht. Nicht so.

Ich nehme eine heiße Dusche in der Männerumkleide. Beim Ankleiden merke ich, wie ich mir mit meinen Jeans, dem T-Shirt und der Jacke auch meine Befangenheit wieder anziehe, wie ich gleichzeitig mit meinen Schuhen auch meine Angst zuschnüre.

Ich presse den Mund zusammen, befeuchte meine Lippen und gebe mir dann einen Ruck. Ich schreibe Sophia eine Nachricht, mit der ich das Ende meiner Sozusagen-Beziehung noch nicht besiegele, aber zumindest schon mal das Wachs dafür anwärme.

Ich tippe Hey, Baby, weil ich weiß, dass sie das mag. Dann lösche ich es wieder. Es wäre absolut fies, sie mit Kosenamen anzusprechen, wenn ich sie dazu einladen will, Schluss zu machen.

Hey, Sophia,

Aber auch das ist kompletter Schwachsinn, schließlich schreibe ich in einem WhatsApp-Chat, sie weiß, dass ich es bin, und ich weiß, dass sie es ist. Nur meine Mom beginnt Chat-Nachrichten mit Hallo, Jake und beendet sie mit Liebe Grüße, Mom. Ich habe ihr schon tausendmal gesagt, dass sie das nicht tun braucht, da ihre Nummer eingespeichert ist und ganz oben auf dem Screen ihr Name steht.

Ich verwerfe alle Umschweife und schreibe knapp:

Ich würde heute Abend gern zu dir kommen.

Erst als ich die Nachricht abschicke, fällt mir auf, dass sie klingt, als würde ich mich auf das Treffen freuen. Ich reibe mir die Augen und werfe den Kopf in den Nacken. GOTT, wer behauptet hat, es wäre sehr schwer, eine Freundin zu bekommen, der hat definitiv noch nie versucht, eine wieder loszuwerden.

Neben meinem idiotischen Text erscheint ein kleines Uhrensymbol. Ach stimmt ja, kein Empfang. Dann bekomme ich wohl noch eine Schonfrist.

Ich verlasse die Umkleide und laufe direkt in Robby hinein. Er trägt Alltagskleidung, was merkwürdig aussieht. In meinem Kopf ist er so eng mit dem Gym und den schlabberigen Oldschool-Bodybuilder-Outfits verwoben, dass ich kurz irritiert bin. Es ist, wie wenn man seinen Lehrer im Wartezimmer vom Zahnarzt trifft. Oder seinen Zahnarzt an der Kasse beim Kondomekaufen. Irgendwie werden diese Personen erst zu richtigen Menschen, wenn man sie aus der gewohnten Umgebung herauslöst. Oder aus dem gewohnten Dresscode – wie in Robbys Fall. Ich habe nie drüber nachgedacht, was er privat für ein Typ ist.

»Immer langsam mit den jungen Pferden«, sagt er.

»Sorry«, entschuldige ich mich hastig.

»Wow, Junge«, sagt Robby und wirft einen Blick auf seine Uhr. Er trägt eine Smartwatch, die wahrscheinlich nicht nur anzeigt, wie spät es ist, sondern auch seinen Puls, seine Aktivität und die verbrauchten Kalorien misst. »Was machst du noch hier? Hast du den halben Tag trainiert?«

»Ich ...«, beginne ich und wische mir auf der Suche nach einer Ausrede über den Mund, »hab die Zeit vergessen.«

Robby hebt eine Augenbraue. Auf seiner braun gebrannten Stirn erscheinen Falten, die sich bis zum höchsten Punkt seines kahlen Schädels stapeln. Sein ganzer Kopf wird zu einem einzigen Stirnrunzeln.

»Soso«, sagt er schließlich, »das sollte dir nicht zu oft passieren, Junge. Ehe du dich's versiehst, erreichst du die Dreißig und hast einen Waschbrettbauch, bist dafür aber kein einziges Mal auf einer Party gewesen und am nächsten Tag neben einem wildfremden Mädchen aufgewacht.«

Ich gluckse.

»Nicht dass das erstrebenswert wäre«, ergänzt er noch pflichtschuldig und klopft mir dabei feixend auf die Schulter. »Aber du weißt schon, was ich meine. Gönn dir auch mal ein bisschen Spaß.«

Ich nicke. »Klar. Ich hatte nur nichts Besseres zu tun.« Das ist wahrscheinlich die ehrlichste Antwort, die ich heute irgendwem gegeben habe. Wesentlich ehrlicher als der Bullshit, den ich zu den Leuten aus der Schule gesagt habe, als wir uns für morgen verabredeten.

»Na, dann freue ich mich einfach, dass du deine freie Zeit gern hier verbringst.« Robby lächelt und verpasst mir einen zweiten, väterlichen Knuff.

Plötzlich tauchen Personen im Gang auf, die hitzig über etwas diskutieren. An der Tür am Ende des Ganges hängt ein Schild mit der Aufschrift: *Privat. Zutritt verboten.* Und jemand hat mit Filzstift hinzugefügt: *Ich mein's ernst, Leute!* Daher glaube ich, dass man dahinter in den Hof gelangt, von dem aus man in Robbys Privatwohnung über dem Studio hochgehen kann.

Eine aufgeregte weibliche Stimme nähert sich uns. Ich erkenne sofort an ihrem Tonfall, dass sie über Jungs spricht. Alles an dieser Stimme schreit: *Relationship trouble.*

Robby dreht sich zu dem Geräusch um und ein breites Lächeln erfüllt sein Gesicht.

Zwei Mädchen kommen auf uns zu. Die Aufgeregte ist ein eher dunkler Typ, mit kräftigen Locken und Hüften. Die zweite ist Robbys Tochter, das Mädchen von vorhin.

»Jake, das ist meine Tochter. Mia«, sagt er. Als die Mädchen zu uns aufgeschlossen haben, legt er einen Arm um sie. Ich erkenne sofort, dass sie diese Geste überflüssig findet. Aber ich sehe in ihren großen, kugelrunden Augen auch, dass sie es eigentlich mag, von ihrem Vater umarmt zu werden.

»Äh … hi.« Einen Atemzug lang bin ich wie gebannt von ihren abnormal großen Augen. Sie spiegeln das Licht der Halogenlampen, sodass in ihren Pupillen zwei gleißend weiße Flecken schimmern. »Hey, äh … sorry wegen der Szene vorhin. Ich war total im Tunnel«, sage ich schnell.

Ihre Mundwinkel zucken unmerklich und ich nehme an, dass dies so etwas wie »Ist schon okay« heißen soll. Ich mustere ihr Gesicht ein bisschen zu neugierig. Doch irgendwie kommt es mir so vor, als gäbe es in ihren Zügen viel mehr zu sehen als bei anderen Mädchen. Das mag daran liegen, dass sie keine langen Haare hat, die davon ablenken könnten. Keine Ohrringe, keine künstlichen Wimpern, nichts, was die getupften Sommersprossen auf ihrer Haut abdeckt. Sie ist ungefiltert. Die Rohversion von sich selbst.

»Papa, wir müssen los«, drängelt sie.

Robby verdreht die Augen nach oben und zieht die Mundwinkel straff. Eine universale Mimik, die klar sagt: »Frauen …« Er berührt noch einmal meinen Arm und verabschiedet sich dann: »Ah. Ja. Gut. Dann sehen wir uns spätestens am Montag.«

Sie ziehen von dannen. Ein Mann mit Schultern, die so breit sind, dass niemand neben ihm durch den Gang laufen kann, ein Mädchen mit Strumpfhosenbeinen, so dünn wie meine Unterarme, und ihre Freundin, die sich nach einigen Schritten noch mal zu mir umsieht und peinlich berührt einen Schritt schneller geht, als sich unsere Blicke treffen.

Ich sehe erst auf meinem iPhone nach, ob Sophia geantwortet hat, als ich bereits auf dem Bürgersteig vor unserem Haus geparkt habe. Ihre Nachricht wartet bereits auf mich: »Ich habe eine bessere Idee«, lese ich. Am Ende des Textes steht dieses Emoji, das einen Mundwinkel schelmisch nach oben zieht. Besser bekannt als der Sex-Smiley, weil er eindeutig so aussieht, als würde er an eine heiße Nummer denken. Mir wird komisch.

Ich blicke unentschlossen auf mein Handy und weiß nicht,

was ich darauf nun sagen soll. Vermutlich erwartet sie, dass ich das Spiel mitmache und brav »Was denn?« antworte, gefolgt von einem Zwinkern – dem zweitanzüglichsten Exemplar der Emoji-Palette.

Obwohl es zehn Minuten her ist, dass ihre Nachricht ankam, folgt genau in diesem Moment eine weitere: »Schau mal zur Haustür, Baby.« Wie ferngesteuert folge ich der Anweisung.

Und da steht sie. Sophia. In einer Lederjacke, engen schwarzen Hosen und einem gigantischen Schal. Die blonden Haare sind zu einem dieser Zöpfe zusammengebunden, die mühelos aussehen, vermutlich aber eine Stunde Schwerstarbeit erfordern.

Mein Herz fängt wahrscheinlich zum ersten Mal bei ihrem Anblick wirklich an zu rasen. Aber aus den ganz falschen Gründen.

Ich steige aus.

»Hi«, sage ich und höre selbst, wie die Unsicherheit aus meiner Stimme trieft.

»Hallo, Baby«, säuselt sie. Als ich nur verwundert dreinblicke, erklärt sie: »Als du geschrieben hast, dass du mich unbedingt sehen willst, hab ich beschlossen, dich zu überraschen.« Sophia wippt auf den Fußballen und streckt die Hände nach mir aus.

»Oh«, mache ich nur.

»Habe ich dir gefehlt?«, fragt sie und hebt dabei wie aus einem Reflex ihre Brust in die Höhe.

Ich reibe mir instinktiv die Augen.

»Ich …«

»Ach, Jacob, du bist ja total hin und weg, dass ich hier bin.«

So kann man es auch sagen. Ich bin in der Tat hin und weg.

Ich habe Sophia in den letzten Monaten absichtlich selten bis nie zu mir nach Hause eingeladen. Die Stimmung bei uns ist ein Minenfeld, auf das ich sie niemals führen wollte. Ich hatte keine Lust, zu viel erklären zu müssen. Und ich schäme mich.

Dass ich erneut nicht antworte, scheint sie nur als weitere Bestätigung zu interpretieren. Sie reckt sich, um mich zu küssen, und weil ich nicht schnell genug schalte, erwidere ich den Kuss. Unsere Lippen machen ein Schnalzgeräusch, als sie sich voneinander lösen, und ehe ich michs' versehe, habe ich die Haustür aufgeschlossen und Sophia mit nach drinnen genommen.

Es ist ruhig und ausgestorben. Noch.

Gott sei Dank.

Wie immer, wenn Sophia mal bei mir zu Hause ist, kommt sie aus dem Quasseln nicht mehr heraus. Guck mal, Jacob. Das da, Jacob. Wow, Jacob. Geeeeeil, Jacob. Sie liebt es, meinen Namen zu sagen. Und sie liebt es, mich auf Gegenstände, Möbel und Deko-Objekte in meinen eigenen vier Wänden hinzuweisen. Vorzugsweise auf die, die deutlich sagen: Hallo, nur für den Fall, dass es Ihnen entgangen ist – hier lebt eine vermögende Familie mit einem Hang zum Exzentrischen.

Heute hat es ihr die komische Plastik einer sehr kurvigen, kopflosen Frau angetan, die auf einem Sockel direkt neben Dads erster Goldener Schallplatte im Eingangsbereich thront. Die dralle Dame steht da, solange ich denken kann. Sie hat die eine Hand kess in die ausladende Hüfte gestemmt und die andere selbstbewusst nach oben gestreckt, sodass sie direkt auf die Auszeichnung für *Lil Macs* erste Single *You Ain't Gonna Put Me Down* zeigt. Es ist quasi unmöglich, den Haushalt der Macintoshs zu betreten, ohne mitzukriegen, dass hier ein preisgekrönter Musiker wohnt.

»Ich liebe diese Figur«, sagt Sophia. Wie eine echte Kunstkennerin legt sie sich dabei die Hand ans Kinn und nickt nachdenklich. »Sie wirkt so sinnlich. So echt. Und so lebensnah, findest du nicht?«

Ich zucke mit den Schultern und kann mir nicht verkneifen, hinzuzufügen: »Na ja, die Gute hat keinen Kopf und ist rotblau gemustert.«

»Du bist so ein Zyniker«, weist sie mich zurecht, wirft sich mir aber kurz darauf in die Arme und streichelt mit dem Zeigefinger langsam über meine Brust.

»Quatsch«, sage ich.

»Doch.« Sie grinst und zeigt dabei ihre weißen, geraden Zähne, die bis vor Kurzem noch von einer Spange in diese einwandfreie Position gebracht wurden. »Aber das mag ich irgendwie an dir. Du bist meine kleine Grumpy Cat.«

Meine Brust verengt sich. Sophia hat wirklich keine Ahnung. Wenn sie so weitermacht, schaffe ich es einfach nicht, sie eiskalt abzusägen.

Als hätte sie meine Gedanken gelesen, wandert ihr Zeigefinger zu meinem Bauch. »Gehen wir auf dein Zimmer?«

Mhm … mein Zimmer. Es heißt doch immer, man solle an einem neutralen Ort Schluss machen. Aber es ist zu spät, sie in ein Café oder ein Restaurant zu entführen. Sie hat sich schon die Schuhe ausgezogen. Außerdem habe ich es nie verstanden, wieso empfohlen wird, eine Beziehung an einem öffentlichen Ort zu beenden. Bei der Vorstellung, dass zig fremde Leute mitbekommen, wie Sophia sich in Trauer, Zorn und Vorwürfe auflöst, dreht sich mir der Magen um.

»Wie wär's … wenn … also, wie wär's, wenn wir in die Küche gehen?«

Die Küche ist mit Abstand der neutralste Ort in unserem Haus. Bei uns wird nur selten frisch gekocht. Die leeren Arbeitsflächen strahlen Nutzlosigkeit aus, die zahlreichen Mixer, Zerkleinerer, Rührgeräte und Saftpressen sind nur da, um da zu sein. Um die Küche zu einer normalen Küche zu machen. Um uns zu einer Familie zu machen, die Frischgepresstes trinkt.

Sophia sieht mich einen Moment irritiert an, dann setzen sich in ihrem Kopf zwei Puzzleteile zusammen, die nicht zueinander passen. »Ach, stimmt! Du musst ja total ausgehungert sein, nach deinem Workout.«

»Ähm … ja.«

Sie geht vor mir her in die Küche. »Ich kann dir ein Brot schmieren.«

»Nee, ich …«

Sie öffnet den Kühlschrank. »Ach nee, was mit Eiweiß. Oder? Wegen Muskelaufbau und so? Vielleicht ein Ei?«

»Sophia, ich …«

»Ich habe gelesen, in Eigelb ist mehr Eiweiß als in Eiweiß. Hast du das gewusst? Also vielleicht nur ein Eigelb?«

Was zur Hölle redet sie da? Nur Eigelb?

Sie schiebt ihren halben Körper in den großen amerikanischen Kühlschrank. »Ihr habt keine Eier.«

»Schon gut, ich will kein Ei.«

Da ich nicht weiß, wie ich dieses endlos plappernde Wesen zum Schweigen bringen kann, betätige ich erst mal den On-

Knopf unserer Kaffeemaschine und beschließe, ihr einen Latte macchiato zu machen. Sophia liebt Kaffee oder mag vor allem das Konzept dahinter.

Ich drücke das Knöpfchen und heißer Milchschaum schießt in das hohe Glas, auf dem in verschiedenen Brauntönen – wie um Missverständnissen vorzubeugen – *Latte macchiato* aufgedruckt ist. Meine Mom mag Sachen wie diese: Gläser, Schalen und Dosen, auf denen draufsteht, was sie beinhalten.

Ich habe tatsächlich ziemlich großen Hunger. Zuletzt habe ich heute Morgen in der Schule etwas gegessen und seitdem ist eine Menge Zeit und eine lange Trainingssession vergangen. Aber es kommt mir unpassend vor, Sophia mit vollem Mund gegenüberzusitzen oder Reste am Kinn kleben zu haben, während sie über das, was ich gleich sagen werde, in Tränen ausbricht.

Also mache ich mir selbst nur einen Kaffee mit Milch und hoffe, dass mein Magen gleich nicht unangebracht knurrt.

Sophia klettert auf einen der lederbezogenen Barhocker und lehnt sich lässig mit dem Arm auf die Küchentheke. Ich stelle das ausdrücklich als solches deklarierte Macchiato-Glas vor sie, nehme neben ihr Platz und umklammere meine Tasse mit beiden Händen.

Um Zeit zu gewinnen, schaue ich mich in der Küche um. Alles ist weiß hier. Alles. Damit man Flecken besonders gut sehen kann, denke ich. Obwohl nie welche da sind. Flecken, meine ich.

»Wir könnten was zusammen kochen«, schlägt Sophia vor und nimmt einen klitzekleinen Schluck von der dreischichtigen Kaffeekreation.

»Ja, du … deswegen …« Ich versuche, mich wenigstens an

einen Film zu erinnern, aus dem ich mir Inspiration für diese Trennungssache holen könnte. Aber die einzige Filmszene, die meinem verkorksten Hirn einfällt, ist aus *Pumping Iron*, der Bodybuilder-Doku über Schwarzenegger, in der er sagt: »The Pump is like coming« – aufgepumpte Muskeln fühlen sich an, als würde man kommen.

Mensch, Arnie, das hilft mir jetzt echt nicht weiter.

Sophia legt den Kopf schief, spielt an ihren Haaren und sieht mich fragend an. »Was ist los? Du bist so komisch.«

»Ja … also. Ich glaube, ich will das nicht mehr.«

Sie kneift ein Auge zu und starrt mich an. »Was?«

Mhm. Gute Frage. Was? Mich mit ihr treffen? Das alberne Geknutsche in meinem Auto, wenn ich sie irgendwohin fahre? Das falsche Gefühl, wenn ich sie »meine Freundin« nenne?

Die Wahrheit ist, ich fühle mich eigentlich nicht wohl bei dem Gedanken, eine Freundin zu haben. Denn eine Freundin zu haben heißt, mit jemandem über alles reden zu müssen. Und das kann ich nicht. Ich hab's versucht, aber ich kann's nicht. Eine Freundin zu haben, von der all deine Kumpels behaupten, sie sei der beste Fang überhaupt, nur um dann nie mit ihr zu reden und vielleicht zweimal in der Woche im Halbdunkeln mit ihr rumzumachen, ist allerdings noch viel schrecklicher. Es ist nicht fair. Und ich weiß, da draußen gibt es viele Menschen, die unfaire Beziehungen führen – ich würde mir manchmal wünschen, ich wäre einer von ihnen. Aber ich krieg's nicht hin.

»Eine Beziehung. Ich kann das irgendwie nicht.«

Verlegen gucke ich auf meine Kaffeetasse. Mein Körper kribbelt vor Verlegenheit und Untätigkeit. Ich wünschte, ich hätte einen Löffel, mit dem ich ablenkend meinen Kaffee umrühren könnte. Jeder empfiehlt einen neutralen Ort zum Schlussmachen, aber niemand rät zu einem Gegenstand, an dem man währenddessen seine Nervosität auslassen kann. Einen Schlussmach-Fidget-Spinner. So etwas bräuchte ich.

Die Stille, die auf meine Aussage folgt, lädt sich auf wie ein Elektro-Song, bevor der Beat dropt.

Doch zu meiner großen Überraschung entlädt sie sich nicht im Mindesten so, wie ich es erwartet habe. Keine Tränen. Keine Vorwürfe. Kein Klammern.

»Jacob, Baby, was hast du denn? Das kriegen wir schon wieder hin!«

Verdutzt sehe ich auf und ziehe die Augenbrauen kraus.

»Ich weiß, du bist verschlossen. Aber wir schaffen das. Du kannst mir vertrauen!«

Phrasen. So ist es mit Sophia. Immer nur Phrasen. Wann immer wir uns unterhalten, habe ich das Gefühl, sie sagt ein Skript auf, das sie vom Set einer Seifenoper gestohlen hat. Selbst wenn wir im Bett sind.

»Sophia, ich …«

»Nein, Baby, du musst keine Angst haben. Ich habe echt Verständnis.«

Sie rutscht von ihrem Barhocker, kommt zu mir und legt ihren Kopf an meine Schulter. Ich kapiere gar nichts mehr.

»Ich habe es gehört. Das mit deinen Eltern. Ich weiß, dass …«

Plötzlich drückt mich etwas in meinem Magen. »Was hast du gehört?«

»Na, dass sie sich vielleicht scheiden lassen. Und, hey, du hättest es mir ruhig sagen können. Es ist vollkommen normal, dass du in dieser Situation an der Liebe zweifelst. Aber es gibt sie, Jacob. Beziehungen müssen nicht so enden.«

Jesus Christ, das ist schlimmer als jede Reaktion, die ich mir hätte ausmalen können. Wenn ich mich zuvor schon unwohl gefühlt habe, dann ist das nichts im Vergleich zu jetzt. Ich komme mir verarscht vor.

»Wer hat dir denn diesen Scheiß erzählt?«, frage ich.

»Na, Magnus natürlich. Ihr seid doch so eng. Aber es ist okay. Jetzt ist nur wichtig, dass du …«

Ich greife mir an die Nasenwurzel. Magnus. Magnus, dieser intrigante Mistsack? Woher weiß er das? Und wieso erzählt er es weiter? Und wer hat überhaupt etwas von einer Scheidung gesagt? Eine Scheidung – *pf*! Eine Scheidung wäre eine leicht zu verdauende Vorspeise im Vergleich zu diesem fetten Braten, der seit Monaten in unserem Backofen von einer Familie schmort.

»Geh bitte«, flüstere ich.

Es ist erstaunlich. Manche Reden übt man stundenlang vorher im Kopf. Doch wenn es drauf ankommt, sagt man plötzlich etwas, das man sich nie zugetraut hätte.

Benni hatte recht, als er mich heute Morgen auf Sophia ansprach. Ich wollte nie wirklich mit ihr zusammen sein. Aber ich dachte, es wäre eine gute Sache, eine Freundin zu haben, die jeder für meine Traumfrau hielt. Doch jetzt – von einer Sekunde auf die nächste – ist mir schon die Vorstellung zu viel, sie könnte hier noch einen einzigen Schluck aus dem Lattemacchiato-Glas trinken.

»Jake, ich … Du bist verwirrt.«

»Ich bin nicht verwirrt. Ich will Schluss machen.«

»Aber wir … ich meine …« Sie scheint allmählich zu begreifen. Sie weint noch immer nicht, aber sie presst ihr Gesicht auch nicht mehr gegen mein T-Shirt. Ihre Schultern sacken ein, bevor sie tief Luft holt und fragt: »Liegt es daran, dass wir nicht miteinander schlafen?«

»Wenn es mir darum ginge, dich ins Bett zu kriegen, würde ich wohl kaum Schluss machen.« Was als beschwichtigende Aussage gemeint war, trifft zu meinem Schreck das Bull's Eye ihrer Provokations-Dartscheibe.

»Soll das etwa heißen, dass ich nicht begehrenswert genug bin, damit der große Jacob Macintosh mit mir schlafen will?«

Ich stöhne. »Nein, das soll nur heißen, dass ich nicht mit dir zusammen sein möchte. Und ich will bitte nicht Jacob genannt werden, ich …«

Sophia schaut sich hastig links und rechts um, als würde sie die Souffleuse suchen, die ihr den geeigneten Text zuflüstert. Ihr Blick bleibt an dem Glas hängen. Mit einem Ruck greift sie danach und feuert das hässliche Ding auf den Boden. Kleine Splitter mit Buchstabenfetzen fliegen in alle Ecken der Küche und die komplette Ladung Kaffee ergießt sich auf die cremig weißen Fliesen.

Ich sehe auf den Boden, dann zu ihr.

In dem Moment scheint sie zu begreifen, dass ihre Reaktion nicht ganz durchdacht war. Ihre Hose und ihre Socken sind in warmen Kaffee getränkt. Ihr Abgang wird zu einem Slalomkurs um die Glasscherben herum.

Ich sage kein Wort mehr. Sie sagt kein Wort mehr. Stumm balanciert sie auf den Zehenspitzen aus dem Küchenchaos hinaus.

Wenige Sekunden später fällt die Haustür mit einem Knall ins Schloss.

Das war es dann wohl: das Ende meiner Beziehung.

»Das hat sie nicht allen Ernstes getan?« Benni hält mitten in der Bewegung inne, den Basketball vor seinem Bauch, die Finger um das Kunstleder gespreizt.

»Alter! Glaubst du, ich kann mir so eine Scheiße ausdenken?«

Benni dribbelt, versucht an mir vorbeizukommen, ich luchse ihm den Ball ab, mache zwei Schritte und lege ihn in den Korb.

»So ein Dreck«, flucht er. Ich weiß, dass er damit seinen Ballverlust meint, auch wenn jeder andere den wohl mit »Fuck« oder »Scheiße« kommentiert hätte.

Benni fängt den Ball und klemmt ihn sich unter den Arm.

Wir haben einen Korb auf einem der drei Courts im Frankfurter Osthafenpark in Beschlag genommen. Als Benni mir heute Nachmittag vorgeschlagen hat, ein paar Körbe zu werfen, ehe hier am frühen Abend die inoffizielle Jahrgangsstufenparty abgeht, war ich sofort Feuer und Flamme.

Weil ich zu Hause rausmusste.

Weil ich einen hohen Puls wollte.

Weil mein gestriges Gefühl von Taubheit nach dem Training durch das Debakel mit Sophia verpufft ist.

Weil ich Benni sehen wollte.

Mit Benni ist »Darüber reden« tatsächlich kein kompletter Bullshit. Was auch immer sich hinter diesem »Darüber« verbirgt, Benni macht es mir stets leicht – egal, wie oft ich ihn abweise. Manchmal, wenn ich echt mies drauf bin, kotze ich mich bei ihm sogar über meinen Vater aus, obwohl ich weiß, dass das auch für Benni ein schwieriges Thema ist. Denn er hat gar keinen Vater. Keinen, der jemals für ihn da war.

»Noch mal fürs Protokoll: Sie hat ein volles Glas auf den Boden geworfen und ist dann kommentarlos gegangen?«

»Jep. Nachdem ich angeblich gesagt hätte, dass sie nicht begehrenswert genug sei, um mit jemandem wie mir Sex zu haben.«

Bennis Ohren leuchten beim Klang des Wortes Sex sofort rosa auf. Wenn ich nicht wüsste, dass er ein belesenes Kerlchen ist und sicher mal Medizin oder Biologie studieren wird, dann würde ich mich ernsthaft fragen, ob Bennis Mama ihn je darüber unterrichtet hat, dass es sich beim Storch mehr um so eine Art Metapher handelt. Unsicher dreht er den Ball zwischen den Händen.

Ich erlöse ihn, indem ich hinzufüge: »Na, vergiss es. Die hat einfach was falsch verstanden und dann – bämm – das herzallerliebste Latte-macchiato-Glas zerstört.«

»Aber doch hoffentlich nicht eines von denen, wo zwanzig Mal *Latte macchiato* draufsteht?«

»Genau so eines.«

»Verflixt! Was hat deine Mutter gesagt?«

Ich hebe eine Augenbraue und sehe ihn skeptisch an. Als würde meine Mutter es mitbekommen, wenn ihr Bestand an Gefäßen mit aufgedrucktem Daseinszweck geschmälert worden ist.

»Sie weiß es nicht. Ich habe 'ne halbe Stunde die Küche geputzt und dann den Rest des Abends mein Zimmer nicht mehr verlassen.«

Benni verzieht einen Mundwinkel und ich weiß, was er denkt. Es ärgert mich, dass ich dieses Gefühl in ihm auslöse. Diese Mischung aus Mitleid und Empathie und »Du hast was Besseres verdient, Kumpel«. Ich hasse das. So will ich nicht angesehen werden.

»Du weißt, dass du immer vorbeikommen kannst. Meine

Mutter hat kein Problem damit. Du kannst auf meinem Bettsofa schlafen.«

Ich sehe erst in den strahlend blauen Himmel, dann hinüber zu den fremden Jungs, die am gegenüberliegenden Korb spielen, und lenke vom Thema ab: »Lass die mal fragen, ob wir drei gegen drei spielen.« Schon habe ich ihm den Ball aus den Händen geschlagen und bin rüber zu den vier Typen gedribbelt, die Freiwürfe auf ihren Korb machen.

Es ist halb sieben, als die Ersten auftauchen.

Das Areal im Osthafenpark läuft über vor schreienden Kindern, Skatern, Fußballern und Basketballern. Und natürlich vor Teenagern, die am Mainufer ihren ersten Alkohol trinken. Mein erstes Bier, mein erster Suff – beides hat hier stattgefunden. Heute trinke ich nicht mehr. »Wegen meiner Ambitionen beim Sport«, erzähle ich den meisten und irgendwie stimmt das auch, aber vor allem wegen meines Dads – doch das erzähle ich niemandem.

Ich betrachte es immer mit einer gewissen Nostalgie, wenn ich Fünfzehnjährige auf dem Rasen zwischen Osthafen- und Deutschherrnbrücke ihre ersten Schlucke von billigem rotem Wodka nehmen sehe. Ich frage mich: Wenn ich mich mit achtzehn schon so weit von meinem fünfzehnjährigen Ich entfernt fühle – wie wird es dann erst in zehn Jahren sein? Oder in fünfzig?

Benni und ich haben uns auf der Wiese ausgestreckt und die Hände hinter den Köpfen verschränkt, als uns ein paar Mädchen aus unserer Abschlussklasse umzingeln. Ich kenne lediglich eine von ihnen etwas näher, Julie. Sie ist in meinem

Sportkurs und ganz nett, soweit ich das von den paar Stunden Basketball und Cross-Country-Lauf pro Woche beurteilen kann. Sie und ihre Freundinnen tragen große Taschen und Designersandalen und bieten uns Weißwein an, nachdem sie sich zu uns gesetzt haben. Sie trinken jetzt alle nur noch Weißwein und sagen dabei so etwas wie »Ich mag ja einen trockenen Chardonnay am liebsten« oder »Ein gut gekühlter Grauburgunder ist auch nicht zu verachten«.

»Hey, Jake – Leute, das ist Jake«, stellt Julie nur mich vor, als wäre Benni gar nicht hier.

Benni lässt sich auf das Angebot mit dem Weißwein ein und setzt dadurch eine seltsame Dynamik in Gang. Es gibt viele Phänomene, die ich auch nach all den Jahren an der International School noch nicht richtig durchblicke. Die freundschaftsstiftende Wirkung von Alkohol auf Partys gehört definitiv dazu. In einem Moment wird man nicht mal vorgestellt, im nächsten wirbeln halb gefrorene Himbeeren in einem Plastikbecher voll Wein und man ist mittendrin im Gespräch. Vermutlich ist es genau dieser Effekt, der Alkohol so verlockend macht. Ein Weißwein und du gehörst dazu.

Mir dreht sich bei dieser Beobachtung der Magen um.

Benni, Julie und ihre Freundinnen, die Victoria und Mei heißen, schnattern in breitem amerikanischem Slang über die unfaire Benotung der letzten Analysis-Klausur, eine Netflix-Show mit einem Briten in der Hauptrolle, Briten im Allgemeinen und Connor Schneider, einen Typ aus unserem Sportkurs, dessen Eltern aus Cornwall sind und der, laut Julie, der Zwillingsbruder von jenem Netflix-Schauspieler sein könnte. Wenn das so weitergeht, fragen sie Benni gleich, welchen Darsteller aus *Riverdale* er am heißesten findet.

Durch eine Fehlschaltung in meinem Gehirn fällt mir plötzlich der Witz wieder ein, den die Grunge-Elfe gestern gemacht hat. Wie sie schnodderig und schlecht gelaunt zu Robby gesagt hat, *One Direction* würden schon auf ihn warten. Ich muss glucksen.

»Was ist?«, fragt Julie, die mein amüsierter Gesichtsausdruck neugierig zu machen scheint.

Ich winke ab. »Musste nur an etwas Lustiges denken«, erkläre ich. Julie beugt sich zu mir herüber, stützt sich auf meinem Arm ab und lässt ihren Körper eine eindeutige Sprache sprechen. Ich mustere sie. Sie ist süß, eigentlich. Sie hat dunkelrotes Haar und einen Akzent, der so klingt, als käme sie ursprünglich aus der Nähe von Washington. Ich lächle zurück, spiegele ihre Bewegung, lehne mich ihr entgegen und flexe intuitiv meine Armmuskeln.

»Verrätst du mir, woran du gedacht hast?«

Weil mir nichts Besseres einfällt, erzähle ich ihr auf überzogene Art und Weise von dem Faible meiner Mutter, Sachen zu kaufen, auf denen steht, wozu sie zu gebrauchen sind.

»Überleg mal«, scherze ich, als ich bei der Pointe angekommen bin und sie erfolgreich zum Lachen gebracht habe, »du würdest dir doch auch keine Bürste kaufen, auf der ›Haare‹ steht? Oder Klopapier mit ›Scheiße‹-Aufdruck?«

Julie verschluckt sich vor Lachen an ihrem Chardonnay-Burgunder-Irgendwas. Ein kurzer Schuss Adrenalin durchströmt mich, weil sie mich lustig findet und weil sie sich vor diesem Spruch überhaupt nicht zu ekeln scheint. Im Gegenteil. Sie schnappt in ihrem Lachanfall nach Luft und klammert sich oberhalb meines Knies fest. Ich streichele spielerisch über ihren Rücken, um sie zu beruhigen. Es fühlt sich nicht schlecht an. Fast sogar gut. Ich überlege, was die anderen sagen würden, wenn man mich in Zukunft mit Julie sehen würde. Frage mich, ob ich zu ihr offen sein könnte, ob ich sie bei mir übernachten ließe oder für sie jemals das Training schwänzen würde.

Aber ich weiß, die Antwort auf all diese Überlegungen lautet Nein und hat absolut nichts damit zu tun, dass ich noch zu sehr an Sophia hänge.

Während ihre Finger immer noch auf meinem Oberschenkel liegen, erzählt Julie den Übrigen meine Anekdote nach. Mein Lächeln wird taub und nichtssagend, als sie bei der Stelle mit dem Klopapier ankommt, und ich werfe einen Blick über den Park. Ein Teil von mir sucht einen Fluchtweg. Ein anderer Teil hält Ausschau nach neugierigen Zeugen, die mich dabei beobachten, wie ich ganz normal bin. So wie immer. Jake, der mit Mädchen flirtet. Jake, der mitlacht, mitmacht, mitläuft.

Doch was ich dann beobachte, bringt mich völlig aus dem Konzept.

Ich sehe Magnus am Rand der Skateanlage stehen. Dass Magnus hier ist, sollte mich natürlich nicht verwundern. Er ist immerhin der Initiator dieser Party, die gerade mit Weißwein beginnt und später mit teuren Whiskys, Joints und vielleicht sogar Designerdrogen enden wird.

Unter einem Arm hält er ein Skateboard, mit dem anderen nimmt er etwas entgegen, das ein Handy sein könnte. Ein Handy, das ihm von einem Mädchen gereicht wird. Einem Mädchen mit kurzen dunklen Haaren und Sommersprossen.

Es ist meine Grunge-Elfe.

Mia!

Sie sieht fast genauso aus wie gestern, selbst die Freundin neben ihr ist dieselbe wie am Vortag. Doch im Gegensatz zu unserer Begegnung im Fitnessstudio ist heute etwas grundlegend anders.

Sie wirkt … begeistert.

05 MIA

An etwa dreihundert Tagen im Jahr ist bei mir alles okay. Nicht super, aber okay. Ich bin manchmal schlecht gelaunt, aber ich bin siebzehn und würde daher mal behaupten, dass schlechte Laune mein gutes Recht ist. An den verbleibenden fünfundsechzig Tagen werde ich eingeholt von schlechten Gedanken, heftigen Schuldgefühlen oder den unmittelbaren Folgen meines angeborenen Leichtsinns, der auch auf den Krankheitsbegriff »Analgesie« hört. Es passiert jedoch nicht mehr so häufig wie früher, dass ich mir durch Unachtsamkeit eine unnötige Verletzung zuziehe. Seit ich auf die schrecklichste Art und Weise lernen musste, welche Konsequenz Fahrlässigkeit haben kann, gebe ich nichts und niemandem mehr die Kraft, mir zu schaden.

Als Kind allerdings war ich sehr unvorsichtig, weil ich so etwas wie unmittelbare Konsequenzen gar nicht kannte. Bis zu dem Tag, von dem ich niemals spreche.

Der Tag, der alles veränderte.

Der Tag, an dem ich meine Mutter zum letzten Mal meinen Kosenamen sagen hörte.

Es war ein Sonntag, das werde ich niemals vergessen. Ein Sonntag im Sommer 2011. Mama und ich hörten an dem Tag mindestens fünfhundert Mal »Up All Night«– die erste *blink-182*-Single aus dem für Herbst angekündigten Reunion-Album *Neighborhoods*. Auf diese LP hat Mama sehnlichst gewartet. Doch sie sollte sie niemals hören.

In der Nacht, die auf diesen Sommersonntag folgte, war ich tatsächlich »up all night«. Ich habe nicht geschlafen und konnte mir auch nicht vorstellen, es jemals wieder zu tun. Nicht, nachdem ich durch den größten Fehler meines Lebens meine Mutter verloren hatte.

Dieser Fehler lehrte mich, dass ich nicht unbesiegbar bin und schon gar nicht unverletzlich.

Also beschloss ich, nie mehr unbesonnen zu sein. Nie mehr leichtsinnig.

Und vor allem wollte ich nie wieder, dass mein Leichtsinn jemand anderem schadet. Denn ich erkannte: Nur weil mir nichts wehtut, bedeutet das noch lange nicht, dass ich nicht imstande bin, jemandem, den ich liebe, Schmerzen zuzufügen.

Deswegen spreche ich nie über diesen Tag im Sommer. Nicht einmal mit Papa. *Erst recht nicht* mit Papa! Ich habe mir geschworen, dass er niemals erfahren wird, wohin wir an diesem Tag wirklich mit dem Auto unterwegs waren …

Am Samstagnachmittag bin ich um halb sieben im Skatepark, genau wie Luca es sich gewünscht hat. Er sagte irgendetwas von Golden Hour und guten Lichtverhältnissen am frühen Abend. Als ich ankomme, ist er nirgends zu sehen, aber Hati wartet schon. Sie sitzt auf der Wiese zwischen Skatepool und Basketballfeld und hat ihre Nase in ein Buch gesteckt. Auf dem Cover erkenne ich ein knutschendes Pärchen, über dem sich in lilafarbener Schrift der Buchtitel erstreckt.

»*Wild Love – Just for you.* Wow, du gibst dir wieder die volle Ladung Romantik, oder?« Ich lasse mich neben ihr nieder.

»Erst Bodyshaming bei Luca, jetzt Literaturshaming bei mir?«

»Oh, entschuldige, ich wusste nicht, dass es sich bei *Wild Love – Just for you* um einen postum veröffentlichten Thomas-Mann-Roman handelt.«

»Wenigstens lese ich.« Sie schlägt nachdrücklich das Taschenbuch zu.

»Ich lese auch.«

»Songtexte und Internetartikel über Bands zählen nicht.«

Ich hole Luft, um eine Diskussion zu starten, doch Hati schneidet mir das Wort ab. »Verkneif's dir. Ich streite mit dir nicht über meinen Literaturgeschmack. Ich sage ja auch nichts, wenn du mal wieder behauptest, *blink-182* seien ein Meilenstein der Musikgeschichte, obwohl die nicht mehr als drei Akkorde spielen können.«

»*Blink sind* ein Meilenstein der Musikgeschichte.«

»Ich wette, Mozart sieht das anders.«

»Hey …«, schauspielere ich plötzlich und deute mit skeptischem Blick grob in die Richtung des Fußgängerweges. »Das ist doch Herr Günther!«

Hatis Kopf schnellt so ruckartig zur Seite, dass ich ihre Halswirbel förmlich knacken hören kann. Mit einem gehässigen »Ha!« entreiße ich ihr das Buch. »Ich kann nicht glauben, dass du darauf reingefallen bist.«

Hati resigniert und zieht eine Schnute, als ich das Buch an ihrer letzten Stelle aufschlage und beginne, daraus vorzulesen.

»Alles an Kendrick war hart und fest, bemerkte Sheila. Von seiner strengen Miene über die muskelbepackten Schultern bis hin zu dem Waschbrettbauch und seinem …« Ich reiße die Augen weit auf und unterbreche meine Vorlesestunde sofort. »HATI! Du liest einen Porno, während du von hundert süßen Skatertypen umgeben bist?«

»Das ist kein Porno, das ist gefühlvoll.« Sie knibbelt an ihren Fingernägeln herum. »Und ich habe nicht einen süßen Skatertypen gesehen.«

»Was ist denn so gefühlvoll an Kendricks hartem Waschbrettbauch?«

Hati zuckt zusammen, als wären wir im Harry-Potter-Universum und ich hätte soeben den Namen von Lord Voldemort laut ausgesprochen. »Zufälligerweise ist das sehr gefühlvoll, weil Sheila die erste Frau ist, für die Kendrick sich von seiner weichen Seite zeigen kann. Der harte Waschbrettbauch ist also so etwas wie eine Metapher, okay?«

Sie will ihr Buch zurückerobern, aber ich bin zu sehr in den nachfolgenden Absatz vertieft, in dem sich zwischen Kendrick und Sheila eine ausufernde Sexszene anbahnt. Hinter uns johlen Stimmen. Erwachsene, Teenager und Kinder stürzen sich auf Skateboards, Inlinern und Cityrollern in die Tiefen der Skate-Anlage.

»Schon verstanden, du findest es lächerlich«, rügt sie mich, lacht aber dabei.

»So meine ich das doch gar nicht«, werfe ich ein. »Aber sollten sie nicht irgendwo dazuschreiben, dass diese Erotikszenen total überspitzt sind? Sollte es nicht einen Disclaimer geben, der den Leserinnen sagt, dass nicht jeder heiße Typ hinter seinem Sixpack einen weichen Kern versteckt?« Hati wirkt betreten. Ich gebe ihr das Buch zurück und sage ernst: »Wo sind die Geschichten, in denen man von Beziehungen und Sex enttäuscht ist?«

»Wenn ich Enttäuschungen möchte, muss ich kein Buch zur Hand nehmen«, schmollt Hati und presst sich den Schmöker vor die Brust, sodass ich den Rückentext erkennen kann: *Er ist verschlossen. Er ist sexy. Er hat ein großes Geheimnis. Nur bei ihr kann er sich öffnen – doch können sie einander geben, was sie wirklich brauchen?*

Ich versuche mir vorzustellen, wie ein Roman über mein Leben beworben werden würde. *Sie ist verschlossen. Sie ist zynisch. Sie hat ein großes Geheimnis. Sie kann sich niemandem öffnen – und das wird sich auch bestimmt nicht ändern, wenn jemand mit einem Waschbrettbauch daherkommt.*

»Die Liebe tut im realen Leben schon weh genug. Da ist es doch eine schöne Abwechslung, wenn wenigstens im Roman alles gut ist.« Hati klopft mir mit der Geschichte vom heißen Kendrick und seiner Sheila auf den Kopf.

Im nächsten Moment wird unser kleiner Buchclub schlagartig unterbrochen, als eine unbekannte Männerstimme hinter uns eine unverständliche Warnung brüllt. Gerade will ich mich zu ihr umdrehen, aber da ist es schon zu spät. Ein stumpfer Gegenstand donnert mir mit voller Wucht ins Kreuz und ich kippe nach vorn. Hati schreit und zieht an meinem Arm. Panik schnürt sich um meine Lungen und ich sehe weiße Lichtblitze.

Ich will mich umdrehen und nach dem Geschoss greifen, aber ich bin stocksteif. Stolpernde Schritte und entschuldigende Rufe nähern sich uns. Mein Herzschlag bringt mich fast um.

Wie durch Watte höre ich Hati fragen, ob alles okay sei, aber ich kann nicht antworten. Mein Körper ist zwischen Alarmbereitschaft und Super-GAU gefangen.

Plötzlich ist da eine Hand auf meiner Schulter. Durch das dumpfe Rauschen in meinem Kopf dringt eine fremde, gedämpfte Stimme, die Hatis Worte wiederholt. Mein Herzschlag verlangsamt sich und das watteartige Gefühl in meinen Ohren schwindet. Meine Sinneswahrnehmungen werden auf einen Schlag wieder hochgedreht, wie der Volumeregler an einer Musikanlage: die brüllenden Kids, die Skateboardrollen auf dem Asphalt, der strahlend blaue Himmel – alles kehrt zurück. Nur eines hat sich verändert: Neben mir hockt ein Junge mit langen blonden Haaren und einem hellblauen T-Shirt. Als ich ihn verwirrt mustere, wird mir klar, was vorgefallen ist. Es war lediglich ein Skateboard, das führerlos über den Rand des nächstgelegenen Skatepools hinausgeschossen und gegen meinen Rücken gekracht ist. *Sein* Skateboard, vermute ich. Denn er richtet sich nun auf, rollt das Teil mit dem Fuß ein Stück zur Seite und befördert es dann mit einem Tritt in seine Hand.

»Sorry, Mann, das tut mir echt leid. Da ist mir wohl ein astreiner Mr. Wilson passiert.«

Ich habe keine Ahnung, wer Mr. Wilson ist, und ich würde ja gerne nachfragen, aber mein Nervensystem ist leider immer noch damit beschäftigt, den Schock zu verarbeiten.

Das Gute: Ihm ist scheinbar nichts passiert.

Das Bessere: Mir auch nicht. Glaube ich.

Ich sehe an mir runter und entdecke kein Blut. Ich fühle tief in mich hinein, strecke mich und bemerke keine Blockade. Da ist nur Schreck. Den einen Herzschlag, den ich ausgesetzt habe, als sein Board mit mir kollidierte, werde ich nicht mehr wiederbekommen, aber wenigstens hat er mich nicht über den Haufen gefahren.

Zum Glück habe ich Hati an meiner Seite, um in Momenten wie diesen ungeniert die richtigen Fragen zu stellen. »Wer ist Mr. Wilson?«

»Ach«, der Skatertyp winkt ab und erklärt, »so nennt man das, wenn man sein Gewicht schlecht verlagert und das Board nach vorne wegschießt. Anfängerfehler. Tut mir echt leid!«, wiederholt er noch einmal.

Ich glotze ihn an. Ich bin unfähig, seine Entschuldigung anzunehmen, und hochgradig damit überfordert, dass mein langsam ruhiger werdendes Herz bei seinem Anblick sofort wieder Rhythmusstörungen bekommt. Dieser Typ … nun ja … er sieht einfach unfassbar gut aus! Er ist groß und schlank, hat lange, in der Mitte gescheitelte Haare in der Farbe von Stroh und einen Mund, den man anstarren muss. Seine Füße stecken in gelb-schwarz gemusterten Vans – es ist das Charlie-Brown-Modell aus der Peanuts-Kollektion, die letzten Sommer erschienen ist, und wenn das nicht verdammt niedlich ist, dann weiß ich auch nicht.

»Oh«, sagt er mit oscarreifer Lässigkeit und reicht mir die Hand. »Wie unhöflich von mir: Ich bin Magnus.«

»Mia? Mia, ist alles okay?«, fragt Hati nochmals. Sie klingt jetzt wirklich besorgt, was verständlich ist, weil ich mich aufführe, als wäre ich taub, blind und stumm.

»Ja, ich …« Ich sehe von unserem Oscar-Anwärter zu meiner besten Freundin. »Wow, mein Herz schlägt nur ziemlich … ähm … schnell.«

»Hab ich dir wehgetan?« Skaterboy legt eine Hand auf meinen Rücken und streichelt sachte darüber.

Wenn das Leben eine Schallplatte ist, dann ist dieser Augenblick eine Fehlpressung, die die Scheibe unfassbar kostbar macht. Es kann doch kein Zufall sein, dass ich genau in dem Moment, in dem Hati mir mal wieder weismachen will, dass die Liebe schmerzhaft und scheiße ist, fast von einem Jungen über den Haufen gefahren werde, der aussieht, als wäre er meinem Pinterest Board entsprungen! (Also … ähm … nur mal angenommen, ich hätte ein Pinterest Board mit heißen Skatertypen. Rein theoretisch …)

Ich bekomme kein Wort raus.

»Keine Sorge, man kann ihr nicht wehtun.« Wow, sie springt sogar mit einem Spruch für mich ein, der tatsächlich aus meinem Mund stammen könnte. Danke, Hati.

Magnus zeigt ein flirtendes Lächeln. Ich bin mir sicher, dass dies sein flirtendes Lächeln ist, nicht nur ein zuvorkommendes oder ein höfliches. Denn er zwinkert dabei mit dem linken Auge und zieht seinen Mundwinkel viel höher, als es notwendig gewesen wäre.

»Mia, richtig?«

Ich frage mich, woher er das weiß, bis mir einfällt, dass Hati mich eben mit meinem Namen angesprochen hat.

»Ja, so heißt sie. Und normalerweise ist sie schlagfertig. Ich bin Hati.«

Sie schütteln sich die Hand.

»Jap«, sage ich dann hastig, »ich bin Mia. Und ja, eigentlich bin ich schlagfertig. Wenn man mich nicht vorher fast mit einem Skateboard zweiteilt.«

»Gut.« Er lacht und streicht sich die glatten Haare hinters linke Ohr. »Ich bin jedenfalls froh, dass ich dich nicht zweigeteilt habe.«

Hati stößt mir so fest ihren Ellenbogen in die Rippen, dass sie genauso gut laut hätte brüllen können: »EY, MIA, IST DIR SCHON AUFGEFALLEN, DASS DICH DIESER MEGASÜSSE SKATERTYP GERADE ANBAGGERT?!?«

Ich winde mich von ihrem indiskreten Ellenbogen weg und antworte: »Ja, danke dafür … Ich … äh … bin auch froh, dass es dich nicht zerlegt hat. Dein Mr. … Mr. Dingsbums hätte bestimmt auch wahnsinnig in die Hose gehen können.« Der Versuch, eine etwa neuntausend Prozent coolere Version meiner selbst abzugeben, gelingt mir nur semigut. Schuld daran ist die nervenaufreibende Mischung aus meiner Beinahe-Zweiteilung und Magnus' selbstbewusstem Lächeln.

Oh Mann … Ich wollte schon immer einen Skater kennenlernen!

»Tja. Eine gesunde Portion Wahnsinn gehört schon dazu«, sagt Magnus. Er geht in die Hocke, stützt die Unterarme auf den Schenkeln ab und sieht uns von der Seite an. Dabei fällt ihm ein Vorhang aus Haaren ins Gesicht. Mir wird ein kleines bisschen flau im Magen.

»Und was macht ihr hier so? Lesen?« Er deutet auf das Buch, das Hati an sich presst.

»Nein!«, sage ich mit Nachdruck.

»Wir warten auf einen Freund«, wirft Hati ein.

»Ja, auf einen Freund. Kumpel. Guten Freund«, stammele ich, weil ich idiotisch und absolut flirtunfähig bin.

»Nice«, sagt Magnus. »Also seid ihr heute Abend auch zum Feiern hier?« Er macht eine ausladende Handbewegung über die Rasenfläche.

»Wir helfen Luca bei einem Fotoprojekt«, erklärt Hati. Eindeutig too much information.

»Nice«, sagt Magnus schon wieder, aber die Art, wie er dabei seine Augenbrauen zusammenzucken lässt, wirkt, als würde er es tatsächlich so meinen.

Ich kralle mich am Saum meines T-Shirts fest und presse verlegen die Lippen aufeinander.

»Du magst *The Cure*?«, fragt er plötzlich, als er dem verkrampften Griff meiner Hände folgt.

Oh GOTT! Er hat das Shirt erkannt! Noch nie war ich so froh, zwei Tage hintereinander dasselbe Oberteil getragen zu haben.

»Ja, ich ... ja, total. Du auch?«

»Mhm ... ein bisschen. Hab mal reingehört.« Er rappelt sich auf und legt lässig eine Hand in den Nacken. »Ich stehe mehr so auf den Skaterpunk der frühen Zweitausender. Aber viele von diesen Bands sind ja von *The Cure* beeinflusst worden.«

Kann. Mich. Mal. Jemand. Kneifen? Hat er das gerade wirklich gesagt? Meine Mundwinkel werden wie von unsichtbaren Fäden nach oben gezogen.

»Oh nein, damit hast du jetzt was angerichtet«, fällt mir Hati in den Rücken. Aber nicht auf die wirklich hinterlistige Art. Sondern mehr so, als wolle sie mir eine Steilvorlage dazu geben, über etwas zu sprechen, was Magnus und ich anscheinend gemeinsam haben.

»Wieso?«, fragt er mit einem neugierigen Grinsen. *Wow, dieses Grinsen!*

Ich hole Luft, um darauf zu antworten, aber Hati kommt mir erneut zuvor. »Weil sie dir gleich erzählen wird, dass *The Cure* die Lieblingsband von dem einen Sänger von *blink-182* ist und mhmhhph…« Ich halte ihr kurzerhand den Mund zu.

»Hör nicht auf sie. Wobei sie natürlich recht hat. *The Cure* ist wirklich die Lieblingsband von Mark Hoppus und … also, na ja, ich …« Ich spreche von Wort zu Wort langsamer, weil ich in Magnus' Gesicht noch nicht ablesen kann, ob er mich nun für einen Freak mit Vaterkomplexen halten wird oder ob ich vielleicht gerade richtig gepunktet habe.

»Ist das dein *fucking* Ernst?«, fragt er und verstärkt meine Unsicherheit damit nur noch. Er klemmt das Skateboard unter den Arm und führt die andere Hand zu seiner Gesäßtasche.

Ich blicke nervös von links nach rechts und mache schließlich nur ein unidentifizierbares Äääh-Geräusch.

»Okay … ich fand dich sofort echt hübsch und so. Aber jetzt *musst* du mir deine Handynummer geben.« Er fördert das allerneueste iPhone aus seiner Shorts zutage.

Hati kann schon gar nicht mehr ruhig sitzen, so aufgeregt ist sie. Diese Szene könnte immerhin geradewegs einem ihrer Bücher entsprungen sein.

»Weil ich die Lieblingsband von einem Mann kenne, der mein Vater sein könnte?«, frage ich und greife nach seinem Handy.

»Nein. Weil du die erste Frau in meinem Alter bist, die *blink* kennt.«

»Du kennst die falschen Frauen«, antworte ich und übergehe geschickt meine Verwirrung darüber, dass er wahrscheinlich der erste Junge ist, der mich Frau nennt! Normalerweise muss man doch mindestens fünfundzwanzig sein oder Körbchengröße C haben, um so bezeichnet zu werden. Oder?

»Na, ein Glück lerne ich jetzt dich kennen.«

Ich würde so gerne mit einem coolen, schlagfertigen Spruch darauf reagieren. Aber stattdessen kann ich förmlich spüren, wie meine Wangen in der Farbe einer reifen Pflaume anlaufen, und tippe einige Male vergebens auf seinem schwarzen iPhone-Display herum, bis ich stammele: »Äh … es ist gesperrt.«

Er zwinkert mir zu, entsichert das Handy dann mit der Gesichtserkennung und beobachtet mich dabei, wie ich meine Nummer als neuen Kontakt eintrage.

Ich nenne ihn *Mia, Skatepark*. Schließlich will ich nicht wie ein naives Mädchen wirken, das ernsthaft glaubt, er wisse morgen noch, wer Mia ist. Zu spät wird mir bewusst, dass ich mich damit gewissermaßen selbst schlechtmache. Und eigentlich ist es doch auch selbstverständlich, sich den Namen des Mädchens zu merken, dessen Nummer man unbedingt haben wollte. Oder?

Scheiße, wieso bin ich so ungeübt in all dem?

Doch er lacht und daher vergesse ich meine Zweifel für den Moment. Er findet mich lustig.

»Okay, *Mia, Skatepark*. Ich dreh noch 'ne Runde. Vielleicht renne ich heute ja noch das eine oder andere Mal in dich hinein.«

»Okay«, säusele ich heiser.

»Okay«, sagt er noch mal.

»Ooookay, tschaaaau«, flötet Hati. Ich habe vor lauter spontaner Verknalltheit vollkommen vergessen, dass sie auch noch da ist.

Magnus springt auf sein Skateboard, fährt den Weg entlang und wirft mir auf halber Strecke einen Blick nach. Er zwinkert.

»Kneif mich mal«, flüstert Hati.

»Ich dich? Wenn hier jemand gekniffen werden muss, dann ja wohl ich!«

»Ich pack's nicht«, ächzt sie.

»Hab ich was verpasst?« Luca steht vor uns. Luca in seiner ganzen nerdigen Hipster-Pracht aus analoger Kamera, Draco-Malfoy-Schopf und verwaschenem Shirt mit Wolf-Aufdruck.

»Nur den Beginn von Mias Liebesgeschichte. Keine große Sache.«

Luca scheucht uns für den Rest des Nachmittags quer durch den Hafenpark, über diverse Brücken, am Flussufer entlang und treibt uns damit auch an den Rand des Nervenzusammenbruchs. Er hat sich vorgenommen, noch dieses Jahr die Zwanzigtausend-Follower-Marke auf seinem Instagram-Account zu knacken, und nimmt diese Foto-Sache daher ziemlich ernst.

Während er unsere Haut, Hände und Haare für seine abstrakten, hippen Aufnahmen nutzt, wandert mein Blick alle zwei Minuten zu dem steilsten aller Skatepools, in den sich wieder und wieder ein strohblonder Haarschopf stürzt.

Diese ganze Flirt-Sache ist so aufregend. Ich bin noch nie derart direkt nach meiner Nummer gefragt worden. Streng genommen bin ich überhaupt noch nie nach meiner Nummer gefragt worden.

»Gott, Mia, du siehst aus, als würdest du dich um den Titel Germany's next Angela Merkel bewerben!« Luca versucht gerade eine Nahaufnahme von meiner unteren Gesichtshälfte zu machen – ich soll einen Lutscher zwischen den Zähnen halten und frech lachen –, wirft dann aber genervt den Kopf in den Nacken, als wäre ich ein absolut hoffnungsloser Fall.

Er hat recht. Aber ich hatte ja keine Ahnung, dass meine Qualitäten als Mund-Model ausgerechnet an dem Tag in Anspruch genommen werden, an dem ich zum ersten Mal meine Handynummer in ein Männertelefon eintippe.

Ich drehe meinen Kopf wieder zu den Skatern. Nur erblicke ich dieses Mal keinen auf und ab fahrenden Blondschopf, sondern einen Afro, der mir merklich bekannt vorkommt. Da, an der Stelle, an der ich eben noch mit Hati saß und über halbseidene Erotikszenen philosophierte, schlendert auf einmal der Frontmann von Papas persönlicher Fitnessstudio-Boyband vorbei. Mit dem federnden Gang eines vor Selbstbewusstsein nur so strotzenden Muskelpakets.

Und dann … dann prallen vor meinen Augen einfach so zwei Welten gegeneinander. Jake und Magnus, der wieder wie ein Blitz aus den Tiefen der Halfpipe aufgetaucht ist, winken sich zu und halten beide in ihrer jeweiligen Bewegung inne – der eine unterbricht den federnden Gang, der andere springt von seinem Skateboard. Sie gehen aufeinander zu und begrüßen sich mit einem so ausgefuchsten Handschlag, dass mir sofort klar ist: Die beiden müssen gute Freunde sein.

Was wird hier gespielt?

06 JAKE

Es ist Mittwoch. Hinter mir liegt ein verdammt beschissener Tag. In der Schule durchbohren mich immer noch die Blicke von Sophias Freundinnen, obwohl die Trennung nun zwölf Tage her ist. Jede andere Liebesgeschichte wird sonst nach maximal vierundzwanzig Stunden aus der kollektiven Erinnerung gelöscht. Wie eine Snapchat-Story. Ausgerechnet von meiner wurden unzählige Screenshots gemacht, sodass sie ungewöhnlich lange von Interesse bleibt. Typisch.

Weil ich mich kein einziges Mal zu den Vorfällen geäußert habe, kursieren mittlerweile eine Menge Gerüchte mit stark schwankendem Wahrheitsgehalt. Sophia muss ihren Freundinnen hier an der Schule erzählt haben, dass nicht sie das Latte-macchiato-Glas dramatisch auf den Boden geworfen hat, sondern ich. Jedenfalls ist das die Geschichte, die verbreitet wird. Und wie bei jeder guten Mundpropaganda ist sie ordentlich außer Kontrolle geraten. Mir ist eine Variante zu Ohren gekommen, in der ich das Glas gezielt nach meiner Ex-Freundin geschleudert und ihren Kopf nur um Zentimeter verfehlt haben soll. Es dauert wahrscheinlich nicht mehr lange und man erzählt sich, ich hätte versucht, ihr mit einem Splitter die Kehle aufzuschlitzen.

Ich mag es nicht, wegen einer schlechten Story im Mittelpunkt zu stehen. Das war einer der Gründe, wieso es sich mit Sophia immer so mies angefühlt hat. Ich wusste, dass wir eines Tages dramatisch auseinandergehen würden.

Es macht mich fertig, dass Sophia mich wie einen schlechten oder gar gewaltbereiten Kerl darstellt. Auch wenn Julie mir heute versichert hat, dass niemand diese Geschichten wirklich glaubt. »*Don't worry, Jake*«, hat sie gesagt, »die sind alle nur so aufgeregt, weil du wieder Single bist.« Ich weiß nicht, ob sie mit »alle« eigentlich sich gemeint hat. Ich weiß aber, was es bedeutet, wenn ein Mann sich einer Frau gegenüber wie ein Schwein benimmt, und als so jemand möchte ich bestimmt nicht gelten. Ich fühle mich missverstanden. Also zieht es mich wie magisch an den Ort, an dem mein Ruf egal ist, an dem es nicht zählt, wer ich bin, mit wem ich zusammen war und welche Leute ich kenne. In der Kraftschmiede liegt es in meiner Hand, was man sich über mich erzählt.

Nicht viele Leute trainieren heute in der Kraftschmiede. Das ist nicht ungewöhnlich an einem Mittwochabend. Ich habe nicht damit gerechnet, einen Bekannten zu treffen, und ich bin froh darüber, meine Ruhe zu haben. Ich will allein sein. Mit meinem Schweiß, meinem Trainingsplan und dem Rauschen in meinen Ohren. Doch dann treffe ich ausgerechnet *sie*.

Mia steht hinter der Theke, an der man Kaffee, kalte Getränke und Proteinshakes bestellen kann. Sie stützt die Ellenbogen auf den Thekenrand, streckt den Po weit nach hinten aus und balanciert ihren zierlichen Körper auf den Zehenspitzen.

Ich schwitze und stöhne und ich spüre jedes einzelne Gramm der vierzig Kilo, die ich auf meinen Schultern Ausfallschritt um Ausfallschritt vorwärtsbewege. Dreißig Walking Lunges habe ich mir auferlegt. Einmal quer durchs Studio, mit einer beladenen Eisenstange auf dem Rücken. Es tut gut. Es ist, als würde ich zugleich ein metaphorisches Gewicht Schritt für Schritt von mir wegtragen.

Doch sie … *Mia* nimmt mir den Fokus.

Wie kann es sein, dass ich sie zwei Jahre lang nie bemerkt habe und jetzt ständig? (Rechtes Bein nach vorn) Warum ist sie mir nie aufgefallen? (Linkes Knie absenken) Vielleicht war sie früher nicht so grunge-elfig und kurzhaarig und schlecht gelaunt und alleblickeaufsichziehend. (Linkes Bein nach vorn) Es ist unmöglich, sich mit ihr in einem Raum aufzuhalten (rechtes Knie absenken) – selbst wenn der Raum streng genommen eine Halle ist (rechtes Bein nach vorn) –, ohne sie permanent anzustarren. (Linkes Knie absenken) Alles an ihr schreit: »Starr mich an und wundere dich, dass ich so anders bin.« (Linkes Bein nach vorn)

Ich bin im Begriff, per Ausfallschritt direkt auf sie zuzumarschieren.

Zwei Wiederholungen noch.

Irgendetwas wirkt heute anders an ihr. Ihre Kleidung wirkt enger anliegend, aber genauso schwarz wie zuvor. Ob ich mit beiden Händen ihre Taille umfassen könnte? Wieso ist ihr Oberschenkel dünner als mein Arm?

Ein Schritt noch.

Sie wippt auf den Zehen, sie beult die Wange mit der Zunge aus, sie wackelt mit dem Kopf zu einem Song, den sie nur in ihrem Kopf hören kann.

Da fällt es mir auf: Sie lächelt! Das hat sich also verändert. Es ist ein kleines Lächeln ohne Zähne, dafür aber mit ganz viel Augen.

Ich stemme mich aus dem letzten tiefen Ausfallschritt nach oben. Auf meinem imaginären Zähler, mit dem ich die Wiederholungen einer Übung messe, klappt die Nummer dreißig um. Ich stehe direkt vor ihrer Nase.

Wahrscheinlich kann sie meinen Schweiß riechen.

Ich jedenfalls kann jede einzelne ihrer Sommersprossen sehen.

»Hi«, keuche ich. Es kommt mir nur richtig vor, wenigstens irgendetwas zu sagen. Schon allein wegen des Schweißgeruchs und ihrer Sommersprossen. Sie sieht von ihrem Handy auf.

Zweifellos ist darin der Grund für ihr magisches Augengrinsen versteckt. Entweder wurde sie auf einem Video getaggt, in dem ein Golden-Retriever-Welpe irgendwas Tollpatschiges macht, oder sie textet mit einem Typen. Einem, den sie ziemlich gut findet.

»Hi«, erwidert sie. Sie schaut irritiert drein, weil ich nicht einfach weitergehe. Oder wenigstens einen Vanilleshake bestelle. »Gibt es etwas Bestimmtes?«

»Keine Ahnung«, beginne ich, stemme die Gewichte über den Kopf und setze sie auf dem Boden vor mir ab.

»Es war Mia«, sagt sie plötzlich.

»Sorry?«

»Na, mein Name. Du sahst grade so aus, als würdest du angestrengt darüber nachdenken, wie ich noch mal heiße.«

Ich ringe noch immer um Atem, pruste einmal tief aus und sage: »Nee, das ist bloß mein Gesicht. So sehe ich einfach aus. Ich weiß noch ziemlich genau, wie du heißt.«

Mia hebt beide Augenbrauen. »Das kann ja jetzt jeder behaupten.«

»Glaub mir, ich habe grade nicht genug Sauerstoff im Gehirn, um das zu schauspielern.«

»Aber genug, um dich an den Namen von Robbys Tochter zu erinnern?«

»Du bist Robbys Tochter?«, frage ich und freue mich, als sie den Witz versteht und sachte darüber lacht. Doch diese Gefühlsregung ist schnell wieder hinter einer Maske verschwunden. Sie zieht das eng anliegende schwarze Shirt glatt, verschränkt die Arme vor der Brust und schlägt die Lider nieder.

»Brauchst du irgendetwas?«, fragt sie. »Die Regel besagt, dass ich jedem, der länger als drei Sekunden auf das Schild guckt, das Special der Woche anbieten muss.« Mia macht eine flüchtige Handbewegung zu der Kreidetafel hinter der Theke, auf der in Schönschrift die Namen und Preise der Drinks aufgelistet sind. »Also: Diese Woche gibt es den Espresso-Shake in der großen Größe zum Preis eines kleinen. Und alle so: yeah!«

»Yeah!«, mache ich und fühle mich direkt wie ein Idiot.

»Also …?« Eine Sekunde lang gilt mir ihre ungeteilte Aufmerksamkeit, dann schielt sie wieder unauffällig auf das Handydisplay, das schwarz und unspektakulär vor ihr schläft.

Ein Rinnsal Schweiß läuft zwischen meinen Schulterblättern herunter. »Nein, danke.«

»Du kennst meinen Namen, du willst nichts trinken, was willst du dann?«

»Weiß nicht«, beginne ich. Jetzt sollte ich mir wohl schnell etwas einfallen lassen. Im Gespräch mit einem Mädchen hat man nur eine geringe Menge an Weißnichts im Köcher und ich sollte sie nicht alle auf einmal verschießen. Dann halten sie einen nämlich für einen Armleuchter und ich will definitiv nicht, dass Mia mich für einen Armleuchter hält. Sie hat so etwas an sich, das mich dazu anspornt, meine nette Seite zum Vorschein zu bringen.

»Vielleicht will ich einfach nur 'ne Portion von dem Lächeln, das du für den Typen da in deinem Handy übrighast.«

Sie zieht den Mundwinkel leicht nach oben, so als wolle sie verhindern, dass zu viel Emotion durch ihre Fassade hindurchsickert. Und dennoch ... Ich habe sie aus der Reserve gelockt. Es ist ein merkwürdig befriedigendes und schönes Gefühl. »*Her smile is like coming*«, höre ich Arnold Schwarzeneggers Stimme in meinem Kopf, schüttele sie aber sofort ab. Was für ein Bullshit.

Mia formt die Lippen wie zu einem Kussmund, zieht sie dann aber missbilligend zur Seite. »Du denkst auch, dass du der ultimative Frauenversteher bist, oder?«

»Nein, wie gesagt: Denken ist gerade schwer.«

Sie greift nach dem Handy, hält es nicht mehr aus, lässt das Display aufleuchten und ich kann erkennen, dass eine WhatsApp-Nachricht auf sie wartet. Sie wirkt verlegen, als sie meinen Blick bemerkt, und verdeckt das Display mit ihren Fingern.

»Musst du nicht noch ein paar Tausend Kilo durch die Gegend schleppen oder einen Max-Versuch machen oder so?«

Ich weiß sofort, dass Mia mich aufzieht wegen neulich. Also beschließe ich, es ihr auf gleiche Weise heimzuzahlen: »Sag Magnus einen schönen Gruß von Jake.«

Ihr klappt der Mund auf. Ich habe derart ins Schwarze getroffen, dass der schlagfertigen Grunge-Elfe die Spucke wegbleibt. Und obwohl ich keinerlei Befriedigung darüber verspüre, richtig geraten zu haben, zwinkere ich ihr zu, schleudere die Stange zurück auf meine Schultern und mache dreißig Ausfallschritte von ihr weg. Bei jedem wird mein Puls schneller, aber ich weiß nicht, ob es an der Anstrengung liegt oder an dem Gefühl, das die Unterhaltung hinterlassen hat. Bei dem Gedanken, dass sie ausgerechnet mit Magnus schreibt, wütet ein vielköpfiges Monster in meiner Brust, das sich nicht einmal durch Krafttraining besänftigen lässt.

»Woher wusstest du das?«, tönt es in exakt dem Augenblick, als ich eine halbe Stunde später frisch geduscht und umgezogen aus der Umkleide komme.

Mia steht mit verschränkten Armen und eingeknickter Hüfte vor der Herrenkabine und starrt zu mir hoch. Ihr ist deutlich anzusehen, dass sie schon seit einigen Minuten nur drauf wartet, mich endlich zur Rede zu stellen.

»Ich hab euch zusammen gesehen. Letzte Woche Samstag.«

Sie sieht mich fragend an.

»Na, im Hafenpark.«

Ihr Blick klart auf, doch eine Sekunde später wird er wieder von Skepsis überschattet. »Das erklärt noch lange nicht, wieso du wusstest, dass ich mit ihm schreibe.«

»Komm schon. Wir sind hormongesteuerte Teenager, natürlich schreibt ihr miteinander.«

»Was soll das heißen?« Sie hebt eine Augenbraue, als habe sie mich in flagranti erwischt.

Ich schwinge meine Tasche in eine bequemere Position auf der Schulter und schiebe mich an ihr vorbei. Sie folgt mir auf dem Fuße. »Nichts soll das heißen. Ich kenne ihn und ich bin nicht blöd. Du hast gestrahlt wie ein Atompilz, als du seine WhatsApp bekommen hast.«

»Lustig«, kommentiert sie. »Du bist also einer von denen, die immer einen Spruch auf Lager haben.«

Ich lache falsch auf und drehe mich zu ihr um. »Das sagst ausgerechnet du.«

»Tu nicht so, als würdest du mich kennen.«

»Du hast angefangen.«

»Nein, du hast angefangen. Du hast doch gestichelt, dass ich mit Magnus schreibe.«

»Also kenne ich dich offenbar besser als du mich.«

Sie überholt mich und bleibt vor mir stehen. »Okay, wenn wir so weitermachen, streiten wir uns als Nächstes um Eimerchen und Förmchen.«

»Nicht, wenn ich vorher aus dem Sandkasten abhaue. Ciao«, sage ich.

»NEIN!«, brüllt sie. »Was hat er über mich gesagt? Ich meine: Hat er was über mich gesagt? Es ist ziemlich offensichtlich, dass er was über mich gesagt hat, sonst hättest du mich wohl kaum angesprochen. Woher kennst du ihn?«

Ich hebe beschwichtigend die Hände. »Immer langsam! Er hat gar nichts gesagt. Es ist nicht so, als wären er und ich beste Freundinnen, die sich die Haare flechten und über Jungs lästern.«

»Aber du hast doch …«

»Ich wollte einen Witz machen und hab alles auf eine Karte gesetzt, okay?«

Er und ich sind wirklich nicht besonders dicke. Wir machen Handshakes und nennen einander »gute Kumpels« oder so, aber in Wahrheit wissen wir beide, dass wir nur so tun. Wir sind aus welchen Gründen auch immer zu beliebt in der Schule, um aneinander vorbeizukommen. Aber wir schreiben uns nie, wir verbringen nie freiwillig Zeit miteinander und wir reden definitiv niemals über Frauen. *No fucking way*. Mein Wissen über Magnus beschränkt sich darauf, dass sein Vater ein schwedischer Millionär ist. Und damit auch ja niemand vergisst, wie stinkend reich er ist, lädt er einmal im Jahr die halbe Schule auf eine Party in seine Villa ein.

Magnus Wikström verkörpert für mich alles, was ich an meinem eigenen Leben hasse. Am meisten hasse ich jedoch, dass er es in vollen Zügen genießt.

»Woher kennst du ihn?«, fragt Mia wieder. Die Kleine lässt echt nicht locker. Sie ist mir bis zum großen Rolltor gefolgt.

»Schule«, sage ich knapp.

»Aha.«

»Nicht das, was du hören wolltest?«

»Nein. Egal. Na gut.«

»Dich hat es ganz schön erwischt.« Ich weiß nicht, ob das eine Frage oder eine Aussage ist. Meine Stimmfarbe kann sich nicht entscheiden, ob sie den Satz auf einem hohen oder tiefen Ton beenden soll. Mia und Magnus, Magnus und Mia – die beiden wären ganz schön perfekt. Ein Pärchen für das Cover von *Skate Punk Weekly* (falls es das gibt) oder für die Hauptrollen in einem alten Avril Lavigne Musikvideo.

»Vertrau ihm nicht allzu sehr, wenn du dir nicht wehtun willst«, sage ich aus einem komischen Impuls heraus. Ob ich ihm die Tour vermasseln will? Irgendwie schon. Ob mir der

Blick gefällt, den meine Aussage bei ihr auslöst? Nein, gewiss nicht. Denn Mia schmunzelt.

»Ich muss mal los.« Ich verabschiede mich in die Nacht, ehe das verknallte Mädchen mit den kurzen Haaren und dem Sommersprossengesicht noch mehr Fragen stellen kann.

»Jacob«, höre ich hinter mir eine Stimme, als ich mit eingezogenem Kopf in einem Strom aus Mitschülern aus dem Klassenzimmer hinauszuschwimmen versuche.

Jacob ...

Ich versuche es zunächst mit rigorosem Ignorieren. Doch Mrs Kent, die nach mir gerufen hat, lässt nicht locker. Noch zwei Mal probiert sie es mit meinem vollen Namen, ehe sie ein letztes Mal mit einem nun schon schärferen »JAKE!« nach mir ruft und ich nachgebe.

Ich weiß, worum es geht, aber ich will es nicht hören.

Die Matheklausur, die sie uns in der zurückliegenden Stunde wiedergegeben hat, liegt wie Blei in meinem Rucksack. Der Wisch dünnen Papiers wiegt so schwer, dass mir die Träger förmlich in die Schultern schneiden. Ich will mich von Schulnoten nicht runterziehen lassen. Sie werden in zehn Jahren doch eh keine Bedeutung mehr haben. Aber wenn ich hier wegwill – weg von dieser Schule, aus dem Haus meiner Eltern, aus diesem Land, wenn es sein muss –, dann darf ich meinen Abschluss nicht verkacken.

Doch genau das tue ich gerade: Ich verkacke ihn. Und zwar *big time*.

Ich starre zur Decke, als ich mich betont locker, ganz lassmichdochinruhe nach Mrs Kent umdrehe. Ich kann sie nicht leiden. Sie ist die Vorsitzende vom Charity-Board der Schule, dem auch mein Vater angehört, und ich habe schon länger den leisen Verdacht, dass sie ihm in diesen Sitzungen mehr über mich erzählt, als mir lieb ist.

»Setz dich bitte hin«, spricht sie mich auf Englisch an.

Sie geht zur Tür, schließt sie betont gründlich und geht langsam hinter ihr Pult zurück. Das wird offensichtlich eine längere Predigt. Ich setze meinen zu großen Körper auf den Stuhl direkt vor ihr, verschränke die Arme und starre sie an. Ich weiß, dass das die Pose ist, die ich einnehmen muss, wenn ich bockig und desinteressiert wirken will. Also tue ich es.

»Was ist los, Jacob?«

»Es ist nur 'ne schlechte Note, Mrs Kent. Sie wissen, dass ich es eigentlich kann.«

Sie umrundet ihr Pult und nimmt die Position ultimativen Verständnisses ein. Nichts sagt mehr »Du kannst mir vertrauen« und »Ich bin zwar eine Autoritätsperson, aber auch ein Mensch mit Gefühlen«, als wenn ein Lehrer sich mit einer halben Arschbacke auf die Vorderseite des Pults setzt und die Arme kreuzt.

»Ja, Jacob. Ich weiß, dass du es eigentlich kannst. Deswegen sitzen wir jetzt hier.« Sie faltet die Hände. Noch so ein Zeichen. »Wir können über alles reden«, sagt diese Geste. »Du warst früher doch mal richtig gut. In der Middleschool, weißt du noch?« Ich hatte sie in der achten Klasse schon einmal in Mathe. Damals ließ sie mich auf besondere Begabung testen. Doch dabei stellte sich heraus, dass ich nicht überdurchschnittlich begabt war, ich war einfach nur ganz gut im Rechnen.

»Ich erinnere mich flüchtig«, sage ich.

»Also. Was ist passiert?«, fragt sie.

»Das Leben«, erkläre ich ihr knapp.

Mrs Kent wirft energisch ihr schulterlanges honigblondes Haar nach hinten. Sie ist hübsch, eigentlich.

»Jake, ich …« Schon als sie die Kurzform meines Namens verwendet, mache ich mich auf etwas gefasst. Zur Ablenkung denke ich darüber nach, heute Abend eine extra Trainingseinheit einzulegen. Kurze, heftige Sprints vielleicht. *Wegrennen*.

»Hör zu, wenn ich dir irgendwie helfen kann, wenn du …«

Ich erhebe mich dramatisch langsam von meinem Stuhl. »Ich komme schon klar. Es ist nur 'ne schlechte Note.«

Mrs Kent eilt mir hinterher zur Tür. »Der Doppelabschluss an unserer Schule ist anspruchsvoll«, redet sie drauflos. Als hätte mein Versagen in der letzten Matheklausur irgendetwas damit zu tun, dass wir hier erst den amerikanischen Abschluss und dann noch das deutsche Abitur machen. »Wenn man da als Schüler mal etwas durchhängt, ist das ganz normal. Ich weiß ja, dass du auch Hobbys hast und Freunde und Freizeit.« Sie stellt sich mir in den Weg, sodass ich nicht gehen kann, ohne sie wegzuschieben.

»Es war nur eine schlechte Note«, sage ich erneut.

»Jacob.« Sie bemerkt meinen genervten Blick und korrigiert, »Jake, schon gut. Ich habe dich vor einigen Jahren auf Hochbegabung testen lassen. Und jetzt schreibst du mir schon die dritte Arbeit in Folge unter der 5-Punkte-Marke. Das ist doch nicht normal.«

»Tja.« Ich presse die Lippen aufeinander. »Sie wissen ja, was bei dem Test rausgekommen ist: dass ich einfach nur ein ganz normaler Junge bin«, sage ich mit sarkastisch-kindischem Ton in der Stimme.

Mrs Kent stöhnt resigniert. »Okay«, sagt sie schließlich, »ich möchte einfach gerne für dich da sein.«

Gott, ist das creepy. Als Nächstes streicht sie mir noch über den Kopf oder tätschelt meinen Bizeps.

»Ist nicht nötig.« Und weil mich das schlechte Gewissen packt, ergänze ich: »Aber danke.« Weil sie immer noch dreinblickt, als habe ihr jemand ihren letzten Lieblingsjoghurt ungefragt aus dem Kühlschrank weggefuttert, gebe ich mir einen Ruck und tische ihr eine Lüge auf: »Ich hab vor Kurzem mit meiner Freundin Schluss gemacht. Vielleicht liegt es daran.«

Mrs Kent schlägt die Hände zusammen und führt sie an ihre Lippen, als wäre sie ergriffen oder entsetzt. »Ach, Jake, auch das noch. Das tut mir leid.«

»Auch das noch?«, frage ich skeptisch. Hitze steigt von meinem Magen in die Speiseröhre auf. Das ganze Gespräch über ist sie der roten Linie, welche die Grenze meiner Beherrschung markiert, immer näher gekommen. Bedrohlich nahe. Doch jetzt schwebt bereits einer ihrer Füße darüber. Ein weiteres Wort und Mrs Kent übertritt sie.

Sie knetet plötzlich ihre Hände, als hätte sie ein Geheimnis ausgeplaudert.

»Ich hatte ein Gespräch mit deinem Vater, wegen … Na ja, eigentlich ging es um Franklin. Er hat sich … also … na ja … Ihr habt bestimmt zu Hause darüber gesprochen. Es war ja nur ein Missgeschick. Aber natürlich ist es ungewöhnlich bei einem Elfjährigen, deswegen müssen wir Lehrer Untersuchungen anstellen.«

Als sie Frankys Namen erwähnt, macht mein Kopf zu. Einfach so. Als wäre die Feuerschutztür in einem brennenden Gebäude zugefallen. Schnapp. Ende. Aus.

»Hören Sie auf, so freundlich zu tun. Sie verstehen einen Scheiß. Es war nur 'ne schlechte Note, okay? Und lassen Sie Franky in Ruhe.«

Bevor ich sie zur Seite drängen kann, tritt Mrs Kent freiwillig aus meiner Schussbahn. Sie macht regelrecht einen Satz nach hinten, als ich die Tür aufreiße und in den Gang hinausstürme.

Wieso hängt sie sich da rein?

Wieso redet er mit ihr über unsere Familie? Wieso redet er überhaupt noch über unsere Familie? Woher nimmt er sich das Recht? Was fällt ihm ein? Wieso haut er nicht einfach ab!

Ob er ihr wenigstens die ganze Geschichte erzählt hat?

Dass mein elfjähriger Bruder sich in die Hose macht – manchmal, wenn er sich traurig oder überfordert fühlt, manchmal einfach so, aus heiterem Himmel –, weil sein Vater ein beschissener Säufer ist? Weil es hart sein muss, elf Jahre alt zu sein und Angst haben zu müssen, dass heute die Nacht ist, in der er zuschlägt? Mom schlägt? Ihn schlägt? … Mich schlägt?

Da ist er … der Gedanke, den ich mir verbiete zu denken. Dass es mich treffen könnte. Und wie *fucking* groß meine Angst davor ist, dass es mich trifft. Ich sollte nicht an mich denken. Ich sollte Mom beschützen. Und Franklin. Doch was mache ich? Ich denke an mich.

»Wahrscheinlich bewerbe ich mich für einen Studiengang in Utrecht oder Groningen.« Es ist typisch Benni, ein solches Thema genau dann anzusprechen, wenn es überhaupt nicht passt.

Wir sitzen auf der Kante meines Bettes, umklammern Xbox-Controller und zocken *Madden NFL*. Bennis Hand wandert zwischen jedem Spielzug in eine Schüssel mit Salzbrezeln, von denen er sich viel zu viele in den Mund schiebt und sie laut mit den Backenzähnen zermalmt.

»In den Niederlanden?«, frage ich entgeistert.

»Nee, Utrecht im Taunus«, scherzt er. »Natürlich in den Niederlanden.«

»Wieso das denn?« Der kleinen Tom-Brady-Figur im Spiel fällt wegen meiner Unachtsamkeit der Football aus den Händen.

Was wird sein, wenn ich tatsächlich durchs Abi rassele und das letzte Jahr noch einmal machen muss? Ist Benni dann nicht mehr in der Gegend, um nach seinem Schulschluss wenigstens noch der einzige richtige Freund in meinem Leben zu sein? Der Einzige, der mich zumindest annähernd kennt und trotzdem meine Freundschaft erwidert? Mir ist nie in den Sinn gekommen, dass Benni eines Tages nicht mehr da sein wird. Klar, ich habe selbst vor, zu gehen. Aber irgendwie war ich eingebildet genug, mir vorzustellen, dass er sich mir anschließen würde. Benni wird allen Hochrechnungen zufolge sein Abitur mit einem Schnitt von 1,1 oder 1,2 machen. Er ist ein verdammtes Genie! Damit kann er wirklich überall studieren.

»Die Niederlande sind total renommiert für ihre Medizinstudiengänge.« Sein Titans-Spieler schmeißt sich auf mein Patriot-Männchen und verhindert einen digitalen Touchdown der Extraklasse.

»Dachtest du« – er unterbricht sich mit einem Griff ins Brezelbad –, »dasch iff in Frankfurt fdudieren werde und für immer bei meiner Mutti wohnen bleibe?«

»Natürlich nicht«, fahre ich dazwischen, »ich dachte, dass wir irgendwo eine Männer-WG gründen.«

Benni sieht mich ungläubig von der Seite an. »Hey! Manchmal kann ich es noch nicht mal glauben, dass der begehrteste Typ im Jahrgang wirklich mein bester Kumpel ist. Also überfordere mich nicht mit solchen Absurditäten!«

»Das meine ich ernst, Ben. Und labere nicht so einen Bullshit. Begehrt? Wie kommst du überhaupt darauf?«

Benni legt den Controller auf der weißen Bettwäsche ab. Es ist die Bettwäsche, die auf keinen Fall schmutzig werden darf, weil mir unsere Haushälterin sonst einen mehrstündigen Vortrag hält. Seit ich lebe, kommt Rita viermal die Woche für ein paar Stunden in unser Haus, um aufzuräumen und die Wäsche zu erledigen. Solange ich denken kann, beschwert sie sich darüber, dass unsere Bettwäsche zu teuer und zu fleckenanfällig sei. Sie könne das nicht heiß waschen und überhaupt: Wer bitte schön fertige Bettwäsche aus einem Stoff, der nicht in die Kochwäsche könne? »Das weiß ich auch nicht«, antworte ich ihr jedes Mal pflichtschuldig und bete, dass sie lediglich jene Flecken meint, die ich beim Essen im Bett hinterlasse.

»Boah, Mann, ich weiß ja, dass du manchmal nur so tust, als wärst du superselbstbewusst. Aber dir ist doch sicher auch schon aufgefallen, dass alle in unserer Stufe mit dir befreundet sein wollen. Typen wie Magnus laden dich zu Partys ein, obwohl ihr nichts gemeinsam habt. Mädels wie Julie bekommen Augen wie in einem Manga-Comic, wenn sie erfahren, dass du wieder Single bist. Sogar diese ganzen bescheuerten Gerüchte über dich und Sophia können dir nichts anhaben. Und überall, wirklich überall erzählen sich die Mädchen, dass du der krasseste Liebhaber unserer Schule bist.«

»Dass ich WAS bin?«, brülle ich und breche in Gelächter aus. In ehrliches Gelächter, das nichts mit falscher Bescheidenheit oder einem Ablenkungsmanöver zu tun hat. Ich lache über mich und die Art, wie die anderen mich sehen. Wie FALSCH sie alles einschätzen.

»Lach nicht so«, ruft Benni. »Du wirkst wie ein eingebildetes Arschloch, wenn du so lachst. Komm schon, du weißt das alles ganz genau.«

»NEIN«, brülle ich. »Wirklich, Gott, Benni, das ist echt total bescheuert!«

»Du machst dich bei mir nicht gerade beliebt, wenn du hier jetzt dein Licht unter den Scheffel stellst. Es ist hart genug, dabei zuzusehen, wie du erst Sophia, dann Julie mühelos klarmachst. Dabei hast du doch eh … du weißt schon.«

Benni knibbelt an seinen Fingernägeln herum und lädt dann vorsichtshalber Brezeln nach. So viele, bis sein Mund zu voll ist, um noch mehr von seinen Gedanken preiszugeben.

Vielleicht ist es der falsche Moment, um über die Leichtgläubigkeit meiner Mitschüler Witze zu machen. Denn da verbirgt sich noch etwas hinter seinem Neid, das er nicht ausspricht: Ich habe doch eh schon alles. Es scheint, als bewege ich mich mühelos durchs Leben.

Aber wieso fühlt es sich dennoch so schwer an?

»Hey …«, beschwichtige ich, »ich will nicht so tun, als wäre mir nicht bewusst, dass ich beliebt bin … oder dass man manchmal Dinge über mich sagt, die übertrieben sind –«

»Du tust es schon wieder«, flüstert mein bester Freund durch einen Krümelregen. Brezelstückchen fallen auf die teure Bettwäsche.

»Sorry! SORRY! Ich mein ja nur, dass sie keine Ahnung haben. Die mögen nur ihre Vorstellung von mir. Und ich hab echt keinen Plan, wer das Gerücht in die Welt gesetzt hat, dass ich ein guter Liebhaber bin.« Ich kann den Satz kaum denken – geschweige denn aussprechen –, ohne lauthals loszulachen. Mir kommen Szenen in den Kopf, Szenen von Sophia und mir in genau diesem Bett, in denen ich bewiesen habe, dass ich alles andere als ein guter Liebhaber bin. In denen ich derart konsequent Angebote ausgeschlagen habe, dass sämtliche meiner Klassenkameraden an meinem gesunden Menschenverstand zweifeln würden. Oder vielmehr: an meinem gesunden Mannesverstand.

»Iff will dazu keine Detailff. Danke«, mampft Benni.

»Es gibt keine Details.«

»Iff sagte, iff will keine.«

»Und ich sagte, es gibt keine.«

Benni schluckt. »Dass du sie mir nicht sagen willst, ist schon Detail zu viel. Das spricht für richtig unzüchtigen Shit.«

»Deine Mutter treibt richtig unzüchtigen Shit«, sage ich, obwohl ich so gut wie nie Mom-Jokes reiße. Die Gefahr ist zu groß, dass man sie vor jemandem zum Besten gibt, der seine Mutter bei einem tragischen Unfall oder so verloren hat. Und dann wird man zu einem noch größeren Arschloch, als man es eh schon aufgrund von niveaulosen Deine-Mutter-Witzen war.

Doch Benni nimmt es mit Humor. »Klar, meine Mutter isst manchmal Süßigkeiten, obwohl sie schon Zähne geputzt hat, oder sie lässt bei ihrem abendlichen Ave-Maria eine Zeile aus, weil sie es eilig hat, ins Bett zu kommen.« Er hält inne. »In ihr Ein-Meter-Bett, übrigens. Ehrlich, Mann, ich frag mich bis heute, wie mich die gute Frau überhaupt empfangen konnte. Die lebt abstinenter als der Papst.«

»Tja, Benni, wenn sich ein Mann und eine Frau sehr lieb haben, dann …«

»Sei bloß ruhig. Meine Eltern haben sich nie sehr lieb gehabt. Zumindest nicht gegenseitig.« Benni greift wieder nach dem Xbox-Controller und fummelt an einer Taste herum. »Übrigens: Wenn du das Bedürfnis hast, darüber zu sprechen, was bei euch hier so abgeht, wäre jetzt ein guter Zeitpunkt für 'ne Überleitung«, bietet er an und vermeidet absichtlich den Blickkontakt zu mir. Wir sprechen nicht allzu oft über die Situation bei mir zu Hause. Auch wenn ich weiß, dass ich es ihm jederzeit anvertrauen kann, fällt es mir schwer, den Anfang zu machen.

»Du könntest so etwas sagen wie: Apropos Eltern, die sich nie geliebt haben … Und dann einfach loslegen. Es wäre ganz leicht.«

Ich sinke in die Federn der Bettdecke zurück, starre an die Decke und murmele: »Nee, lass mal. Meine Eltern haben sich früher wirklich verdammt doll geliebt. Das macht die Sache ja so beschissen.« Ich schweige einen Moment. »Vermutlich kann es nur so scheiße werden, wenn irgendwann einmal Liebe da war.«

Benni nickt stumm. Sein Schweigen ist mir Gespräch genug. Ich fühle mich besser. Nicht gut. Aber besser.

»Ich habe nie mit ihr geschlafen.«

»Hä?«

Ich habe nicht wirklich geplant, das jemals jemandem zu erzählen. Nicht Benni. Nicht mal meinem Spiegelbild. »Mit Sophia. Ich hab nie mit ihr geschlafen.«

Benni wendet mir so schlagartig das Gesicht zu, dass er mit dem Ellenbogen die Brezelschale umschmeißt und sein Handballen ein paar Snacks zu Staub zerkrümelt.

»Nicht mal ein bisschen?«, ist zu meiner Überraschung seine erste Frage. Ich hatte mit »Warum?« gerechnet. Oder mit einem handfesten »Bist du bescheuert?« oder mit einem »Verarschen kann ich mich selbst«. Oder auch damit, dass Benni aus dem Zimmer stürmt und nicht mehr mit mir spricht, weil er denkt, ich tue wieder nur so, als würde ich meine eigene Beliebtheit zum Kotzen finden.

»Keine Ahnung, was du damit meinst, aber wir haben definitiv nicht miteinander geschlafen.«

Benni wird verlegen und läuft wieder rot an. Es war kein Scherz, dass seine Mutter eine sehr religiöse und verklemmte Frau ist. Als ich Benni in der achten Klasse kennenlernte, wusste er nicht, was ein Blowjob ist, und wenn das Ergebnis einer Matheaufgabe zufällig 69 lautete, war er der Einzige, der nicht angefangen hat, pubertär zu kichern. Er wurde jedes Mal plötzlich taubstumm, wenn er mit Mädchen reden musste, und nach dem Schulsport duschte er in seiner Unterhose.

»Du verscheißerst mich.«

»Nein.«

»Doch, tust du.«

»Komm schon, wieso sollte ich?«

»Damit ich mich besser fühle.«

»Du fühlst dich besser, wenn du weißt, dass ich noch nie Sex hatte?«

»DU HATTEST NOCH *NIE*?«

Ich stütze mich auf die Ellenbogen. »Alter. Das hab ich doch gerade gesagt.«

»Nee, nee, nee. Du sagtest ›mit Sophia‹. Ich dachte, du erzählst mir gleich, dass das der Grund für eure Trennung war.

Ihre Prüderie. Oder dass sie bis zur Ehe warten wollte. Aber in Wahrheit … willst *DU* bis zur Ehe warten?«

Benni rappelt sich auf und beginnt, die Brezelkrümel von der unwaschbaren Bettdecke aufzuklauben und zurück in die Schale zu füllen. Einige Salzkörnchen sammelt er direkt mit dem angeleckten Zeigefinger auf, den er anschließend gierig ablutscht.

Ich weiß nicht wirklich, worauf ich warte. Aber die Ehe ist es bestimmt nicht. Es ist auch nicht die richtige Frau oder der richtige Moment. Ich denke nicht, dass es eines von beidem gibt. Ich denke, es ist etwas, das man einfach macht. Und wirklich verdammt oft denke ich, dass es etwas ist, was ich auch unbedingt tun will. Aber bisher hat es sich immer angefühlt, als müsste ich eine Erwartung erfüllen, von der ich weiß, dass ich sie enttäuschen werde. Als müsste ich eine Wette mit aussichtsloser Quote abschließen. Ich gelte als der beste Liebhaber der Schule, bevor ich überhaupt jemanden geliebt habe. Körperlich. Und emotional, wenn ich es mir recht überlege.

Ich glaube, ich wollte bisher niemandem etwas geben, das er gegen mich in der Hand haben könnte.

»Nie?«, fragt Benni einfach nur. Seine Wimpern stoßen dabei an das Glas seiner randlosen Brille – ein Modell, das zuletzt vor fünfzehn Jahren unter konservativen Politikern angesagt war.

»Wenn ich es noch ein Mal sage …«

»Okay, okay. Aber … aber … Sophia!«, stottert er nur, als wäre ich mit Scarlett Johansson oder Emma Stone oder einer ähnlichen Lichtgestalt zusammengewesen.

»Tja.«

»Puh. Wie hast du das durchgehalten? Hast du dir Kabelbinder um deine Eier geschnürt? Oder wollte sie auch nicht?«

Ich weiche aus. »Es ist nicht so, als hätten wir gar nichts getan, okay? Meine Eier haben Sophia kennengelernt und es geht ihnen prächtig, verstanden? Es war nur so … es hat einfach nie gepasst. Es war …«

Wenn ich nur wüsste, woran genau es gelegen hat. Wir haben darüber geredet. Wir haben rumgemacht. Wir haben praktisch alles getan – nur eben nicht diesen letzten Schritt. In all dem anderen Kram, dem Küssen, dem Fummeln, schien ich gar nicht so schlecht zu sein, und vielleicht wollte es ein Teil von mir dabei belassen.

Ich stemme mich wieder hoch, gehe in den Schneidersitz über und führe das pausierte Spiel fort. Benni beschwert sich, weil er noch nicht bereit dazu war, und vergibt prompt den *First down* an mich.

»Wolltest du nicht darüber sprechen, dass du im Land der Käseräder, Holzschuhe und blonden Frauen studieren willst?«

Benni lacht. »Mit Käse und Frauen zählst du zwei fantastische Argumente auf.«

Ein paar Stunden später. Benni ist gegangen, Franky hat seine tägliche Schlagzeug-Session beendet und im Haus ist diese Ruhe eingekehrt, die ich mehr als alles andere fürchte.

Wenn ich an die Sonntagabende in meiner Kindheit denke, dann bilde ich mir ein, dass sie jede Woche gleich waren: Im Ofen wurde ein Auflauf mit Käse überbacken, der Duft von fettigem Comfort-Food lag in der Luft, Franky und ich saßen in Bademänteln vor dem Fernseher, dufteten nach Duschgel, draußen war es dunkel, aber behaglich, und in der Glotze lief ein Formel-1-Rennen, für das mein Vater eine rege Begeisterung hegte. Mama saß im Sessel, blätterte in einer Zeitschrift und grinste dann und wann, wenn Dad sich lautstark über einen Vorfall auf der Rennstrecke aufregte.

Heute glaube ich, dass es vielleicht einen oder maximal zwei Sonntage dieser Art gegeben hat, die sich nur sehr tief in mein Gedächtnis gebrannt haben. Dafür spricht, dass die Formel-1-Saison nur wenige Wochen im Jahr einnimmt und dass die meisten Rennen am Nachmittag oder am Morgen stattfinden. Außerdem war die Zeitspanne, in der Franky und ich gemeinsam ein Bad genommen haben, sehr kurz. Mein Bruder ist fast sieben Jahre jünger als ich, und spätestens, als mir das erste Haar an einer anderen Stelle als meinem Kopf wuchs, habe ich bestimmt nicht mehr mit ihm gebadet. Auch, wann Mama zuletzt etwas mit Käse überbacken hat, entzieht sich meiner Erinnerung. Es kann zwei Jahre her sein. Oder zehn. Heute findet geschmolzener Käse nur noch in einer Pizzaschachtel den Weg in unser Haus.

Das Heulen von Rennmotoren wäre mir jetzt eine willkommene Ablenkung. Es würde die verfluchte Stille verjagen. Ich liege auf dem Rücken in meinem Bett, streichele geistesabwesend die Bettwäsche und fühle dabei einige von Bennis Krümeln. Die Ruhe drückt mich tiefer in die Kissen.

Ich sollte etwas mit Franky unternehmen, um mich abzulenken.

Er ist nicht in seinem Zimmer. Dort starren mich nur die Gesichter berühmter Drummer von den Wänden an. Dave Grohl, der Typ von Slipknot, Travis Barker und noch ein paar mehr.

Ich finde ihn im Erdgeschoss, wo er es sich im riesigen Wohnzimmer bequem gemacht hat. Zusätzlich zu dem großen zottigen Kuhfell, das die weißen Fliesen vor dem Sofa bedeckt, hat er sich mit Wolldecken und Kissen ein Nest auf dem Boden hergerichtet. Er schaut eine Folge von *American Vandal*, was ein narrensicheres Indiz dafür ist, dass sich unser Vater nicht in der Nähe befindet. Er hasst es, wenn wir Shows mit Penis-Humor und Schimpfworten gucken. Was witzig ist, wenn man bedenkt, dass er mal ein gefeierter Rap-Star war, der mit vierzehn eine Goldene Schallplatte für einen Song gewann, in dem er zwölf Mal das Wort *Fuck* benutzte.

»Es ist die Folge, in der sie rausfindet, dass Dylans Freundin was mit 'nem anderen hat«, erklärt Franky, als ich mich dazusetze. *Was mit 'nem anderen hat* … Wo hat Franky eigentlich aufgeschnappt, was Fremdgehen bedeutet?

Ich sehe die ganze Folge mit ihm an, dann die nächste und ich muss sogar ein paarmal laut lachen. Franky schüttet sich geradezu aus vor Begeisterung und ich kann nicht anders, als einzustimmen.

»Wo ist Mom?«, fragt mein Bruder irgendwann. »Ich verhungere.«

Ich sehe auf die Uhr über dem Kaminsims in der Ecke. Schon Viertel nach sieben.

»Vielleicht hat sie sich hingelegt«, vermute ich. Sie legt sich oft hin in letzter Zeit. Und wenn sie es tut, steht sie lange nicht mehr auf. »Ich könnte uns was machen«, biete ich an, obwohl ich überhaupt nicht kochen kann.

»Okay.«

In der Küche bin ich kurz überfordert. Meine Ernährung besteht zu großen Teilen aus gekochtem Reis mit fertiger Tomatensauce und Hähnchen. Und dem unvermeidlichen Sandwichtoast, den ich mir reinpfeife, wenn ich grade nicht dran denke, dass ich sportlich und fit sein möchte. Ich scanne den Kühlschrank und entdecke die übliche Fertigsauce und eine Packung mit geriebenem Käse. Kurzerhand koche ich Nudeln, schütte sie in eine Auflaufform, kippe die Sauce und die ganze Packung Käse darüber und hoffe inständig, dass dies dem Sonntagsauflauf aus meiner trügerischen Erinnerung nahekommt.

Ich habe gerade die Klappe des Ofens zugeschlagen, da höre ich, wie sich die Haustür öffnet. Der Eingangsbereich liegt zwischen Küche und Wohnzimmer und ich kann von hier aus sehen, dass es mein Dad ist.

Mein Dad macht nicht diese Dinge, die Betrunkene in Filmen tun. Er stolpert nicht ins Haus oder klammert sich am Türgriff fest. Er fällt nicht, er taumelt nicht. Er singt keine albernen Lieder und plappert auch keine humorvollen Anekdoten aus. Es ist nicht mehr so wie früher, als er einfach nur viel getrunken hat, laut polternd mitten in der Nacht heimkam und am nächsten Tag zur Entschädigung Geschenke für alle dabeihatte. Funkelnde Ringe oder Burberry-Mäntel für Mom. Spiele, Konsolen und Basketballtickets für Franky. Das neue iPhone für mich.

Die Zeiten, in denen er seine Fehltritte durch Geschenke kompensieren wollte, sind vorbei. So viele iPhones und Schmuckstücke braucht keine Familie.

Das Problem besteht darin, dass *er* inzwischen den Alk braucht. Und das ist nichts mehr, wofür man jemanden entschädigen kann. Es ist kein lustiger Fehltritt. Der Alk macht ihn zu seinem jetzigen Selbst.

Sofort vergesse ich die Nudeln und verfalle in Lähmung. Ich will stark sein. Ich bin nicht mehr klein und schwach. Ich versuche, in meinen Körper hineinzufühlen und die Kraft zu spüren, die ich erlangt habe. Aber mein Kopf lässt sich nicht ausschalten. Ich kann nur daran denken, dass ich Angst habe, heute könnte die Nacht der Nächte sein.

Ich muss hier weg.

Ich ertrage es nicht, ihm unter die Augen zu treten.

In mir regt sich die Sorge, dass er es an Franky auslässt. *Es* … dieses Etwas, das ihn zum Trinker macht.

Schlimmer … diese Angst … dass er es an mir auslässt. Ich habe mehr Angst um mich als um Franky, ich bin nicht stark genug; all die Arbeit, und ich bin immer noch nicht stark genug, ich habe Angst, ich habe Angst, ich habe Angst.

»Was schaust du da für einen Scheiß?«, brüllt er plötzlich im Wohnzimmer.

Meine Lähmung ist auf einen Schlag aufgehoben. Ich renne ins Wohnzimmer, wo mein Vater schon begonnen hat, auf Franky einzureden. In diesem aufdringlichen, schneidenden, vorwurfsvollen Tonfall, der schlimmer – viel schlimmer – als Schreien ist.

Er spricht Englisch, er spricht sowieso immer Englisch, aber wenn er einen sitzen hat, dann kann er gar nicht mehr anders. »Was ist das für ein Mist?«, fragt er. »Ich hab dir tausend Mal gesagt, dass du nicht so eine Scheiße gucken sollst.«

»Es ist bloß lustig, Dad«, beginnt Franky, aber es ist zwecklos.

Ein Hagel aus Vorwürfen geht auf ihn nieder. Wieso sitzt

du auf dem Boden? Hast du nichts Besseres zu tun? Was ist das hier für ein Saustall? Wieso schaust du so einen Bullshit?

»Deine Predigt würde überzeugender wirken, wenn du nicht so viele Schimpfworte benutzen würdest«, sage ich auf Deutsch, weil ich weiß, dass ihn das ärgert.

»Von dir …! Von dir lass ich mir ganz sicher keine Klugscheißerei gefallen, Jacob. Du musst dich doch definitiv um etwas Wichtigeres kümmern. Ich hab mit Alisha gesprochen. Du hast ganz andere Sorgen.«

»Wer zur Hölle ist Alisha?«, frage ich und ärgere mich sofort, dass ich überhaupt auf ihn eingehe.

»Na, deine Lehrerin. Mathe oder so. Ich schicke dich doch nicht auf diese teure Schule, damit du dort sitzen bleibst.«

Wieso nennt er meine Mathelehrerin beim Vornamen? Duzen sie sich in den Schoolboard-Meetings?

Mein Vater ist kein sonderlich großer Mann. Ich weiß nicht, woher ich das habe, aber jedenfalls überrage ich ihn. Doch wenn er so drauf ist wie heute, fühle ich mich wie ein Kleinkind. Er riecht. Nach *Dior Sauvage* und Spirituosen. Wahrscheinlich teurer Scotch oder Irish Whiskey. Vermutlich würde er sich selbst nur wie ein Alkoholiker vorkommen, wenn er etwas Billiges wie Wodka oder Bier in sich reinschütten würde.

»Das geht dich einen Scheiß an«, schnauze ich zurück.

Ich bin angeekelt von der Mischung aus Parfümgeruch und Alkoholfahne. Darunter mischt sich der beißende Gestank nach einem Hemd, das zu lange getragen wurde. Auf dem Schädel meines Vaters sind gräulich-weiße Stoppeln zu erkennen, was eigentlich nie vorkommt. Er rasiert sich den Kopf immer ganz kahl. Seit ich denken kann. Er will nicht, dass jemand sieht, wie weißhaarig er mit seinen knapp über fünfzig Jahren schon ist.

Es ist ihm wichtig, zu verheimlichen, dass er grau wird, aber sein Alkoholproblem trägt er offen zur Schau. Bestimmt weiß es jeder. Mrs Kent zum Beispiel – Alisha, wie er sie nennt. Nur deswegen hat sie mich so ausgefragt. Sie weiß Bescheid.

Was, wenn er betrunken in der Schule war? Was, wenn es alle mitbekommen haben?

Dad macht einen Schritt auf mich zu.

Du musst ihn schlagen, Jake. Schlag ihn, bevor er es tut. Zeig ihm, wie stark du bist. Lass ihn nicht gewinnen. Schlag ihn, Jake. Für Franky. Für dich. Tu es!

Franky beginnt zu wimmern. »*No no no*«, höre ich ihn stammeln. Er schaltet *American Vandal* aus, fast so, als würde es jetzt noch irgendetwas ändern, das Fernsehprogramm, das unseren Vater erzürnt hat, abzuschalten. Aber der Stein ist nicht nur ins Rollen geraten. Er donnert bereits mit Lichtgeschwindigkeit aufs Tal zu.

»Was hast du gesagt?«, fragt mein Vater, die Augen wie Schlitze.

Alles an Dads Gesicht schreit, dass er fertig ist. Unter seinen Augen sind tiefe Furchen und sein Blutdruck lässt seinen Kopf rot und aufgedunsen erscheinen. Wenn ich jetzt darüber nachdenke, weiß ich nicht mal, ob er vorige Nacht zu Hause geschlafen hat oder mal wieder in der Plattenfirma hängen geblieben ist. Oder bei einer anderen Frau.

Ich spanne alle meine Muskeln an.

Einhundertzehn Kilo, denke ich, *ich kann einhundertzehn Kilo drücken*. Also kann ich auch die Kraft aufbringen, das auszusprechen, was mir auf der Zunge liegt.

Oder ihm direkt eine reinhauen.

»Ich habe gesagt, dass es dich einen Scheißdreck angeht, was ich in der Schule mache. Niemand hat dich gebeten, mich auf diese Schnöselschule zu stecken. Dir gefällt es doch, alle paar Jahre etwas zu spenden, wenn ein neuer Musikraum ausgestattet wird. Oder einen Preis bei der Talentshow zu übergeben. Oder dich bei Mrs Kent als einfühlsamer Vater wichtigzumachen.«

Dads Mimik entgleist nur eine Nanosekunde lang. Für den Bruchteil eines Wimpernschlags scheint einem kleinen verbliebenen Stück Nüchternheit in ihm bewusst zu werden, dass etwas nicht stimmt, dass unser Vater-Sohn-Verhältnis zerrüttet ist.

Ich bereue, was ich gesagt habe, aber nur, weil ich noch mehr Angst bekomme. Frankys »NO! NO! NO!« ist ein weinerliches Brüllen geworden.

»Hör mir mal zu …« Er kommt mir noch näher. Ich rieche seinen Atem, einige Tröpfchen seiner Spucke landen auf meinem Hals.

»WAG ES NICHT!«, kreischt plötzlich hinter uns die Stimme meiner Mutter.

Franky jammert im gleichen Moment mit auf. Die Lautstärke, der Druck und die offensichtliche Verkehrtheit der Situation lasten auf ihm. Er hat sich in die Decke gekauert und weint so sehr, dass sein Gesicht klatschnass ist.

Ich will zu ihm rübergehen, aber Dad packt blitzschnell mein Handgelenk. »Du bleibst hier«, knurrt er.

»Lass den Jungen los!«, schreit Mom. Sie ist auf halber Strecke die hölzerne Treppe hinunter.

»Ooooh, na schön! Ihr habt euch alle gegen mich verbündet.

Ich kann auch wieder gehen!« Zum ersten Mal liegt ein Lallen in Dads Stimme. Meine Hände beben. Besonders die, die er umfasst hat. Das Blut versucht verzweifelt, bis in meine Fingerspitzen zu fließen, aber er drückt es mir ab.

Einst war mein Vater ein Mann mit manikürten Fingernägeln. Jetzt liegt unter jedem Nagel ein Halbmond aus Dreck.

Mama trägt ein Nachthemd, unter dem man deutlich ihre Nacktheit sehen kann. Ich schaue beschämt weg. »Bitte«, fleht sie, »lass die Jungs in Frieden. Leg dich hin. Du kannst das Ehebett habe. Ruh dich aus, schlaf ein bisschen.«

»Sag mir nicht, was ich zu tun habe!«, schnauzt er und wankt dabei. Ich bemerke, wie sein Arm – mit meinem schmerzhaft durch seinen festen Griff verbunden – kurz gespannt wird, wie ein Strick. Er taumelt zurück.

Wir haben unsere Eltern streiten sehen. Wir haben sie schreien gehört. Aber niemals haben wir gesehen, wie mein Vater derart die Beherrschung verliert, dass mir nur eine englische Phrase dafür einfällt: *He is losing his shit*. Die ganze Scheiße fließt förmlich aus ihm heraus.

»Was macht ihr hier eigentlich den ganzen Tag? Müsst ihr nicht in die Schule? Oder gehst du jetzt nicht mal mehr da hin?« Er richtet diese Worte an mich. Weil er wild zu fuchteln begonnen hat, lässt er meine Hand los. Ich streiche über jeden Finger, doch das Blut will nicht zurückfließen.

»Es ist Sonntag«, zischt meine Mutter. »Du bist übermüdet und solltest dich wirklich hinlegen.«

»ÜBERMÜDET?«, schreie ich plötzlich. »Rabenvoll ist er! Sturzbesoffen. Du bist sturz-be-sof-fen!« Ich spucke ihm die Worte ins Gesicht.

Ich will sichergehen, dass er weiß, dass ich es weiß. Und ich werde ihm nicht die Ruhe gönnen, sich gleich ins Bett legen zu können und zu denken, ich hätte die Lüge geschluckt, er würde nur an Schlafmangel leiden.

Franky heult ohne Hemmungen.

Mama heult ebenfalls.

Und mein Vater? Er haut mir eine runter.

Er hat es getan.

Zum ersten Mal.

Er schlägt mir auf die linke Gesichtshälfte und der Schmerz ist gar nicht so schlimm, wie ich dachte. Obwohl er mit einem massiven Goldring in der Form eines Totenkopfes mein Jochbein trifft.

In dem Moment lerne ich die Lektion, dass es scheißegal ist, wie viele Kilo man bankdrücken kann. Ich lerne, dass du niemals stark genug bist. Wenn dir der Mann, der dir das Fahrradfahren beigebracht hat, mitten ins Gesicht schlägt, weil du das Offensichtliche laut aussprichst, dann knickst du ein. Du gehst vielleicht nicht zu Boden. Aber etwas in dir knallt auf die Matte, wird angezählt und gilt offiziell als ausgeknockt.

Der Geruch von einem mit Käse überbackenen Ofengericht wabert plötzlich durch die Szene.

Das gibt mir den Rest. Ich wende mich ab, damit mein Dad nicht sieht, dass ich anfange zu flennen.

Ich wünschte, ich würde nicht aus dem Wohnzimmer stürzen, nach meiner Jacke greifen und aus dem Haus stürmen, ohne einen Gedanken daran zu verschwenden, was geschehen könnte, wenn mein kaputter Vater mit meiner Mutter und meinem kleinen Bruder alleine zurückbleibt.

Doch genau das tue ich.
Ich renne weg.
Wie ein Feigling.

07 MIA

»Papa, es ist fast neun. Ich kann nicht mehr. Ich stehe hier seit drei Uhr! Wenn ich noch einen Espresso-Spezial zubereiten muss, fange ich an, Kaffeebohnen zu kotzen.« Doch Papa lässt sich nicht erweichen, obwohl ich demonstrativ die Schultern hängen lasse.

Ich werde Tarek, den Studenten, der sonst an Sonntagen den Thekendienst in der Kraftschmiede übernimmt, eigenhändig umbringen.

Magnus hat mich für heute nach einem Date gefragt und ich bin echt wütend, dass ich das absagen musste. Ich bin sonntags niemals beschäftigt, wirklich nie! Normalerweise hätte ich also alle Zeit der Welt gehabt, um zum Skatepark zu gehen, Magnus dort eine Weile zuzusehen und dann gemeinsam mit ihm einfach spazieren zu gehen. Denn in meiner Vorstellung ist ein Spaziergang das coolste Date der Welt. Zwar gaukeln Hollywoodfilme uns vor, dass atemberaubende Dates entweder eine Schlittschuhbahn in New York oder eine Reservierung in einem französischen Sternerestaurant beinhalten müssen, aber ich sehe das anders. Für mich haben in Butter zubereitete Schalentiere oder Sportarten, bei denen man sich messerscharfe Kufen unter die Füße schnallt, rein gar nichts mit Romantik zu tun. Ich will weder auf die Schnauze fallen, wenn ich mit jemandem ausgehe, noch möchte ich etwas essen, was noch lebte, als es in den Kochtopf gewandert ist. Ich möchte Normalität. Ich will einen Menschen an meiner Seite haben, mit dem Langeweile schön wird.

Magnus und ich hätten am Mainufer entlanglaufen und uns gegenseitig Fragen stellen können. Er hätte bestimmt wissen wollen, welches mein liebstes *blink*-Album ist, und ich hätte natürlich *Enema of the State* gesagt und er hätte zustimmend genickt und dann … na ja. Kurz gesagt: Bei dem Date, das wir in meiner Vorstellung hatten, haben wir eine Menge Gemeinsamkeiten festgestellt und alles war ziemlich langweilig-schön. Wir haben uns irgendwo ein Eis gekauft und uns dann auf einer Parkbank meine Kopfhörer geteilt. Jeder hat einen Stöpsel bekommen und wir haben abwechselnd unsere Lieblingslieder gehört.

Hach …

Diese Wunschvorstellung ist übrigens der einzige Grund, wieso ich noch nicht auf Bluetooth-Kopfhörer umgestiegen bin. Bluetooth ist total unromantisch.

Doch Tarek sei Dank hat sich das alles erledigt. Zwei Stunden lang habe ich meinem Vater gepredigt, dass es vollkommen okay wäre, an einem Sonntag mal keine Shakes und Kaffees zu verkaufen. Doch weil ich ihm partout nicht verraten wollte, was ich denn stattdessen so Wichtiges vorhabe, ist er eisern geblieben.

Was, wenn Magnus sich nach dieser Absage nicht mehr mit

mir treffen will? Wenn es ihm zu anstrengend wird, zu lange dauert, zu doof ist? Was, wenn … Gott, ich hasse diesen Dating-Quatsch!

Papa hat sich umgezogen und trägt jetzt nicht mehr seine Arbeitsuniform aus schlabberiger Jogginghose und noch schlabberigerem T-Shirt, sondern einen seiner Pullover mit V-Ausschnitt. Es kommt nur etwa ein Mal im Jahr vor, dass mein Vater abends ausgeht. Ich werde sofort argwöhnisch.

»Wieso riechst du so komisch?«, frage ich, weil mir plötzlich ein herber, unbekannter Geruch an ihm auffällt.

»Wieso stellst du so komische Fragen?« Papa sieht auf die Uhr. Er wirkt nervös.

»Hast du ein Date?«

»Darf man an einem Sonntag nicht einfach mal was trinken gehen?«

Durfte ich heute einfach mal was trinken gehen?, frage ich in Gedanken, sage dann aber achselzuckend: »Doch, klar …« Ich spiele mit einem der Zuckertütchen herum, die hier wirklich niemand in seinen Kaffee schüttet. »Aber du trinkst keinen Alkohol. Und essen gehst du auch nie, weil es nicht in deinen Kalorienplan passt. Und Parfüm benutzt du schon mal gar nicht.«

»Was habe ich bei dir nur falsch gemacht? Es sollte dir viel zu peinlich sein, deinen alten Herrn auf so etwas anzusprechen.«

»Ha!«, mache ich und zeige mit dem Finger auf ihn. »Also hab ich recht? Wer ist es? Jemand von hier?« Ich möchte aus ihm herauskitzeln, dass es sich bei seinem Date um Gina handelt. Irgendwann muss er mir das doch mal beichten!

»Sei nicht so neugierig. Ich frage doch auch nicht, wieso du seit zwei Wochen nur noch an deinem Handy hängst.«

Ich strecke ihm die Zunge raus. Aber es stimmt. Magnus und ich haben in den letzten zwei Wochen sehr viel geschrieben. Deswegen ist die heutige Pleite ja so beschissen.

Papa sieht erneut auf die Uhr. Scheinbar teilt sie ihm dieses Mal endlich die gewünschte Uhrzeit mit, denn er lässt die Handflächen vielversprechend auf die Oberschenkel klatschen, schwingt sich seine Jacke um die Schultern und verkündet: »Ich bin weg.«

»Ist gut.«

»Um halb zehn kannst du die Leute rausschmeißen und dichtmachen.«

»Okidoki.«

»Ich hab dich lieb, Mia.«

»Ich hab dich auch lieb, Papa.« Nach kurzer Pause rufe ich ihm hinterher: »Sei schön brav, erzähl ihr bloß nicht, dass du Countrymusik hörst, und benutzt Kondome!«

»Pf!«, macht er. »Sei froh, dass ich mein kleines Mädchen eh niemals auf ein Date gehen lassen werde. Sonst würde ich dir das vor den Ohren deines Liebsten heimzahlen … Oh, hi Jake!«

Mein Kopf schießt in die Richtung, in der die witzelnde Stimme von Papa gerade in begrüßende Leichtigkeit übergegangen ist.

»Alles okay bei dir, Sportsfreund?«

Ich trete hinter der Theke hervor und verschränke die Arme.

»Alles super, Robby.« Jakes Lächeln ist so falsch, dass ich es sogar von hier erkennen kann. Mein Vater scheint das allerdings nicht zu bemerken. Es sähe ihm überhaupt nicht ähnlich, einen seiner jugendlichen Schützlinge im Stich zu lassen, nachdem er ihn so offenkundig über seine Laune belogen hat. Dass Papa nun dennoch sein bärbeißiges Lächeln lacht und »Schön, freut mich« jubelt, bedeutet definitiv, dass ihm seine Abendplanung und das neue Parfüm das Gehirn vernebelt haben.

»Wir machen in einer halben Stunde zu«, sind meine begrüßenden Worte.

Jake blickt drein, als hätte ich ihm soeben verkündet, dass Weihnachten abgesagt ist. Er schaut Hilfe suchend zu meinem Vater, der jedoch schon aus der Tür hinaus und verschwunden ist.

»Ich …«, beginnt er, »ich muss mich nur ein bisschen auspowern.«

»Ich bin ganz alleine hier. Um halb zehn kehre ich jeden raus.«

»Komm schon«, fleht er. Er sieht schrecklich aus. Seine Augen sind rot und seine ganze Haltung ist … irgendwie verändert. Ein Stück unter seinem linken Wangenknochen erkenne ich einen kleinen Riss in seiner Haut. Als ob er sich geprügelt hätte.

Er ähnelt null dem selbstbewussten, ein wenig arroganten Jungen, den ich die letzten Male vor mir hatte. Die Schultern hängen, seine Brust ist eingezogen, seine Füße schlurfen über den Boden. Und seine bernsteinfarbenen Augen glänzen nicht mehr.

»Ich mache eine halbe Stunde Sprints auf dem Laufband und dann bin ich weg. Ich schwöre.«

Ich verenge meinen Blick skeptisch. Etwas stimmt nicht. Aber ich kenne dieses Gefühl nur zu gut, einem Problem davonlaufen zu wollen. Also gebe ich nach.

»Na gut. Aber das heißt nicht, dass du um halb zehn in die Dusche gehst. Sondern zur Tür heraus, capisce?«

»Capisco!«, antwortet er.

»Ich mache nur ein paar schnelle Sprints – Zitat Ende.«

Jake steht klatschnass geschwitzt vor dem Spiegel und hebt abwechselnd mit dem linken und dem rechten Arm zwei dicke Hanteln an, die zusammen fast so viel wiegen wie ich. Seine Schultern sind zu dicken Muskelbergen angeschwollen und ich könnte wetten, dass er jeden Augenblick ein Handy hervorgeholt und ein Bild von sich im Spiegel geschossen hätte, wenn ich nicht dazugekommen wäre. Ich habe schon oft beobachtet, dass Männer wie er es unbedingt fotografisch dokumentieren müssen, wenn die Adern auf den Unterarmen vor angestautem Blut dick wie Gummischnüre werden und die Muskelstränge an den Schultern tiefe Einkerbungen bilden. Bildunterschrift auf Instagram: *Sleep, Eat, Lift, Repeat.* Oder etwas in der Art.

Jake wird wie aus einer Trance gerissen. Er blickt mich an, als hätte er vergessen, dass er nicht alleine ist. Damit liegt er gar nicht so falsch, denn außer ihm haben alle meine Bitte, bis um halb zehn zu verschwinden, akzeptiert.

»Sorry, ich wurde irgendwie abgelenkt.«

»Von deinem Spiegelbild?«, scherze ich, aber ich merke sofort, dass er nicht zu Späßen aufgelegt ist.

Er setzt die schweren Gewichte mit einem Krachen zurück in die dafür vorgesehene Halterung und wirft sich sein Handtuch um die aufgepumpten Schultern. Ich beobachte fasziniert, wie sich dabei die Muskulatur in seinen Oberarmen bewegt.

Natürlich sehe ich hier ständig irgendwelche Muskeln. Größere, kleinere, natürliche und anabolikaschwangere. Meinem Vater habe ich den muskelbepackten Rücken schon mit Bräunungscreme eingeschmiert, als ich erst fünf Jahre alt war. Muskeln waren für mich daher nie ein Thema. Vermutlich ist es so ähnlich, wenn man zeit seines Lebens in einer Bäckerei arbeitet. Süße Törtchen und Blätterteiggebäck verlieren irgendwie an Reiz, wenn man sie tagein, tagaus in Tüten verpackt.

Und trotzdem ... als Jake jetzt sein Zeug zusammenrafft, flammt ein kleiner Funken Neugier in mir auf, wie er wohl ohne Shirt aussieht. Schnell schüttele ich den Gedanken beiseite und gehe lieber noch einmal auf Konfrontationskurs: »Ich sagte, halb zehn inklusive Duschen.«

»Es tut mir leid, okay?«, blafft Jake mich unerwartet heftig an. »Was soll ich jetzt machen? In der Zeit zurückreisen?« Er baut sich vor mir auf, einen ganzen Kopf größer als ich – anderthalb, wenn man seine Haare mitzählt. Seine Pupillen sind groß und schwarz wie Knöpfe, seine Augenbrauen so eng zusammengezogen, dass sie sich fast in der Mitte treffen, der Mund ist weit aufgerissen, sodass ich eine Zahnlücke zwischen seinen Schneidezähnen entdecke.

Irgendetwas hat ihm wohl echt schwer mitgespielt. Es geht ihm wirklich schlecht. Ich schnaube. Vermutlich bin ich ein wenig zu fies zu ihm.

»Du hast fünf Minuten«, sage ich. Eine Sekunde lang sieht es so aus, als ringe er mit einer Antwort. Wie ein Fisch macht er den Mund auf und wieder zu, dann windet er sich um mich herum und rennt förmlich zur Herrenkabine.

Während ich darauf warte, dass mein letzter Studiogast mit dem Duschen fertig wird, lasse ich mich auf einem der Hometrainer nieder und trete ein paarmal im Leerlauf. Fahrradfahren ist weitaus weniger bedrohlich, wenn die Räder fest mit dem Boden verschraubt sind.

Magnus hat mir in den letzten drei Stunden nicht mehr geantwortet. Und drei Stunden sind ziemlich viel, wenn man vorher jeden Abend hin- und hergeschrieben hat. Ich strampele vor mich hin und wünschte, ich könnte checken, wann er zuletzt online war. Aber wie jeder vernünftige Mensch hat er diese Funktion deaktiviert. Ich kann nicht mal sehen, ob er meine letzte Nachricht gelesen hat, denn auch diese Funktion hat er ausgeschaltet. Wieso machen es einem manche Menschen so schwer, sie auszuspionieren? Gemeinheit!

Natürlich kenne ich das ungeschriebene Gesetz, dass man nicht noch mal schreiben sollte, wenn die letzte Nachricht unbeantwortet geblieben ist. Doch davon halte ich nichts. Also tippe ich: Gleich habe ich endlich Feierabend. Es ist nur noch ein Typ hier. Rate, wer! *Augendrehender Smiley*

Direkt nachdem ich auf *Senden* getippt habe, würde ich es am liebsten rückgängig machen. Nicht, weil ich Angst habe, dass Magnus mich wegen meines Verstoßes gegen die Flirt-Etikette als aufdringlich empfindet, sondern weil ich mich ärgere, Jake mit in unsere kleine WhatsApp-Welt reingezogen zu haben.

Statt fünf Minuten dauert es fast zehn, bis Jake aus der Kabine kommt. Zu meinem Entsetzen hat er sich das weiße Handtuch, das eben noch der Schweißaufnahme diente, um die rechte Faust gewickelt. Ich sehe, dass es sich mit Blut vollgesogen hat.

»Du bist mich los«, verkündet er stolz und marschiert an mir vorbei auf die Tür neben dem heruntergelassenen Rollgatter zu. Nicht mal ein Wimpernzucken. Nichts, was erkennen ließe, wieso seine Hand in einem überdimensionalen Frotteeverband steckt.

Ich war schon immer aufgeregt, wenn sich Menschen in meiner Umgebung verletzt haben. Mit geradezu voyeuristischem Interesse beobachte ich, wie andere reagieren, wenn ihnen schmerzhafte Dinge widerfahren. Es ist eine Mischung aus Feldstudie und akutem Neid. So wie man als trauriger Single ein verliebt küssendes Pärchen anglotzt.

»Was zur Hölle?«, frage ich ihn, springe von meinem sturzsicheren Fahrrad ab und folge ihm schnellen Schrittes. »Ähm … wieso siehst du aus, als hättest du unter der Dusche einen Hitchcock-Film gedreht?«

»Nur ein kleines Missgeschick.«

»Ein Missgeschick? Glaub mir, darin bin ich Expertin. Regel Nummer 1 in Mias *Handbuch der Missgeschicke*: Wenn es blutet, lass jemanden draufschauen, der sich besser auskennt als du.«

Jake bleibt stehen. »Heißt das, du gehst bei jedem Paper-Cut in die Notaufnahme?«

Heißt das, du gehst bei jedem Paper-Cut in die Notaufnahme, äffe ich ihn innerlich nach. Blut ist für mich so eine Art Wunderretter. Blut ist noch besser als eine Schwellung. Blut ist ein Schmerz-Erkennungszeichen ersten Grades!

»Lass mich mal sehen«, fordere ich ihn auf. »Wir haben hier irgendwo Pflaster.«

»Eben konntest du es noch kaum erwarten, mich loszuwerden. Jetzt möchtest du Krankenschwester spielen? Ich versteh dich nicht.«

»Gut so. Ich will auch gar nicht verstanden werden«, bocke ich zurück und eile hinter den Empfangstresen. Dort ist mir vor Ewigkeiten mal ein Verbandskasten in die Hände gefallen. Doch als ich die rote Box mit dem Kreuzsymbol darauf aufklappe, sind darin nur ein paar halb aufgerollte Mullbinden. Keine Heftpflaster oder wenigstens Klebeband, mit dem man den Mull fixieren könnte. Großartig, dass Papa es mit seiner Ersthelfer-Ausstattung so ernst nimmt.

Jake trottet mir hinterher und entblößt seine blutüberlaufene Hand. Zwei seiner drei mittleren Knöchel scheinen aufgeplatzt zu sein.

»Wie hast du das angestellt? Bist du in der Dusche ausgerutscht?«

»Dann würde wohl eher mein Hintern blau anlaufen.«

»Sehr witzig. Sag schon!«

Scheinbar klinge ich dabei ein bisschen zu neugierig, denn Jake runzelt die Stirn und sagt missbilligend: »Du hörst dich an wie eines dieser Emo-Kids, das sich Tipps holen will, wie man sich selbst am besten die schlimmsten Schmerzen zufügen kann.«

Mein Kopf wird so heiß, dass man mir die Schamesröte sicherlich sofort ansieht. Ich kann es in meinen Ohren rauschen hören, als alles Blut aus meinem Körper wie auf einen zentralen Befehl hin in meine Birne gespült wird. Mit zittrigen Händen klappe ich den Erste-Hilfe-Kasten zu.

Mein Unbehagen ist mir anzusehen. Jake rechtfertigt sich: »Entschuldigung«, er scheint es ernst zu meinen, »dieses Mal wollte ich nur einen Witz machen. Sorry, ich weiß, dass ihr empfindlich seid, wenn man euch Emos nennt.«

»IHR? Wen meinst du mit ihr?«

»Na ja, Mädchen wie du halt, die schwarzen Eyeliner benutzen und Bandshirts tragen.«

Ich stemme entgeistert die Hände in die Hüften. »Oh. Wow. Gut, dass du nicht in Schubladen denkst.« Immerhin sind wir vom Thema Schmerz abgekommen. Denn darüber kann ich jetzt echt nicht reden. Ich will nicht mal daran denken. Schon gar nicht, wenn ein Typ vor mir steht, der sich voll und ganz über seine körperliche Präsenz definiert.

»Wir denken doch alle in Schubladen. Du selbst bist eben automatisch davon ausgegangen, dass ich meine Muskeln bewundere.«

Ich schmunzele ertappt und trommele mit den Fingerspitzen auf der Box mit den nutzlosen Mullbinden. Eigentlich wollte ich den Trottel mit der kaputten Hand nach Hause schicken, ohne ihn zu verarzten. Doch jetzt überlege ich es mir anders.

»Komm mit. Wir haben oben Pflaster.«

Mir fällt zu spät auf, dass es vielleicht keine gute Idee ist, einen vollkommen Fremden in unsere Wohnung zu lassen. Papa und ich glänzen nämlich nicht gerade mit vorbildlicher Haushaltsführung. Ich kann mich an keinen Tag erinnern, an dem nicht ein benutzter Topf oder ein paar ungespülte Gläser auf der Küchenzeile herumgestanden hätten. Auch unser Wäscheständer gehört eher zur Kategorie dauerbesetzt. Wir hängen die getrocknete Kleidung immer erst dann ab, wenn die nächste

Ladung nasser Wäsche bereits in den Startlöchern steht. Das ist auch ein Grund, wieso ich keinen genauen Überblick darüber habe, welche Klamotten ich eigentlich besitze. Manchmal gehen einzelne Stücke in dem unendlichen Kreislauf aus Schmutzwäscheberg, Waschmaschine, Korb und Wäscheständer einfach verloren.

Heute ist unsere Bude in einem okayen Zustand. Zwar hat Papa die Sweatkleidung, die er für seine Schicht in der Kraftschmiede anhatte, über den Stuhl am Frühstückstisch geschmissen, statt sie in seinem Schlafzimmer, oder am besten direkt in der Waschmaschine im Bad, zu versenken. Aber es hätte schlimmer kommen können. Eine seiner Unterhosen könnte auf links gedreht auf dem Badezimmerboden liegen. Oder noch schlimmer: eine MEINER Unterhosen könnte auf links gedreht auf dem Badezimmerboden liegen. Doch Gott sei Dank ist das Parkett unseres Nests gänzlich unterhosenfrei.

Ich mustere Jakes Reaktion, nachdem wir die Wohnungstür hinter uns geschlossen haben. Dabei fällt mir auch seine Kleidung auf. Ein Pullover von Supreme und Nike Air Max. Das Modell sieht nach einer Limited Edition aus und könnte gut und gerne einen hohen Sammlerwert haben. Zum ersten Mal stelle ich mir die Frage, aus was für einem Elternhaus er kommt. Muss man sich für manche Supreme-Pullover nicht auf Wartelisten setzen lassen? Wie kann man sich die als Normalsterblicher überhaupt leisten? Und wieso tut man das? Es ist ein grauer Hoodie mit rotem Schriftzug. Das bekomme ich doch in jedem zweiten Laden! (Ich verstehe natürlich schon, dass die Marke die Begehrlichkeit erzeugt, aber – komm schon! Echt jetzt?)

Ich versuche, unsere Wohnung durch die Augen eines fremden, noch dazu vermutlich reichen Teenagers zu sehen, und schäme mich kurz für den Gedanken, dass ich gerne mehr zu zeigen hätte. Mehr als den Wohn-Ess-Koch-Bereich, den man direkt durch den Eingang betritt, mehr als die drei angrenzenden Türen, die zu Badezimmer, meinem und Papas Schlafzimmer führen. Papa hat noch ein Büro, aber das ist unten. Hier oben gibt es nur uns, und was wir haben, ist nicht so viel, aber genug.

»Du kannst dich setzen«, biete ich Jake an und nicke mit dem Kopf zu einem der hohen Hocker neben dem Küchentresen. Er tut es und begutachtet ein Foto von mir und Papa, auf dem der meinen kleinen vierjährigen Kopf im Schwitzkasten hat. Das Bild hängt an der magnetischen Front des Kühlschranks, in Gesellschaft von einem guten Dutzend weiterer Aufnahmen, die zeigen, wie Papa auf irgendeine Art und Weise mit mir herumblödelt.

Weil ich spüre, dass er gleich die unausweichliche Frage stellen wird, die bisher jeder gestellt hat, sobald ihm aufgefallen ist, dass in unserem Familienpuzzle ein Teil fehlt, gehe ich ins Badezimmer und durchwühle meine großzügig ausgestattete Hausapotheke. Ich finde darin lediglich eine leere Packung Heftpflaster und stöhne über mein Versäumnis.

Na toll. Jetzt muss ich zurück und er wird es fragen: Hast du keine Mutter?

Die meisten fragen das so, als sei es durchaus möglich, dass ich einfach aus dem Nichts aufgetaucht oder an einem Baum gewachsen bin. So als wäre ich ein Freak. Na ja. Vermutlich bin ich das sogar.

Zurück in der Küche, wende ich Jake den Rücken zu und

beginne, in DER Schublade zu wühlen. DIE Schublade (mit einem Artikel in Großbuchstaben) ist dieser geheime Krimskrams-Ort, den jede Familie hat. Der Ort, an dem all die Dinge aufbewahrt werden, auf die man regelmäßig zugreifen muss, die sich aber nicht in logische Kategorien einteilen lassen. Dinge, die nicht zueinander gehören, aber in ihrer Wahllosigkeit vereint sind. In unserem Haushalt beinhaltet DIE Schublade alte Passfotos von mir, eine Packung Pfefferminzpastillen, einen Regenschoner für den Sattel des Fahrrads, mit dem ich nicht mehr fahre, ein Fieberthermometer, drei bis zwölf Kugelschreiber, Tesafilm und … Pflaster!

»Ähm …«, sage ich schließlich und starre auf die rosafarbene Schachtel. In meinen Händen liegt eine Sammlung hellblauer, pink- und lilafarbener Kinderpflaster, auf denen kleine Elfen abgebildet sind. Als Kind war ich besessen von Pflastern. Ich habe mich immer so normal und verletzlich gefühlt, wenn ich eines brauchte. Ein Pflaster war ein Zeichen für Trost und eine Extraportion Aufmerksamkeit, für eine Kugel Eis oder eine Stunde länger Fernsehen. Meine Eltern haben deswegen eine regelrechte Obsession entwickelt, die extravagantesten Heftpflaster zu ergattern. Eigentlich ist Papa schon lange dazu übergegangen, stinknormale beigefarbene Dinger zu kaufen … Seit wie vielen Jahren schlummert diese Packung mit den Glitzerelfen in DER Schublade?

»Also … ich fürchte, andere haben wir nicht.« Ich halte ihm die Auswahl in meiner Hand hin.

»Schon okay«, antwortet er.

Ich bin verdutzt. Ich habe felsenfest damit gerechnet, dass er einen Spruch darüber reißt. Etwas wie »Oh, wow, ich habe mich selten so männlich gefühlt« oder »Die kann ich nicht benutzen, davon faulen meine Hoden ab«. Doch er sagt nichts dergleichen. Jake entfernt einfach nur die Papierchen von der Klebefläche eines lilafarbenen Pflasters und fummelt dann umständlich mit der linken Hand an den nun klebrigen Verbänden herum.

»Lass mich mal«, unterbreche ich ihn und nehme ihm die Elfen ab. »Du musst es vorher reinigen.« Eilig gehe ich zurück ins Bad und bediene mich routiniert an den Utensilien in der Kommode. Jod, Watte. Ich kenne das Spiel.

Zurück bei Jake, sage ich einen Text auf, den ich mir aus Fernsehserien abgeguckt habe: »Das kann etwas brennen.« Dann drücke ich den orangegelb verfärbten Jod-Wattebausch auf seine Wunde und beobachte, wie ein schmerzerfülltes Zucken über seine Lider und Mundwinkel huscht.

»Tut es weh?« Ich beuge mich über seine Hand, die er auf den Tresen gelegt hat.

»Nicht so sehr, wie es sollte.«

»Nicht so sehr, wie es sollte?« Als ich zu ihm aufsehe, ist sein Gesicht ganz nah an meinem. Er riecht nach Seife. Nicht nach einem dieser Männerduschgels, die »Fresh Breeze« oder »Energizing Mystery« heißen. Bloß nach simpler Seife.

Eventuell – nur ganz vielleicht – habe ich ihn bisher falsch eingeschätzt. Unter Umständen könnte es – möglicherweise – sein, dass er gar kein oberflächlicher Pumper-Schnösel ist, der sich etwas auf seinen Körper und seine Männlichkeit einbildet.

»Wie meinst du das? Es tut nicht so weh, wie es sollte? Hast du das etwa mit Absicht gemacht?« Ich zeige auf seine aufgeplatzten Fingerknöchel, die gerade einer nach dem anderen unter einem lila Mädchentraum verschwinden.

»Ich hab kurz die Beherrschung verloren.«
»Weil ich dich unter die Dusche geschickt habe?«
»Weil mein Vater ein Säufer ist.«

08 JAKE

Ich starre sie an. Fassungslos über das, was ich gerade laut ausgesprochen habe.

Niemand weiß das. Niemand außer dem Mädchen mit dem schwarzen Eyeliner und dem Pixie-Cut, das gerade Pflaster mit quietschrosa Feenmotiven auf meine Hand klebt.

Bin ich eigentlich komplett bescheuert?

Benni weiß, dass meine Eltern kurz vor der Scheidung stehen und sich oft anbrüllen.

Sophia weiß, dass ich den Namen meines Vaters lieber nicht laut sage.

Meine Mathelehrerin weiß absurderweise, dass unsere Familie zugrunde geht.

Doch niemand ist sich über die volle Wahrheit im Klaren. Und schon gar keiner hat sie je aus meinem Mund gehört.

Ich kann Gefühle zeigen. Wirklich. Alles ist doch irgendwie Gefühl, oder? Das Lachen in der Schule, die Partys am Wochenende, die Genugtuung beim Sport, die Bestätigung von den Leuten aus meinem Jahrgang. Und trotzdem kommt es mir gerade hier in dieser fremden Küche so vor, als wäre dies die erste richtige Emotion, die ich in meinem Leben jemals herausgelassen habe, ohne sie vorher auf Tauglichkeit zu prüfen.

In den letzten Jahren habe ich es wie Vokabeln gepaukt, in welchen Situationen welches Verhalten richtig ist. Wenn ein Dutzend Jungs einem auf der Winterparty rät, das blonde Mädchen mit den langen Beinen anzusprechen: laut johlen, hingehen, drauflosbaggern. Wenn jemand droht herauszufinden, dass meine Familie kurz vor der Implosion steht: leugnen, weglächeln, dummen Spruch bringen.

Wofür war das nun alles gut? Dass ich es in einem unachtsamen Moment komplett über Bord werfe, sobald mich ein Mädchen aus großen Rehaugen ansieht, meine Hand berührt, sich um mich kümmert? Irgendetwas hat sie an sich, was mich vollkommen verletzlich werden lässt. Und das hat nichts mit ihren Augen zu tun. Nichts mit der physischen Berührung. Aber wie durch ein Wunder … fühlt es sich richtig an.

Mia formt die Lippen zu einem »Oh«. Ihre kräftigen Brauen wandern hoch auf die Stirn, die Augen werden – falls überhaupt möglich – noch größer.

Gleich wird sie verlegen werden. Eine unangekündigte Wahrheit macht die Leute immer verlegen. Menschen wollen niemals hören, wie es dir wirklich geht, und es ist ihnen scheißegal, was dein Vater verbockt. Es gibt kein echtes Mitleid. Sich zu offenbaren ist sozialer Selbstmord.

Wahrscheinlich wird sich auch Mia gleich aus der Unterhaltung winden, indem sie irgendeine sinnlose Floskel vom Stapel lässt. »Das tut mir leid« oder irgendeinen anderen Bullshit, der in Wahrheit bedeutet: »Gott sei Dank bin ich nicht an deiner Stelle.«

Ich schwör's, wenn sie sich jetzt dafür entschuldigt, dass mein Vater ein Alkoholproblem hat, dann gehe ich sofort. Ich hätte sowieso gar nicht erst mit hochkommen sollen. Wieso habe ich das nur gemacht? Dachte ich echt, sie könnte mich mögen?

»Was für ein Arschloch!«, stößt sie entsetzt aus.

Ich blinzle überrascht.

»Guck nicht so! Ich kenne ihn nicht und habe vielleicht kein Recht, so etwas über ihn zu sagen, aber er ist offensichtlich eines!«

Ich sehe sie bewundernd an. »Ja. Ja, du hast vollkommen recht. Er ist ein riesiger, gigantischer Hurensohn!« Ich merke die Erleichterung in meiner Stimme.

»Hey! Deine Oma solltest du da vielleicht rauslassen!«

Ich muss unbändig loslachen. Mit Elfenpflaster am Finger. In einer fremden Wohnung, in der Kinderbilder an der Kühlschranktür hängen. Mir gegenüber ein Mensch, der nun mein größtes Geheimnis kennt.

Mia kichert ein wenig, dann geht sie ohne Aufforderung zum Waschbecken und öffnet die Holztür des Oberschranks. Sie nimmt zwei Gläser heraus und macht einen Schritt zum Kühlschrank. Die Kinderbilder schwingen nach vorn, als sie Cola light und Apfelschorle vom Discounter herausholt. Schließlich setzt sie sich mit einer Tüte Reiswaffeln und den Getränken zurück zu mir an den hohen Tisch. Sie sieht die Waffeln an, als wären sie kontaminiert.

»Papa kauft die Teile immer. Ich finde, die schmecken nach

Bauschaum. Aber ich hatte schon während der gesamten Schicht gigantischen Hunger.«

Die Art und Weise, wie normal sie über Reiswaffeln redet, statt mich zu bemitleiden, beruhigt mich mehr, als es je ein Paar Samthandschuhe geschafft hätte.

»Also gut«, sagt sie schließlich. In ihrer Stimme liegt jetzt ein gewisser Ernst, aber dass ihr Mund von weißen, aufgeplusterten Reiskörnchen überquillt, nimmt der Situation die Schärfe. »Was ist passiert?«

Ich weiß, sie möchte jetzt, dass ich die Lücke fülle. Den Teil der Handlung ergänze, der den Auslöser »Mein Vater ist ein Säufer« mit dem Resultat »Lila Elfenpflaster auf blutigem Handknöchel« verbindet.

Ohne zu überlegen, schenke ich mir von der Cola ein, nehme ebenfalls eine Reiswaffel und erzähle: »Wenn ich Sport mache, muss ich nicht denken. Es ist, als würde dann in meinem Kopf eine Schranke hochgehen, die nichts mehr durchlässt, was mich psychisch fertigmacht. Es geht nur noch um mich und meinen Körper. Mein Kopf hat nichts mehr zu sagen.«

Sie nickt und zieht einen Mundwinkel hoch. »Das liegt daran, dass du dich im Fight-or-Flight-Modus befindest. Dein Körper wird in Stresssituationen, wie zum Beispiel Sport, weitestgehend vom Sympathikus gesteuert. Der sorgt dann dafür, dass du schnell reagieren und Kräfte abrufen kannst, verdrängt aber auch alle anderen Funktionen. Zum Beispiel Denken. Oder Aufs-Klo-Müssen. Das ist diese Schranke, von der du redest.«

»Okay …«, sage ich. »Weißt du das von deinem Dad?«

»Meinem *Dad*?« Sie zieht mit einem zynischen Lachen die Braue hoch, als hätte ich etwas Dummes gesagt. »Ich nenne ihn meistens Papa. Manchmal auch Sergeant Achselschweiß, wenn er nach dem Training nicht duscht.«

Ich schmunzele. »Ihr versteht euch echt richtig gut, oder?«

»Tja. Was bleibt einem anderes übrig?«

»Eine Menge.« Damit ist das Thema wieder im Raum, wir spüren es beide. Also greifen wir nach neuen Reiswaffeln und ich erzähle weiter. »Es hat heute nicht geklappt. Mit der Schranke. Sie kam nicht.«

Sie leckt sich sichtlich nervös über die Oberlippe, an der sich ein kleiner weißer Krümel verfangen hat. »War das meine Schuld? Weil ich dich unterbrochen habe? Ich wusste das ja nicht. Ich stand da nur schon seit Stunden und ich …«

»Ach Quatsch, das hatte gar nichts mit dir zu tun.«

Wäre ich nach dem unbefriedigenden, abrupt endenden Training nach Hause gefahren, statt mit ihr hier hochzukommen, hätte ich ihr garantiert die Schuld zugeschoben. Ich hätte sie zum Sündenbock dafür gemacht, dass die lindernde Narkose des Sports heute nicht anschlägt. Doch noch bevor ich den Gedanken zu Ende gedacht habe, stolpert mir die Erklärung dazu aus dem Mund: »Heute ist was passiert. Und … na ja, vermutlich konnte ich es dadurch nicht mehr länger ignorieren.« Ich zerbreche die Waffel in meinen Händen in kleine Teile. Der Appetit ist mir plötzlich vergangen. »Nicht mal, wenn ich hundert*fünfzig* Kilo Bankdrücken geschafft hätte.«

Mias Lider sind verengt, als sie mich mustert und wie in Zeitlupe von einem Reiscracker abbeißt. »Irgendwann wird einem die Last zu schwer«, sagt sie und in ihrer Stimme liegt … Erfahrung. Weisheit.

»Ich hätte heute Abend zurückschlagen sollen«, murmele ich vor mich hin und mir wird zu spät klar, dass ich ihr bisher nicht gesagt habe, dass er mir eine reingehauen hat. Der kurze Schreck, der bei meiner kleinen Beichte ihre Gestik erschüttert, fühlt sich tröstlich an. Ich schlucke und rede einfach weiter. Nicht, weil es jetzt eh gleichgültig ist, sondern weil ich möchte. »Ich bin einfach gegangen, statt mich zu wehren, und ich habe meine Mutter und meinen Bruder bei ihm gelassen. Ich hätte ihn … Ich bin so ein Feigling. Und eben unter der Dusche, da …« Ihre Augen werden noch kleiner und skeptischer. »Keine Ahnung«, sage ich schließlich. Mit einem Seufzer strömt der Mut aus mir heraus und ich kann den Satz nicht beenden.

»Du wusstest nicht mehr, wohin mit deiner Wut.«

Wieder ist ihre Reaktion souverän. Sie schlägt sich nicht die Hand vor den Mund oder berührt mich zur Beruhigung. Mia schüttelt in geradezu bedächtiger Langsamkeit den Kopf und erwidert: »Ich finde überhaupt nicht, dass das feige ist. Du bist ihr Kind. Was solltest du sonst tun? Du kannst ja für deine Eltern nicht die Entscheidungen treffen.« Sie kaut auf der Waffel herum. Einmal. Zweimal. »Du bist doch ihr *Kind*«, wiederholt sie noch einmal und vielleicht wird es mir dadurch erst klar. Sie hat recht: Ich bin ihr Kind. Es ist lange her, dass ich wirklich gespürt habe, dass meine Eltern nicht einfach nur die beiden Personen sind, in deren Haus ich zufällig wohne. Besonders, was meinen Dad betrifft. Ich habe total vergessen, was das Wort Dad eigentlich bedeutet. Es ist mehr als eine gemeinsame Adresse oder ein geteilter Nachname. Es ist ein Gefühl, kein Fakt.

Ich imitiere unfreiwillig Mias Zeitlupen-Nicken.

»Komisch«, fange ich an und kratze mich im Nacken, wo meine Haare immer noch ganz klamm sind. »Man denkt einfach nicht, dass so was einem selbst passieren wird.«

Mia lächelt bitter.

Ich fürchte plötzlich, ihr zu nahe zu treten. Es ist offensichtlich, dass auch ihre Eltern getrennt oder geschieden sind. Auf dem Kühlschrank hängen Bilder von ihr als Baby, Kleinkind und Teenager. Aber auf keinem ist eine Frau zu sehen, die ihre Mutter sein könnte.

»Das mit dem Alkohol, meine ich«, ergänze ich deswegen.

»Es muss richtig scheiße sein.«

»Ich habe keine Ahnung, wieso ich dir das erzähle, tut mir leid.«

»Ist schon okay.«

»Nein, das interessiert dich bestimmt nicht.«

»Doch! Also … nein, das klingt, als wäre ich sensationsgeil oder so. So meinte ich es nicht.«

»Ich versteh schon.« Ich mustere das Pflaster auf meiner Hand.

»Die Elfen stehen dir«, sagt sie. Wir versuchen beide, die Stimmung etwas zu heben.

Ich schmunzele. »Weißt du, was komisch ist? Als ich dich das erste Mal gesehen habe, fand ich, dass du aussiehst wie eine Elfe.« Weil sie nicht denken soll, dass ich sie klarmachen will, verschweige ich, dass ich das immer noch denke.

»Eine Elfe?«, ruft sie aus. Ehrlich schockiert. Als hätte ich sie mit einer der Kardashians verglichen oder so.

»Keine Sorge. Eine Grunge-Elfe. Das war mein Gedanke. *Grunge-Elfe*.«

Was zur Hölle rede ich da? Ich stehe bereits mit einem Bein in der Grube, die ich mir geschaufelt habe, und statt hinauszusteigen, grabe ich direkt noch ein wenig tiefer.

»GRUNGE-ELFE?«

Jesus, jetzt ist sie wirklich sauer. Wer hätte gedacht, dass sie sich davon derart angegriffen fühlen würde? Sie will doch, dass andere ihren Geschmack erkennen. Oder? Diese zerrissenen Strumpfhosen und die schweren Stiefel, die sie heute trägt, sollen eindeutig ein Statement sein.

»Das sollte nett klingen.«

»Aber es klingt total falsch!«

»Entschuldigung, ich nehm's zurück«, schmolle ich und kehre die Reiswaffelkrümel auf dem gemusterten Resopaltisch mit meiner Handkante zu einem Häufchen zusammen.

»NEIN! Nein, ich meine: Ich bin nicht beleidigt oder so.«

»Du bist sehr laut für jemanden, der nicht beleidigt ist.«

»So bin ich. Ich bin laut. Aber ich bin keine Elfe. Ich verkleide mich an Fasching nicht mit glitzernden Flügeln und gehe auch nicht auf Partys, auf denen sie Helene Fischer spielen.«

»So habe ich es nicht gemeint«, wiederhole ich lachend. »Du bist einfach … ach, egal. Außerdem sagte ich *Grunge*-Elfe.«

»Ich habe mit Grunge nun wirklich gar nichts am Hut.«

»Willst du jetzt darüber streiten, dass ich dich der falschen Stilrichtung zugeordnet habe?«

»Ja, das ist wirklich …«

»… scheißegal«, unterbreche ich. »Es ist mir wirklich scheißegal. Ich hab in der Schule schon genug von diesem beschissenen Schubladendenken.«

Sie verstummt sofort und für ein paar kurze Momente herrscht Schweigen.

»Na ja. Ich glaube, ich mach mich mal auf.« Was? Was rede ich da? Ich will überhaupt nicht gehen. Es tut gut, mit ihr zu sprechen. Mit jemandem, der fremd ist, aber sich nicht fremd anfühlt.

»Kannst du einfach so heimgehen? Ist da alles okay?«

»Bestimmt«, sage ich und rutsche von dem hohen Hocker herunter. Es ist eine glatte Lüge. Ich glaube nicht, dass alles okay ist. Ich habe eine Scheißangst, dass ich gleich zurückkomme und alles zerstört vorfinde.

Als ich Mia das nächste Mal ansehe, ist die Verbindung, die ich eben zu diesem sonderbaren Mädchen gespürt habe, kaum mehr vorhanden. Vielleicht war das hier alles ein Fehler.

Sie mustert mich kritisch. »Wieso wolltest du mich vor Magnus warnen?«

Ich ziehe mit einem humorlosen Lachen die Luft ein. »Etwas *off topic*, findest du nicht?«

»Du hast mich auch vollkommen *off topic* vor ihm gewarnt.«

Es hat keinen Sinn, ihr zu erklären, wieso Magnus mir Unbehagen beschert. Jemand, der unsere Schule nicht kennt, wird nie verstehen, wieso ein Kerl wie er mit Vorsicht zu genießen ist. Die Partys am Wochenende dienen bei ihm nicht dazu, das Leben zu vergessen. Die Partys *sind* sein Leben.

Mit einem Schulterzucken murre ich: »Ich wollte dir einen dummen Spruch reindrücken. Keine Ahnung, warum. Sorry.«

Sie verschränkt die Arme. »Wieso habe ich das Gefühl, du lügst?«

Weil ich es tue.

Ich setze ein falsches, beschwichtigendes Lächeln auf. »Keine Ahnung, er … ich glaube nicht, dass er immer der ist, für den er sich ausgibt. Er ist ein Player, schätze ich.«

Ich kann ihr ansehen, dass sie mich nicht versteht. Aber das macht nichts, ich verstehe es selbst nicht. Ich weiß nur, dass ich bei Typen wie Magnus nie das Gefühl habe, authentisch sein zu können.

»Danke fürs Verarzten«, verabschiede ich mich. »Und den Rest. Wir sehen uns ja bestimmt.«

»Ja, bestimmt.«

Was denkt sie bloß? Was passiert gerade hinter diesen Murmelaugen? Wieso knetet sie ihre Hände so?

Als ich schon mit einem Fuß über die Türschwelle getreten bin, sorgt ein Impuls dafür, dass ich ihr sage: »Du kannst mich ja mal adden. Im Messenger oder auf Instagram oder so. Such einfach nach Jake Macintosh. Wie der Computer. Also … nur wenn du Bock drauf hast.«

Ich bin wieder in meinem alten Modus. Wenn du fast eine Stunde mit einer Person gesprochen hast, müsst ihr zumindest Insta-Friends werden.

Gott, Jake, du bist so ein Hornochse.

09 MIA

»Wieso siehst du aus wie die Hauptfigur in einem Film von diesem Gruselregisseur?«, fragt Papa mich schockiert, als ich endlich fertig angezogen aus dem Badezimmer trete.

Er sitzt am Küchentisch und stopft die Reiswaffeln in sich hinein, die bei meinem ungeplanten Zusammentreffen mit Jake vor drei Tagen übrig geblieben sind.

»Wen meinst du?«, frage ich panisch und renne schon zurück vor den großen Spiegel, um erneut mein Aussehen zu checken. Wieso kann mein Vater keine verständlicheren Popkultur-Anspielungen machen?

»Na, den, bei dem sämtliche Schauspieler immer eine Tonne schwarze Schminke tragen müssen, du weißt schon. In fast allen Filmen spielt Johnny Depp mit, immer ein bisschen seltsam …«

»Tim Burton?«

»Aaah! Genau.«

»Du findest, ich sehe aus wie eine Tim-Burton-Figur?«, kreische ich.

Ich sehe mich im Spiegel an. Okay, ich bin ein bisschen blass und meine Kleidung ist dunkel. Mit dem Kajalstift war ich heute vielleicht auch ein wenig zu großzügig. Aber deswegen sehe ich doch noch lange nicht aus wie *Corpse's Bride*?

Gleich treffe ich mich mit Magnus. Ich kann nicht aussehen wie eine Leiche! Das geht nicht! Ich rubbele nervös mit dem angelutschten Zeigefinger am Rand meiner Wimpern entlang, um ein wenig überschüssiges Schwarz wegzuwischen.

»Was regst du dich denn so auf? Sonst bist du mit deinem Grufti-Look doch auch zufrieden.«

Ich hole kurz Luft, um Papa zu erklären, dass ich wirklich rein gar nichts mit der Grufti-Szene zu tun habe. Aber es ist eh zwecklos.

»Sagen wir mal so: Heute ist kein guter Tag, um tot auszusehen.« Wuselig stürme ich aus dem Badezimmer, setze mich vor Papa mitten auf den Boden und ziehe mir mit einem Ruck die geschnürten Vans über die Fersen.

»Moment mal.« Er hebt drohend den Zeigefinger. »Hast du etwa ein Date?«

Ich schwinge mich auf und schaue mich suchend nach meiner Tasche und meiner Jacke um.

»Fräulein!«

Als ich meine schwarze Umhängetasche finde, versichere ich mich kurz, dass alles Notwendige drin ist, hänge sie um und stelle dann fest, dass ich wohl zuerst die Jacke anziehen sollte. Ich bin tatsächlich ziemlich nervös. Magnus ist die Art Junge, die ich immer kennenlernen wollte. Ständig starre ich sein WhatsApp-Profilbild an. Er hat es erst kürzlich geändert und trägt kein T-Shirt darauf. Man sieht ihn natürlich nicht nackt oder so. Es ist lediglich zu erkennen, wie seine langen strohblonden Haare seine Schlüsselbeine streifen. Ich stelle mir vor, wie *Dashboard Confessional* oder *Simple Plan* dieses kleine Detail in einen melancholischen Pop-Punk-Song einbauen würden, und davon wird mir ganz schwindelig.

»Mia!«

»Ich kann jetzt echt nicht, Papa!«

»Wer ist es?«, drängelt er und folgt mir auf Schritt und Tritt, während ich weiter nach meiner Jacke suche. Er rennt mir allen Ernstes auf dem beengten Raum zwischen Jackenständer und Wohnungstür hinterher wie ein folgsamer Hund.

»Pf! Als würde ich dir das sagen. Du kennst ihn ja eh nicht.«

»Wieso nicht?«, fragt er besorgt, »Ist er älter? Geht er schon auf die Uni? Ich glaube, das finde ich nicht gut.«

»Er ist siebenunddreißig und lässt sich gerade scheiden. Seine älteste Tochter ist nur ein Jahr jünger als ich.«

»Du verscheißerst mich! Sag bitte, dass du mich verarschst.«

»Mensch, Papa, natürlich ist er nicht siebenunddreißig! Er ist achtzehn. Er geht noch zur Schule.« Mit einem mulmigen Gefühl stelle ich fest, dass das auch fast schon alles ist, was ich über Magnus weiß. Na ja. Bis auf ein paar grundlegende Infos, die er mir in unseren WhatsApp-Gesprächen mitgeteilt hat. Sein Vater arbeitet für die schwedische Botschaft – was auch immer das bedeutet –, er hat keine Geschwister, er hat keine Lieblingsband, weil er das zu verallgemeinernd findet, und er geht auf eine Schule im Taunus – Jakes Schule. Er hat ein paar meiner Witze nicht sofort verstanden, aber ich mag es irgendwie, sie ihm zu erklären. Ich fühle mich tatsächlich lustig, wenn ich mit ihm schreibe. Und im Gegensatz zu Felix aus meiner Stufe kann ich mir vorstellen, mit Magnus … na ja … *zu sein.* Einfach nur zu sein. Ich will nicht sagen: zusammen sein. Aber ich sehe mich einfach mit ihm. Wenn ich die Augen schließe und mir vorstelle, wie ich an der Seite des Jungen mit den langen blonden Haaren, den schmalen Schlüsselbeinen und dem Skateboard stehe, dann … dann passe ich einfach in dieses Bild. Und dieses Gefühl gefällt mir sehr. Denn ich passe nicht oft irgendwo hinein.

»Mia, das ist nicht lustig! Ich bin fast fünfzig. Ich könnte an 'nem Herzinfarkt sterben, wenn du so einen Mist erzählst.«

Papa sieht mich ernst an und seine mürrische Miene wirft wieder einmal seinen ganzen Kopf in Falten. Er sieht aus wie einer dieser Hunde, die zu klein für ihre Haut sind.

»Dasselbe gilt übrigens, wenn du in ein paar Wochen nach Hause kommst und mir sagst, dass dich dieser Knallkopf geschwängert hat.«

Ich haue mir die Handfläche auf die Stirn, finde endlich die Kunstlederjacke, nach der ich gesucht habe, schlüpfe hinein und hänge dann die Tasche darüber.

»Hältst du mich für jemanden, der sofort mit einem Typen ins Bett geht?«, frage ich scheinheilig.

Natürlich sagt mein Vater Nein. Jeder Vater würde leugnen, dass die eigene Tochter »so eine« ist. Und ich würde ja selbst gerne behaupten, kein solcher Jemand zu sein, aber es gibt einen schwerwiegenden Beweis, der gegen mich spricht. Er heißt Felix Meier, geht in meinen Englisch-LK und lacht jedes Mal, wenn jemand in der Klasse einen Tisch verrückt, weil das angeblich original wie ein Furz klingt.

»Ich weiß doch, dass du bei allem immer vorsichtig bist. Manchmal würde ich mir fast wünschen, dass du mal was Dummes tust. Aber ich dachte dabei eher an ein Piercing oder einen Alkoholabsturz, nicht an ein Baby.« Schließlich rauft er sich die nicht vorhandenen Haare und stöhnt: »Gott, ich bringe dich nur auf schlechte Ideen. Geh! GEH!«

Also breche ich lachend zu meinem allerersten richtigen Date auf. Ich hatte vorher noch nie eine Verabredung, die als klassisches Date durchginge. Keine, auf die ich in einem zweiwöchigen Chatverlauf hinarbeiten musste. Schon gar nicht an einem Samstagabend mit einem Achtzehnjährigen, der auf eine andere Schule geht und mir vor dem Zubettgehen Songzitate schickt. Zugegeben: Seine Auswahl an Textzeilen ist nicht die allerbeste und gestern hat er mir bereits zum zweiten Mal ein Zitat aus irgendeinem *Coldplay*-Song geschickt. Aber was soll's. Ich freue mich trotzdem. Es ist süß. Der Gedanke zählt. Auch wenn ich nicht verstehe, wieso er sich die Chance hat entgehen lassen, *blinks* »First Date« für sein gestriges Gute-Nacht-Zitat auszuwählen.

Ich bekomme natürlich sofort einen Ohrwurm, befinde mich nun also tatsächlich auf dem Weg zu unserer ersten Verabredung und singe »First Date« vor mich hin.

Wow, Mia, wie souverän.

Magnus' Familie wohnt in dem krassesten Haus, das ich je gesehen habe. Im Großraum Frankfurt wächst jedes Kind mit einer klischeehaften Vorstellung von einer Familie auf, die sich ein Anwesen im Taunusort Königstein leisten kann. Aber bis zu diesem Zeitpunkt wusste ich nicht wirklich, was ein Anwesen eigentlich ist. Ich hielt es für ein Haus, dessen Garten so groß ist, dass das Wort Garten eine Beleidigung wäre. Wie sich herausstellt, gibt es im Leben von Magnus so einige Dinge, für die gängige Bezeichnungen viel zu bescheiden sind. Darunter fällt nicht nur sein Panzerauto. Das Haus ist ein Palast, den man nicht etwa über einen einfachen Weg, sondern über eine Auffahrt erreicht. Es gibt kein Hoftor, sondern eine Pforte mit Gegensprechanlage. Der Garten lässt sich besser mit »Die Ländereien« umschreiben. Und darin steht auch keine Gartenhütte, sondern ein Pferdestall, der größer ist als unsere ganze Wohnung. Natürlich leben darin echte Pferde.

Wann zur Hölle wurde aus meinem ersten Date eine Folge von *Downton Abbey*? Wird sich Magnus gleich als Lord Magnus Ferdinand Wilhelm Otto Friedrich von Königstein der Dritte entpuppen?

Als wir schweigend zu seinem Zimmer gehen, versuche ich, mich nicht allzu sehr von den teuren Gegenständen, die überall herumstehen, beeindrucken zu lassen. Gleichzeitig weiß ich, dass Hati es mir nie verzeihen würde, wenn ich ihr keinen minutiösen Tatsachenbericht abliefern könnte.

18:51 Uhr: Wir passieren eine weiße Lederliege im Eingangsbereich, die so unbequem aussieht, dass sie von einem Designer stammen muss.

18:52 Uhr: Magnus führt mich an einem zehn Quadratmeter großen Gemälde vorbei, das genauso gut im Museum für Moderne Kunst ausgestellt sein könnte.

18:52 Uhr und dreißig Sekunden: Magnus deutet beiläufig auf eine Fotografie im Posterformat, die seinen Vater mit den Bandmitgliedern von *ABBA* zeigt. Sie hängt in einem auffälligen goldenen Rahmen neben dem Badezimmer. Das immerhin ist praktisch, denn sollte ich im Laufe des Abends mal zur Toilette müssen, weiß ich jetzt ganz genau, wo ich hinmuss. Was für eine super-trooper Eselsbrücke.

Ja, das würde Hati alles sehr gut gefallen. Die Typen aus ihren Romanen sind ja auch immer sehr vermögend.

»Meine Eltern sind übers Wochenende weggefahren«, erklärt Magnus, als er die Tür zu seinem Zimmer aufstößt. »Ich dachte, wir könnten einfach einen Film gucken. Vielleicht 'ne Pizza bestellen. Einfach was Chilliges.«

»Klingt perfekt«, sage ich begeistert. Film gucken und Pizza bestellen ist eine gute Indoor-Alternative zu spazieren gehen und reden.

Magnus' Bett ist die einzige Sitzgelegenheit in seinem Zimmer. Ländereien mit Pferdestall, aber keine Couch zum Fernsehen. Na ja. So liegen wir eben schon nach nur zehn Minuten nebeneinander im Bett, die Rücken gegen Kissen gelehnt, die Beine ausgestreckt. Er navigiert durch das Menü auf dem riesigen Bildschirm, der fast unmittelbar am Fußende des Bettes steht.

Es ist nicht direkt unbehaglich. Magnus riecht gut nach irgendeinem Parfüm. Er wirkt entspannt. Und ich habe es fast geschafft, die Stimme in meinem Kopf komplett stumm zu schalten. Doch genau jetzt werde ich von meinen Erwartungen an diesen Abend und an mich selbst geradezu überrollt. Ich bin aufgeregt – aber sollte ich nicht NOCH aufgeregter sein? Ich habe Herzklopfen – aber sollte ich nicht DAZU auch noch schwitzige Finger haben?

Ich weiß einfach nicht, wann ich genug fühle.

»Das ist mein Lieblingsfilm«, sagt er und deutet mit der Fernbedienung auf das Standbild bei Netflix. *Into the Wild*, heißt es dort.

»Oh, cool, von dem habe ich schon gehört«, antworte ich wahrheitsgemäß.

»Willst du ihn sehen?«

»Klar, wenn es dein Lieblingsfilm ist.« Ich bin froh, dass wir uns nun auf diesem Themengebiet befinden, denn das Austauschen von *Lieblings-* war ein fester Bestandteil meiner abendlichen Selbstgespräche.

»Was ist deiner?«, fragt er.

»Mhm … keine Ahnung. Ich bin nicht so der Filmmensch, glaube ich.«

»Wie kann man kein Filmmensch sein?« Er knufft mich neckend in die Seite. Mich überkommt ein Grinsen.

»Ich weiß auch nicht. Ich mag Filme, aber ich habe keine Leidenschaft dafür. Sie sind so leicht. Man muss nur hingucken und sieht sofort alles. Ich mag einfach lieber Musik. Da kann jeder etwas anderes reininterpretieren. Je nachdem, wie man sich fühlt.«

»Soso. Und was fühlst du gerade so?« Magnus' Stimme wird mit jedem Wort leiser und beim letzten hebt er spielerisch eine Augenbraue.

Okay. Flirt-Modus, Mia, wir befinden uns im Flirt-Modus.

»Hunger«, scherze ich, um ihn aufzuziehen. Witze sind eine Alternative zum Flirten, die ich wesentlich besser draufhabe.

»Alles klar, hab verstanden.« Er ordert über eine App auf seinem Handy Pizza und startet den Film.

Ich habe *Into the Wild* bisher für einen typischen Abenteurerfilm gehalten, in dem ein bockiger Teenager bei einem humorvollen Trip durch die Natur feststellt, was im Leben wirklich wichtig ist, die große Liebe trifft und am Ende glücklich und zufrieden ist. Doch der Film ist ganz anders. Gar nicht lustig und erheiternd. Er handelt von einem Teenager aus guten Verhältnissen, der von heute auf morgen alle Zelte abbricht und sich durch die Einöde schlägt. Es passiert überhaupt nichts Positives, ganz zu schweigen von einem Happy End. Dass der Film auf wahren Tatsachen beruht, macht alles nur noch niederschmetternder.

»Was?«, frage ich daher entrüstet, als der Abspann beginnt und mich erschüttert und voller Fragen zurücklässt. Magnus erfreut sich an meiner schockierten Miene.

»Und?«

»Ich bin fassungslos!«, stoße ich aus. »Das ist das Ende?«

»Ziemlich genial, oder?«

»Ziemlich genial? Das kann nicht das Ende sein! Bitte sag mir, dass nach dem Abspann noch eine Szene kommt, in der sich alles als Traum herausstellt.«

»Nope.«

Ich schlage mir entgeistert auf die Schenkel. »Ich dachte, er kommt mit dem Mädel aus *Twilight* zusammen und sieht ein, dass die Zivilisation doch ganz cool ist!?!«

Magnus wirkt begeistert. »Siehst du! Das macht ein guter Film mit dir.«

»Er zerstört mich?«

»Er zerstört dich.«

»Ich fasse es nicht. Wie kann das dein Lieblingsfilm sein?« Wir kichern jetzt.

»Weil ich es mag, wenn Dinge nicht bequem sind. Es ist doch viel cooler, wenn es nicht so kommt wie gedacht.«

Ich verstehe, was er meint. Aber ich bin schon lange kein Mensch mehr, der Überraschungen zu schätzen weiß. Schon gar nicht, wenn sie die Grausamkeiten des Lebens beinhalten.

»Nein.« Ich bohre ihm den Zeigefinger in die Brust. »Einfach nein.«

»Aber stellst du dir nicht auch manchmal vor, wie es wäre, einfach in die Wildnis aufzubrechen?« Magnus legt sich auf die Seite, stützt seinen Kopf ab und beginnt, mit dem Zeigefinger über meinen Unterarm zu streicheln. Ich bekomme eine Gänsehaut. Hauptsächlich deswegen, weil mich seine Liebkosung so unvorbereitet trifft, und ich stelle fest, dass ich vergessen hatte, was eine so einfache Berührung mit einem anstellen kann. Es ist, als würde man ein kleines Türchen zu seinem Herzen öffnen und sagen: Komm, tritt ein.

Und Magnus *tritt* ein. Er faltet seine Hand in meine und kommt meinem Gesicht näher.

»Mhm?«, hakt er nach.

Ach so, stimmt. Die Wildnis. Nein, ich kann mir nicht vorstellen, in der Pampa zu leben. Ehrlich gesagt, nicht mal im Mindesten. Ich mag feste Toilettenanlagen und an gefährliche Wildwasserströme und hungrige Braunbären will ich nicht mal denken. Aber ich weiß auch, dass eine gewisse Wanderlust ja heute zum guten Ton gehört. Jeder fährt nach dem Abi irgendwohin, jeder fliegt zwei-, dreimal im Jahr in eine europäische Großstadt, um darüber etwas auf Instagram posten zu können, jeder besichtigt in Kuala Lumpur historische Tempelanlagen.

Jeder halt – außer mir.

Für Magnus ist Reisen wahrscheinlich normal. Bestimmt war er schon als Dreijähriger in mehr Hauptstädten, als ich bis zu meinem Dreißigsten besucht haben werde.

Daher antworte ich: »Doch, doch, das ist bestimmt cool.« Ich kann dabei seinen Daumen nicht aus den Augen lassen, mit dem er meine Haut massiert.

Ob ich an Händchenhalten und Streicheleinheiten dachte, als ich vor einigen Stunden in sein Auto einstieg? Klar, ich bin ja nicht blöd. Aber andererseits hab ich auch gedacht, dass wir uns detailliert über einzelne Lieblingssongs austauschen würden, und das ist nicht eingetreten. Erwartungen und Realität sind vollkommen unterschiedliche Dinge, wenn es um Zwischenmenschlichkeit geht.

»Willst du das machen? Nach dem Abi?«, frage ich und rutsche in eine ähnliche Position wie er.

»Weißt du, was ich eigentlich machen will?«

Mein Herz klopft schneller.

»Das hier.« Magnus beugt sich zu mir vor und küsst mich. Fest. Hart. Und sofort mit Zunge. Es gibt kein Kuss-Vorspiel. Seine Zunge ist einfach *so schnell* in meinem Mund, dass ich im ersten Moment gar nicht weiß, was ich mit ihr anstellen soll. Erst nach einer Sekunde erinnere ich mich wieder, wie Küssen geht. Und eine Sekunde ist echt lang, wenn eine fremde Zunge im eigenen Mundraum ziellos nach einem Gegenstück sucht.

Doch als ich meinen Part dann ordnungsgemäß übernehme, geht alles ganz schnell.

Magnus zieht mich an sich ran und legt mein Bein über seine Hüfte. Er hat das schon mal gemacht, das merke ich sofort. Wahrscheinlich sogar schon oft. Ich denke kurz, dass er mich doch fragen müsste, ob ich es auch schon mal getan habe. Schließlich bin ich noch nicht so alt. Oder ist es in seiner Welt normal, schnell zur Sache zu kommen? Welche Rolle kann Sex schon spielen, wenn man einen Pferdestall hat und regelmäßig mit *ABBA* diniert?

Kann Magnus mir auch anmerken, dass ich keine blutige Anfängerin bin? Küsse ich wie eine Könnerin?

Als er seine Hand genau auf meinen Schoß legt und zudrückt, horche ich für die Länge eines Herzschlags in mich hinein. Da ist schon Lust in mir.

Irgendwie.

Magnus tut alles Weitere genauso, wie er küsst. Er fängt an, mir die Hose auszuziehen, er legt sich auf mich, er ist schnell, fest und er prescht vor. Wenn Miteinander-Schlafen wie Tanzen wäre, dann wäre Magnus ein Breakdancer. Ein Solotänzer, der seine Runden dreht, während die Menge im Kreis um ihn herumsteht und zuschaut. Er wirkt, als hätte er eine Choreografie einstudiert. Küssen, ausziehen, küssen, Kondom auspacken, loslegen. Und dann: rein, raus, rein, küssen, raus, rein, raus, küssen …

Ich will es genießen.

Will, dass es etwas Besonderes ist.

Wirklich.

Ich will nicht schon wieder sagen müssen, dass ich einfach so Sex hatte. Ich will kein Eisklotz sein. Ich will nicht innerlich tot sein. Ich bin keine Tim-Burton-Figur.

Mia-Lotta, tut dir etwas weh?

Nein. Nein, verdammt!

Ich spüre einfach gar nichts.

10 MIA & JAKE

JAKE

An diesem Samstag fühlt es sich an wie eine bescheuerte Idee, der Einladung einer Mitschülerin zu folgen. Absolut, richtig bullshittig hirnrissig. Ich sollte zu Hause sein und sichergehen, dass dort alles okay ist. Aber Benni wollte hierhin und was sollte ich da schon tun? Ich bin ihm mindestens ein Dutzend Partybegleitungen schuldig – so oft, wie er mich mit meinem Wunsch, daheim rauszukommen, schon begleitet hat, obwohl er keine Lust hatte, lernen wollte oder mit seiner Mutter eine Gameshow gucken musste.

Jetzt stehe ich also an der Seite meines besten Kumpels im Wohnzimmer von Sora Kim und frage mich, was ich hier soll. Auf meinem Gesicht ist ein fettes Grinsen und auch da frage ich mich, was das soll. Mir ist nicht nach Grinsen zumute. Der ablenkende Effekt, den mir meine feierbegeisterten, angeheiterten Freunde, tanzende Mädchen und aus Boxen keulender Hip-Hop sonst immer bieten, will heute so gar nicht einsetzen. Ich kenne die meisten Gäste nicht, viele sind deutlich älter als wir und der zweitklassige Hobby-DJ spielt zweitklassige Musik.

»Warum sind hier so viele Fremde? Ich dachte, Sora hätte einfach die Üblichen eingeladen?«

»Ich glaube, das ist streng genommen die Geburtstagsparty von ihrer Schwester«, erklärt mir Benni. »Sie studiert an der School of Finance. Wahrscheinlich sind das alles ihre Kommilitonen.« Ich schaue mich um. Das müssen ja 'ne Menge Kommilitonen sein, mit denen Soras Schwester befreundet ist. Auf jedem Quadratzentimeter des Erdgeschosses sitzt oder steht jemand. Armfreiheit gibt es nicht mehr.

»Das erklärt die vielen Poloshirts und Bootsschuhe«, scherze ich und nicke zu einem besonders repräsentativen Exemplar des Bilderbuch-Management-Studenten, der in der Nähe des Fernsehers gerade damit beschäftigt ist, sich an Sora ranzumachen.

Kurz frage ich mich, ob Julie irgendwo hier ist und ob es eine gute Idee wäre, den Abend mit ihr zu verbringen. Ich blicke in meine Cola light und muss mir eingestehen, dass ich Julie zwar nett finde, aber nicht wirklich an sie denken muss. In Wahrheit habe ich schon zum wiederholten Mal diese Woche nur Mia im Kopf. Ich krame mein iPhone aus der Gesäßtasche hervor und tippe routinemäßig auf die Instagram-App, wie ich es viele Male in den letzten Tagen getan habe.

Sie folgt mir immer noch nicht. Aber wieso sollte sie auch? Die Fotos vom letzten Sommer sind wirklich nicht sehr interessant. Auch nicht das von Franky am Schlagzeug, obwohl er da echt niedlich aussieht. Und die mit Sophia? Die hatte ich eh nur hochgeladen, weil sie mir ständig die Hölle heißgemacht hat, dass ich mich auch direkt von ihr trennen könnte, wenn ich nicht mal bereit wäre, mich zu einem gemeinsamen Selfie mit ihr zu committen. Ich würde mir selbst auch nicht folgen, wenn ich sehen würde, dass ich so ein Typ bin, der allen Ernstes ein »Meine Freundin zieht mich an einem berühmten Platz hinter sich her«-Foto auf Instagram hochgeladen hat. Gott, was hab ich mir dabei gedacht? Ich begutachte selbst noch einmal die Aufnahme, die Sophia und mich – oder, besser gesagt, Sophia und meinen Unterarm – auf der Praça do Comércio in Lissabon zeigt. Ich hatte ihr den Wochenendtrip zum achtzehnten Geburtstag geschenkt, Sophia ist regelrecht ausgeflippt. Ich auch – als ich am zweiten Tag feststellte, dass sich Sophias Interesse an kulturellen Orten hauptsächlich darauf beschränkte, sie als Kulisse für Fotos zu verwenden.

Mia ist mir zwar nicht gefolgt – aber ein bisschen gestalkt hat sie mich doch sicherlich. Oder? Ob sie es sehen wird, wenn ich heute, jetzt, hier etwas uploade?

Ich schnaube laut und hole mich damit selbst auf den Boden der Tatsachen zurück. Bin ich komplett bescheuert? Ich höre mich an wie ein Zwölfjähriger, der tatsächlich glaubt, man könnte einer Frau subtile Nachrichten via Social Media übermitteln. Was kommt als Nächstes? Poste ich ein tiefgründiges Zitat in meinem WhatsApp-Status? So als Zeichen ultimativer Erbärmlichkeit?

Zwei Minuten später habe ich ein IG-Foto hochgeladen. Es zeigt meine großen Füße in einem riesigen Paar Timberlands, die auf den nicht mehr blendend weißen Bodenkacheln neben Konfetti und einem zerbrochenen Shotglas stehen. Die Caption lautet: [...] I wish I would have stayed in my bed back at home watching TV alone. #Partygoals

Es ist der ehrlichste und zugleich bescheuertste Post meiner bescheidenen Instagram-Karriere.

Doch binnen drei Minuten habe ich fünfzig Herzen gesammelt.

Benni steht neben mir und lacht glucksend, als er eine Push-Nachricht zu dem Post erhält und ihn sofort liest. Zwei Typen aus meiner Jahrgangsstufe klopfen mir grinsend auf die Schulter, als sie an mir vorbeilaufen, und sagen: »Gutes Bild, Alter.«

Und so ist das mit der Wahrheit. Es biegt sie sich doch jeder zu Ironie zurecht.

Nach einer halben Stunde hat das Bild einhundertzwölf Likes und einige Knallende-Sektkorken- und Tänzerinnen-Emojis in den Kommentaren gesammelt. Fassungslos drehe ich mein iPhone in den Händen. Da poste ich ein Mal meine ehrliche Meinung und dann so etwas?

Aus irgendeinem Grund bin ich mir sicher, dass Mia es verstanden hätte.

Natürlich.

Sie hätte schließlich auch das Zitat, das ich auf die Schnelle ergoogelt habe, wiedererkannt.

Als ich von meinem iPhone aufblicke, um Benni zu gestehen, dass es mir hier ehrlich zu doof wird, bemerke ich, dass sich ein großes blondes Mädchen zu uns gesellt hat. Sie verschränkt die Arme und sieht mich aus glitzernd geschminkten Augen an.

Es ist Sophia.

Fuck.

Ich wusste, es war eine hundsmiserable Drecksidee, heute hierherzukommen. Die Vorstellung von Mia in meinem Kopf kracht gegen meine sehr reale Ex-Freundin vor mir. Ich bekomme davon ein Schleudertrauma.

»Hey, Jacob.«

»Oh. Hi«, grüße ich zurück und versuche, freundlich zu lächeln.

»Ähm … wie geht's dir?« Sophias Lippen glänzen weinrot. Sie trägt einen Pullover mit nur einem Ärmel – das ist so 'ne Trendsache, die ich nie kapieren werde. Bei welchen Temperaturen zieht man so einen Pullover an? Aber immerhin sieht sie darin aus, als käme sie direkt von einem Fashion-Shooting, von daher erfüllt er wohl seinen Zweck.

»Gut, gut«, sage ich etwas zu hastig.

Sie seufzt bedeutungsvoll und sieht mir viel zu lange in die Augen.

Weil mich ihr Verhalten nervös macht (nicht auf die romantische Art und Weise), frage ich überstürzt: »Äh … Willst du etwas trinken? Ich könnte …« Ich winke in Richtung Küche, »ich könnte was holen.«

»Das wäre superlieb. Du bist der Beste, Jake.«

Ooookay. Sie tut ja fast so, als hätte ich ihr gerade einen erneuten Trip nach Portugal geschenkt.

»Ähm. Kein Problem. Benni – was magst du?«

Benni, der es sich in den unangenehmen letzten anderthalb Minuten hinter meinem Rücken bequem gemacht hat, gestikuliert abwägend und bestellt schließlich etwas neben der Spur: »Ach, ich würde noch mal so eine Weinschorle nehmen, denke ich.«

»Und du … äh … ihr?«, korrigiere ich, als mir auffällt, dass auch Sophia in Begleitung ist. Es ist eine Freundin von ihrer Schule. Katrin oder Katharina oder so.

»Weinschorle klingt gut«, sagt Katrin-Katharina und Sophia nickt.

Ich zeige mit einem Finger auf jeden Einzelnen, um zu unterstreichen, dass ich alles abgespeichert habe, mit der anderen Hand umklammere ich immer noch mein Telefon, dann quetsche ich mich durch die Menge in Richtung Küche. Der DJ hat angefangen, Neunzigerjahre-Musik aufzulegen. Spice Girls, MC Hammer und solche Sachen, und alle tanzen und grölen dazu mit. Mehrere Hintern reiben sich an meinem Schoß, um mich zum Tanzen aufzufordern, als ich die wenigen Meter zum Kühlschrank hinter mich bringe.

»I said-a he, I said-a he, I said-a zigggiziggizigggiziggizigaziggaaaa.«

Ich habe keine Ahnung, in welchem Verhältnis man eine Weinschorle mischt, aber ich bin froh, irgendetwas zu tun zu haben. An einem anderen Abend, auf einer anderen Party wäre ich vermutlich gar nicht bis zu den Getränken durchgekommen. Ich wäre auf der Tanzfläche hängen geblieben, an einem der Hintern, hätte mitgetanzt.

Ich klemme die drei vollen Plastikbecher und mein Handy zwischen meine Finger und balanciere sie zurück zu den anderen.

»Und was ist mit dir? Trinkst du gar nichts?«, fragt Sophias Freundin.

»Jake trinkt nie«, wirft sie für mich ein, dann fasst sie mir an den Oberarm und ergänzt mit einem diebischen Grinsen: »Das durchkreuzt seine sportlichen Pläne. Wusstest du, dass der Körper, nachdem man getrunken hat, vierundzwanzig

Stunden nichts anderes tut, als den Alkohol abzubauen? Keine Fettverbrennung, kein Muskelaufbau.«

Stimmt. Das ist die Geschichte, die ich ihr erzählt habe, als sie mich das erste Mal fragte, wieso ich nichts trinke. Denn »Ich trinke nicht« wird keinesfalls einfach so akzeptiert. Man muss eine gute Erklärung parat haben. »Ich trinke nicht« ist, als würde man sagen »Ich hasse Hundewelpen« oder »Meine Traumfrau ist Mutter Teresa«.

Sophia hat sich, wie die anderen auch, schnell damit abgefunden, dass ich ein Fitness-Freak bin und Opfer dafür bringe, einen flachen Bauch zu haben. Es ist leicht, ihnen etwas vorzumachen, wenn man ein Klischee bedient.

»Echt?«, fragt Katharina-Katrin erstaunt. »Du trinkst nie?«

»Nicht wirklich«, antworte ich gelangweilt.

»Auch nicht am Wochenende?«

»Nein.«

»An Geburtstagen? Was ist mit Silvester?«

»Manchmal trinke ich«, sage ich, um ihr einen Gefallen zu tun.

»Wow. Du musst so etwas wie ein Mönch sein.« Sie reißt den Mund theatralisch auf. Sophia und ich wechseln bei diesen Worten einen stummen, vielsagenden Blick.

Doch dann werde ich unweigerlich von meinem Handy abgelenkt, das in meiner Faust zweimal kurz summt. Die Push-Nachricht auf dem Lock-Screen versetzt mir einen Stromschlag.

[Instagram] mialottchen00 commented on your picture.

Ich öffne die App, um mich davon zu überzeugen, dass ich keine Gespenster sehe. In den Kommentaren lese ich Sektkorken, Tänzerinnen, Nice Pic, Bro, Good one, Bro und: Das ist ein wirklich interessantes Zitat, geschrieben von dem Account namens mialottchen00.

Ich merke, wie sich die Art Grinsen auf meinem Gesicht einschleicht, von dem ich bisher nur gehört habe, dass es existieren soll. Eine Art Glück, das von unten aufsteigt und den ganzen Kopf umnebelt. Es fühlt sich an wie ein Sieg, den man nicht durch Überlegenheit, sondern durch blanken Leichtsinn errungen hat. Ich wollte, dass sie dieses *blink-182*-Zitat sieht. Ich wollte, dass es sie dazu bringt, sich bei mir zu melden. Aber ich habe doch nicht im Traum gedacht, dass es funktionieren würde!

Ich tippe auf ihren Namen und gelange auf ihr Profil. Natürlich hat sie die Privatsphäre-Einstellungen so gewählt, dass ich nur ihre Bio lesen kann: Mia. 17. FFM. Ohne zu zögern, klicke ich auf den blauen Button und bitte sie um Erlaubnis, in ihren Kreis aus fünfhundertelf Followern eintreten zu dürfen. Es dauert nur wenige Sekunden, bis sie sie mir erteilt. Auf magische Weise erscheinen nun ihre upgeloadeten Bilder auf dem Display. Ihr ganzes Feed ist schwarz-weiß und voller abstrakter Fotos, Quotes und einiger weniger Bilder, auf denen man sie mit Freunden sieht. Ihr letzter Upload ist schon zwei Wochen her. Er zeigt sie zwischen dem Mädchen mit den dicken Locken und einem schlaksigen, weißblonden Jungen. Die meisten ihrer Bildunterschriften sind kurze englische Texte, vermutlich ebenfalls Songzitate. Ich wechsle schnell in den Browser, tippe testweise ein paar Zeilen ein und bekomme meine Vermutung bestätigt. Es sind fast alles Quotes ihrer Lieblingsband *blink-182*. Sie ist echt besessen von diesen Altpunks. Ich muss grinsen. Ich mag Menschen, die eine gesunde Obsession haben. Etwas, das sie für sich selbst machen. Etwas, das sie antreibt.

»Was machst du da?«, fragt Sophia, als ich zurück in die Instagram-App swipe, auf der noch das Bild von Mia und ihren Freunden geöffnet ist. Sophia beugt sich zu mir herüber, bis sie über den Rand meines Telefons schauen kann, und berührt mich dabei am Bauch. Die Mischung aus Neugier und Sorge in ihrer Stimme macht deutlich, dass sie es sich einfacher vorgestellt hat, heute wieder mit mir Kontakt aufzunehmen.

»Nichts«, sage ich knapp.

»Sieht aber nicht nach nichts aus«, kommentiert sie schnippisch. Ich sehe, wie sich Mias Foto in ihren Augen spiegelt. Es ist mir unangenehm, dass ich Sophia nun so unfreiwillig auf die Nase binde, wie weit weg meine Gefühle für sie bereits sind. Falls ich überhaupt je welche hatte.

Ehe ich weiter auf sie eingehen kann, empfange ich eine Direktnachricht von Mia.

> **@mialottchen00** Du weißt schon, wie der Song weitergeht, oder?

Obwohl ich natürlich keinen blassen Schimmer habe, muss ich noch breiter grinsen. Also antworte ich:

> **@jakemacintosh** Ich muss zugeben, dass ich nicht ganz textsicher bin. Wieso? Wie geht er denn weiter?

> **@mialottchen00** Ernsthaft jetzt? Erst bezirzt du mich,

indem du The Party Song zitierst, und dann stellt sich heraus, dass du das Lied nicht mal bis zum Refrain gehört hast?

@jakemacintosh Bekomme ich trotzdem einen Punkt fürs Versuchen?

@mialottchen00 Na gut. Es war ein gutes Zitat. Bist du tatsächlich gerade auf einer beschissenen Party?

@jakemacintosh Ja.

@mialottchen00 Du solltest woanders hingehen. Wie es in dem Song auch heißt, manchmal ist es besser, allein zu sein, statt dort zu bleiben und alles zu hassen.

@jakemacintosh Wahre Worte. Ich hätte vielleicht wirklich den ganzen Song hören müssen.

@mialottchen00 Äh – ja? Das ist eine Regel, an die man sich immer halten sollte.

@jakemacintosh Sorry! Ich gebe hier mein Bestes!

@mialottchen00 Ich will nicht so sein. Du bekommst ein Sternchen ins Hausaufgabenheft.

@jakemacintosh Yeeah.

»Stehst du jetzt allen Ernstes vor mir und schreibst mit einer anderen?« Sophias hohe Stimme schneidet durch die laute Geräuschkulisse der Best-of-Nineties-Playlist. »Du bist echt das Letzte!« Sie stürzt davon und zieht ihre Freundin hinter sich her.

»Wirklich, Jake. Das war das Letzte! Ihre Asche ist noch nicht einmal kalt«, spottet Benni. »Aber jetzt will ich es auch wissen – mit wem schreibst du?«

> **@mialottchen00** Was ist das für eine schreckliche Party, die Mr. Macintosh-so-wie-der-Computer dazu veranlasst, zwanzig Jahre alte Punksongs zu zitieren?

Ich mag die Art, wie sie schreibt. Dieses Schnodderige, trotzdem Kluge.

> **@jakemacintosh** Eine mit beleidigten Ex-Freundinnen, zu viel Alk und 90er-Kaugummi-Pop.

> **@mialottchen00** Etwa die, die dich gezwungen hat, ein Foto von sich und deinem Arm in Lissabon hochzuladen?

> **@jakemacintosh** Ja, die.

MIA

@jakemacintosh Ja, die.

Seine Nachricht erscheint auf dem Bildschirm, als ich gerade dabei bin, in die Schuhe zu schlüpfen. Magnus ist seit einer Viertelstunde im Badezimmer. Ich habe in dieser Zeit so schnell wie möglich meine Kleidung zusammengesucht und angezogen. Jetzt sitze ich auf der Bettkante, schaue auf meine zerschlissenen Vans und spüre, wie mir das Herz schwer wird.

Hati hat gesagt, dass Liebe wehtut. Und vielleicht ist es ja genau das hier?

Nein, wohl eher nicht, denke ich und lache humorlos auf. Dieses Gefühl, eine Zeitreise machen zu wollen, die Rückwärtstaste zu drücken, dabei zuzusehen, wie Kleidung anstatt ausgezogen wird, wie das Kondom zusammengerollt und eingepackt statt aufgerissen und übergestreift wird, wie sich Körper trennen statt vereinen und sich Lippen voneinander lösen … dieses Wunschdenken hat bestimmt nichts mit der Art Schmerz zu tun, die Hati gemeint hat. Hatice kennt das hier nicht. Sie hat nie mit einem Jungen geschlafen, den sie kaum kennt. Ich habe es heute zum zweiten Mal getan und zum zweiten Mal habe ich festgestellt, dass es nicht das war, was ich wollte.

Wieso bin ich so?

Ich empfinde kein unstillbares Verlangen danach, in seinen Armen zu liegen und seinen Duft zu atmen. *Keinerlei* Verlangen. Da ist gar keines. Auch keines danach, bei ihm zu bleiben.

Schon in dem Moment, in dem Magnus zum ersten Mal

eine Hand auf meinen nackten Bauch gelegt hat, wusste ich, dass er nicht derjenige sein wird, der mich dieses Verlangen fühlen lassen wird.

Und jetzt? Jetzt hasse ich mich nur.

Ich tippe die Nachricht an Jake ein und bemerke die erste Träne seit Langem in meinem Augenwinkel. Nein. Nicht jetzt und nicht hier, Mia. Das lässt du schön bleiben, hier wird nicht geheult!

Keine Ahnung, was mich dazu veranlasst hat, endlich Jakes Instagram-Profil zu suchen. Aber als Magnus mir einen sehr langen und sehr feuchten Kuss gegeben hat und dann das Bett verließ, um ins Bad zu gehen, da habe ich eine solche Leere gefühlt, dass ich sie mit dem Menschen füllen wollte, der mir als Erstes einfiel. Und dieser Mensch war Jake Macintosh-wieder-Computer.

Jakes Instagram-Profil ist so typisch für einen Kerl wie ihn. Es ist öffentlich und zeigt die übliche Mischung aus Urlaubsbildern, Partyfotos und Fotografien von sportlichen Sneakern. Allesamt sehr entsättigt und mit Grain-Filter, sodass die Personen darauf farblos und voller Schatten wirken. Es gibt ein paar Pärchenfotos, die Jake mit einer blonden Schönheit zeigen. Sie sieht aus, als wäre sie einer amerikanischen TV-Werbung für das neue gesunde Angebot einer Fast-Food-Kette entsprungen: Schlank, sportlich, groß, Balayage-Haare, Markenkleidung. Wenn man einen Phantombildzeichner damit beauftragen würde, eine Person zu erschaffen, die das komplette Gegenteil von mir ist, würde wahrscheinlich sie dabei herauskommen.

@jakemacintosh Was machst du gerade?

Seine Frage trifft mich so unvorbereitet, dass ich mich einen Augenblick lang hektisch in alle Himmelsrichtungen umsehe, als fürchte ich, dass Jake mich hier entdecken und verurteilen könnte.

Natürlich hat Jake kein Recht und keinen Grund dazu, mich wegen dem, was eben geschehen ist, zu verurteilen. Er weiß, dass ich mich mit Magnus treffe. Aber er hat es auch kritisiert. Bestimmt ist Jake selbst jemand, der unbedeutenden Sex hat. Er sieht gut aus und ist mit Sicherheit total beliebt. Wieso sollte er also kein Verständnis haben?

Das Problem ist, dass *ich* kein Verständnis für mich habe. Vor allem, weil … Ach, weil es so klischeehaft und offensichtlich ist, dass ich mich habe überrumpeln lassen. Ich habe die allergrößte Klappe. Und als Magnus angefangen hat, an meinen Schenkeln entlangzustreicheln, da wollte ich cool bleiben. Ich wollte jemand sein, der unverfänglich und zum Spaß mit jemandem schläft, in den er sich bestimmt bald verlieben wird. Ich wollte mich verlieben!

Aber … es hat überhaupt keinen Spaß gemacht und ich bin kein Stück verliebt.

Jake würde das wissen. Jake würde mir ansehen, dass ich nur so getan habe, als wäre ich cool und sorgenfrei. Wieso, weiß ich auch nicht. Eigentlich kennt er mich gar nicht. Aber er hat mich schon in unserer Küche aus seinen bernsteinbraunen Augen angesehen, als wisse er Dinge über mich, die ich niemals offen zugeben würde.

Ich verbiete mir, mich weiter in dieses miese Gefühl hineinzusteigern, und versuche stattdessen, mich vom Gegenteil zu überzeugen: Es war nur Sex, sage ich mir in Gedanken. Andere tun es ständig. Wenn wir es noch mal tun würden, würde es bestimmt Spaß machen. Es ist vielleicht einfach nur so wie das experimentelle neue Album einer Lieblingsband, das man zwei, drei oder vierhundert Mal anhören muss, ehe es einem richtig gut gefällt. Vielleicht ist Sex auch einfach nur wie schwarzer Kaffee.

Doch gerade in diesem Moment kann ich mir nicht vorstellen, mich jemals wieder mit Magnus zu treffen. Geschweige denn, noch einmal mit ihm zu schlafen.

Ich denke an die Zeile, die Jake erst vor wenigen Minuten gepostet hat. Aus irgendeinem selbstüberschätzenden, abwegigen, absurden, absolut bekloppten Grund kann ich nicht anders, als zu denken, dass er sie direkt an mich gerichtet hat. Er kann nicht durch reinen Zufall eine unvollständige Textzeile aus einem semibekannten *blink*-Song zitiert haben. Das kann nicht sein. Ich glaube nicht an göttliche Fügung und auch mit dem Prinzip von Schicksal habe ich einige strukturelle Schwierigkeiten … aber der Zufall war hier sicherlich nicht am Werk. Was also dann? War es Jakes Methode, um mich auf sich aufmerksam zu machen, sollte ich doch irgendwann auf seiner Seite vorbeischauen? Und falls ja: Wieso will mich dieser Typ ködern? Er spielt doch in einer ganz anderen Liga als ich. Nein, mehr noch: Jake und ich spielen vollkommen unterschiedliche Sportarten! Er ist so etwas wie Fußball-Champions-League. Ich hingegen bin Bogenschießen Kreisoberliga.

Dennoch – »Was machst du gerade« hat nichts mit Pragmatik oder Höflichkeit zu tun. »Was machst du gerade« in einem

Chat-Gespräch, das man jederzeit grundlos beenden könnte, bekundet ultimatives Interesse an mir als Person und an der Fortführung des Wortwechsels.

Jake ist also entweder wirklich auf der miesesten Party aller Zeiten gefangen und möchte sich ablenken, oder …

Ja, Mia. Oder … was?

@mialottchen00 Ich bin noch unterwegs. Und du?

Das ist streng genommen keine Lüge.

@jakemacintosh Gerade halte ich meinen besten Freund davon ab, die vierte Weinschorle zu trinken.

@mialottchen00 Weinschorle? Was für eine Party ist das? Der 40. Geburtstag einer Frau, die Louis-Vuitton-Taschen sammelt?

@jakemacintosh Ich glaube, sie wird 21, aber der zweite Teil könnte stimmen.

Jake treibt sich also auf Geburtstagen von reichen Frauen herum. Bei diesem Gedanken macht sich eine ungewohnte eifersüchtige Neugier in mir breit. Genau wie beim Anblick dieses lächerlichen Händchenhalt-Selfies. Ich habe diese Art Foto nie verstanden. Es sieht aus, als würde die Frau ihren Freund nötigen, mit ihr schöne Gegenden zu besichtigen. Es liegt doch wirklich kein Funken Romantik in der Vorstellung, seinen Freund durch die Wüste, den Regenwald oder die Champs-Élysées zu zerren. Aber was weiß ich schon.

»Gott, jetzt zier dich doch nicht so!« Benni stellt sich auf die Zehenspitzen, um auf meinen Handybildschirm lunzen zu können. »Sag bloß, du hast eine neue Freundin?«

Ich zeige keine Reaktion. Nicht, weil ich ihn in dem Glauben lassen oder mich tatsächlich zieren will, sondern weil die Antwort nur weitere Fragen provozieren würde.

Benni schnaubt. »Wieso frag ich überhaupt? Du bist Jake. Natürlich hast du eine neue Freundin. Das ist so was wie ein Naturgesetz. Massige Objekte ziehen sich aufgrund der Schwerkraft gegenseitig an, die Trägheit des Körpers verursacht die Zentrifugalkraft und die Jake-Kraft sorgt dafür, dass du nie länger als zwei Wochen Single bist. Mal im Ernst? Wie machst du das? Versprühst du einen gewissen Duft oder so? Bist du ein olfaktorisches Wunder?«

Ich werfe ihm einen bitteren Blick zu. »Lass bloß nicht Sophia hören, dass sie ein massiges Objekt war, das von mir angezogen wurde.« Wir lachen. »Bisher war mein Eindruck eher, ich wäre ein Kuhfladen, der die Fliegen anlockt.«

»Kuhscheiße? Ehrlich? Das ist das Heuchlerischste, das du je von dir gegeben hast. Sieht Sophia für dich aus wie eine Schmeißfliege?«

Bevor ich antworten kann, trifft schon die nächste Nachricht von Mia ein.

> **@mialottchen00** Ich mag The Party Song. Er wirkt wie ein billiger Lila-Laune-Pop-Punk-Song. Aber er ist so echt, weißt du? Er handelt von diesem Typen, der auf eine Party geht, auf die er eigentlich keinen Bock hat.

Aber er geht trotzdem hin, weil er dort mit etwas Glück wenigstens ein Mädel kennenlernen könnte – klingt erst mal nicht sehr sympathisch. Aber dann passiert genau das: Er trifft eine Frau, die mehr als willig ist, mit ihm zu gehen, und er merkt, dass es nicht das ist, was er braucht.

»Die Frau hat dir gerade einen verdammten Roman geschrieben!« Benni bemüht sich schon wieder, an meinem Arm vorbeizuschielen. »Wer ist sie?«

»Du kennst sie nicht.«

»Woher kennst du Menschen, die ich nicht kenne?«, fragt er. »Ich meine: Wenn du nicht in der Schule bist, bist du in deinem komischen Krafttempel, und wenn du nicht dort bist, dann ...« Der Groschen fällt. »Moment! Ist sie aus dem Krafttempel?«

»Kraftschmiede!«

»Ist doch egal, wie deine Pumper-Stube heißt. Sag schon!«

Ich drehe die Augen zur Seite, was ihm wohl Antwort genug ist.

»Alter! Wie hast du das angestellt? Ist sie eine ... eine Bodybuilderin? Bitte sag, dass sie keines dieser Mädels ist, die achtzigtausend Instagram-Follower haben und ständig ihren Rabattcode bei *Fitnessnahrung.com* bewerben.«

»Seit wann interessiert dich das?«

»Was? Rabattcodes für Proteinpulver?«

»Nein! Mein Liebesleben?« Mein Fehler fällt mir erst auf, als ich das Wort schon ausgesprochen habe. »Mein Leben, meine ich. Streich das Wort Liebe. Oder streich *die Liebe*. Ja, streich die Liebe einfach ganz.«

»Ha! Was läuft zwischen euch?«

»Nichts.«

»Das kannst du meiner toten Großmutter erzählen.«

Ich zeige Benni die kalte Schulter und widme mich wieder meinem Handy.

@jakemacintosh Falls du mich auf diese Weise davon überzeugen willst, nicht mit einer der hier Anwesenden heimzugehen – keine Sorge. So was mache ich nicht.

»Jesus!«, flucht Benni. Er hat mitgelesen. *»So was mache ich nicht?«*

»So was mache ich wirklich nicht«, verteidige ich mich. Wir wechseln einen vielsagenden »Du erinnerst dich an das Jungfrauen Gespräch«-Blick, dann nickt Benni mit einer Miene, die mir recht gibt.

Ich hebe das iPhone erneut und schreibe eine zweite Nachricht.

@jakemacintosh Wie kommt es, dass du so verrückt nach dieser Band bist? Allein dieser Song ist älter als du.

»Du double-textest ihr?« Benni sieht mich an, als hätte ich mich vor seinen Augen in ein Topmodel verwandelt.

»Hä?«

»Du hast ge-double-textet!«

»Schon verstanden, aber ich hab keine Ahnung, was das heißt.« Zwei offensichtlich betrunkene Mädchen stolpern an uns vorbei. Eine wirft mir kurz einen Blick zu, winkt auf diese Art, die eine niedliche Anmache sein soll. Ich kenne sie aus der Schule. Aber weder ihr Name noch ihre Geschichte wollen mir einfallen.

»Echt jetzt? Ich muss dir Slang-Worte beibringen? *Ich? Dir?*«

»Keiner ist darüber erstaunter als ich, Benni«, sage ich sarkastisch. »Es ist, als wär es erst gestern gewesen, dass ich dir erklären musste, was ein Blowjob ist.«

»Double-texten ist, wenn du ihr schreibst, bevor ihre Antwort gekommen ist. Du weißt schon, wenn man denkt, man muss noch was Besseres nachlegen, weil sie sonst abgeschreckt sein könnte.« Mein bester Freund gestikuliert wild mit den Händen und schiebt sich zum Abschluss seiner Rede theatralisch die randlose Brille hoch.

»Was für ein Bullshit«, tadele ich. Aber mir ist sofort klar, dass er recht hat. Natürlich. Ich hatte das Gefühl, nach meinem fadenscheinigen »So etwas mache ich nicht« noch was nachlegen zu müssen. Denn die Menschen, die das sagen, sind meist genau diejenigen, die so etwas tun.

Ich lese ihre Antwort:

@mialottchen00 Sie sind einfach nur sehrsehr cool. Und ... okay, es gibt noch einen Grund, aber du wirst mich dafür wahrscheinlich auslachen.

@jakemacintosh Ich könnte dich niemals auslachen. Schon vergessen? Du hast mich mit einem Elfenglitzerpflaster verarztet!

Und du bist der einzige Mensch außerhalb meiner Familie, der weiß, was letzte Woche in unserem Haus passiert ist.

@mialottchen00 1995 hat mein Vater in L. A. bei einem Wettbewerb mitgemacht. Meine Mutter war mit ihm dort, aber sie hatte irgendwann die Schnauze voll von eingeölten Typen in winzig kleinen Höschen. Also ist sie auf ein Konzert in einem Punk-Club gegangen. Und dabei ist sie einfach so bei blink-182 gelandet. 1995!

Das war kurz nach Cheshire Cat, ihrem ersten Album, und in Deutschland kannte sie noch keiner. Es war ihr ganz persönlicher »I knew them before they were cool«-Moment.

Zwei oder drei Minuten herrscht eine virtuelle Stille zwischen uns. Dann double-textet Mia.

@mialottchen00 Als sie mit mir schwanger war, hatten *blink* den richtig großen Durchbruch. Sie hat immer erzählt, dass sie mir das Album *Enema of the State* schon im Bauch vorgespielt hat und ich deswegen als Fan geboren wurde.

Mir entgeht nicht, dass sie die Vergangenheitsform benutzt. Dieser Tatsache fügt mein Gedächtnis den Anblick ihres Kühlschranks hinzu, an dem etliche Bilder hängen, aber keines von einer Frau, die Mias Mutter sein könnte.

Ich sehe mich in dem vollgestopften Haus um. Betrunkene Mitschüler, betrunkene Fremde, knutschende Paare, streitende Paare.

Ich will nicht hier sein.

@jakemacintosh Wo bist du? Ich glaube, mein Pflaster muss gewechselt werden.

MIA

»Wieso habe ich den leisen Verdacht, dass du mir nicht sagen wirst, wieso du an einem Samstagabend um halb zwölf am Hauptbahnhof gestrandet bist?«

Jake hat die Arme vor der Brust verschränkt, als er mich auf dem Vorplatz des Frankfurter Bahnhofs in Empfang nimmt. Er wartet zwischen einer riesigen Herde unbenutzter Mietfahrräder und einem verschlossenen Kioskbüdchen. Bis auf die cremefarbenen Schuhe, die ich von seinem Foto wiedererkenne, ist er von Kopf bis Fuß in Schwarz gekleidet.

»Wieso habe ich den leisen Verdacht, dass das mit dem Pflaster nur eine lahme Ausrede war, um von der Party wegzukommen?«, kontere ich.

»Okay, einigen wir uns auf: keine Fragen?«

»Klingt gut.« Ich grinse ihn an. Keine Fragen klingt mehr als gut. Es bedeutet, dass ich ihm nicht erzählen muss, wo ich herkomme. Dass ich ihm keinen Bericht darüber schulde, wie ich Magnus auf meiner Flucht durch sein Elternhaus neben dem Bild von *ABBA* in die Arme gelaufen bin, als er nur im Handtuch aus dem Badezimmer kam. Dass ich gesagt habe, ich müsse morgen früh raus. Dass ich Magnus dabei weder in die Augen sehen konnte noch wollte. Die Keine-Fragen-Vereinbarung befreit mich von der Pflicht, Jake zu schildern, wie ich eine halbe Stunde lang durch die Nacht zum Königsteiner Bahnhof gelaufen bin, wo ich durch einen unfassbar glücklichen Zufall die letzte Bahn in die Stadt zurück erwischt habe.

Keine Fragen bedeutet allerdings auch, dass ich ihn nicht darüber ausquetschen kann, wieso er die Party der schicken Designertaschen-Sammlerin verlassen hat, um ausgerechnet mit mir abzuhängen.

»Mein Auto steht da drüben«, sagt Jake und winkt zu dem Parkplatz, der eigentlich nur für Taxen zugelassen ist.

Ich bleibe wie festgefroren stehen und stoße entgeistert aus:

»Du machst Witze, oder? Was für eine Scheiße. Für so jemanden hätte ich dich nicht gehalten.« Nichts lässt meine Panik so schnell hochkochen wie mangelnde Vorsicht beim Autofahren.

Jake verzieht ahnungslos das Gesicht. »Für wen hast du mich nicht gehalten? Jemanden mit einem Auto?«

»Für jemanden, der noch fährt, obwohl er von einer Party mit – Zitat – ›zu viel Alk‹ kommt.« Ich schnippe wütend Anführungszeichen in die Luft.

Jakes Augen verdunkeln sich. »Ich trinke nicht. Nie.«

In dem Bernstein seiner Iris flackert ein stiller Vorwurf auf. Sofort empfinde ich Scham über meine Fehleinschätzung. Ich bin so bescheuert. Ich hätte wissen müssen, dass Jake nicht trinkt.

»Ähm … okay. Entschuldige, tut mir leid. Ich hatte nur kurz Panik, dass ich … dass wir …«

»Ich hätte niemals gesagt, dass ich dich mit dem Auto abholen komme, wenn ich getrunken hätte. Das schwöre ich.«

Sein Ton ist bitterernst.

»Ich weiß. Wirklich, ich hab's nicht so gemeint. Ich hatte nur Angst, ehrlich.«

»Du hast ganz schön viel Angst für so ein toughes Mädchen.«

Ich lache schnaubend. Wie recht er damit doch hat.

Wir fahren in die Kraftschmiede. Das war mein Vorschlag und ich musste Jake versichern, dass Papa bestimmt nichts dagegen hat. Vielleicht eine etwas wohlwollende Auslegung der Wahrheit, aber das weiß Jake ja nicht. Wir werden dort einfach nur ein bisschen die Zeit totschlagen und die Absurdität der Situation ignorieren. Oder ist es vielleicht gar nicht so absurd? Schließlich sind wir nur zwei Teenager, die durch Zufall herausgefunden haben, dass sie sich mehr zu erzählen haben, als sie beide je gedacht hätten. Das ist eigentlich vollkommen normal. Ist es doch, oder?

Wir nehmen den Hintereingang und knipsen den Lichtschalter über der Smoothie-Theke und dem Empfangstresen an. Das große Licht würde womöglich die Nachbarn auf den Plan rufen.

Jake steht mit weit aufgerissenem Mund zwischen den Trainingsmaschinen und hebt ungläubig die Arme hinter den Kopf. Er verschränkt sie in seinem Nacken, wackelt mit den Ellen und lacht schließlich albern auf.

»Das ist, als wäre ich in meinem Traum aufgewacht: Niemand hier – außer mir. Entschuldigung, außer uns, meine ich natürlich.«

»Ach, ich bin gar nicht hier.«

»Natürlich bist du hier. Du hast mich erst hergebracht.«

Zufrieden schlendere ich auf ihn zu und setze mich vor ihn auf ein Gerät, an dem man mit aller Kraft die Schenkel zusammendrücken muss, um den Hintern zu strapazieren.

»Ich habe dich noch nie trainieren sehen.« Jake setzt sich auf die Maschine neben der meinen, auf der man genau die gegenteilige Übung ausführen kann. Er legt seine Füße auf den zwei vorgesehenen Tritten ab und beginnt lieblos, die Beine hin- und herzuschwenken.

»Das liegt daran, dass ich es nicht tue«, erkläre ich. Als ich nach links schaue, verfange ich mich plötzlich in seinem Blick. Jake lacht. Er kriegt sich gar nicht mehr ein.

»Was ist daran so lustig?«

»Na ja … dein Vater ist … und du sagst so eiskalt, dass du keinen Sport machst, das ist irgendwie … Wobei …« Er verstummt, denkt vermutlich an den Grund, wieso er keinen Alkohol trinkt. »Wahrscheinlich ist das gar nicht so ungewöhnlich.«

»Ich habe früher echt gerne Sport gemacht«, sage ich plötzlich, weil ich ihm ein bisschen von der Last nehmen will, die seine breiten Schultern gerade unendlich weit nach unten drückt. »Keine Hanteln gestemmt oder so was. Aber ich bin immer unglaublich gerne gelaufen.«

Jake hört mir aufmerksam zu, während er immer noch auf der Beinmaschine hin- und herschaukelt.

»Wenn ich drangeblieben wäre, hätte ich eine echt gute Langstreckenläuferin werden können. Eine Zeit lang hat Papa viel mit mir trainiert. Mit elf bin ich zehn Kilometer in knapp vierzig Minuten gelaufen. Ich glaube, Papa hat sich immer gewünscht, dass ich daraus mal was mache.«

»Wieso hast du aufgehört?«, fragt Jake interessiert und stellt das Schaukeln ein. Er stützt die Ellen auf den Oberschenkeln ab und funkelt mich aus seinen hellbraunen Augen an. Obwohl er so groß ist und sein Gesicht meist von diesem Kegel aus Haar umschattet wird, wirkt er auf einmal zart und nahbar.

»Ich … ähm … ich habe Mist gebaut. Und musste dann vorsichtiger werden.«

»Oh shit. Was war es? Kreuzband? Knie?«

»Äh …« Ich suche nach einem Ausweg, der nicht allzu sehr in eine Lüge abdriftet, und greife nach dem Strohhalm, den er mir hinhält. »Ja, so was in der Art.«

»Aber du warst doch noch total jung. Du *bist* noch total jung. Das hättest du schon wieder hinbekommen.«

Obwohl Jake mich offenkundig motivieren möchte, haben seine Worte den gegenteiligen Effekt auf mich. Ich merke, wie die übliche Mischung aus Abwehr und Aggression über mich hinwegzurollen droht.

»Es war nicht einfach nur 'ne Verletzung, okay?«, erwidere ich schärfer als beabsichtigt. »Ich habe …« Ich sehe ihn an. Er ist einen halben Meter von mir entfernt, aber ich fühle mich ihm nahe genug, um weiterzusprechen. Genauso hat es sich angefühlt, als ich ihm im Chat-Fenster von dem *blink*-Konzert erzählt habe, das meine Mutter Mitte der Neunziger besucht hat. Ich kenne Jake eigentlich nicht und wahrscheinlich gibt mir genau das den Mut, offen zu ihm zu sein: »Ich bin krank. Ich habe eine … Es ist eine Art Nervenkrankheit. Ich spreche nicht gerne darüber, weil viele … nun ja … es gibt einfach viele Leute, die mit Krankheiten nicht umgehen können. Du weißt schon, die Art Leute, die nicht mehr aus demselben Glas trinken möchten wie du, weil sie sich nicht anstecken wollen. Aber ich bin garantiert nicht ansteckend … ich bin nur …« Ich gerate ins Stocken. Mir fehlt das passende Vokabular, um meinen Zustand einem Laien zu erklären. Manchmal fehlen mir sogar die Worte, um mir selbst begreiflich zu machen, was mit mir nicht stimmt. Scheiße, sogar vielen Ärzten mangelt es an Fachbegriffen, um mich in Worte zu fassen.

»Mit mir stimmt einfach was nicht.« Kurz fürchte ich, dass mir Tränen in die Augen schießen. Ich bin nicht abgehärtet, was diesen Teil meines Lebens betrifft. »Deswegen mache ich keinen Sport mehr. Ich habe einfach … Es kann gefährlich werden und ich kann Gefahr nicht brauchen.«

Plötzlich spüre ich Jakes Hand auf meinem Oberschenkel. Er greift von seinem Platz zu mir herüber. »Du musst nicht drüber reden. Ich werde dich nicht weiter ausquetschen.« Er drückt leicht seine Finger zusammen und übt einen sanften, tröstenden Druck auf meine Haut aus.

Ich fühle mich wie elektrisiert.

»Danke«, sage ich leise.

»Kein Problem.«

»Nein! Nein, auch dafür, dass du mich am Bahnhof eingesammelt hast, und dafür, dass du nicht nachgefragt hast, was passiert ist.« Ich sehe ihm in die Augen. »Als ich von meiner Mutter gesprochen habe. Danke!«

Jake

»Du musst dich nicht bedanken. Da komme ich mir vor wie ein Arschloch«, gestehe ich.

»Wieso?«, fragt Mia skeptisch.

Ich knete nervös meine Finger. »Na ja. Dir ist was wirklich Schlimmes passiert. Und mir … also bei uns ist … Ich hab dich vollgeheult mit unserem Familiendrama.«

Sie winkt ab. »Du hast mich nicht vollgeheult. Und wenn ich ehrlich bin, kommt mir so ein dauerhaftes Drama wesentlich schlimmer vor als, na ja, das, was bei uns passiert ist. Lieber ein Ende mit Schrecken als … du weißt schon.«

Ich sehe sie fragend an.

»Lieber ein Ende mit Schrecken als ein Schrecken ohne Ende. Sagt man doch.«

»Wirklich?«

»Klar, hast du das noch nie gehört?« Mia klettert von der Adduktorenmaschine und sieht mich an wie einen Idioten.

»Ich bin schlecht in Redewendungen«, erkläre ich. »Wir sprechen zu Hause nicht viel Deutsch.«

Ihr Blick wechselt von Irritation zu Verständnis. »Dann ist der unglaublich coole Name Jake Macintosh nicht einfach nur ein Instagram-Pseudonym?« Sie scheint ehrlich erstaunt zu sein.

»Äh …« Ich deute an mir herunter und kralle dann meine Faust in mein krauses Haar. »Dachtest du, in mir fließt arisches Blut?«

Mia druckst herum und betrachtet mich, als falle ihr meine Hautfarbe gerade zum ersten Mal auf. »Na, ich … ich weiß auch nicht. Ich denke, ich hab mir bisher keine Gedanken darüber gemacht.«

Sie sagt das so, als würde es nichts bedeuten. Als wäre das heutzutage nichts Besonderes.

»Wir sollten das Thema wechseln«, sage ich und denke wieder einmal daran, wie offen ich in ihrer Gegenwart sein kann. Ich presse die Lippen aufeinander und frage mich, was eigentlich gerade passiert. Ich sitze hier an meinem liebsten Ort auf der Welt, der ausnahmsweise mal nicht nach Schweiß und Anstrengung riecht, und bin in Gesellschaft von diesem Mädchen, mit dem ich nichts gemeinsam habe, außer, dass wir beide uns gerne unsere Geheimnisse anvertrauen.

»Na gut. Und wir sollten einen Espresso-Shake trinken.« Mia springt auf und ist schon dabei, hinter der Smoothie-Theke Türen aufzureißen und Zutaten in den Mixer zu schütten.

Ich entschließe mich, dass morgen auch noch ein Tag ist, um mir Gedanken darüber zu machen, wieso Mia und ich auf irgendeine Art und Weise … einfach passen. Wir haben nicht dieselbe Form, gehören nicht in die gleiche Kategorie, wir ergänzen einander nicht und bis vor Kurzem hätte ich nicht mal sagen können, ob sie mich mag. Und trotzdem … irgendetwas passt.

11 MIA

Hati liegt die ganze Woche mit einer Erkältung von biblischem Ausmaß im Bett. Denn wenn ich ihren Nachrichten Glauben schenken darf, hat sie sich keine Grippe eingefangen, sondern eine alttestamentarische Plage. Bestimmt hustet sie Heuschrecken und aus ihrer Nase läuft ein Gemisch aus Lava und Flutwellen.

Es ist ärgerlich, dass sie ausgerechnet diese Woche das Lazarett hüten muss, denn ich müsste wirklich dringend das eine oder andere Thema persönlich mit ihr besprechen. Was genau ich ihr erzählen möchte, wo ich anfangen und – viel wichtiger – was ich auslassen sollte, weiß ich noch nicht genau. Aber wenn ich noch länger mit dem vergangenen Wochenende alleine klarkommen muss, dann platzt wahrscheinlich mein Gehirn.

Angefangen bei dem Date mit Magnus, das so ganz anders verlaufen ist als geplant. Darf ich es überhaupt noch Date nennen oder sollte ich besser den Begriff One-Night-Stand verwenden? Brrr … mich schüttelt es schon beim Gedanken daran! Mir gefiel die Vorstellung, einen Typen zu treffen, der

Skateboard fährt und dieselbe Musik mag wie ich. Allerdings wäre mir nicht im Traum eingefallen, dass mir diese Attribute schon genügen, um mit ihm zu schlafen. Ich schäme mich. Ich fühle mich leer und ausgenutzt von meiner eigenen Dummheit.

Es ist anders als beim Felix-Debakel. Damals dachte ich noch, es würde wehtun, diese Art von Sex zu haben. Diese Art Sex, nach der man wieder getrennte Wege geht. Das war vermutlich der einzige Grund, wieso die Nummer mit Felix passiert ist. Weil ich wollte, dass es wehtut. Nicht körperlich, natürlich. Ich wollte, dass es in meinem Herzen sticht. Es fällt mir schwer, mir das einzugestehen, aber … bei Magnus war das nicht der Fall. Von ihm wollte ich nicht verletzt werden. Ich wollte, dass es klappt mit diesem Jungen, der in meiner Vorstellung zu so etwas wie meinem Bilderbuchfreund geworden ist. Und obwohl da wirklich dieses Fünkchen romantischer Hoffnung in mir war – spüre ich jetzt keine Enttäuschung.

Nichts tut mir weh. Nicht mal die Tatsache, dass ich so offensichtlich ausgenutzt wurde, weil alles an mir ihm signalisiert hat, dass ich leicht zu haben bin. Ich ärgere mich einfach darüber, dass ich mir einen Typen schöngeredet und mich dann so mir nichts, dir nichts in seine Arme geworfen habe. Ich, die zu feige ist, mit dem Rad zu fahren, weil man ja mit dem Vorderrad in die Tramschienen geraten und sich halsbrecherisch überschlagen könnte – ausgerechnet ich schlafe mit einem dahergeskateten Fremden.

Und dann denke ich an den Abend mit Jake.

Ich sitze im Englischunterricht, als mich die Erinnerungen volle Breitseite erwischen. Wie es war, als Jake neben mir albern mit den langen Beinen auf dem Fitnessgerät herumschlackerte, seinen Espresso-Shake schlürfte und so sehr lachte, dass sein ganzer Körper bebte. Dann. Ist. Da. Plötzlich. So. Viel.

Ich greife unter dem Tisch nach meinem Handy und tippe zwei Nachrichten.

11:46 WhatsApp

Hatiiiiii, ich muss dich heute Nachmittag sehen. Ich habe Entzug. Komme nach der Schule vorbei, okay? Okay! Bis dann.

11:47 Instagram Direkt an Jake **@jakemacintosh**

Du musst dir »I Don't Wanna Be an Asshole Anymore« von The Menzingers anhören.

In der Pause zwischen fünfter und sechster Schulstunde sehe ich das nächste Mal auf mein Handy und stelle fest, dass ich zwei neue Nachrichten habe.

11:52 WhatsApp

Du schreibst mir aus Englisch? Wieso? Hat Dom was gesagt?

Und ja, klar, komm vorbei. Kannst du beim Supermarkt vorbeigehen und einen Eimer Ben&Jerry's mitbringen? Ich wäre dir dafür ewig entbunden.

Memo an mich: Hati den Unterschied zwischen Verbundenheit und einer Entbindung beibringen.

12:01 WhatsApp

Hallo, schöne Frau. Into the Wild scheint dich ja wirklich schwer verstört zu haben. Oder bin ich der Grund, wieso du dich nicht meldest?

Mit dem letzten bisschen Fassung starre ich Magnus' Nachricht an. Nie und nimmer hätte ich damit gerechnet, dass er sich nach über vier Tagen noch meldet. Vier Tage post coitus kann man ja ähnlich umrechnen wie Menschenjahre in Hundejahre. Demzufolge haben Magnus und ich etwa vier Wochen nichts voneinander gehört. Obwohl wir uns nackt gesehen haben. Oder WEIL wir uns nackt gesehen haben. Wobei ich nicht mal richtig nackt war. Ich hatte die ganze Zeit meinen BH an und habe schon erwogen, es deswegen überhaupt nicht zählen zu lassen. Sex mit BH ... das wirkt nur im Film stürmisch, zügellos und leidenschaftlich. In der Realität fühlte es sich pragmatisch und hektisch an. So als hätte Magnus nicht mal genug Interesse daran gehabt, die gemeinhin als am anziehendsten empfundenen Körperteile seiner Sexualpartnerin freizulegen, ehe er sich an ihrem Unterleib zu schaffen macht. Es ist ein bisschen so, als würde man eine noch gefrorene Tiefkühlpizza essen, weil man vor lauter Hunger nicht bis zum Garpunkt warten konnte. Man ist dann zwar früher satt, aber ein Genuss ist es nicht.

Ich beschließe, die Antwort an meinen voreiligen Pizza-Sexpartner auf später zu verschieben, und sage Hati zu.

Mein Instagram-Postfach bleibt leer.

Mist.

Die Familie von Hati wohnt in einem frei stehenden Haus im Frankfurter Ostend. Das ist eine kleine Sensation, denn wirklich niemand, den ich sonst kenne, wohnt in einem frei stehenden Haus. Nun ja, jetzt kenne ich auch Magnus, der im Versailles vom Taunus wohnt …

Hatice hat zwei jüngere Zwillingsbrüder und eine kleine Schwester, die noch in die Grundschule geht. Ihre Mutter ist zu Hause und macht mir die Tür auf, als ich klingele. Sie begrüßt mich herzlich und sagt schließlich mit einem Blick auf meine prall gefüllte Einkaufstasche: »Gut so, Mia, päppele den leidenden Schwan mal ein bisschen auf. Sie tut seit Montag so, als würde sie jeden Augenblick das Zeitliche segnen.«

»Na, dann hoffe ich, dass die Doktoren Ben und Jerry sie vom Sterbebett holen können«, antworte ich.

»Beten wir darum, denn ich kann es nicht mehr ertragen.«

»Ein Glück habe ich auch noch Schwester Oreo-Keks mitgebracht.« Hatis Mutter hält mir lachend die Tür auf und ruft dann die Treppe hinauf: »Hatiiiceeee. Mia ist daaaa.«

Hati nimmt mich in ihrem Zimmer mit einem leidenden Gesichtsausdruck in Empfang, der genauso lange vorhält, bis sie den Inhalt meiner Tasche erspäht. Dann werden ihre Augen plötzlich gierig und sie streckt fordernd die Hände nach mir aus. »Her damit!«

»Wow. Du bist ja wirklich sterbenskrank.«

»Es geht mir echt dreckig. Ich würde nie krankspielen …«

»Ich weiß. Es muss hart für dich sein, eine Woche kein Englisch zu haben. Aber Dominik hat heute nach dir gefragt.«

Sie schreckt in ihrem Bett auf. »Ehrlich?«

»Ja. Aber nur kurz. Ob du noch krank bist. Ich habe Ja gesagt.«

»Und?«

»Na ja, er hat nicht vor der versammelten Klasse gesagt, dass er es ohne dich kaum aushält – aber ihm ist ohne Blick ins Klassenbuch aufgefallen, dass du nicht da bist! Das ist doch etwas.«

Ich kann ihr ansehen, dass ihr das wirklich etwas bedeutet. Sie strahlt. Und das ist machmal wichtiger als eine entmutigende Belehrung.

Wir machen es uns zu zweit in ihrem Bett gemütlich, nehmen den Eisbecher zwischen uns und essen abwechselnd daraus, wobei wir uns regelmäßig wegen der größten Teigstückchen im Eis bekriegen und kämpferisch die Löffel kreuzen.

Nach einer halben Stunde belanglosem Austausch über Klassenkameraden und den zweiten Teil der *Wild Love*-Serie, den Hati in den letzten Tagen verschlungen hat, halte ich das überlaufende Drama in meinem Kopf schließlich nicht mehr aus.

»Ich war am Samstag bei Magnus zu Hause.«

Hati reißt den Mund auf. Ich kann deutlich erkennen, dass sie die letzte Fuhre Eis noch nicht heruntergeschluckt hat. »WHAT?!«

»Ja. Er hat mich in seinem Panzerauto abgeholt, wir sind zu ihm gefahren und jetzt kommt's: Er wohnt in einem verdammten Schloss! Ganz im Ernst. Es war wie die Location aus einer *Riverdale*-Folge. Pferdestall inklusive.«

Ich lasse nervös den Löffel in den Fingern kreisen.

»Mia, seine Pferde sind mir ziemlich wurst. Zumindest die in seinem Garten.«

»Willst du Informationen über die in seiner Hose, oder was?«

Hati sieht mich an, als hätte ich ein Geheimnis ausgeplaudert. Sie stürzt sich auf mich, erstaunlich kräftig für jemanden, der angeblich Blut und Galle hustet, und schüttelt mich am Kragen. »DU WARST AN SEINER HOSE?«

»Ich … Ja!«, stoße ich aus.

»Was ja?« Ihre Stimme überschlägt sich.

In diesem Moment klingelt es an der Tür, und ehe ich auf ihre Frage antworten kann, brüllt Hatis Mutter: »Haaaaatiiiice, Luca ist daaaaa.«

»Du hast Luca eingeladen?«

»Ja, ich konnte doch nicht wissen, dass du mit mir über … über … über die PFERDE von …«

»Und ich konnte nicht ahnen, dass du Luca Bescheid gesagt hast. Jetzt haben wir das ganze Eis ohne ihn gegessen.«

Unser bester Freund betritt das Zimmer und beschert sich mit einem gesungenen »Tadaaaa« selbst einen spektakulären Einlass.

»Wow. Etwas mehr Begeisterung, bitte«, schmollt er, als wir nicht reagieren.

»Mia hat das Pferdchen … äh … ich meine, den …«

»… Penis …«, übersetze ich und spreche damit ein Wort aus, das Hati niemals über die Lippen kommen würde.

»Danke … von Magnus gesehen!«

»DU HAST WAS?«

Ich lasse einen grummelnden, unterdrückten Schrei los und versenke mein Gesicht schließlich in Hatis Bettdecke. Das darf doch nicht wahr sein. Luca quetscht sich zu uns in Hatis viel zu kleines Bett, beschwert sich über den leeren Eisbecher, entdeckt dann aber schnell die Oreo-Kekse und schiebt sich als Entschädigung zwei auf einmal in den Mund.

»So wie du das sagst, Hati, hört es sich an, als habe er sich vor mir aufgestellt, seine Hosen runtergelassen und sich ausgiebig von mir mustern lassen. Man sieht ehrlich gesagt gar nicht so viel davon, wenn man …«

Meine beiden besten Freunde starren mich an.

»NÄÄÄÄ!?«, brüllt Luca.

»Du hast mit ihm geschlafen?« Hati flüstert auf einmal und das ist schockierender als ein Schreianfall.

»Vielleicht«, weiche ich aus. Wie auf Zuruf ziehen die beiden vorwurfsvoll eine Augenbraue hoch. »Na gut … ja!«

Hati sackt in sich zusammen, seufzt ein paarmal, prustet schließlich mit dick aufgeblasenen Backen Luft aus und nimmt sich theatralisch einen Keks. »Das ist mal 'ne Neuigkeit.«

Luca blinzelt von mir zu Hati, zu den Keksen und wieder zu mir. »War das … also war das geplant?«

»Wie geplant?«

»Na, hattest du das vor? Wusstest du, dass du es mit ihm tun würdest?«

»Meinst du, ob ich mir am Samstagnachmittag bewusst vorgenommen habe, mit ihm zu schlafen? Ich hab mich jedenfalls nicht vor den Spiegel gestellt und mich selbst mit ›Du schaffst das schon, Mia‹ angefeuert.«

Hati gibt mir einen Klaps auf den Arm. »Jetzt werd doch nicht gleich schon wieder so zynisch.«

»Ich bin nicht zynisch.« Nur bin ich mir plötzlich nicht mehr so sicher, ob meine Freunde das geeignete Publikum für diese Erzählung sind. Ich habe schreckliche Angst, dass sie mich verurteilen werden. Oder dass sie Fragen stellen, die ich mir selbst nicht beantworten möchte.

»Also kam es für dich überraschend?«

Ich seufze. »Nicht wirklich. Nicht, nachdem er vorgeschlagen hat, zu sich zu fahren und einen Film anzusehen. Vermutlich habe ich gewusst, dass er es versuchen würde.«

Hati und Luca sehen sich besorgt an.

»Keine Sorge!«, fahre ich dazwischen, weil ich ihnen ansehe, was sie denken. »Ich war natürlich einverstanden! Es ist alles gut.«

Hati schlägt die Decke von ihren Beinen weg und entblößt eine cremefarbene Schlafanzughose mit Cupcake-Muster. »Also bist du dir sicher, dass ihr das beide wolltet? Du klingst nicht gerade glücklich.«

»Ich hab's nicht getan, um ihm einen Gefallen zu tun oder weil er mich gedrängt hat. Wirklich nicht. Es war einfach nur keine große Sache.«

Luca fühlt sich sichtlich unbehaglich. Ob es daran liegt, dass er selbst keine Erfahrungen hat, oder vielleicht auch daran, dass mein Bericht nicht gerade in den schillerndsten Farben gezeichnet ist, kann ich schwer einschätzen. Vermutlich lässt ihn die Gesamtsituation mit einem mulmigen Gefühl zurück. Und das geht mir schließlich genauso.

Hati schaut immer noch, als wäre ich nicht ganz bei Trost. Sie tastet nach meiner Hand, tätschelt sie und haucht dann in besonders einfühlsamem Ton: »Mia, ich glaube, du verdrängst da irgendetwas. Dein erstes Mal sollte doch zumindest ein bisschen schön sein! Es ist okay, wenn du enttäuscht bist. Du kannst es uns sagen! Das nächste Mal wird bestimmt besser!«

Ich ziehe meine Hand weg und rücke mit der längst überfälligen Info raus: »Das war nicht mein erstes Mal. Ich hab auf der Silvesterparty von Leo mit Felix geschlafen.«

Plötzlich sieht Hati so aus, als hätte ich sie ins Gesicht geschlagen. Und zwar nicht mit der flachen Hand, sondern mit der geballten Faust.

»Wow«, macht sie nur. Und für den Rest des Nachmittags ist sie ausgesprochen unterkühlt zu mir und spricht das Thema nicht wieder an.

Am Montag darauf habe ich meinen Routinebesuch beim Arzt. Ich gehe alle zwei Monate hin, weil ich darauf bestehe. Wahrscheinlich wurde ich in meinem Leben schon häufiger ärztlich untersucht als meine gesamte Jahrgangsstufe zusammen – selbst wenn man die spezifischen Analgesie-Untersuchungen mal ausklammert. Denn im Laufe der Jahre habe ich mir nicht nur unzählige Knochen gebrochen, sondern auch an vielen Studien teilgenommen, in denen mich oberschlaue Quacksalber als Versuchskaninchen benutzt haben. Zwar ist Analgesie eine bekannte Krankheit, aber sie gibt der Medizin eine Menge Rätsel auf. Weltweit gibt es nur ein paar Dutzend Fälle wie mich und viele von ihnen haben aus ihrer von Verletzungen und Brüchen geprägten Kindheit dauerhafte Beeinträchtigungen zurückbehalten. Dieses Wissen macht es mir nicht gerade leichter, mich mit der Krankheit abzufinden. Im Gegenteil. Wann immer ich an all das denke, wird mir umso bewusster, dass es nicht normal ist, keinen Schmerz zu empfinden. Meinen Eltern wurde schon früh gesagt, dass es für das alles niemals eine Heilung geben wird. Doch worauf uns bei der Diagnose niemand vorbereitet hat, sind die zahlreichen Forschungsgruppen, Pharmaunternehmen und anderen Firmen, die seitdem versucht haben, mich für ihre Zwecke zu untersuchen.

Einige Jahre war ich zum Beispiel Teil einer Studie, für die meine DNA und mein Nervensystem untersucht wurden. Die Forscher erhofften sich, eine Heilung für Patienten mit chronischen Schmerzen zu finden. Ich war begeistert von dem Gedanken, meine Unfähigkeit, Schmerz zu fühlen, könnte tatsächlich irgendjemandem helfen. Aber wie sich herausstellte, versteckte sich zwischen meinen DNA-Doppelhelix-Strängen keine geheime Erbinformation, von der ich chronisch Leidenden ein Portiönchen hätte abgeben können. Oder zumindest konnten die Mediziner nichts dergleichen entdecken.

Nachdem ich immer mehr Risiken aus meinem Leben gestrichen hatte, um Verletzungen auf jeden Fall zu vermeiden, las ich irgendwann einen Artikel über eine Frau, die an einer simplen Erkältung gestorben war. Sie hatte die Krankheit verschleppt und sich dabei eine tödlich endende Herzmuskelentzündung zugezogen. Ich war damals etwa dreizehn und es fiel mir wie Schuppen von den Augen: Keinen Sport mehr zu treiben, Menschenansammlungen zu meiden und dämliche Trends wie das Verschlucken von Waschmaschinentabs auszulassen – das alles ist nur die Spitze des Eisbergs. Der menschliche Körper kennt noch so viele andere Möglichkeiten, sich selbst in die Scheiße zu reiten. Was ich brauchte, war ein Experte, der mich regelmäßig auf potenziell tödlich endende, durch meinen Sonderzustand verschleierte Infekte untersuchte. Die Wahl fiel auf meine Hausärztin.

Papa versteht diese Vorsichtsmaßnahme bis heute nicht. Er ist überzeugt, die regelmäßige ärztliche Kontrolle mache mich nur noch ängstlicher. Aber er hat ja keine Ahnung. Er macht sich keine Vorstellungen davon, wie ängstlich ich tatsächlich bin, denn er musste ja auch nicht mit ansehen, wie das Leben aus seinem Gesicht gewichen ist, als ein Mann in einem grünen Kittel ihm sagte, seine Frau hätte es leider nicht geschafft.

Nicht geschafft. Meinetwegen. Weil ich nicht normal bin.

Ich jedoch *habe* gesehen, wie mein starker, unerschütterlicher Vater bei diesem Satz fast zerbrochen wäre. Und ich möchte diesen Moment niemals wieder erleben. Also gehe ich regelmäßig zu meiner Ärztin, pinkle in Becher, atme tief ein und aus, huste, bringe die Zehen zum Wackeln, lasse mir Blut abnehmen und tue alles, was sie sonst noch anordnet, um mich zu beruhigen.

Frau Doktor Münzweg kennt mich schon mein ganzes Leben und stellt deswegen keine doofen Fragen, wenn ich sie bitte, mich auf irgendwelche möglichen Verletzungen oder Krankheiten zu untersuchen. Im Gegenteil. Eigentlich rechnet sie damit, dass ich bei jeder Kontrolle mindestens einen absurden Sonderwunsch an den Tag lege. Doch als ich heute in meiner Unterwäsche vor ihr stehe und sie bitte, mich auf Geschlechtskrankheiten zu checken, ist selbst sie wirklich überrascht.

»Mia, ich … ich bin keine Gynäkologin.«

»Ich glaube auch nicht, dass ich eine habe. Aber ich möchte sichergehen.«

Frau Münzweg setzt sich an ihren Schreibtisch und faltet die Hände im Schoß. Plötzlich fühle ich mich noch nackter. Solange sie vor mir steht, befinden wir uns wenigstens in einer Untersuchung. Jetzt bin ich nur noch ein Mädchen, das in kindischer Pünktchenunterwäsche vor ihrem Tisch steht.

»Hattest du ungeschützten Geschlechtsverkehr?«

»Nein. Aber ich hatte geschützten Geschlechtsverkehr und will sichergehen, dass nichts … vorbeigegangen ist.«

Sie runzelt die Stirn. »Hast du Angst, dass die Verhütung nicht gegriffen hat? Könntest du schwanger sein?«

»Nein!« Ich spiele mit meinen Fingern und starre auf den Fußboden. »Ich meine nicht, dass … Sie wissen schon … *Sperma* vorbeigegangen ist.« Ich zögere vor dem pikanten Wort. Dummerweise werden selbst politisch korrekte Begriffe irgendwie zu Schimpfworten, wenn sich Autoritätspersonen im Raum befinden. »Aber ich habe gelesen, dass Männer oft Träger von verschiedenen Krankheiten sind. Chlamydien und so. Vielleicht sind ein paar davon auf mich übergesprungen. Am Kondom … vorbei.« Noch bevor ich es ausgesprochen habe, bemerke ich, dass ich klinge wie eine unaufgeklärte Grundschülerin. Doch Frau Münzweg schaut mich versöhnlich und verständnisvoll an.

»Okay, Mia. Du hast recht damit, dass Männer oft Träger solcher Krankheiten sind und sie übertragen können, auch ohne dass sie selbst bei ihnen ausbrechen. Hast du denn irgendwelche Anzeichen bemerkt? Einen Juckreiz? Reizung? Rötungen?«

Ich presse die Lippen aufeinander und versuche, mir nicht ansehen zu lassen, dass ich das halbe Wochenende damit zugebracht habe, nach sexuell übertragbaren Krankheiten zu recherchieren, und dann vor dem Badezimmerspiegel die abenteuerlichsten Verrenkungen machte, um meinen Intimbereich nach den erwähnten Symptomen abzusuchen. Jetzt kenne ich meinen Unterleib zwar aus einer vollkommen neuen Perspektive, aber Krankheitsanzeichen konnte ich nicht entdecken.

Ich erkläre Frau Münzweg, dass nichts juckt, rot ist oder brennt und dass nichts ausfließt, was nicht ausfließen sollte, bestehe aber trotzdem darauf, dass sie mich testet. Sie widerspricht nicht. Wahrscheinlich erinnert sie sich noch lebhaft daran, wie ich mal eine Kopf-MRT von ihr verlangt habe, weil ich ein Piepsen im Ohr hatte. Dagegen ist es doch recht harmlos, meine Urinprobe auf Tripper und Co. zu testen.

»Ich finde es gut, dass du dich informiert hast. Über die Risiken von ungeschütztem Sex. Und dass du Vorkehrungen triffst, wenn du aktiv bist.«

Ihre Worte lassen mich unweigerlich an Magnus denken und ich bekomme ein schlechtes Gewissen. Ich habe ihm bis jetzt nicht auf seine Nachricht geantwortet und habe es, um ehrlich zu sein, auch nicht vor. Ehrenhaft ist das nicht. Aber ich würde unsere gemeinsame Nacht am liebsten ungeschehen machen und nicht weiter in Kontakt bleiben.

Dann, auf einmal, schleicht sich ein Gedanke ein: Was würde Jake dazu sagen? Es kommt für mich nicht infrage, ihm von Magnus zu erzählen. Bei manchen Dingen weiß man einfach, dass sie geheim bleiben müssen. Denn sonst könnte er aufhören, mich auf diese komische, unausgesprochene Art zu mögen.

Frau Doktor Münzweg verspricht, es werde sich jemand bei mir melden, sollte einer meiner Tests irgendwelche auffälligen Werte aufzeigen. Dann entlässt sie mich bis zu unserem Routine-Wiedersehen in zwei Monaten. Ich trete auf die Straße hinaus, die von goldgelben Oktobersonnenstrahlen in ein verdammt romantisches und verdammt kitschiges Licht getaucht wird.

Ich muss schon wieder an Jake denken.

Was zur Hölle? Vor einigen Tagen konnte ich ihn noch nicht

mal leiden! Und jetzt ist es schon so weit, dass sein Name, sein Gesicht und eine ziemlich gute Erinnerung an seinen Geruch in meinem Gedächtnis umhergeistern, wenn ich nur ein paar hübsche Sonnenstrahlen sehe? Das geht so nicht.

»Mia?«

Oh wow, super! Jetzt höre ich sogar schon seine Stimme! Ob die Ärztin mir heimlich irgendwelche Rauschmittel gespritzt hat, als ich gerade nicht aufgepasst habe?

»MIA!«

Ich gebe mich eine Sekunde lang der Illusion hin, dass er nach mir ruft, und sehe auf. Tatsache! Da steht er. Auf der anderen Straßenseite, zwischen dem großen Geschäft für Outdoor-Bedarf und dem russischen Buchladen. Mein Herz verdoppelt seine Schläge pro Minute und ich schaue schnell an mir herunter, um zu checken, was ich anhabe. Ich trage Leggins, meinen zu großen *blink*-Pullover, eine Jacke aus Kunstleder und Stiefel. Das ist okay. Denke ich.

Na toll! Scheinbar ist es plötzlich relevant, was ich bei einem Treffen mit ihm trage. So jemand bin ich jetzt also geworden!

Jake hebt zögerlich die Hand und macht eine unauffällige kleine Winkbewegung. Ich gebe mir einen Ruck, sehe nach links und rechts und renne über die Straße zu ihm. Er trägt eine voll bepackte Sporttasche über der Schulter und tritt von einem Fuß auf den anderen.

»Hey«, sage ich, als ich nahe genug bin, um seine Sommersprossen sehen zu können.

»Hi«, erwidert er und ein riesiges Lächeln tritt auf sein Gesicht. Jakes Lächeln ist schon verdammt ansteckend, das muss ich zugeben.

»Was machst du hier?«, frage ich.

»Ich gehe zu euch. Ins Studio … hab keinen Parkplatz gefunden und musste ein bisschen weiter weg parken. Und du?«

»Ach, nichts. Ich war nur beim Arzt.«

Da ich am vorigen Samstag ausgeplaudert habe, dass ich an einer Krankheit leide, wirkt er sofort besorgt. Also ergänze ich schnell: »Nur Routine. Ich bin gesund.« Jedenfalls – bis auf die eventuell vorliegenden, noch unentdeckten Geschlechtskrankheiten.

»Oh, gut. Wollen wir miteinander gehen? Also … ich meine: zu euch … ins Studio. Nicht, ob du mit mir gehen willst. Das war der falsche Ausdruck. Sorry, du bist der erste Mensch, mit dem ich heute Deutsch spreche, ich … ich will nicht mit dir gehen. Nur …«

»Hey!«, unterbreche ich ihn, ganz irritiert und rotwangig, weil ich ihn so verlegen gar nicht kenne. Das wiederum macht mich nervös. »Schon okay. Mit deinem Gestammel machst du es nicht besser!«

Jake krallt sich die Faust in die Haare (wieso macht er das so häufig?). »Nicht dass man nicht mit dir gehen könnte! Du weißt schon.«

Ich sehe ihn aus dem Augenwinkel skeptisch an. »Ist alles in Ordnung mit dir?«

Er zuckt die Schultern. »Der normale Wahnsinn, denke ich.«

»Und zwar? Beschissener Vater und zerrüttetes Elternhaus?« Im ersten Moment möchte ich mir die Hände vor den Mund schlagen, um mich selbst zum Schweigen zu bringen. Doch dann lacht Jake überraschend herzlich auf.

»Du bist einmalig, weißt du das?«

»Weil ich mich immer im Ton vergreife?«

»Nein, weil du einen Fuck drauf gibst, was der richtige Ton wäre, und einfach losplapperst. Das ist großartig!«

Ich lächle, sehe ihn an und bemerke, dass hinter seiner fröhlichen Fassade eine tiefe Traurigkeit steckt. Jake nutzt das grüne Ampellicht, um meinem scannenden Blick davonzulaufen. Als wir auf dem Fußgängerweg der gegenüberliegenden Straßenseite ankommen und abbiegen, hole ich zu ihm auf und frage direkt nach: »Ist zu Hause noch irgendetwas Schlimmes passiert?«

»Nein. Alles beim Alten. Aber das heißt ja nicht unbedingt etwas Gutes.«

Ich erinnere mich, wie er davon gesprochen hat, dass der Sport immer befreiend auf ihn und seine Laune wirkt. Vielleicht sollte ich ihn in Ruhe lassen, bis er seine Trainingseinheit absolviert hat.

»Ich brauche ungefähr anderthalb Stunden. Wir könnten danach einen Kaffee trinken. Also, wenn du Kaffee trinkst. Natürlich nicht im Studio – den Kaffee dort in allen Ehren, aber …«

»KLAR!«, platze ich heraus. Definitiv etwas zu enthusiastisch. Und das ist noch eine Untertreibung.

12 Jake

Was Mia nicht weiß, ist, wie es mir wirklich geht.

Sie hat keine Ahnung, dass die zurückliegende Woche die Hölle war.

Sie weiß nicht, dass ich meine Mom Worte wie »Affäre«, »Dreckskerl« und »Scheidung« habe sagen hören.

Zum ersten Mal. Zum ersten Mal hat sie diese schlimmen Dinge laut ausgesprochen, die schon seit einer Ewigkeit in unserem Haus herumwabern wie ein unentdeckter Gasgeruch. Mom hat jeden Abend, wenn Franky und ich allein mit ihr waren, geweint und uns laut vorgerechnet, wie viel Unterhalt Dad ihr nach der Scheidung schuldet. Plötzlich klang es, als wären wir eine Ware, um die gefeilscht wird. Franky und ich – zwei Ziffern in der Rechnung Mom minus Dad.

Aber ich war wieder einmal zu feige, um etwas zu tun. Ihr zu sagen, dass sie uns damit verletzt. Ich verstehe sie ja, aber es schmerzt, zu wissen, dass sich unsere Eltern nicht länger in der Verantwortung sehen, uns ein Gefühl von Sicherheit zu geben. Stattdessen habe ich für Franky Musik aufgedreht. Musik, die

Mia gefallen würde. Laut. Sehr laut. Und trotzdem nicht laut genug, um die Schwere zu überdröhnen, die sich auf unser Leben gelegt hat.

Mia weiß nicht, wie es mir wirklich geht.

Aber ich sage es ihr auch nicht. Weil ich ein Feigling bin.

Ich verabschiede mich von ihr an der Schwelle zur Herrenumkleide. Sie geht weiter, lächelnd, froh, hoffnungsvoll auf eine Art, die ich zuvor nie an ihr gesehen habe.

Der Sport schafft es heute nicht, mich aus meinem Gedankenstrudel zu befreien. Auch Robby nicht, obwohl er ein paar besonders lobende Worte für mich auf Lager hat. Ich will einfach nur wieder mit ihr reden. Ihr sagen, dass ich sie auf der Straße angelogen habe, dass nichts okay ist, dass alles beschissen ist, dass ich wünschte, meine Eltern würden uns aus diesem Krieg heraushalten und endlich eine Entscheidung treffen. Nicht irgendeine – ich will, dass er verschwindet. Er und der Geruch nach Whisky, den ich mittlerweile schon in der Nase habe, wenn ich nur an ihn denke.

Ich mache ein Husch-Husch-Training, obwohl ich das sonst niemals tue. Heute können weder der Sport noch die schmerzenden Muskeln dafür sorgen, dass meine Gedanken leichter werden. Ich brauche *sie*.

Um Punkt vier stehe ich vor der Tür zur Wohnung über der Kraftschmiede. Obwohl sie mich nicht angewiesen hat, sie abzuholen, halte ich es für das Richtige.

Nur, dass mich plötzlich der Mut verlässt und ich es nicht

fertigbringe, die Klingel zu drücken. Ich wünschte, ich hätte beim Training Vollgas gegeben, um nun Erschöpfung oder die brennende Übersäuerung meiner Muskulatur zu spüren. Doch stattdessen wird mir klar, wie sehr ich mich zu Mia hingezogen fühle, und das macht mir eine Scheißangst.

Volle drei Minuten stehe ich vor der Tür und höre, wie dahinter lauter Pop-Punk läuft. Ich erkenne die nasale Stimme eines *blink-182*-Sängers, kann mich aber nicht mehr erinnern, ob es derjenige ist, den sie so verehrt, oder der andere. *Scheiße!* Das hätte ich mir wohl merken sollen.

Ich gebe mir einen Ruck und drücke die Klingel.

Schritte kommen näher, Mia öffnet mir und ich kann plötzlich gar nichts mehr denken. Denn Mia … hat kaum etwas an.

»Schon wieder Schlüssel vergääääääääää …« Die Frage, die sich offensichtlich nicht an mich, sondern an ihren an der Tür vermuteten Vater gerichtet hat, endet in einem erschrockenen Schrei.

In einer Mischung aus Slapstick-Komik und blankem Entsetzen starrt Mia mich einen Moment lang an. Ihr milchweißer Körper steckt in nichts als hauchdünnen, schwarz schimmernden Strumpfhosen, durch die ich ein dunkles Höschen sehen kann, und einem schwarzen BH-ähnlichen Oberteil. Es sieht ganz weich und bequem aus – nicht wie diese Dinger aus teuren Dessousgeschäften, die mit Spitze und Schleifen und Blumenmotiven überladen sind.

Während ich sie mit geöffnetem Mund begaffe, schafft es Mia tatsächlich, in ihren üblichen Sarkasmus zu verfallen: »Echt jetzt? *Du* stehst vor meiner Tür und ich sehe *so* aus? Wow. Einfach wow.«

»Sorry. Ich wünschte auch, es wäre nicht so.«

Sie zieht gespielt skeptisch eine Augenbraue und einen Mundwinkel hoch.

»Nein! *Nein!* Also nicht … nicht, weil ich dich nicht so sehen will! Ich find's super, dich so zu sehen!« Kurz vorm Verzweifeln ramme ich mir die Faust gegen die Stirn. »Na großartig. Jetzt klinge ich wie ein Perverser. Alles, was ich sagen wollte, ist, dass es dir wahrscheinlich peinlich ist, so gesehen zu werden, aber jetzt habe ich dich so gesehen und ich meine ja nur, dass es mich nicht stört, dich so gesehen zu haben. Du siehst gut aus. Auf eine nicht perverse, normale, attraktive Weise.«

Falls Mia mich nicht eh schon für einen hoffnungslosen Schwachmaten gehalten hat, habe ich diesen Eindruck spätestens jetzt manifestiert. Was stimmt nicht mit mir? Was soll diese Stammelei? Mir fehlen nie die Worte! Wenn ich keine passende Antwort weiß, dann denke ich mir eine aus. Und wenn ich unsicher bin, dann imitiere ich jemanden, der selbstbewusst ist.

Doch bei Mia bin ich … einfach nur … sehr wenig Imitation und sehr viel ich selbst.

»Also, in einer Deutscharbeit würde ich dir neben diese Rede ein fettes *A* für Ausdruck schreiben. Du hast mindestens neunzig Mal das Wort ›gesehen‹ verwendet. Das ist kein guter Stil. Und jetzt behaupte nicht, dass es sich dabei um eine Worthäufung gehandelt hat. So etwas geht immer nur bei Goethe als rhetorisches Mittel durch. Bei uns Normalsterblichen gibt es einen Punkt Abzug.«

Ihre Lockerheit bringt mich auf den Teppich zurück – zumindest meinen Körper. Meinen Verstand scheine ich verloren zu haben. »Ich fürchte, gegen dich werde ich immer einen Punkt Abzug bekommen.«

Ich kann nicht aufhören, auf ihren Körper zu starren.

Bisher hätte ich nicht gedacht, dass Mia »meinem Typ Frau« entspricht. Aber was genau »mein Typ Frau« eigentlich ist, weiß ich eh nicht so genau. Die Zeit, die andere Teenager damit verbracht haben, ihre Vorlieben zu erforschen, habe ich damit verschwendet, mit Mädchen wie Sophia auszugehen. Mädchen, die einem anerkennendes Schulterklopfen eingebracht haben. Mädchen, die es romantisch fanden, dass ich »noch nicht« mit ihnen schlafen wollte, weil sie nicht verstanden, dass an Versagensängsten wirklich gar nichts romantisch ist.

Doch jetzt kriechen meine Augen begierig über Mias Körper, ihre zarten Schlüsselbeine, ihre Sommersprossen, die im Gesicht und auf dem Bauch und überall sind, die Innenkurve, wo ihre Taille ist, und die Außenkurve, wo ihre Hüften sanft ausschwingen. In der Mitte ihres Höschens liegt die Strumpfhose so eng an, dass ich erkennen kann …

HALT!

Mit einer physischen Kraft, die alles übertrifft, was ich im Fitnessstudio jemals leisten musste, reiße ich mich von dem Anblick los und sehe in ihre braunen Rehaugen.

»Komm kurz rein«, sagt sie ganz nebenbei und winkt. »Ich beende die Peepshow.«

Ihre Stimme dringt wie durch einen Wattebausch an mein Ohr.

Während ich in die Wohnung trete, schwinge ich rasch die Sporttasche vor meinen Schritt. Ich habe den auffälligsten Ständer aller Zeiten.

Um nicht nur sie, sondern auch mich davon abzulenken, dass ich mich gerade um Kopf und Kragen geredet – und noch dazu ein Zelt in meiner Hose errichtet – habe, spreche ich die laute Musik an.

»So, und um welches grandiose *blink-182*-Album handelt es sich heute?«, rufe ich in Richtung des Zimmers, in dem sie verschwunden ist.

Mit weit aufgerissenem Mund kommt sie herausgetreten, jetzt in einem schwarzen, engen Kleid, was total ungewohnt an ihr aussieht und dem Problem in meiner unteren Körperhälfte kein bisschen Abhilfe verschafft. Die kleine Grunge-Elfe sieht aus wie eine gottverdammte Grunge-*Göttin*.

»DAS, mein Freund, sind *Angels and Airwaves*, die Band, mit der Tom DeLonge fremdgeht, seit er *blink* verlassen hat.« Ich muss über ihre Wortwahl lachen. »Aber falls es dich wirklich interessiert: Es ist das Album *I-Empire*.« Sie verschwindet wieder.

»Weißt du, dass du der einzige Mensch bist, den ich kenne, der noch Alben hört?«

»Na ja«, ruft sie aus ihrem Zimmer, »ich höre die schon auf Spotify. Ich stehe zwar auf Retro-Kram, aber ich lebe nicht in einer Höhle.«

»Aber trotzdem bist du der einzige Mensch, den ich kenne, der auf Spotify Alben anhört. Du weißt schon, einen Titel nach dem anderen. Die wenigsten wissen doch noch, welcher Titel auf welcher Platte erschienen ist« – ich denke kurz über meine Worte nach – »oder woher der Begriff Platte überhaupt kommt.«

»Oh Gott, du klingst, als wärst du siebenundvierzig!«

»So klingt man wohl, wenn man einen Vater im Musikbusiness hat, der ständig über die Digitalisierung jammert.«

Mia erscheint erneut, nur um mir zu präsentieren, dass sie sich jetzt auch noch kniehohe Strümpfe über die schwarz durchscheinende Strumpfhose gezogen hat. *Jesus*, sie will mich umbringen! Ich habe vielleicht noch nicht ganz herausgefunden, auf welchen Typ Frau ich stehe, aber ich weiß, dass ich es mag, wenn sie kniehohe Strümpfe trägt.

»Dein Vater ist im Musikgeschäft?«

»Jap.«

»Aber du willst nicht über ihn reden. Ich weiß. Sorry.«

»Das ist okay.«

»Was macht er?«

Ich erkenne die Neugier in ihrem Blick und beantworte ihre Frage, indem ich den Refrain von Dads großem Nummer-eins-Hit vorrappe. Mias Miene bleibt vollkommen leer. Ihre Pupillen huschen unsicher von links nach rechts, als wolle sie fragen: »Ja, und?«

»Du kennst es nicht?«

»Ich kenne was nicht? Den Rap-Song, den du da grade zum Besten gegeben hast? Äh … hallo?«

»Jaja, nicht gerade dein Genre. Mein Vater hatte vor ’ner Ewigkeit mal ’ne Nummer eins.«

»Du meinst … in den Charts?«

»Jap.«

»Red keinen Scheiß! Wow.«

»Doch. Aber er hat früh wieder aufgehört und stattdessen ein Label gegründet. Da war er zwanzig. Sie haben ein paar ziemlich große Rap- und Hip-Hop-Artists unter Vertrag.«

»Mit zwanzig? Kein Wunder, dass er jetzt Probleme hat.«

Die Nüchternheit, mit der sie das feststellt, ist gleichzeitig schmerzhaft und beruhigend. Es lässt das Chaos irgendwie kleiner wirken, normaler. Ich traue mich nie, etwas laut auszusprechen. Aber hier steht Mia und posaunt das Geheimnis meiner Familie heraus. Und irgendwie wirkt es dadurch gleich viel … erträglicher.

»Na ja, aber wo waren wir? Richtig. Alben! Ich fasse es nicht, dass du niemanden kennst, der noch Alben hört!« Sie kommt zu mir an den Tisch. »Ich meine: Wenn man immer nur einzelne Songs hört – das ist doch so, als würde man sich einen Monet angucken und dabei ganz nah rangehen!«

Ich blinzele. Nicht zum ersten Mal fühle ich mich in ihrer Gegenwart ein bisschen dämlich. Und zwar nicht, weil ich eine nur langsam abklingende Erektion habe, sondern weil sie einfach viel cleverer ist als ich.

»Monet. Der impressionistische Maler? Der mit den Seerosen? Der hat im Prinzip alle seine Motive aus vielen kleinen Farbtupfern und Strichen gemalt. Und es sind unfassbar große Gemälde, wodurch sie aussehen wie mies aufgelöste Fotos, wenn man zu nahe davorsteht. Man muss mehrere Schritte zurück gehen, um zu erkennen, dass die Striche seinen einzigartigen Stil ausmachen.«

Ich starre ihr auf den Mund. Versuche, mich krampfhaft auf ihre Worte zu konzentrieren. Aber ich kann nicht anders. Wie ihre Zunge gegen die Hinterseite der Zähne stößt. Wie ihre Lippen sich schürzen, spannen, öffnen und Vokale und Umlaute bilden.

Plötzlich drehen sie und ihr Mund sich von mir weg und ihre Hände beginnen, in einer Filtermaschine Kaffee aufzusetzen.

»Und das Faszinierende ist, dass Monet immer wieder denselben Seerosenteich in seinem Garten gemalt hat und man anhand der Farben erkennen kann, in welcher Phase seines Lebens er was jeweils schuf. Er wurde blind mit der Zeit, glaube ich. Die Farben verändern sich, in jüngeren Jahren ist der Teich ganz blau und grün und im Alter wurden die Farben rot.«

Sie unterbricht kurz, um geräuschvoll Kaffeebohnen zu zermahlen.

»Bei Musik ist es doch genauso. Erst wenn man sich das ganze Album anhört, kann man erkennen, in welcher Phase sich die Band befunden hat. Was ihre Einflüsse waren.« Mia löffelt die gemahlenen Bohnen in den Kaffeefilter. »Dann kommt natürlich noch dazu, dass es ziemlich viele Konzeptalben gibt. Das, was gerade läuft, ist zum Beispiel eines. Und bei *blink* war es so, dass …« Sie wirbelt herum. »Wow. Ich schwalle dich ganz schön zu.«

»Ähm …« *Hör auf, ihr auf den Hintern zu glotzen, Jake, hör einfach auf. Lass das hier einfach, lass es!* »Nein, schon okay.«

»Ach Quatsch. Das interessiert dich doch gar nicht.«

»Doch! Na klar. Ich bin begeistert, dass du begeistert bist. Ich … ich wünschte, es würden sich noch mehr Menschen für Dinge so begeistern.«

»Wortdopplung, Jake, Punktabzug«, ermahnt sie und durch eine dumme Fehlschaltung in meinem Gehirn klingt es himmlisch, wenn sie meinen Namen sagt. Mia stützt sich an der Arbeitsplatte ab. Der Kaffee läuft durch und so – ganz einfach – scheint es geklärt, dass wir unser Kaffee-Date in Mias Wohnküche abhalten werden. Ich würde es gar nicht anders haben wollen.

»Überhaupt: Was für Menschen kennst du?«, fragt sie unvermittelt.

»Mhm?«

»Na, zuerst sagst du, du kennst keine Menschen, die sich

Alben anhören, dann behauptest du, niemanden zu kennen, der sich noch begeistern kann – da kommt schon die Frage auf, mit wem du so deine Zeit verbringst.«

»Mit Idioten«, sage ich freiheraus, ohne nachzudenken. »Aber ich bin ja selbst einer von ihnen. Ich habe keine Leidenschaft.«

»Das ist ja wohl gelogen. Mein Vater schwärmt ständig, was du für ein ›klasse Sportsmann‹ bist.« Sie imitiert die tiefe, kratzige Stimme ihres Vaters so akkurat, dass ich lauthals loslache. »Oder kommt jetzt der Moment, in dem du mir klarmachst, dass ich mich in dir getäuscht habe und du doch nur einer von den Typen bist, die sich einen Sixpack antrainieren wollen?«

»Du kennst meine Geschichte. Ich bin einer von den Trotteln, die sich eine harte Schale antrainieren, damit keiner bemerkt, wie kaputt sie im Inneren sind.« Ich versuche, lustig und unbekümmert zu klingen, was krass ist, gemessen daran, dass ich grade die exakteste Beschreibung meiner Persönlichkeit laut ausgesprochen habe.

»Ich finde, du bist einer von den Guten«, korrigiert mich Mia plötzlich. »Und wir sind alle kaputt. Wer durch die ersten achtzehn Jahre seines Lebens kommt, ohne dabei zumindest einen Knacks oder eine Macke abzukriegen, der hat sich keine Mühe gegeben.«

Sie wirkt plötzlich still und aufgewühlt zugleich. Ich suche in ihren Augen nach einem Anzeichen dafür, dass jetzt der rechte Zeitpunkt ist, sie zu fragen, was mir auf der Zunge brennt. Mia sieht auf ihre Füße.

»Du kennst meine Geschichte«, wiederhole ich noch einmal. »Was ist deine?«

»Wie lange hast du Zeit?«

»Den ganzen Tag. Die ganze Nacht. Für immer, wenn es sein muss.«

Mia seufzt und blickt auf. »Kann ich dir vertrauen?«

Ich nicke.

Sie holt tief Luft und sagt dann: »Ich habe meine Mutter umgebracht.«

13 MIA

Der Sonntag im Sommer 2011 war heiß. Es war die Art von Hitze, die den Sauerstoff aus der Atmosphäre zu filtern scheint. Egal, wie tief man Atem holt, die Luft kommt nie richtig in den Zellen an. Die Lungen füllen sich stattdessen mit Wärme.

Mama und ich verbrachten die meiste Zeit im Hinterhof des Studios, wo wir mein altes Planschbecken mit eiskaltem Wasser füllten und uns so lange darin wälzten, bis es brühwarm wurde. Und wenn das Wasser uns nicht mehr zu kühlen vermochte, verschafften wir uns »Abkühlung von innen«, wie Mama es nannte. Das bedeutete, dass wir uns lachend mit einer Discounter-Variante von Magnum-Eis vollstopften.

Papa hatte sich überraschend für das Finale eines Bodybuilding-Wettbewerbs in Österreich qualifiziert und war deswegen an diesem Wochenende auf Reisen. Wir hätten uns sonst eine fiese Moralpredigt anhören müssen über die Mengen ungesättigter Fettsäuren und einfacher Kohlenhydrate, die wir in uns hineinschleckten. Er hatte meiner Mutter geschworen, dass dies die letzte Bühnenshow seines Lebens sein würde. Ein

Versprechen, das er unter anderen Umständen vermutlich gebrochen hätte. Doch weil es das letzte war, das er Mama jemals gab, hielt er sich daran. Bevor er abreiste, sagte er zu mir: »Pass gut auf deine Mama auf.«

Es war der letzte Satz, den er vor ihrem Tod zu mir sagte – ich befolgte ihn nicht. Dabei wäre es leicht gewesen. Es war keine unfassbare Herausforderung, einfach mal ein Wochenende lang kein Freak zu sein. Oder?

Wenn ich an den Tag zurückdenke, sehe ich ihn wie eine Filmszene. Es wurde langsam Abend und Mama und ich lagen immer noch im Planschbecken. Wir spielten wieder und wieder den gerade neu erschienenen Song »Up All Night« ab und Mama erklärte mir bis ins kleinste Detail, wieso *blink* ihre Lieblingsband war. Außerdem musste ich ihr schwören, dass ich das für November angekündigte neue Album »auf die alte Weise« hören würde – Song für Song auf einer CD, nicht per Shuffle-Funktion auf dem iPod. Wir rissen ein Eis nach dem anderen auf und lachten dabei jedes Mal diebisch. Papa hatte vor diesem Wochenende viele Monate lang eine strikte Diät gehalten. In unserer Wohnung gab es bis vor seiner Abreise nach Österreich nicht ein Lebensmittel, das Zucker oder Fett enthielt oder irgendetwas anderes, das gut schmeckte.

Denn so eine Frau war meine Mama: Sie hat ihren Mann unterstützt, indem sie mit ihm Low-Carb-Gerichte aus magerem Fleisch und grünem Gemüse aß, aber kaum war er aus dem Haus, ging sie mit mir in den Supermarkt und ließ mich alles einpacken, was ich wollte. Manchmal hat sie mitten in der Nacht Kekse gebacken. Sie hat Torten aus Crêpes gemacht und mich im Fastnachtskostüm zur Schule gehen lassen, als ich klein war. Meine Freunde fanden sie cooler als ihre eigenen Mütter und ich war so jung, dass ich das richtig genoss. Mama wurde nie alt genug, um zu erleben, dass ihre eigene Tochter sich für ihre Coolness schämte. Es konnte mir nie peinlich werden, dass meine Mutter Teenie-Musik aus den Neunzigern mochte und dass sie die Textzeile »Nobody likes you when you're twenty-three« im Song »What's My Age Again« immer so anpasste, dass ihr eigenes Alter darin vorkam. Ich konnte niemals die Diskussion mit ihr führen, sie solle sich doch bitte wie eine »echte Mutter« und nicht wie eine Freundin aufführen.

Ich konnte es nie. Und sie durfte es nie. Und ich bin schuld daran.

Denn an diesem Abend, an dem wir eine Familienpackung Eis im Planschbecken aßen, habe ich sie umgebracht.

»Wenn dein Papa wüsste, was wir hier treiben, würde er uns höchstpersönlich zu drei Wochen Entgiftungskur verdonnern«, spottete meine Mutter. »Weißt du, was wir machen sollten? Melone essen! Eine Melone gleicht das Eis bestimmt wieder aus, was meinst du, Mia-Lotta?«

Mia-Lotta konnte diese Logik voll und ganz nachvollziehen. Also schoss ich aus dem Becken und erklomm die metallene Wendeltreppe hoch zur Wohnung, um das Obst zu holen.

»LANGSAM!«, rief Mama noch. »Nasse Füße, Rutschgefahr.«

Das tat sie immer. Sie erinnerte mich im Alltag an die vielen kleinen Dinge, die ich übersah. Die vielen Gefahrenquellen, die ich immer noch nicht umging, weil mein Körper nie aus Schmerzen gelernt und sich keine Vorsichtsmaßnahmen angeeignet hatte. Meine Mutter war mein Glossar, mein lebender Reminder an alles, was mich aus der Bahn werfen konnte. Sie versuchte stets, die Krankheit locker zu nehmen. Sie sagte immer, dass ich einen kleinen Fehler im System hätte. Bis … tja, bis dieser Fehler im System für einen Totalabsturz gesorgt hat.

Die Wassermelone muss eine Tonne gewogen haben. Ich wollte den Brummer oben in der Küche zu kleinen Häppchen zurechtschneiden und sie Mama direkt in dem improvisierten Pool servieren. Ich versuchte zunächst, ein großes Viertel aus der Frucht zu trennen, indem ich mich auf einen Schreibtischstuhl stellte und mit einem spitzen Messer von oben auf die Melone einhieb. Dass man keinen Stuhl mit Rollen auswählt, um sich bei Küchenarbeiten zusätzliche Höhe zu verschaffen, ist eine dieser Lektionen, die man eigentlich lernt, wenn man drei oder vier ist.

Ich lernte sie, als ich elf war.

Das Schälmesser, das ich ausgewählt hatte, war viel zu kurz, um die Melone zu zerteilen. Und so flutschte es mir bei einem besonders ungeschickten Hieb aus den Fingern (»VORSICHT! Messer, schneide dich nicht!« war der zugehörige Eintrag in Mamas Glossar). Als es auf dem Boden aufschlug, war mein erster Gedanke: »Nichts passiert!« Ich war erleichtert. Einmal hatte ich mich übel geschnitten, weil ich ein hinabfallendes Messer instinktiv gefangen hatte. Doch nicht an diesem Tag …

Genervt über meine Unfähigkeit, griff ich mir ein neues Schneidewerkzeug, ein großes Brotmesser dieses Mal, und geriet in Hochstimmung, weil sich die Melone damit kinderleicht zerteilen ließ. Ich begann, aufgeregt auf dem Stuhl herumzurutschen, während ich kleine Dreiecke aus dem Fruchtfleisch schnitt.

Dabei passierte es.

Unter meinen ruckartigen Bewegungen kam der Stuhl ins Rollen. Ich verlor das Gleichgewicht. Die Sitzfläche kippte nach hinten, ich taumelte und schaffte es nur in letzter Sekunde durch einen Sprung nach vorne, nicht mit dem Stuhl umzufallen.

Dabei sprang ich ungebremst mit der nackten Fußsohle in das auf dem Boden liegende Schälmesser. Ich kam so ungünstig auf der Schneide auf, dass sich die Klinge der Länge nach in meinen Fuß trieb.

Als ich bemerkte, dass die Wunde nicht blutete, überkam mich wieder diese Euphorie. Kein Blut war immer gut. Kein Blut hieß, es war halb so wild.

Ich hob das Messer auf, stellte den Stuhl wieder hin und schlüpfte in Mamas Hausschuhe, um den Schnitt zu verdecken. Damit war ich mir fast sicher, alle Beweise für das Missgeschick vernichtet zu haben. Also trug ich den Teller mit angerichteten knallroten Wassermelonenstücken nach unten und servierte ihn, als wäre nichts geschehen. Erst als ich wieder ins Planschbecken stieg und sich ein zartrosa Nebel um die Stelle ausbreitete, an der mein verletzter Fuß ins Wasser eingetaucht war, riss Mama die Augen auf.

»Was ist passiert?«, fragte sie sofort mit der schneidenden Stimme, die sie immer bekam, sobald sich »mein kleiner Fehler im System« meldete.

»Nichts«, erwiderte ich, doch Mama untersuchte schon

meinen Fuß, aus dem nun Blut quoll, als gäbe es kein Morgen mehr. Die Stimmung war dahin. Die Ausgelassenheit, der Mama-Tochter-Tag. Wieder einmal war ich an einer alltäglichen Situation gescheitert. Wieder einmal hatte ich bewiesen, dass ich ein Freak bin.

Mama griff sich ein Badehandtuch von einem der Gartenstühle, wickelte es fest um die Wunde und sagte: »Mia, alles ist gut. Aber das ist ein sehr tiefer Schnitt und wir sollten zu einem Arzt fahren.«

Aber nichts war gut.

Als wir in das Auto einstiegen, besiegelte ich Mamas Schicksal. Sie hasste Autofahren, vor allem nach der Dämmerung. Eigentlich hätte sie dann eine Brille tragen müssen, aber sie tat es nicht – aber das war nicht der Grund, wieso wir diesen Unfall bauten. Ich würde gerne sagen, dass es einfach nur Pech war. Aber das würde nicht stimmen. Es war nicht einfach nur Pech, dass ich auf diesem Stuhl balancierte. Es war kein Unglück, dass ich vergessen hatte, dass das Messer dort auf dem Boden lag. Es war mehr als nur eine beschissene Aneinanderreihung von Zufällen, dass ich mich auf so absolut alberne Art verletzte.

Es war meine Schuld. Meine Schuld, dass wir an diesem Abend noch einmal das Auto nahmen, meine Schuld, dass Mama zu schnell fuhr, dass die Häuser an uns vorbeizogen wie Nebelschwaden. In meinen Träumen schreit Mama immer, wenn wir an dieser Stelle der Ereignisse ankommen. Sie schreit, weil ich blute. Mal aus dem Bauch, mal aus den Augen. Niemals aus dem Fuß. Es ist, als wolle meine Fantasie mich vor dem bewahren, was wirklich passiert ist. Oder als versuchte sie, mir selbst etwas vorzumachen. Einen triftigeren Grund für alles zu erfinden als einen kleinen Schnitt an so einem unwichtigen Körperteil wie dem Fuß.

Mama murmelte die ganze Fahrt vor sich hin. Sie verfluchte sich dafür, so eine schlechte Mutter zu sein. Dafür, dass sie mich nach der Melone geschickt hatte, obwohl wir wirklich nicht noch mehr zu essen gebraucht hätten. Sie stieß einen lauten Fluch gegen die Krankheit aus, und wenn ich meiner Erinnerung trauen kann, dann rief sie auch: »Wieso kannst du nicht einfach normal sein, Mia?«

Dann scherte an einer Kreuzung vor uns der Anhänger eines Lkws aus. Er rammte unser kleines Auto seitlich, warf uns aus der Bahn und riss meine Mutter aus meinem Leben.

14 Jake

»Wieso sagst du nichts?«, fragt sie schließlich, ihre Stimme heiser von der Geschichte, die sie mir gerade erzählt hat. Sie musste diese Erinnerung von ganz tief unten hervorwühlen, das höre ich. Da lag Staub drauf auf dieser Geschichte.

»Das ist nicht dein Ernst …«

Sie zieht den Kopf zwischen die Schultern, verschränkt die Arme, ihre ganze Körpersprache schreit LASS MICH IN RUHE – in Großbuchstaben.

»Mein Ernst?!«

»Du denkst doch nicht etwa, dass …?« Die Worte purzeln einfach so aus mir heraus. »Du kannst doch nicht ernsthaft denken, dass du deine Mutter auf dem Gewissen hast?«

Mias Augen sind plötzlich feucht. »Du machst dich über mich lustig. Du bist der erste Mensch, dem ich das erzähle, und du lachst! Weißt du, wie verfickt schwierig es war, das zu erzählen? Nein! Schlimmer! Es war gerade so verfickt leicht, mich dir anzuvertrauen, und dafür lachst du mich aus?« Ihre Hände fuchteln, verschränken sich, fuchteln, verschränken sich …

Ich atme scharf ein. So habe ich es doch gar nicht gemeint, will ich sagen, aber ich spüre, dass Worte hier nicht mehr angebracht sind. Es braucht nur drei große Schritte, um sie zu erreichen, und eine halbe Sekunde, sie zu umarmen. Ich wickele mich förmlich um sie. Nicht nur mit den Armen, sondern auch mit den Schultern und der Brust. Ihr schmaler Körper versinkt in meinem. Ihr Gesicht ist auf der Höhe meines Brustbeins, ihr Kopf passt so exakt in die Kuhle zwischen meinen Brustmuskeln, dass es fast albern ist. Albern oder romantisch, aber wo ist da schon der Unterschied.

Meine Gedanken rasen.

Ihr fiel es leicht, das zu erzählen?

Ja! Ja, verdammt, mir geht es doch genauso. Mit Mia ist es, als hätte sich endlich ein Mensch auf dieselbe Frequenz eingestellt, auf der ich bisher vergebens meine Wahrheiten gesendet habe.

Die Wahrheit über meinen Vater …

Die Wahrheit darüber, dass ich mich bei meinen eigenen Freunden oft nur wie ein Fremder fühle.

Die Wahrheit über mich.

Dass ich manchmal … meistens … nie weiß, wer ich eigentlich bin.

Mia schnieft. Ihr Rücken bebt. Ihre Schultern zucken.

»Heyheyhey«, mache ich und streichele über ihr Kleid, unter dem ich ihre warme Haut spüre. Als sie eben dieses Kleid anzog, hat sie sich sicher nicht ausgemalt, darin gleich heulend an meiner Brust zu liegen.

Es dauert fast eine Minute, bis Mia auch die Arme um mich

legt. Aber kaum ertasten ihre Fingerspitzen den Stoff meines Pullovers, verschmelzen wir in der Umarmung. Ihr Atem passt sich meinem an, wir brauchen bloß vier oder fünf Luftzüge, um den gleichen Rhythmus zu finden. Und so existieren wir für einen Moment einfach bloß. Mein Kopf liegt auf ihrem und wir müssen aussehen wie eine menschliche Form von Yin und Yang.

»Es war meine Schuld«, bringt Mia nach kurzer Zeit hervor, ihre Stimme erstickt vom Stoff meines Sweatshirts. »Es ist meine Schuld.«

»Nein«, flüstere ich. »Nein.«

»Das kannst du doch gar nicht wissen. Du kennst mich doch gar nicht!«

»Ich muss dich nicht kennen, um zu wissen, dass du nicht schuld bist.«

»Sie hat sich wegen mir totgefahren, Jake. Totgefahren. Wie in einem schlechten Film.« Mia schnieft jetzt haltlos und zwischen jeder Silbe macht sie so lange Pausen, dass ich den angestauten Schmerz spüren kann. Und irgendwie ist das alles so grausam ironisch. Das Mädchen, das keinen Schmerz empfinden kann, geht seit Jahren an dem Gefühl kaputt, seine Mutter auf dem Gewissen zu haben. Das tut mir in der Seele weh.

»Hey«, unterbreche ich ihr Schluchzen. »Hör zu.« Ich umfasse ihr Gesicht, das genauso in meine Hände passt wie zuvor an meine Brust. »Es muss ein schreckliches Gefühl sein, dass deine Mutter nicht mehr da ist. Aber … aber die Schuld bei dir zu suchen hilft niemandem. Das bringt sie nicht zurück. Und du hast nichts damit zu tun. Ihr hattet einen Unfall.«

»Hätte ich besser aufgepasst, wäre sie nie in dieses Auto gestiegen. Ich habe sie umgebracht. Wegen mir hat mein Vater keine Frau mehr.«

»Hey, Mia.« Ohne mir dessen richtig bewusst zu sein, küsse ich ihr Haar. »Robby ist dir bestimmt nicht böse. Er weiß doch, dass du dich nicht mit Absicht geschnitten hast.«

Bei meinem letzten Satz klappt sie fast in sich zusammen. Ich merke, wie ihr Gewicht unter ihr nachgibt. Mias Beine knicken ein und meine Hände greifen gerade noch schnell genug unter ihre Achseln, um sie aufzufangen.

Ich trage Mia in ihr Bett. Allerdings bin ich dabei nicht der Prinz, der Dornröschen über die Schwelle hebt. Die Szene hat gar nichts Kitschiges oder Märchenhaftes. Ich rette Mia nicht. Ich bin einfach nur derjenige, der gerade stärker ist. Nur jetzt in diesem Moment. Ich kann sie mühelos heben, sie ist federleicht, aber gleichzeitig droht eine Schwere, mich mit ihr zu Boden zu ziehen. Mir wird klar, dass ich nicht nur ihr Körpergewicht trage. Noch etwas anderes als die Schwerkraft zieht Mia runter. Die Kräfte, die hier am Werk sind – von denen habe ich keine Ahnung.

Sie murmelt, dass es in ihrem Zimmer scheißeunordentlich sei. Und, *Jesus*, sie hat recht. In ihrem Zimmer hat eine Atombombe eingeschlagen. Aber sonst ist es hübsch. Sie hat eines dieser Metallbettgestelle. Um die Enden schlängeln sich Lichterketten. Die Wand hinter dem Bett ist bis auf den letzten Quadratzentimeter mit Postern, Bildern und Zeitungsschnipseln tapeziert. Da sind etwa fünf Dutzend Fotos von dem *blink*-Sänger, den sie gut findet, und ein paar Aufnahmen anderer Bands. Typen in Skaterschuhen und hochgezogenen Socken. Typen mit Seitenscheiteln und langen, glatten Haaren. Weiße Typen. Überall weiße Typen mit weißen Frisuren. Und sie sehen alle aus, als würden sie Snowboard fahren und Gitarre spielen.

Kein Wunder, dass sie auf Magnus abgefahren ist.

Magnus … Nein. Der hat hier jetzt keinen Platz. Ich verscheuche den Gedanken an ihn vehement, als ich ihr aufs Bett helfe, ihre Beine hochlege und kurz über ihre Wange streichele. Ihre Haut ist wie Eis. Glatt und kalt.

Kurz überlege ich, sie allein zu lassen. Aber ich habe Angst, es ihr auch nur anzubieten. Denn dann könnte sie Ja sagen – einfach nur, weil sie zu stolz ist oder weil sie es wirklich so meint – und dann müsste ich gehen. Das kann ich jetzt nicht.

Also lege ich mich neben sie.

Es gibt wahrscheinlich keinen krasseren Eingriff in die Privatsphäre, als sich in jemandes Bett zu legen. Das ist extremer, als einander nackt zu sehen. Intimer als ein Kuss.

Ich traue mich nicht, mich an sie zu schmiegen. Doch kaum habe ich die Beine ausgestreckt und mein Gesicht dem ihren zugewandt, kriecht sie regelrecht in mich hinein. Mia rückt so nah zu mir heran, dass ihr Kopf unter meinem Kinn ruht und ihre angezogenen Knie meinen Schoß streifen. Ich lege den Arm um sie und nehme das kleine Mia-Päckchen in mich auf.

»Wie kann es sein, dass dir nichts passiert ist bei dem Unfall?«, wage ich schließlich zu fragen, als unsere Atemzüge wieder im selben Rhythmus fließen.

»Keine Ahnung. Ich hatte ein paar Schürfwunden, Schleudertrauma, nichts Schlimmes. Der Lkw hat … er ist in die Fahrerseite gekracht. Ich habe hinten gesessen. Ich kann mich an vieles nicht mehr erinnern. Nur, dass … dass da auf einmal überall Polizei- und Krankenwagen waren, und dass sie … dass sie dachten, der Schnitt an meinem Fuß wäre bei dem Unfall passiert. Und irgendwie … ich habe … ich habe es einfach nie jemandem erzählt.«

Ich verstehe. Plötzlich ergibt alles einen Sinn. Mia glaubt so fest an ihre eigene Schuld, dass sie das wahre Geschehen tief in sich eingeschlossen hat. Kein Wunder, dass ihr ganzer Körper zittert, als sie spricht. Sie offenbart mir gerade ihr allergrößtes Geheimnis. Und, *fuck*, es ist ein scheißgroßes Geheimnis.

Ich streichele ihr über das Haar. »Das heißt, dein Vater hat keine Ahnung?«

Es kostet sie allem Anschein nach geradezu übermenschliche Kraft, den Kopf zu schütteln.

»Er kam am nächsten Morgen zurück nach Hause. Meine Oma hatte ihm Bescheid gesagt, dass wir im Krankenhaus waren, und er ist sofort losgefahren. Mama wurde die ganze Nacht über operiert, aber er hat es nicht mehr rechtzeitig geschafft. Sie war schon …«

Wir sprechen das Wort nicht aus.

»Plötzlich wollten alle wissen, wieso wir mit dem Auto unterwegs waren. Ich hatte irgendwie gehofft, niemand würde das fragen. Ich hatte gehofft, ich könnte es einfach für immer verschweigen. Dann hätte nur ich damit fertigwerden müssen, weißt du? Papa … Papa hätte mich gehasst, wenn er erfahren hätte, dass wir nur wegen mir in diesem Auto saßen …«

Ihr Körper zuckt merkwürdig und ich umschließe sie noch fester.

»Ich konnte es ihm nicht sagen, verstehst du? Er hätte mich gehasst«, wiederholt sie.

»Was hast du ihm erzählt?«, frage ich flüsternd.

»Dass wir zum Supermarkt wollten. Eisnachschub holen.« Ihr entfährt ein schnaubendes, resigniertes Lachen. »Er hat es mir sofort abgekauft. Es war so leicht. Weil sie eben so war, verstehst du?«

Sie streckt den Kopf weit zurück und ihre großen Rehaugen sehen zu mir auf.

Ich könnte jede Sommersprosse an ihr zählen. Wenn ich in diesem Moment so weit zählen könnte. Und noch so etwas Banales wie Zahlen kennen würde. Mia riecht unfassbar gut nach Vanille und dem Kaffee, den sie vor einer gefühlten Ewigkeit gemahlen hat.

»Ich weiß, dass ich nichts sagen kann, was es besser macht«, beginne ich. »Aber … hast du mal darüber nachgedacht, dass dein Kopf dir diese Schuldgefühle nur einredet, um dich leiden zu lassen?«

Sie schüttelt unmerklich den Kopf. »So funktioniert das bei mir nicht. Mir tut nichts weh.«

»Aber ich spreche ja nicht von physischem Schmerz.«

Mia schluckt. Ihre Schultern beben dabei.

»Meine Freundin Hati sagt, man könne so sehr lieben, dass es körperlich wehtut. Ist dir das schon mal passiert?«

Die Haare über ihrer Stirn bewegen sich unter meinen Atemzügen. »Nicht so, wie deine Freundin es wahrscheinlich meint.«

»Sondern?«

Meine Lippen sind jetzt ganz nah an Mias Haar. »Wenn ich mir ansehe, wie scheiße es meinem Bruder geht. Mit der Situation meiner Eltern, meine ich – da tut mir alles weh. Wahrscheinlich sagt man das nur so. Aber meine Nerven sind ganz gespannt und mein Kopf platzt fast –«

»Siehst du! Bei mir tut sich nichts!«

Ich fahre mit einem Finger über ihre Unterlippe. »Vielleicht empfindest du es nur anders. Wenn ich sehe, dass Franky weint, dann will ich ihm helfen. Ich bekomme diesen Drang, irgendetwas zu tun. Aber weil ich nicht weiß, was ich noch tun kann, bin ich …«

»… frustriert?«

»Nein. Schmerzerfüllt.«

Sie hebt den Kopf.

»Ich war nur ein Mal schmerzerfüllt. Als ich meinen Papa ansah und merkte, wie sehr ihn Mamas Tod gebrochen hat. Und es ist meine Schuld, verstehst du! Dass er so leiden muss. Und deswegen … Ach …« Ihr kommen die Tränen und etwas in ihr macht dicht. Sie dreht sich von mir weg. Ich vermisse ihre Nähe sofort.

»Sag es mir!«

»Ich hab mir geschworen, das nie mehr zu machen. Nie mehr, okay? Ich will nie mehr schuld sein, dass es jemandem so schlecht geht! Vor allem nicht Papa. Deswegen bin ich vorsichtig. Bei allem! Ich habe solche Angst, dass ich irgendwann selbst nicht mehr nach Hause komme, weil ich wieder irgendeine Scheiße gebaut habe, die einer normalen Person nicht passiert wäre. Und dann wäre Papa ganz allein und es wäre wieder meine Schuld.«

Ich stütze mich auf den Arm. »Sprichst du manchmal mit ihm über deine Mutter?«

»Spinnst du? Er kann nicht mal Bilder von Mama ansehen, ohne durchzudrehen.«

»Aber er muss doch irgendwann mal erfahren, was du da für eine Last mit dir rumträgst!«

»Ich hab's verdient«, keift sie mich plötzlich an. »Ich hab's verdient, diese Last zu tragen! Ich bin es ihm schuldig, das auf mich zu nehmen.«

»Was für ein Bullshit«, zische ich zurück. »Du musst mit ihm reden!«

»Ich muss gar nichts.« Sie kehrt mir den Rücken zu.

Einige Minuten herrscht Stille.

»Schmerz gehört zum Leben dazu«, sage ich schließlich und fühle mich wie ein Heuchler, wenn ich so tiefschürfende Dinge von mir gebe, die ich selbst nicht beherzigen kann. Aber es stimmt doch. Er gehört dazu. Es ist nicht fair. Aber er gehört dazu.

»Jedenfalls nicht zu meinem.«

»Doch! Offensichtlich! Und das ist okay.« Ich berühre sanft ihre Schulter, und als sie nicht zurückzuckt, rücke ich zu ihr auf, schmiege meinen Körper an ihren und umfasse sie erneut. Sie nimmt meine Hand, schlingt meinen Arm um sich und presst ihre Rückseite enger an mich. Ich kann es nicht verhindern: Ich bekomme Lust, obwohl die Situation so beschissen traurig ist.

»Ich mochte dich lieber, als ich dich noch für den Pumper-Proleten in einer Boyband gehalten habe.« Ihre Stimme ist kaum mehr als ein Flüstern.

»Ach ja? Ich mochte dich schon, als du noch die schlecht gelaunte Grunge-Elfe warst.«

»Was? Schon vor dem lila Pflaster?«

»Definitiv.«

»Schon bevor du durch die ganze Kraftschmiede geblökt hast, wie stark du bist?«

»Also bitte! Dieses Vollspacken-Verhalten beweist ja wohl, dass ich da schon komplett obsessed von dir war.«

Mia kichert leise und ich spüre die Feuchtigkeit ihres Atems an meiner Hand.

»Müssen wir jetzt knutschen?«, fragt sie. »Ich meine, weil wir grade so emotional sind und uns mögen und alles?«

»Nein. Wir müssen gar nix. Das ist ja das Gute bei uns. Wir machen's einfach, wenn es passt.«

»Gut«, antwortet sie. Wir meinen es beide, da bin ich mir sicher.

Es wäre zwar schön, jetzt zu knutschen, aber es würde nicht passen.

Was jetzt allerdings passt, ist: zusammen einzuschlafen. Und genau das tun wir.

Wir schlafen ein. In Mias Bett mit den Lichterketten, umgeben von Punkrock-Sängern.

Und das passt.

15 MIA

Etwas weckt mich auf. Ich kann nicht sagen, was und wieso ich plötzlich aufgeschreckt bin. Denn ich habe mich beim Schlafen schon lange nicht mehr so behütet gefühlt und hätte vermutlich noch Stunden so daliegen können. War es die Musik, die immer noch im Hintergrund läuft? Oder das Gewicht eines Armes um meine Mitte?

Jake umarmt mich nicht einfach nur. Er hält mich zusammen. Sein Kinn liegt auf meinem Scheitel, seine Füße rahmen am Bettende meine Sohlen ein, er imitiert jede Kurve meines Körpers.

Meine Gedanken sind angenehm frei von Kummer.

Ich fühle mich, als würde ich an einem eiskalten Tag mit frisch gewaschenem Haar durch den Wind laufen. Ich bin wie durchgepustet und gleichzeitig geschützt von einem ziemlich großartigen Windschutz. Jake riecht nach Zitrone, feuchtem Wald und nach ihm selbst. Ich möchte seinen Geruch am liebsten als Badezusatz abfüllen.

Die letzte Strophe von »Anomaly« klingt aus. In meinen Ohren hallen einige Worte aus der letzten Strophe wider, etwas darüber, dass die Liebe »the scariest place to be alive« sei. Und obwohl ich diese Zeilen schon so oft gehört habe, glaube ich gerade zum ersten Mal wirklich zu begreifen, wie wahr sie sind. Die Liebe kann wahrhaftig verdammt gefährlich sein. Es birgt keinerlei Risiko, mit einem Jungen zu schlafen, den man einfach so zurücklassen kann. Aber es ist scheißgefährlich, jemandem all seine Geheimnisse zu erzählen, sich vor ihm emotional auszuziehen, zuzulassen, dass er einen nicht nur anfasst, sondern wirklich berührt – und danach immer noch bei ihm zu bleiben. Es ist gefährlich, sich sicher zu fühlen.

Ich drehe mich in Zeitlupe um, damit ich Jake nicht aufwecke. Sein schlafendes Gesicht wirkt entspannt. Sein Mund steht ein Stück weit offen und ich sehe die Kanten seiner weißen Schneidezähne durch seine Lippen hindurchblitzen. Ich betaste die Flecken auf seiner Nase mit den Augen. Wir würden verdammt sommersprossige Kinder bekommen. Das ist ein Gedanke, den ich nicht haben sollte, denn ich bin siebzehn und denke nicht im Traum dran, mich im nächsten Jahrzehnt fortzupflanzen. Aber doch … doch, unsere Kinder würden sehr hübsche Sommersprossen bekommen.

Wie es sich wohl anfühlt, ihn zu küssen?

Als ich gerade nah genug gekommen bin, um seinen Atem zu spüren, merke ich, dass ein Handy leise Vibrationswellen durch die Bettlaken schickt.

Jake schlägt die Augen auf. Blinzelt hektisch, zwingt sich, die Lider zu öffnen, und grummelt: »Ooh, shit.«

»Wir sind eingeschlafen.«

»Aber *big time*«, betont er. Ich weiß nicht, was das für eine

Slang-Floskel ist, aber ich vermute mal, es heißt: Ja, wir sind ziemlich fest eingenickt.

»Dein Handy.«

»Mhm?«

Jake sieht so dermaßen niedlich verpennt aus, dass ich ihn noch dringender küssen möchte als zuvor.

»Dein Handy klingelt.«

Hektisch kramt er nach seinem iPhone, das ihm im Schlaf aus der Hosentasche gerutscht sein muss. Als er den Namen »Mom« darauf liest, setzt er sich schlagartig auf. »Fuck.« Er swipt über das Display und nimmt den Anruf an.

Ich höre zum ersten Mal Jakes breiten, singenden amerikanischen Akzent – etwas, was mich eigentlich fasziniert hätte, wenn nicht seine Stimme im nächsten Augenblick zu alarmierender Sorge umschlagen würde.

»Mom! Mom! What's going on?«

Er ist mit einem Satz auf den Beinen und verlässt mein Zimmer. Draußen ist es dunkel geworden. Keine Ahnung, wie spät es ist; ich habe vollkommen das Zeitgefühl verloren.

»Please, Mom, hush! Hush! I can't understand a word. Please stop crying.«

Diese Worte rütteln auch mich auf. Vergessen ist mein eigenes Drama. Beunruhigt steige ich aus dem Bett, ziehe das hochgerutschte Kleid über meinen Hintern und folge Jake aus dem Zimmer.

»Where is he?«, fragt Jake wieder und wieder. *Wo ist er?* und *Hör bitte auf zu weinen!* bedeuten in keiner Sprache der Welt etwas Gutes.

Ich berühre leicht Jakes Arm, weil ich ihm etwas von dem Trost, den er mir gegeben hat, zurückgeben möchte. Ich rechne damit, dass er vor mir zurückschreckt. Doch genau das Gegenteil passiert. Jake reißt mich förmlich zu sich und umarmt mich. Ich drücke mein Gesicht gegen seine Brust und versuche, ein kleines Stückchen seiner Angst aus ihm herauszusaugen.

»MOM! Where's Franklin?«

Franklin … Franky. Sein Bruder!

»I'll be home as soon as possible.«

Jake nimmt das iPhone vom Ohr, greift nach seiner Sporttasche und schwingt sie über seine Schulter. »My brother …« Er schüttelt verwirrt den Kopf, als könnte er dadurch wieder die richtige Spracheinstellung aktivieren. »Mein Bruder ist verschwunden.«

»Was? Wie?«

»Keine Ahnung. Meine Mom dreht durch. Ich muss heim und ihn suchen gehen.«

»Ja! Ja, natürlich.«

Jake hat bereits den Türgriff in der Hand, als er sich zu mir umdreht.

»Mia?«

»Mhm?«

»Könntest du mitkommen? Wenn ich jetzt alleine nach Hause fahre, werde ich wahnsinnig.«

Da wird mir die Bedeutung des Songtextes noch deutlicher bewusst. Liebe heißt auch, sich Sorgen zu machen. Liebe *is* the scariest place to be alive.

Wir rennen zu der Stelle zurück, an der ich Jake heute Mittag nach meinem Arzttermin getroffen habe, steigen in seinen Wagen und sind schneller auf der Straße, als ich gucken kann. Jake versucht sich aufs Fahren zu konzentrieren, aber ich kann seine Panik förmlich greifen. Sie schwebt über ihm, wie ein angsteinflößender Heiligenschein.

»Willst du drüber reden oder soll ich wahllos vor mich hin plappern, damit du nicht daran denken musst?«

»Letzteres«, fordert er, leckt nervös über seine Schneidezähne und beißt sich auf die Lippen.

Also erzähle ich. Zwanzig Minuten lang spreche ich über alles, was mir spontan einfällt. Dass Hati in unseren Englischlehrer verknallt ist, dass dieser Englischlehrer Fan von *U2* ist – ja, echt, von *U2* und das im einundzwanzigsten Jahrhundert –, dass Luca mein bester Freund ist, seit ich vier Jahre alt bin, dass man bei ihm zu Hause auf keinen Fall Nudeln zu Pasta sagen darf, dass mein Lieblingsessen schon immer und für immer Ginas Lasagne ist und dass ich glaube, dass mein Vater und Lucas Mutter etwas miteinander haben. Ohne eine Antwort zu erwarten, frage ich ihn, ob es nicht komisch ist, dass mein Lieblingsessen von der Mama eines anderen gekocht wird. Ich erzähle ihm, dass meine Mama überhaupt nicht kochen konnte, sondern mein Vater immer das Essen gemacht hat, was dazu führte, dass ich in meiner Kindheit eine Menge braunen Reis mit Hähnchen und Magerquark gegessen habe. Ich gestehe ihm sogar, dass es früher mein Traum war, einen Marathon zu laufen, und dass ich mir vor einigen Monaten die Haare mit einer Küchenschere abgeschnitten habe.

Jake greift über den Schaltknüppel hinweg nach meiner Hand und faltet seine Finger in meine. Diese kleine Geste fühlt sich ganz anders an als seine überschwängliche Umarmung von eben oder das Löffelchenliegen in meinem Bett. Unsere verknoteten Hände sind ein so deutliches Anzeichen der Zusammengehörigkeit, dass mir ganz flatterig im Bauch wird.

Und da ist noch so ein Gefühl.

Einerseits spüre ich Jakes Angst und ich teile sie, obwohl ich seinen Bruder gar nicht kenne. Andererseits empfinde ich eine eigene Furcht, die nur mir gehört. Angst davor, Jake könnte mir wehtun. Mir. Dem Mädchen, dem man nicht wehtun kann.

Das Haus von Jakes Eltern ist das letzte in einer langen Reihe von imposanten Stadtvillen am Rand von Oberursel. Es ist eine Gegend, in der Swimmingpools normal sind und in der zu jedem Haus eine Garage für den kleinen privaten Fuhrpark gehört. In Form geschnittene Hecken rahmen die frei stehenden Gebäude ein und auf den Wegen, die von den Hecken zu den Eingangstüren führen, bilden die Pflastersteine symmetrische Mandalamuster.

Jake hält vor dem größten, frei stehendsten und mitsicherheiteinenpoolhabendsten Eigenheim von allen. Es sieht aus, als hätte man es aus verschiedenen Tetris-Bausteinen zusammengesetzt: geometrisch, großflächig, mit weißen und gläsernen Fassaden. Man kann die ganze Eingangshalle von hier aus sehen, ich erkenne eine Wendeltreppe, die in den zweiten Stock führt, und Kunstwerke an den Wänden. Alles schreit »Hier wohnt eine unsagbar wohlhabende Familie«, aber gleichzeitig ist es nicht ganz so protzig, wie ich es mir ausgemalt habe, als mir auf dem Weg hierher bewusst wurde, dass Jakes Vater so etwas wie ein international bekannter Musikstar ist. Wo ich Protz vermutet habe, strahlt das Gebäude eher moderne Geborgenheit aus. Vor Fassaden wie dieser werden die Titelcover von Fensterbroschüren fotografiert. Durch einen Garten wie jenen, den ich hinter dem Haus erahnen kann, rennen kleine Kinder in Werbespots für Versicherungen. Vor mir breitet sich eine Hochglanzwelt aus. Doch ich kann mir nicht mal annähernd vorstellen, was hinter diesen Glasfronten passiert, das einen Elfjährigen dazu bewegt, wegzulaufen. Und einen Achtzehnjährigen noch dazu. Denn auch Jake verbringt lieber jeden Nachmittag in unserem muffigen Fitnessstudio mit seiner überholten Ausstattung als in diesen vier Wänden.

Jake schnallt sich ab und steigt aus. Ich folge ihm.

Es ist halb neun abends und bereits so dunkel, dass der Himmel tintenschwarz über uns klebt. So eine Finsternis wie hier draußen bekomme ich im Stadtkern von Frankfurt nur selten zu sehen. In jeder anderen Nacht würde ich innehalten, den Kopf in den Nacken legen und Sternbilder suchen. Vielleicht einen kitschigen Song zitieren. Doch heute nicht.

Ich suche Jakes Blick. Er ist panisch und voller Sorge. Weil ich weiß, dass er Angst vor dem hat, was ihn drinnen erwartet, gehe ich auf ihn zu und reiche ihm meine Hand. Der Flur ist hell erleuchtet, als Jake die schwere Haustür aufschließt und mich hineinführt. Wir sind kaum eingetreten, als er schon mit brüchiger Stimme »Mom?« ruft. Ich intensiviere den Druck auf seine Hand.

Doch er hätte gar nicht rufen müssen. Als die Tür hinter uns ins Schloss fällt, kommt eine Frau aus dem Raum links neben dem Eingang herbeigeeilt. Aus dem Augenwinkel erkenne ich einen Frühstückstresen und noble mintgrüne Küchengeräte, mit denen man Teig kneten und Obst auspressen kann.

Jakes Mutter erinnert mich sofort an Jessica aus der Serie *Suits*. Sie hat dunkle Haut, langes dunkelbraunes Haar, das ihr in riesigen eleganten Locken bis zu den Schultern fällt, und eine gertenschlanke, aber kurvige Figur, die durch ein eng anliegendes Kleid betont wird. Der gravierende Unterschied zu der knallharten Chefin aus der Anwaltsserie besteht jedoch darin, dass die Frau, die auf ihren Sohn zustürmt, kein bisschen kämpferisch wirkt. Sie ist in Tränen aufgelöst. Ihr Mascara hat einen schwarzblauen Sturzbach auf ihren Wangen hinterlassen. Der rosa Lippenstift ist über ihren ganzen Kiefer verschmiert. Ihre Strumpfhose hat an beiden Unterschenkeln Laufmaschen.

Jake lässt meine Hand fallen, um seine Mutter in den Arm zu nehmen. In rasend schnellem Englisch versucht sie ihm etwas zu erklären. Sie hat entweder einen starken Akzent oder spricht zu undeutlich, denn kaum ein ganzer Satz dringt wirklich zu mir durch. Wahrscheinlich reicht mein 11.-Klasse-Schulenglisch einfach nicht aus, um die Klagelaute einer verzweifelten Mutter richtig verstehen zu können.

Doch eigentlich brauche ich auch keine Vokabeln, um zu bemerken, dass sie außer sich ist vor Sorge und sich für irgendetwas selbst die Schuld gibt. Ich erkenne diesen nagenden Glanz der Schuld sofort in ihren Augen. Es ist ein Blick, den ich fast täglich im Spiegel sehe.

Unsicher falte ich meine Hände vor mir. Ich fühle mich plötzlich ziemlich deplatziert. Es ist so unangenehm, auf diese Weise dem Schicksal einer Familie beizuwohnen. Zum ersten

Mal kommen mir Zweifel, ob es wirklich eine so gute Idee war, dass ich ganz ritterlich versprochen habe, Jake beizustehen.

Jake streichelt seiner verzweifelten Mutter den Rücken und führt sie zurück in die Küche. Dort setzt er sie auf einem Hocker ab und schaltet die Kaffeemaschine an. Obgleich sie lauthals protestiert, kocht Jake ihr einen Espresso. Ich bleibe auf meinem Platz zwischen Haustür und Küche stehen und versuche, mich unsichtbar zu machen. Noch immer reden sie aufeinander ein, aber ich verstehe nur Fetzen.

»Your brother, your brother, your brother«, höre ich immer wieder. Dazu dringen Worte wie »disgusting«, »horrible« und »ashamed« an meine Ohren. Ich kann nur wenige Bruchstücke aus dem runden Amerikanisch herausfiltern. »Er hätte das niemals sehen dürfen«, ist ein Satz, der sich mir ins Gedächtnis einhämmert. Jakes Bruder, Franklin – oder Franky, wie er ihn nennt –, muss irgendeine schlimme Szene beobachtet oder mitgehört haben. Mehr verstehe ich nicht. Mehr will Jakes Mutter in meiner Gegenwart vielleicht auch nicht sagen.

Jake redet immer wieder beruhigend auf sie ein. Aus irgendeinem Grund will er ihr unbedingt den Espresso aufquatschen, aber als ich das Geräusch von zerberstendem Porzellan auf Fliesen höre, wird mir klar, dass ihr Koffein gerade scheißegal ist. Jakes Mom entfährt ein erstickter Fluch. Dann sagt sie so leise, dass ich es kaum höre: »He left a note. What if he … what if …«

»WHAT? What note?«

Jakes Mutter taucht in meinem Blickfeld auf. Sie nimmt

einen Zettel vom Tisch und reicht ihn ihrem Sohn. Dann Stille. Noch mehr Stille. Plötzlich liest Jake ein paar Worte vor, die mir mehr als bekannt vorkommen:

So here's your holiday
Hope you enjoy it this time
You gave it all away
It was mine
So when you're dead and gone
Will you remember this night
Twenty years now lost
It's not right

Die Mutter weint jetzt haltlos. *Dead and gone*, höre ich sie wiederholen.

Ich will schreien. Nein, nein, ihr versteht das falsch, will ich brüllen. Jake versucht, sie zu trösten, erklärt ihr, dass diese Zeilen keinen Sinn ergeben, was Franky denn mit Holidays gemeint haben solle. Sie stammelt, dass er wahrscheinlich denkt, wenn er abhaue, könnten seine Eltern Ferien machen, weil sie ihn nicht mehr am Hals haben. Es sei alles ihre Schuld.

Als ich das höre, bricht mir der Schweiß aus. In meinem Kopf läuft ein Film ab. Ich sehe meine Mutter in einem rasenden Auto mit mir auf dem Rücksitz. Immer wieder sagt sie, dass es ihre Schuld sei, nicht besser auf mich aufgepasst zu haben. Und ich sehe mich selbst. Wie ich in den letzten Jahren alles dafür getan habe, um niemals wieder Schuldgefühle bei jemandem, den ich liebe, hervorzurufen. Wie ich mir alles verboten habe, wodurch ich mich schuldig fühlen könnte. Denn Schuld … Schuld ist bis heute das Einzige, was mir wehtun kann. Schuld tut so verdammt beschissen weh.

Jake und seine Mutter starren mich an. Ich stehe in diesem riesigen Eingangsbereich. Mit weißen Fliesen auf dem Boden und Goldenen Schallplatten an den Wänden. Von Geld und Streit und Schuld umgeben. Und habe anscheinend gerade »Schuld tut so verdammt beschissen weh« laut gesagt. Das sind damit die ersten Worte, die mich die Mutter von dem Jungen, in den ich mich verdammt beschissen doll verliebt habe, sagen hört. Wow.

Ich nutze diesen Moment der Aufmerksamkeit, um wenigstens auch noch etwas Sinnvolles beizutragen. Also erkläre ich: »Es ist ein Songtext. Das, was Franky aufgeschrieben hat.«

»Welcher Song?«, fragt Jake sofort.

Es ist mir unangenehm, die Antwort laut auszusprechen. Ich weiche den Blicken des besorgten Mutter-Sohn-Gespanns aus, schlucke und sage dann leise, aber deutlich: »›Stay Together for the Kids‹. Von *blink*.«

Jakes Mom schlägt sich die Hände vor die tränennassen Augen. Er zieht sie an seine Brust, berührt sanft ihren Kopf.

»It's gonna be okay«, sagt er entschlossen und drückt seiner Mutter einen Kuss auf die Stirn. Die Geste treibt mir fast selbst Tränen in die Augen. »Du wartest hier«, erklärt er ihr zu meiner Überraschung auf Deutsch. »Mia und ich gehen ihn suchen.«

»Aber dein Vater …«

»Es ist mir scheißegal, was der macht. Ich will nicht, dass er ihn findet. Er soll ihn bloß nicht betrunken durch die Gegend fahren.«

Jake wirft mir einen fragenden Blick zu. Bist du dabei?, steht eindeutig in seinen Augen geschrieben. Ich nicke entschlossen.

Wir kurven durch die Dunkelheit, immer am Feldrand entlang, und wir schweigen. Es ist eine bedrückende Stille, aber ich kann mich beherrschen, Jake nicht wieder über die Liebschaften meiner Freundinnen oder meine Lieblingsbands zuzutexten.

Bis er das Thema schließlich selbst zur Sprache bringt. Auf dem Touchscreen des Bordcomputers herumtippend, sagt er: »Spiel den Song.« Ich sehe das blinkende Bluetooth-Symbol am Bildschirm, ziehe mein Handy aus der Tasche und koppele es an die Anlage. In nur wenigen Sekunden habe ich das Lied gefunden, das Franky als Notiz in seinem Zimmer hinterlassen hat. Es ist in meiner All-time-favourite-*blink*-Liste. Ein trauriger, energetischer Song mit melancholischen Strophen und heftigem Refrain. Marks tiefe Stimme in der Strophe und Toms im Chorus. Die Lyrics beschreiben, wie sich ein Teenager bei der Trennung seiner Eltern fühlt. *»It's not right, it's not right«*, heißt es darin immer wieder.

Bisher war ich der Meinung, dass »Stay Together for the Kids« ein guter und tiefgründiger Song ist, hielt es aber für Schwachsinn, wenn Eltern nur zum Wohl ihrer Kinder zusammenbleiben. Zwar musste ich mich in der Praxis nie mit diesem Thema auseinandersetzen, denn meine Eltern waren in der Zeit, die sie zusammen hatten, das glücklichste Paar, das man sich nur vorstellen kann. Aber ich habe trotzdem nie verstanden, wieso zwei Menschen zusammenbleiben sollten, wenn sie sich nicht mehr lieben. Was hätten die Kinder davon?

Heute Abend sehe ich das anders.

Heute verstehe ich, wieso Tom wieder und wieder »It's not right« singt und weshalb Mark beklagt, dass zwanzig Jahre verschwendet und dahin seien.

Ich kann Jake anmerken, dass er sich einerseits wünscht, seine Eltern würden sich endlich trennen. Aber da ist auch noch etwas anderes in seinem Blick: Zorn darüber, dass die Trennung unausweichlich scheint. Dass sie es nicht noch einmal hinkriegen. Dass sie es so weit haben kommen lassen. Dass er und Franklin nicht Grund genug sind, daran zu arbeiten.

»Spiel ihn«, wiederholt er noch mal.

»Ich weiß nicht, Jake«, zögere ich. »Es ist nicht gerade aufheiternd …«

»SPIEL IHN.« Jakes Fassung schwindet.

Ich schlucke.

»Entschuldigung«, murmelt er und biegt in einen unbefestigten Feldweg ab. »Ich weiß, du willst mir nur nicht wehtun.« Ein vielsagender Seitenblick. »Aber du kannst mich jetzt nicht beschützen. Ich muss ihn hören.«

»Okay«, flüstere ich und drücke auf Play.

Wir hören den gesamten Song, ohne etwas zu sagen. Eine Gänsehaut kriecht mir über den ganzen Körper – so lange, bis Spotify den nächsten Song in meiner *blink*-Lieblingsliste abspielt.

Ich verpasse es, rechtzeitig auf Stopp zu drücken, und so ballert nun »The Party Song« durch den edlen Innenraum des Autos. Wenn ich es mir recht überlege, ist dieses Lied dafür verantwortlich, dass ich jetzt hier auf seinem Beifahrersitz sitze. Ich hätte ihn nie angeschrieben, wenn er nicht diese Textzeile unter sein Instagram-Bild gepostet hätte. Wir hätten uns nie getroffen. Nie gemerkt, dass wir die komische Angewohnheit haben, uns unsere Geheimnisse anzuvertrauen.

»Sorry.« Eilig schalte ich auf Pause. Mit dem Gute-Laune-Riff und den hektischen Lyrics, die so wirken, als wären viel zu viele Worte auf zu wenig Melodie gequetscht worden, ist dieses Lied gerade genau der falsche Soundtrack.

»Was war das denn?« Jake zieht eine Augenbraue hoch.

»Das weißt du nicht? ›The Party Song‹, natürlich!«

»Woher sollte ich das wissen? Du bist die Punkrock-Expertin von uns beiden.«

»Ja, aber du hast dieses Lied zitiert.«

»Habe ich?«

»Ja! In deiner Bildunterschrift.«

»Oooh.« Bei Jake fällt der Groschen. »Ich habe einfach *blink-182* und Party gegoogelt. Dann habe ich die passendste Songzeile genommen, die ich finden konnte. Ich hatte gehofft, dass das deine Aufmerksamkeit erregt. Für den Fall, dass du je auf meinem Profil herumstalken würdest, meine ich.«

Mir wird warm in den Wangen und im Bauch. »Du wolltest meine Aufmerksamkeit erregen?«

Jake lässt kurz den holprigen Feldweg aus den Augen und blickt zu mir. »Um jeden Preis.«

»Wieso?«

»Ich habe keine Ahnung. Wahrscheinlich wusste ich, dass wir … dass wir passen.«

Ich kann ein schnaubendes Lachen nicht unterdrücken. »Aber wir passen kein Stück zusammen. Gar nicht! Nicht mal das kleinste bisschen! Wir sind wie …«

»Glaub mir. Wir passen«, unterbricht er mich, dann streckt er wieder seine Hand zu mir, schließt sie um meine und drückt ganz fest. »Siehst du?«

Und tatsächlich. Wenn seine Finger meine umfassen, fühlt es sich an, als würde eine Gitarre einen glasklaren Dur-Akkord spielen. Die Wärme strahlt von meinem Bauch bis in meine Finger und Zehenspitzen.

»Wir werden ihn finden, Jake.«

Er nickt.

»Er wird dich lieben«, sagt er schließlich. »Franky, meine ich. Er wird dich lieben. Allein, wenn ich ihm sage, dass du die Lyrics von diesem Song erkannt hast. Er spielt Schlagzeug, hab ich das mal erzählt?«

»Wir finden ihn«, sage ich noch einmal.

Seit über zwanzig Minuten fahren wir nun im Schneckentempo über einen Weg, der nur aus zwei in den Acker gepflügten Schneisen besteht. Die Felder, die von unseren Autoscheinwerfern beleuchtet werden, sind zu beiden Seiten abgeerntet. Es wird kalt. Ich schlage den Kragen meiner Lederjacke hoch und ziehe die Knie an.

Jake beobachtet mich und dreht augenblicklich die Heizung hoch. Er holt zwei- oder dreimal tief Luft, dann sagt er: »Er hat die Scheidungspapiere gefunden. Heute Abend.«

Das hat seine Mutter ihm also unter Tränen erklärt.

»Franky ist in Dads Arbeitszimmer gegangen, weil er ihm was am Schlagzeug zeigen wollte – er versucht oft, seine Bestätigung zu bekommen, weißt du? Dad war nicht da, aber die Papiere lagen offen auf dem Schreibtisch. Franky hat sie gelesen, Dad kam rein und hat ihn dabei erwischt. Also hat er ihm eine gescheuert. Franky hat geheult und gefragt, wieso er nicht mehr mit uns zusammenleben will. Und weißt du, was das Arschloch geantwortet hat?« Unsicher, ob ich es wirklich wissen will, schüttele ich zögerlich den Kopf. »Er hat ihm gesagt, dass er die Schnauze voll hat. Von Mom. Von uns. Dass er lieber frei sein will. Und dass er was mit einer anderen Frau hat.«

Jake rümpft die Nase und atmet schwer ein und aus. Falls er damit versucht, sich vom Weinen abzuhalten, klappt es nicht. Zwei Tränen rollen aus seinem rechten Auge. Sie hinterlassen eine glitzernde Spur auf seiner dunklen Haut. »Fuck«, flucht er.

»Wehe, du tust mir weh«, will mein Herz gerade noch protestieren. Aber keine Chance. Der Anblick von Jakes Kummer zerreißt mein protestierendes Herz.

»Hey!«, rufe ich plötzlich. »Ist das da vorne ein Haus?«

»Das ist ein alter Speicher. Gehört einem Bauern hier, der lässt die Bude seit Jahren zerfallen.«

»Fahr dorthin!«

»Da ist er nicht«, meint Jake überzeugt. »Unser Dad hat uns jahrelang eingebläut, dass es scheißgefährlich ist, dort reinzugehen.«

»Okay. Erstens: Ein Elfjähriger, der sauer auf seinen Vater ist, hört nicht mehr auf dessen Ratschläge. Er wird ihm mit Absicht den Mittelfinger zeigen und etwas Dämliches anstellen wollen. Und zweitens: Das Video zu ›Stay Together for the Kids‹ wurde in genau so einer Bruchbude gedreht. In einem halb abgerissenen Haus.« Ich rufe mir das Musikvideo auf meinen inneren Schirm und erinnere mich, dass die Band darin den Song in den Überresten einer Ruine performt, während eine Abrissbirne wieder und wieder ins Gemäuer einschlägt.

»Mia …«

»Mhm?«

»Danke!«

16 JAKE

Um halb zehn bringen wir Franky nach Hause. Er ist durchgefroren und verheult, aber unverletzt. Vor allem ist er wütend, weil unser Dad heimlich etwas mit einer anderen Frau hat. Immer wieder fängt er davon an, dass es nicht fair sei, dass es sich nicht gehöre, dass er doch mit Mom verheiratet sei.

Mir hingegen ist das scheißegal. Es tut mir leid für Mom. Sie hat es nicht verdient, so behandelt zu werden. Aber es löst keinen Zorn in mir aus, dass mein Dad mit einer anderen vögelt. Ich habe kein Geständnis gebraucht, um das zu wissen. Auch meine Mutter weiß es schon lange und vielleicht stört mich diese »Enthüllung« deshalb nicht so sehr, wie sie eigentlich sollte. Es ist, als hätten wir alle freiwillig mitgespielt. Mom hat es verdrängt, vermute ich. Wollte nicht noch mehr Streit. Hatte vielleicht sogar Angst vor ihm. Ich jedenfalls habe Angst vor ihm. Und ich hasse mich dafür.

Wofür ich mich noch mehr verachte, ist, nicht verhindert zu haben, dass er Franklin schlägt. Ich habe meinen kleinen Bruder mit ihm allein gelassen. Mir war klar, dass er dazu imstande ist, und dennoch war ich viel zu selten zu Hause. Ich hätte meinen kleinen Bruder beschützen müssen.

Mom ist außer sich. Sie küsst Frankys ganzes Gesicht ab und umarmt ihn. Sie wickelt eine Decke um ihn und kocht Tee. Meine Mutter hat bisher nie Tee gekocht. Wir haben den Wasserkocher praktisch nur, weil er gut neben dem Toaster aussieht.

Ich merke, dass Mia sich nicht wohl dabei fühlt, in diesem intimen Moment hier bei uns zu sein. Aber ich bin zu egoistisch, um ihr anzubieten, sie nach Hause zu fahren. Also schlage ich die einzig sinnvolle Alternative vor.

»Willst du hier schlafen?«

Sie schnappt nach Luft und wartet ab, ob meine Mutter darauf reagiert.

»Ich weiß nicht, ich …«

»Ich bin achtzehn Jahre alt, Mia. Mädchen dürfen bei mir übernachten.«

Ich gebe mich großspuriger, als ich bin.

»Morgen ist Schule«, sagt Mia zögerlich. »Und ihr braucht euch jetzt bestimmt. Gegenseitig.«

»Dich brauche ich aber auch«, sage ich schneller, als ich denken kann. Und obwohl das nicht mein Kalkül war, sehe ich sofort, dass es bei Mia zieht. Sie nickt und ruft dann ihren Vater an. Sie lügt und sagt, sie schlafe bei ihrer Freundin Hati.

Sofort bin ich aufgeregt und denke an Sex. Ich weiß, es ist nicht der beste Abend, um an Sex zu denken, geschweige denn ein geeigneter Abend, um zum ersten Mal welchen zu haben, aber ich kann nicht anders. Ich weiß nur, dass ich Mia jetzt nahe sein will. Ihr und niemandem sonst. Ich will nicht mal mehr meine Familie um mich herum haben – oder das, was noch von ihr übrig ist.

Ich zeige Mia das Bad und gebe ihr ein Handtuch, damit sie duschen und sich fertig machen kann, während ich Franky ins Bett bringe. Er ist elf Jahre alt und muss von niemandem ins Bett gebracht werden, aber heute ist einer dieser Tage, an dem ich es trotzdem tue. Mom wollte uns begleiten, aber Franky hat sie gebeten, mir das zu überlassen. Vermutlich ist das besser so. Mom konnte sich schon zuvor bei seinem Anblick kaum zusammenreißen.

Seine Augen sind geschwollen und glasig. Er läuft in sein Zimmer, das Gewicht der Welt auf seinen Schultern. Er trägt einen Pyjama mit einem bunten Cartoonmuster, der ihm an Armen und Beinen viel zu kurz ist. Eigentlich ist er zu alt für diesen Schlafanzug und zu alt dafür, ins Bett gebracht zu werden. Aber heute klammert sich Franky an sein Kindsein.

»Du musst dich nicht als der große Bruder aufspielen«, beschwert er sich trotzdem, als ich am Rand seines Bettes Platz nehme.

»Müsste ich nicht, wenn du dich nicht als Ausreißer aufgespielt hättest.«

»Ich wollte weg.«

»Kann ich verstehen, ich will auch manchmal nur weg.« Ich streichle ihm über das Haar.

»Ich kapier's nicht, Jake. Sie haben es doch jahrelang hingekriegt. Wieso hört man einfach auf, sich zu lieben?«

Ich zucke mit den Schultern und muss einen Moment nachdenken, ehe ich antworte: »Wahrscheinlich hört man nicht auf. Man vergisst es nur. Und andere Dinge werden wichtiger.« Dinge wie Alkohol und andere Frauen.

»Das ist doch Bullshit«, erwidert er und klingt dabei wie ich.

»Natürlich ist das Bullshit. Dad macht einen Haufen Bullshit in letzter Zeit.«

»Er hat gesagt, er will weg von uns. Wieso von uns? Was haben wir falsch gemacht?«

Ich ziehe eine Augenbraue hoch und begutachte meinen kleinen Bruder kritisch. »Er hat das nicht wörtlich gemeint. Nicht ›weg von uns‹ im Sinne von weg von Mama und dir und mir. Er will bloß weg von der Situation.« Ich fühle mich wie ein Verräter, weil ich für meinen Vater in die Bresche springe. Was ich da sage, klingt für mich selbst wie eine Lüge. Aber alles andere – die Überlegung, dass er tatsächlich die Schnauze voll von uns hat – ist ein zu unmenschlicher Gedanke. Mein Dad hat Probleme, will ich mir selbst einreden, es wird für alle Parteien besser sein, wenn er geht.

»Das kannst du gar nicht wissen, Jake. Du warst nicht mal dabei.«

»Manchmal muss man nicht dabei sein. Er ist kein Monster. Hoffe ich zumindest.«

»Ich will ihn trotzdem nicht mehr wiedersehen. Er hat nach Alkohol gerochen. Mom geht's richtig beschissen. Und er hat … er hat mich geschlagen.«

Kummer überfällt mich mit übermächtiger Wucht. Ich weiß nicht, welche Worte ich sagen muss, um Franklin das Vertrauen in die Welt zurückzugeben, das Dad mit dieser Handlung zerstört hat.

Doch Franky scheint seine eigenen Methoden zu kennen, sich von der Situation abzulenken. Denn plötzlich grinst er mich schelmisch an und fragt: »Aber wieso machst du hier überhaupt einen auf schlechte Laune?«

Ich kann mir nicht helfen, ich muss sofort mit ihm grinsen. Wir müssen bescheuert aussehen, wie wir hier im Dunkeln sitzen, als wären wir zwei unterschiedlich alte Versionen desselben Menschen, mit dem gleichen Haar und dem gleichen Lächeln auf den Lippen, das vor einer Sekunde noch eine Trauermiene war.

»Dude …« Frankys Grinsen wird noch breiter. »Wo hast du die denn aufgegabelt? Sie sieht aus, als würde sie in Musikvideos mitspielen.«

»Ich wusste, dass sie dir gefällt.«

»Ja, mir vielleicht, aber dir? Nicht grade die Zwillingsschwester von dieser blonden Ballerina, die du ein paar Monate lang mit heimgebracht hast.« Kann mein kleiner Bruder bitte nicht so über Frauen reden? Nicht, wenn er gerade von zu Hause ausgerissen ist und einen Schlafanzug mit aufgedruckten Transformers trägt?

Aber ich verstehe, wieso er lieber scherzt und warum er diese Art von brüderlicher Zuneigung grade gut gebrauchen kann. Ich merke, wie sie auch mir die Hoffnung und die gute Laune zurück in die Blutbahn spült.

»Sei froh, dass ich sie mit heimgebracht habe. Sonst wärst du heute Abend in dieser Bruchbude festgefroren, du Idiot.« Ich knuffe ihm in die Seite und stemme mich hoch. »Schlaf gut, Mister. Und jag uns nie wieder so einen Schrecken ein. Das ist er nicht wert.«

Wir wissen beide, wer mit »er« gemeint ist.

Ich versuche, mein Zimmer durch Mias Augen zu sehen, als ich im Türrahmen stehe und sie beobachte, wie sie in das Handtuch gewickelt auf dem Rand meines Bettes hockt. Sie hat mir den Rücken zugewandt und sitzt gerade so weit auf der Kante der Matratze, dass sie nicht herunterfällt. Dafür, dass wir den ganzen Nachmittag gemeinsam in ihrem Bett gelegen haben, verhält sie sich sehr zurückhaltend. Sie hat ihren Kopf in den Nacken gelegt und mustert die gerahmten Poster an den weißen Wänden. In der Mitte Songtexte von »Rapper's Delight« – ein Print, der mal cool war, bevor den jeder hatte –, daneben Michael Jordan bei seinem legendären Slam Dunk und noch mal Michael Jordan auf dem Movieposter von *Space Jam*.

Wahrscheinlich denkt sie jetzt nur noch mehr, dass wir nicht zueinander passen. Ihr unordentliches Lichterketten-Posterschnipsel-Chaos gegen meine bemühte Statement-Einrichtung.

»Hey«, sage ich leise.

Sie dreht sich um, eilig, ertappt, und hält sich das rutschende Handtuch fester an die Brust.

»Ich weiß jetzt, wieso wir passen«, sagt sie – das genaue Gegenteil von dem, was ich eben dachte. Ich gehe zum Bett und setze mich schräg hinter sie. Ihre nackte Schulter ist direkt vor meiner Nase, sie riecht nach meinem eigenen Duschgel, aber an ihr wirkt es ganz anders. Wie Zitronenkuchen, irgendwie.

»*Shoot*«, fordere ich.

Sie schaut fragend.

Ich verdrehe die Augen. »Das heißt so viel wie: Schieß los!«

Mia zieht spielerisch eine Augenbraue hoch: »Soso. Jetzt, wo ich hier bin und deine Vorliebe für amerikanische Popkultur unbestreitbar ist, bekomme ich endlich die volle Ladung Slang, ja?«

»Na ja, jetzt, wo du endlich in meinem Bett bist, kann ich ja mein wahres Ich rauslassen.«

»Freundchen! Zuallererst habe ich dich in mein Bett bekommen. Verdrehe nicht die Fakten!«

Ich grinse und setze mein Kinn auf ihrer Schulter ab. Ich habe in etwa so viel Bartwuchs wie eine pubertierende Nacktkatze, doch ausgerechnet heute sind natürlich ein paar kurze Stoppeln am Kiefer. Aber Mia scheint es nicht zu stören. Sie lächelt ganz sachte. Mir hingegen platzt fast der Magen, so aufgeregt bin ich.

Das hier ist nicht irgendwas. Das hier ist kein Mädchen, welches mir meine Kumpels aufgequatscht haben. Sie ist niemand, der nur auf Instagram-Bildern gut aussieht. Mia ist echt. Wir sind echt.

»Sag schon, wieso passen wir?«, murmele ich.

»Ich wollte sagen, weil wir beide hoffnungslos in den Neunzigern hängen geblieben sind.« Sie deutet auf die Poster.

»›Rapper's Delight‹ ist von 79, Fräulein.«

Sie streckt mir die Zunge raus.

»Hey! Dachtest du etwa, nur du hast Ahnung von Musik? Ich hab dich die ganze Zeit bloß angeben lassen.«

»Du meinst das ernst, oder? Dass du jetzt endlich du selbst bist?«

»Zumindest habe ich nicht das Gefühl, irgendwie … na ja … jemand anderes sein zu müssen als ich selbst.«

Mia hebt eine Hand und legt sie auf meine Wange, die noch immer auf ihrer Schulter ruht.

Jesus. Ich platze wirklich gleich. Es ist unmöglich, in der

Nähe dieses Mädchens zu sein, ohne dass alles in mir vor Glück übersprudelt.

»Ich auch nicht. Ich will, dass wir uns wirklich kennen. Uns. Nicht die Version, die wir nach außen sind. Nicht Mia und Jake Einspunkteins. Oder Einspunktzwei. Einfach Mia und Jake.«

Das ist der Moment, in dem wir uns küssen.

Ich kann nicht genau sagen, ob ich es war, der die Millimeter zwischen unseren Lippen zuerst überbrückt hat. Oder ob Mia den ersten Schritt gemacht hat. Es kommt nicht darauf an. WIR küssen einander.

Wir, Mia und Jake. Die Originalversionen. Wir, Einspunktnull.

Sie schmeckt nach Butterkeksen. Ihre Zunge ist schlank und flink und überall. Ihre Hand ruht an meiner Wange, meine sucht Halt an ihrer Schulter, ihrem Arm, in ihrem Haar. Wir küssen uns endlos lang, bestimmt zwanzig Minuten. Vielleicht dreißig. Vielleicht fünf. Und ich kann nicht aufhören. Ich war bisher kein großer Freund vom Knutschen. Ich hab mich dabei immer nur gefragt, ob ich es richtig mache. Ob meine Partnerin es gut findet. Es hat mich nervös und geil gemacht und dann hatte ich Angst, es durchziehen zu müssen. Angst, dass sie danach jedem erzählt, was Jake Macintosh für ein Versager ist. Gleich am nächsten Morgen würde sich wie ein Waldbrand in der Schule verbreiten, dass Jake Macintosh nur einen auf dicke Hose macht, aber nichts dahinter ist. Dass er unter den Muskeln und den Markenklamotten nur sein Dasein als Rund-um-Lebensversager versteckt. Sein Vater trinkt, habt ihr schon gehört? Und er ist ein Schlappschwanz.

Doch jetzt: nichts.

Ich habe gar keine Angst.

Mia krabbelt auf meinen Schoß und das Handtuch rutscht ihr vom Körper. Ich fasse hinter sie, ziehe die Decke vom Bett und lege sie um ihre Schultern. Mia ist gar nicht richtig anwesend. Sie ist irgendwo tief in unserem Kuss versunken und scheint sich gar keine Gedanken darum zu machen. Sie hält mein Gesicht, sie beißt mir auf die Lippe, sie kichert leicht.

»Wieso sind deine Augen zu?«, fragt sie leise in einem kurzen, kusslosen Moment.

»Keine Ahnung«, keuche ich.

»Schau mich an.«

Ich schlage die Augen auf.

»Ich will nur küssen, okay?«

»Okay«, flüstere ich. Dankbar, erleichtert, voller Vorfreude auf mehr von ihren Lippen und ihrer Zunge. Meine Hände gleiten unter der Decke über ihren nackten Rücken und ich spüre ihre Brust an meiner. Ich will nur möglichst schnell mein Shirt ausziehen und Haut an Haut sein. Der Rest ist mir nicht wichtig.

»Wirklich, Jake, ich mache keine Witze.«

»Okay«, wiederhole ich stumpf und giere weiter nach Mias Mund.

Sie weicht plötzlich ein Stück vor mir zurück und zieht sich die Decke über die nackten Brüste. Es kostet mich gut und gern hundertzehn Prozent meiner Selbstbeherrschung, ihr jetzt ins Gesicht zu gucken. Doch ihre plötzliche Scheu irritiert mich.

»Ich mein's ernst.«

Ich blinzele heftig und antworte ihr: »Ich nehme dich doch auch ernst.«

»Nein, tust du nicht.«

Meine Pupillen wandern von links nach rechts. Ist das hier ein Test, bei dem ich gerade durchrassele? Was ist los mit ihr? Wo ist die selbstsichere Küsserin hin?

»Doch!«, bestehe ich darauf. »Doch, wirklich.« Ich taste nach ihrer Haut, will sie an mich ziehen, aber ihr ganzer Körper ist steif geworden.

»Was hast du über mich gehört?«, fragt sie und ich verstehe gar nichts mehr. Gerade eben noch war ich mir sicher, bei Mia nichts falsch machen zu können, weil sich alles so richtig anfühlt. Jetzt fühle ich mich, als hätte ich einen dreifachen Salto ins Fettnäpfchen gemacht.

»Was meinst du?«

Sie schlägt die Augen nieder. »Nichts. Sorry. Ich war verwirrt.« Mit einem Mal ist sie wieder ganz nah bei mir. Schlingt die Arme fester um meinen Nacken als zuvor, drückt ihr Gesicht in die Kuhle meines Halses und übersät mich dort mit zarten, gehauchten Küssen.

»Ich will dich nur halten, wenn das okay ist«, flüstere ich. »Ich will nur, dass du hier bist.«

»Ich weiß«, antwortet sie.

»Ich wollte wirklich nichts, was du nicht willst.«

»Ich will das doch auch.«

»Okay.«

»Sag nicht so ›okay‹. Ich war bescheuert.«

»Nein, alles ist gut. Wir sind gut.«

Ich habe angefangen, uns vor und zurück zu wiegen.

»Wir sollten uns vielleicht hinlegen. Es ist wirklich spät.« Ich hauche das in ihr Ohr und spüre ihre Antwort (»Okay«) mehr als Vibration in ihrer Kehle, als dass ich sie höre.

Ich stehe auf, schalte das Licht aus und tausche meine Kleidung gegen die übliche Schlaf-Kombi aus Boxershorts und einem T-Shirt. Ich hole ein weiteres, ungetragenes Shirt aus dem Schrank, nehme es mit ins Bett und reiche es Mia.

»Das war der längste Tag meines Lebens«, stöhne ich, nachdem ich den Kopf aufs Kissen gelegt und mich unter der Decke ausgestreckt habe.

Mia nähert sich mir ganz langsam, arbeitet sich Stück für Stück vor, ehe ihre Wange den Weg auf meine Brust gefunden hat. Ich fühle ihre eiskalten Füße zwischen den Beinen und eine Hand auf dem Bauch. Wenn sie sich jetzt vergreift, bemerkt sie wahrscheinlich, dass ich den verräterischen Ständer nur halbherzig unter dem Bund der Shorts in Gewahrsam halte. Dann wird sie denken, ich hätte gelogen und es doch auf mehr als Kuscheln abgesehen. Ich drehe das Becken vorsichtshalber etwas auf die Seite.

»Geht es Franky gut?«

»Ja. Ja, ich denke, er wird wieder.«

»Und dir? Geht's dir gut?« Sie streichelt über meinen Bauch.

»Ich glaube schon. Jedenfalls bin ich froh, wenn er bald weg ist. Vielleicht ist es besser, dass es so kommt. Es macht keinen Sinn, nur für uns Kinder zusammenzubleiben.« Ich merke zu spät, dass ich unfreiwillig den Song zitiert habe, der unsere Nacht so geprägt hat. »Vielleicht kriegt Dad dann auch seine Trinkerei in den Griff. Vielleicht, vielleicht …«

Mia küsst meinen Hals. Ich küsse ihre Stirn. Wir küssen uns.

»Danke, dass du mitgekommen bist.«

»Ich kann noch nicht fassen, dass du mich dabeihaben wolltest. Ich war bisher niemandes emotionale Stütze. Sonst will mich nie jemand belasten, glaube ich.«

Ich begutachte ihre Silhouette im Schein des Mondlichts, das durch das Fenster fällt. Ich habe vergessen, die Vorhänge zuzumachen. Mias Stirn liegt in Falten. Sie kann vermutlich ein Lied davon singen, was es heißt, eine Last zu schleppen.

»Ich wollte dich auch nicht belasten.«

»Hast du nicht. Ich meinte bloß … allgemein. Du weißt schon.«

Ich schlucke schwer und spreche schließlich den Gedanken aus, der mir auf der Zunge liegt: »Du musst keine Angst haben. Ich werde dir nicht wehtun.«

Ihre Antwort kommt so plötzlich, als würde ein Automatismus sie ausspucken. Wie ein Mail-Client, der eine Abwesenheitsnotiz sendet, oder ein Chatbot mit künstlicher Intelligenz. »Niemand kann mir wehtun.«

»Bullshit«, tadele ich sie.

Stille.

Noch mehr Stille.

»Okay«, stimmt sie schließlich zu.

»Okay-Bullshit?«

»Okay-tu-mir-bitte-nicht-weh. Das soll ich dir von meinem Herzen ausrichten.«

»Sag ihm, ich halte mich dran.«

17 Mia

Ich verpasse den Biounterricht und komme zu spät zu Englisch. Als ich die Tür zum Klassenzimmer öffne, mich entschuldige und versuche, so unauffällig wie möglich auf meinen Platz zu huschen, starrt mich der ganze Kurs an. »Ich bin verknallt« scheint in Schriftgröße neunzig auf meiner Stirn zu stehen. Und zwar in Comic Sans. Fettschrift. Magenta-unterlegt. Na gut, die aufmerksamen Blicke könnten auch daran liegen, dass ich ungeschminkt bin und über meinen Strumpfhosen lediglich einen schwarzen Kapuzenpullover trage, der groß genug ist, um als Kleid durchzugehen. Oder natürlich daran, dass auf dem Pullover *Straight Outta Compton* steht. Zwar wissen die meisten Leute aus meinem Jahrgang reichlich wenig über mich, aber alle können sich zusammenreimen, dass ich nichts mit Gangsta-Rap am Hut habe und auch nicht *Straight Outta* irgendwoher komme. Ein weiterer Grund für akutes Angestarrtwerden könnte sein, dass ich nichts bei mir trage, bis auf meine Lederjacke und einen Stoffbeutel, in dem mein Kleid von gestern steckt. Ich habe es nicht gewagt, heute früh noch einmal daheim vorbeizufahren, um meine Schultasche zu holen. Jake und ich waren eh schon viel zu spät dran, als er mich in seinem Auto durch den Pendlerverkehr in den Frankfurter Stadtkern fuhr. Außerdem wollte ich keinesfalls meinem Vater in die Arme laufen. Wenn er mich gesehen hätte, hätte er gewusst, dass ich ihn angelogen habe. Und wenn er Jake gesehen hätte, hätte er gewusst, dass ich ihn angelogen UND bei dem Typen übernachtet habe, den er als »tollen Sportsmann« bezeichnet hat.

Selbst Herr Günther sieht mich an, als würde mir ein riesiger Popel aus der Nase hängen. Er hat die Hände zu einer Faust vor seinem Bauch verschränkt, was er immer tut, wenn er einen Monolog hält, und er wirkt nicht erfreut, dass ich ihn dabei unterbrochen habe. An jedem anderen Tag wäre es mir unsagbar peinlich, derart im Mittelpunkt zu stehen. Doch heute kann ich nicht anders, als es wegzugrinsen. Ich kann immer noch spüren, wie Jake mich geküsst hat, wie fest er mich die ganze Nacht gehalten hat, wie er riecht und wie es war, neben ihm aufzuwachen. Die Bettdecke warm von unseren Körpern, unsere Füße verkeilt und meine Lippen ganz rau von den Stoppeln in seinem Gesicht.

»Sorry«, entschuldige ich mich noch mal, als ich mich endlich auf dem Platz neben Hati niederlasse. Sie mustert meinen Pullover und mein ungeschminktes Gesicht und formt dann lautlos die Worte: »Oh. Mein. Gott.«

Eigentlich ist sie immer noch sauer auf mich. Aber keine miese Stimmung der Welt könnte das hier überdauern. Es steht außer Frage, dass wir reden müssen. Ich will ihr alles erzählen.

»Never expected you to be an N.W.A Fan, Mia«, sagt Herr Günther. Er grinst dabei selbstgefällig, als wäre er sich sicher, mich auf dem falschen Fuß zu erwischen. Aber das schafft er nicht, denn ich habe mich vorbereitet. Wenn ich schon gegen meine Fashion-Regel Nummer eins verstoße (Trage niemals ein T-Shirt mit dem Aufdruck einer Band, die du nicht hörst, eines Events, auf dem du nicht warst, oder einer Sportmannschaft, die du nicht unterstützt!), so musste ich doch wenigstens schnell auf dem Weg zur Schule googeln, was es mit dem Spruch auf dem Pullover auf sich hat.

»Echt jetzt?«, habe ich Jake gefragt, während ich mit angezogenen Knien auf seinem Beifahrersitz kauerte und die Wikipedia-Seite der Achtzigerjahre-Hip-Hop-Crew studierte. »Du hast mir den Pullover einer Gangsta-Rap-Gruppe gegeben, die sich *Niggaz Wit Attitudes* nennt?«

»Du hast ihn selbst ausgesucht!«, hat Jake gesagt und sich dann bepisst vor Lachen.

»I never expected you to be a *U2* Fan«, kontere ich Herrn Günthers Schmähversuch und zu meiner Erleichterung lacht er herzhaft.

»Was geht hier ab?«, fragt Hati in dringlichem Flüsterton.

»Ich erklär's dir später.«

»Mia! Bis später bin ich explodiert! Sag mir wenigstens, wieso du tausend Stunden zu spät auftauchst und aussiehst wie … wie … als …«

Ich hebe fragend eine Augenbraue. »Wie was?«

»Du siehst so happy aus, als hättest du deine Frühstückscornflakes mit Bacardi-Cola angerührt.«

»Nope, kein morgendlicher Rauschzustand«, stelle ich klar, sobald Herr Günther seinen Monolog zu Akt zwei, Szene fünf von *Death of a Salesman* wieder aufgenommen hat. »Aber ich hab bei Jake übernachtet.«

Für einen Moment sieht Hati vollkommen überfragt aus, dann fällt der Groschen und sie reißt den Mund so theatralisch auf wie die berühmte OMG-Katze aus dem YouTube-Video.

»Du verscheißerst mich! Der sexy Typ aus eurem Studio?«

»Girls!«, ermahnt uns Herr Günther. Wir tauschen einen Blick und beschließen stumm, die Diskussion zu verschieben.

»Zuallererst: Es tut mir leid«, sage ich. Es ist ein Satz, der mir wirklich nicht leicht über die Lippen geht.

Hati hat es sich auf unserer Wohnzimmercouch gemütlich gemacht und rührt in dem Shake herum, den ich uns gerade aus Bananen, Vanilleeis und Papas Proteinpulver zubereitet habe. Das heilige Zeug mit fettiger Eiscreme zu panschen kommt in der Bodybuilding-Szene wahrscheinlich einer Todsünde gleich.

Meine beste Freundin scheint das allerdings nicht zu stören. Sie macht eine »Sprich ruhig weiter, ich bin ganz Ohr«-Geste, woraufhin ich ganz vorne anfange: »Auf dieser Silvesterparty letztes Jahr – da sind die Dinge einfach aus dem Ruder gelaufen. Ich habe mich schrecklich gefühlt. Ich … keine Ahnung. Alle hatten solchen Spaß. Alle haben getanzt – selbst du hast getanzt, weißt du noch? Und du sagst immer, du findest Tanzen scheiße.«

Sie nickt und bestätigt dann: »Stimmt.«

»Und du hast mit Sebastian aus dem Jahrgang unter uns geknutscht.«

»Erinnere mich nicht daran«, mault Hati und trinkt einen weiteren Schluck. »Ziemlich gut für ein Low-Carb-Getränk«, urteilt sie und mustert das Glas wie einen edlen Wein.

»Hati … wenn man zwei Kugeln Eis reinmacht, ist es definitiv nicht mehr Low-Carb.«

Sie beobachtet den Drink kurz, als wöge sie ab, ob sie ihn nun noch weitertrinken soll, dann schlürft sie demonstrativ weiter und sagt: »Egal. Die Silvesterparty.«

Ich rutsche auf dem Sofa hin und her. »Ich hab mich schlecht gefühlt. Einsam. Ich wollte nicht tanzen, ich wollte nicht trinken. Schon gar nicht, um einfach nur dazuzugehören. So bin ich nicht.«

»Ich weiß.« Das Nicht-so-Low-Carb-Eisgetränk gurgelt in ihrer Kehle. »Nur, wieso bist du dann ausgerechnet mit Felix auf ein Schlafzimmer gegangen? Das bist doch auch nicht du.«

Ich zucke die Schultern. »Vielleicht ja schon«, antworte ich und bemerke, wie mir eine Träne aus dem Auge kullert. »Deswegen habe ich es dir nicht gesagt. Weil ich wusste, dass du es nicht gut findest. Ich wusste, dass du so etwas sagst wie ›Das bist doch nicht du‹.«

Hati löst sich aus unserer Beinbrezel, beugt sich zu mir vor und schließt ihre Hand um meine. »Mia! Es ist okay, dass du mit ihm geschlafen hast. Wir leben doch nicht in den Fünfzigern! Ich war sauer, weil du es mir nicht gesagt hast. Es hat sich verdammt scheiße angefühlt, dass du mir nicht vertraut hast.«

Ich nestele am Saum des *Straight Outta Compton*-Pullovers herum und denke an Jake. »Ich wollte dir ja davon erzählen. Aber dann war eine Woche vorbei und dann noch eine und dann wusste ich nicht mehr, wie ich anfangen soll. Außerdem … ich meine … du warst immer diejenige von uns beiden, die sich so viele Gedanken um Sex gemacht hat. Du liest all diese Bücher und … und du magst Romantik und … keine

Ahnung … ich glaube, ich hatte zu viel Angst, dass du von mir hören willst, wie es war. Dann hätte ich dir sagen müssen, dass es scheiße war, und du hättest mich darauf hingewiesen, dass es in den Büchern ganz anders ist, und dann wäre mir klar geworden, was ich für eine Kacke gebaut habe. Ich meine …«, die abgeklärte Mia übernimmt wieder die Oberhand, weil die sensible Mia, die bis eben gesprochen hat, den Tränen mehr als nur verdammt nahe ist, »… hallo? Es war Felix Meier! Der Typ, der jede zweite Mathestunde sagt, 'ne Parabelfunktion sähe aus wie eine Titte. Und dann denke ich: Okay, wow, so genau kann er sich meine Titten nicht angesehen haben, sonst wüsste er, dass sie keinerlei Ähnlichkeit mit Parabelfunktionen haben. Wie alt ist der Junge? Zwölfeinhalb?« Jetzt lach-heule ich. Und zwar bitterlich. So sehr, dass Hati den Protein-Milchshake auf dem Boden abstellt und mich in die Arme nimmt.

Ich vergrabe die Nase in ihren dicken schwarzen Locken und kann riechen, dass sie immer noch dasselbe Pfirsich-Shampoo benutzt wie in der fünften Klasse.

»Eigentlich glaube ich nicht wirklich, dass das erste Mal so ist wie in den Büchern« ist der Satz, mit dem Hati die Stille der tröstenden Umarmung beendet. Und weil sie meine beste Freundin ist, weiß sie, dass ich jetzt eine Portion Humor brauche, also ergänzt sie: »Mir ist schon klar, dass man beim ersten Mal nicht solche Dinge sagt wie ›Oh, Baby, ich will dich, mach's mir härter‹.«

Hati streichelt mir über den Kopf. Wir kichern, dann seufzen wir, dann erzähle ich weiter. »Ich hatte echt nicht vor, genau denselben Fehler noch einmal zu machen. Aber diesmal *dachte* ich, dass ich Magnus echt mögen könnte. Dummerweise habe ich mir nicht die Zeit genommen, um das ernsthaft herauszufinden, sondern mich stattdessen in seine Musikkenntnisse und seine langen Haare verguckt.«

»Passiert den Besten«, tröstet Hati. »Es ist okay, zu denken, dass man jemanden mag, und dann zu merken, dass es nicht so ist. Man darf nur nicht sauer auf sich selbst sein.«

Ich knibbele an einem eingerissenen Nagel herum, denke nach und murmele schließlich: »Ich war ziemlich sauer auf mich. Weil ich so naiv war. Und danach musste ich nur noch an Jake denken. Es war so schrecklich.«

Hati legt den Kopf schief und lächelt. »Weißt du … es ist nicht nur gestattet, sich eine Verknalltheit anders zu überlegen. Es ist auch okay, wenn man merkt, dass man jemanden mag, bei dem man es sich nie hätte vorstellen können.«

Ich schlucke, spiele weiter am Pullover herum und heule noch ein bisschen mehr.

»Ich ertrage es nicht, wenn du weinst. Das geht so nicht. Schon gar nicht, wenn du noch nicht zu Ende erzählt hast!«

»Doch. Die Geschichte ist zu Ende. Ich bin ein Freak, der in Selbstmitleid zerfließt, und Sex wird hoffnungslos überschätzt. Ende.«

»Momentchen, Fräulein. Soll das heißen, du hast mich den ganzen Tag auf die Folter gespannt und jetzt gibt es nicht mal einen Twist Plot?«

»Das heißt Plot Twist.« Ich strecke fordernd die Hände nach dem Shake aus und Hati reicht ihn mir.

»Mir doch egal. Es muss auf jeden Fall noch irgendein Twist kommen. Du erzählst mir jetzt gefälligst, dass Jake dir heute Nacht bewiesen hat, dass Sex doch nicht so blöd ist.«

Vor Aufregung nehme ich einen großen Schluck aus dem Weizenglas, in das ich unseren Riesenshake abgefüllt habe, und stelle klar: »Nein. Wir haben nicht miteinander geschlafen. Okay, das war so …«

Ich beginne, ihr vom gestrigen Tag zu berichten, wobei ich ein wenig weiter aushole und ihr alle Details unserer bisherigen Begegnungen schildere. Hati bricht vor Verzückung fast in Tränen aus, als ich berichte, dass Jake mir eine Geheimbotschaft in einem Instagram-Bild hinterlassen hat, die nur ich entschlüsseln konnte (ich und jeder andere Mensch, der eine Vorliebe für Punkrock aus den späten Neunzigern hat … aber ich will mal nicht kleinlich sein). Sie kramt sofort ihr iPhone aus der Hosentasche und scrollt sich quietschvergnügt durch sein Profil. Während sie eifrig ihre Meinung zu jedem einzelnen Foto abgibt, leite ich langsam zu dem dramatischeren Teil unserer Annäherung über und berichte Hati schließlich vom gestrigen Verschwinden seines Bruders.

Ihre Augen werden von Minute zu Minute weiter. Mir selbst wird erst bei meinem ewig währenden Monolog bewusst, wie lange sich meine Gefühle für Jake eigentlich schon eingeschlichen haben. »Wir passen«, hat er gestern immer wieder gesagt. Und es stimmt: Wir passen! Nicht, weil sein Körper groß genug ist, um meinen einmal ganz einrahmen zu können. Nicht, weil wir uns in gewissen Dingen unterscheiden und sich Gegensätze angeblich anziehen. Nicht, weil unsere Küsse so grandios waren, dass ich sie immer noch spüre. Sondern weil ich mich bei ihm so glücklich fühle.

Ich bin froh, das endlich mit einem Menschen teilen zu können, der mich wirklich kennt und der mich niemals verurteilen würde. Denn genau das hat Hati heute eindeutig bewiesen. Deswegen teile ich auch den einzigen Fauxpas der gestrigen Nacht mit ihr: »Ich hatte plötzlich Schiss, dass er denkt, ich sei leicht zu haben. Als Jake gesagt hat, es sei okay, wenn wir nur küssen … Aus irgendeinem Grund, dachte ich, er will damit das Gegenteil ausdrücken. Dabei ist er gar nicht so! Null! Aber Magnus und er gehen auf so 'ne Art Gossip-Girl-Schule. Alle haben reiche Eltern und jeder spricht über jeden. Was, wenn Magnus herumerzählt hat, dass ich leichte Beute bin? Es war, als hätte kurzzeitig mein Gehirn ausgesetzt.«

»Schlechtes Gewissen?«, fragt Hati nüchtern.

»Nein, ich hatte kein schlechtes Gewissen! Ich hatte einfach nur Panik, dass Jake mich ausnutzt. Und dass er …« Dass er weggeht. Dass er mich alleine lässt. Dass er mir … wehtut!

Hati lächelt mit aufeinandergepressten Lippen. »Ich habe dir gesagt, dass Liebe wehtut. Und du hast es für etwas Tolles gehalten!« Sie zwinkert mir zu.

»Aber Hatice«, sie weiß, dass es ernst wird, wenn ich ihren vollen Namen benutze, »ich habe Angst, obwohl es gar keinen Grund dafür gibt. Jake ist super! Er ist … der Hammer! Er ist … Ich meine … Ich habe einen verfluchten Hip-Hop-Pullover an!«

»Boah, scheiße, du musst diesen Typen echt mögen.«

Um halb sieben klingelt die Kurzwahl vom Studio an unserem Haustelefon durch. Es ist mein Vater, der mich bittet, die letzten Stunden am Empfang zu übernehmen, weil jemand krank geworden ist und er gleich wegmuss. Als ich jammere, dass Hati aber gerade da sei, verspricht er: »Diese eine Schicht noch und dann hast du dir wirklich diese Schuhe verdient, die du haben willst … Außerdem … Gibt es einen speziellen Grund, wieso Jake nach dir fragt?«

»Jake hat nach mir gefragt?«

»Oh ja. Und zwar so scheinheilig unauffällig, dass ich mich schon gefragt habe, wie viel Unterhalt dir der Kerl demnächst schuldig ist.«

Mein Herz beginnt zu rasen. Binnen zehn Minuten werfe ich Hati aus der Wohnung, versichere ihr meine Dankbarkeit und ewige Freundschaft, wasche mir zum ersten Mal heute das Gesicht, trage ein wenig Schminke auf und putze mir die Zähne. Einfach nur so. Man weiß ja nie. Vielleicht beschließt dieser Typ, der – wie ich hörte – nach mir gefragt hat, dass er mich mit einem, zwei oder dreitausend Küssen begrüßen möchte.

Er hat meinen Vater nach mir gefragt?

Puh! Der Gedanke, vor meinem Vater Zuneigung zu zeigen – vor allem für einen Jungen –, widerstrebt mir. Einerseits, weil ich mir unsicher bin, ob »Junge« überhaupt das richtige Wort ist für einen Typen wie Jake, der knapp einen Meter neunzig groß ist und fast fünfundachtzig Kilo auf die Waage bringt. Andererseits ist »Zuneigung« etwas, was wir in unserem Haushalt nur durch ruppiges Schulterklopfen, Klapse auf den Hinterkopf und vor Sarkasmus triefende Beleidigungen bekunden. Wir lieben uns. Aber wir zelebrieren Liebe nicht. Das können wir einfach nicht mehr, seit Mama nicht mehr da ist.

Als ich durch den Hintereingang in die Kraftschmiede eintrete, schlägt mir augenblicklich der Geruch von Schweiß und schlechter Luft entgegen. Ich gehe suchend durch den Gang. Jake ist wie ein blinkendes Lichtchen auf dem Radar meines Unterbewusstseins aufgetaucht. Ich spüre ihn mehr, als dass ich ihn sehe. Wobei das natürlich ein klassischer Fall von esoterischem Schwachsinn sein könnte, schließlich *weiß* ich ja ganz genau, dass er hier ist. Mein Bauchgefühl sollte sich echt auf fundamental wichtige Dinge wie Hunger beschränken. Doch nein – auf einmal sind da Schmetterlinge in meinem Bauch, die die ersten siebzehn Jahre meines Lebens mit verklebten Flügeln in der Magensäure vor sich hin vegetiert haben.

Mein Vater erwischt mich, ehe ich eine Chance habe, Jake auszumachen. Er brüllt meinen Namen mit der zurückhaltenden Eleganz eines 120-Kilo-Kolosses durch die Reihen mit Laufbändern und Trainingsgeräten.

Papas Glatze glänzt. Er stemmt sich die Hände in die Hüften, wodurch die V-Form seines Oberkörpers noch deutlicher wird. »Du kannst dich vorne am Empfang bereit machen«, ist seine liebevolle Begrüßung. Ich sag's ja: Große Gefühle wie Dankbarkeit und Freude sind einfach nicht unser Ding.

»Aye aye, Captain.« Ich salutiere vor ihm.

»Hast du was gegessen?«

»Nein, Captain!«

»Mensch, Mia.« Er mustert mich und kneift seine Augen so weit zusammen, dass nur noch Falten zu sehen sind. »Du siehst dünn aus in letzter Zeit.«

»Ich sehe seit siebzehn Jahren dünn aus, Papa.«

»Ja, aber die letzten siebzehn Jahre warst du auch noch ein Kind.«

Ich erröte ein bisschen. Ob mein Vater irgendwie ahnt, dass sich etwas in meinem Leben geändert hat, was mich weniger kindlich sein lässt? Papperlapapp, er hat keine Ahnung. Wobei … er weiß, dass ich kürzlich ein Date hatte. Ob sich Papa allen Ernstes Gedanken über mein Sexualleben macht? Oh Gott, würg …

Ich lenke schnell ab: »Tja, Robby, du musst dich wohl damit abfinden, dass deine Tochter niemals einen Rekord im Armdrücken aufstellen wird.«

»Deine Beine waren deutlich muskulöser, als du noch gelaufen bist.«

Ich verschränke die Arme und vergrabe mich sofort in einer Mischung aus Abwehrhaltung und Kritikunfähigkeit: »Tja, und früher kostete die Kugel Eis mal eine Mark, ich weiß.«

Papa stöhnt und reibt sich die glänzende Platte. »Von wem hast du eigentlich diese schroffe Art?«

Für die Dauer dieses ungeplanten Gesprächs bezüglich meiner Fitness habe ich Jakes Pünktchen auf meinem Radar aus den Augen verloren. Daher trifft es mich vollkommen unvorbereitet, als er plötzlich vor meiner Nase steht. Oder viel eher: Papas Nase. Begleitet von einigen Mitgliedern von *One Direction 2.0*, steht er plötzlich im Gang neben den Laufbändern. Außerdem ist heute noch ein Mädchen in ihrer Gruppe dabei. Sie hat einen Hintern, dem man regelmäßiges Training deutlich ansieht, und schaut auch sonst einfach umwerfend aus. Es ist *One Direction* featuring *Beyoncé*.

Ihre Gegenwart macht mich nervös. Ich werde mir meiner selbst plötzlich sehr deutlich bewusst, stelle meine dünnen Beinchen und die dünnen Arme und das dünne Alles infrage. Ich bin nicht langbeinig und nicht großbrüstig genug. Ich hasse es, nicht genug zu sein.

Jake grinst mich an und wartet offenbar auf eine Reaktion.

»Ich geh dann mal an den Empfang« ist die, die ich ihm liefere.

Wow, Mia. Einfach wow. Jake ist sichtlich verdutzt, als ich

ohne ein weiteres freundliches Wort abzische, und schon nach zwei Schritten bereue ich meinen Abgang. Was. Ist. Nur. Los. Mit. Mir?

18 Jake

Ich verstehe sie nicht.

Mir ist schon klar, dass ich gerade dieses Sie-nicht-Verstehen an Mia von Anfang an so mochte. Aber damit meinte ich sicher nicht, dass sie mich ohne Erklärung stehen lässt. Ihr Körper hat mir seine Ablehnung geradezu entgegengeschrien. Ich werde jedes Mal scharf, wenn ich an neulich denke – und sie schafft es, mir so nahe zu sein, ohne ein Wort zu sagen? Das ist nicht fair!

Es macht mich so wütend, dass ich sofort nach dem Training nach Hause gehe und ihr beim Rausgehen nicht einmal Tschüss sage.

Zu Hause gerate ich in ein Inferno.

Als ich zur Tür reinkomme, dringt Lärm aus allen Ecken des Hauses. Franky sitzt im Obergeschoss an seinem Schlagzeug und spielt zu brüllend lauter Musik mit. Doch er kann damit nicht das Geschrei aus dem Wohnzimmer übertönen.

»Willst du das Haus?« – »Ich will das Haus nicht!«

»Willst du die Kinder?« – »Ich will die Kinder nicht!«

Meine Eltern scheinen ein beschissenes Scheidungsping-pong zu spielen. Sie schlagen sich Verhandlungsposten zu und feuern sie ungelenk zurück, als ginge es dabei nicht um ihr ganzes Leben. Ihr Leben und unser Leben. *Mein* Leben.

Es rauscht in meinen Ohren. Mein Herz rast. Ich höre die Stimme meiner Mutter. Kreischend. Hysterisch. Am Rande eines Zusammenbruchs. Und ich höre seine Stimme.

»Es war okay für mich, dass du sie nur gebumst hast«, sagt meine Mutter. Dieses Wort klingt so falsch aus ihrem Mund. Meine Mutter flucht nie. Und wenn sie es doch einmal tut, dann sicherlich nicht im Zusammenhang mit Sex.

»Es war okay für mich, dass du ein Säufer bist.« Mein Blut gefriert. Auch dieses Wort aus ihrem Mund ist so … ein Reality-Check der schlimmsten Sorte. »Aber dass du unsere Kinder da reinziehst … Jacob, das ist zu viel. Ich will, dass du abhaust.«

Nie zuvor tat es mir so weh, seinen Namen – meinen Namen – zu hören. Ich hasse es, so zu heißen wie er. Es kotzt mich an. *Er* kotzt mich an. Gleichzeitig bin ich stolz auf meine Mom, dass sie es endlich ausspricht.

»Na schön«, höre ich ihn sagen, »na schön.«

Im nächsten Moment werde ich wieder von Panik ergriffen. Er wird gleich aus dem Wohnzimmer kommen. Ich weiß nicht, was passiert, wenn er mich sieht. Meine Angst besiegt wieder einmal den Instinkt, meine Mom und meinen Bruder zu beschützen. Also weiche ich zurück, öffne die Tür und verlasse die Bühne. Als würde man die letzte Szene rückwärts abspielen, flüchte ich auf demselben Weg, den ich eben erst genommen habe.

In mein Auto.

Auf die Schnellstraße. A661. Frankfurt. Ostend. Mia.

Ich schlüpfe auf denselben Parkplatz, den ich vor etwa einer Dreiviertelstunde zurückgelassen habe. Als hätte er gewusst, dass ich wiederkomme. Weil er ahnte, was ich mir nicht eingestehen konnte: dass mir Mias abweisende Reaktion nicht egal ist. Dass ich sie brauche.

Durch die hohen Industriefenster dringt kaum Licht nach außen. Es sieht düster und leer aus in der Kraftschmiede, dabei schließen sie offiziell erst in einer halben Stunde. Das Rollgitter wird dieser Tage nicht mehr hochgezogen. Es ist zu kalt geworden. Zu kalt und zu Oktober. Aber der Kundeneingang daneben ist noch unverschlossen. Ich reiße die Tür auf, als würde ich einem bewaffneten Angreifer das Geschütz entwinden wollen. Drinnen ist alles völlig ausgestorben. Nur ein leise brummendes Geräusch, wie das Surren eines Motors, durchdringt die Halle und wirft ein gruseliges Echo durch das menschenleere Studio. Ein ungeplanter Dämpfer für meine Sehnsucht. Und kurz ist mein Gehirn wieder zu Hause und lauscht der Auseinandersetzung meiner Eltern.

Doch dann finde ich die Quelle des Geräuschs. Mia rennt in der hintersten Ecke des Studios auf einem Laufband. Sie sprintet, sie fliegt. Ihre Füße kreisen durch die Luft wie die Schaufeln eines Mühlrads. Ihr Oberkörper und ihr Kopf stehen beinahe still, nur ihre Unterarme und ihre Beine ziehen sie auf dem unablässig rasenden Band vorwärts. Seltsamerweise trägt sie ihre ganz normale Straßenkleidung. Aber nicht einmal das kann von dem Offensichtlichen ablenken: Sie muss eine begnadete Läuferin gewesen sein, bevor ihre Angst dieses Talent niedergemäht hat.

Ich will sie nicht erschrecken, also nähere ich mich nur langsam. Ich kann ihren Atem hören, der schnell, aber regelmäßig geht, sehe, wie ihre Armmuskeln unter der Haut arbeiten, beobachte ihre schlanken Beine, die wie gemacht aussehen für diesen Sport. Die Art, wie befreit sie wirkt – grenzenlos und unerreichbar –, nimmt mich so für sie ein, dass ich mir vorkomme, als würde ich sie gerade zum ersten Mal sehen. Die Mia, die dort läuft, ist die Mia, die sie hätte sein können, wenn ihre Schuldgefühle nicht wären.

Fasziniert von ihrer ungeahnten Athletik und der Anmut ihrer Bewegungen, könnte ich ihr wohl noch Stunden zusehen, doch als sie einen Blick zur Tür wirft, erkennt sie mich. Ihre Augen weiten sich.

»Nicht erschrecken, nicht erschrecken!« Ich strecke die Hände abwehrend von mir. »Ich bin es nur.«

Mia betätigt den Regler auf dem Laufband, fällt in Trab, dann in Schritttempo, schließlich hält sie an. »Was … was machst du hier?«, keucht sie außer Atem und mit bebender Brust.

Ich muss sie berühren. Ich muss einfach. Ich komme ihr näher. Sie verschränkt die Arme.

»Wieso bist du hier?«, wiederholt sie.

»Ich wollte zu dir.«

Sie holt tief Atem, bläht ihren Brustkorb. »Vor 'ner Stunde bist du einfach gegangen.«

»Weil du mich stehen gelassen hast.«

»Du warst beschäftigt!«

»Ich hätte für dich Pause gemacht.«

»Woher sollte ich das wissen?«, schnaubt sie.

Ich presse die Lippen aufeinander und hole durch die Nase Luft. »Das ist doch bescheuert jetzt.«

»Du bist bescheuert. Du bist einfach gegangen! Ich war aufgeregt, dich zu sehen, und ich dachte … ich meine … du hast sogar meinen Vater nach mir gefragt!«

»Eben!« Ich trete auf das Laufband zu und stemme die Hände in die Hüften. »Das war doch ein klares Zeichen, dass ich dich sehen wollte.« Gott, was machen wir hier?

»Ich verstehe keine Zeichen! Ich spreche kein Jakeisch!« Ich steige zu ihr auf das stillstehende Laufband und strecke die Arme nach ihr aus. Sie weicht zurück. »Lass das. Ich stinke nach Schweiß.«

»Gut«, erwidere ich.

»Gut?« Sie verzieht angewidert das Gesicht. Die Abwehrhaltung in ihrer Mimik und Körpersprache ist irgendwie neu und alt zugleich. Ich kenne sie von ihr, aber ich dachte, sie hätte diese Blockade eingerissen, als wir uns unsere Geheimnisse erzählt haben. »Jetzt stehst du also auf meinen Schweißgeruch?«

»Ich stehe auf dich! Und es ist so cool, dass du laufen warst!« Ich berühre anerkennend mit den Fingerspitzen ihren schweißbedeckten Arm.

»Tu das nicht«, flüstert sie. »Ich fühle mich wie ein Kleinkind, wenn du mich dafür lobst, ein paar Meter gerannt zu sein.«

»Wieso bist du so?«, frage ich.

»Wie *so*?«

»So schroff?«

»Schroff? Nun ja, das bin ich eben. Ich bin schroff! Beschreiben Sie Mia in einem Wort – schroff! S-C-H-R-O …«

»Bullshit«, unterbreche ich sie.

»Selber!«

»Selber was?«

»Selber Bullshit!«

Dieses Mal schaffe ich es, sie mit beiden Händen zu umfassen und ihren Körper an meinen zu ziehen. Ihr Becken fast an meinem, trotz Größenunterschied.

»Du bist ein Schweißfetischist.«

»Ich bin ein Mia-Fetischist.«

»Dann bist du wohl eher ein Masochist!«

Ich küsse sie. Auf ihrer Oberlippe perlt salziger Schweiß. Ihre Haare kleben an den Schläfen. Und ihre Muskeln werden ganz langsam weich in meiner Umarmung.

»Ich stinke wirklich«, insistiert sie.

»*I don't care*«, erwidere ich, nicht mehr ganz Herr meiner Spracheinstellungen.

»Wirklich, Jake!« Sie stößt mir die Hände vor die Brust, ihr Gesichtsausdruck irgendwo zwischen Grinsen, Lust und Genervtheit.

Mit einem Ruck werfe ich sie über meine Schulter. Mia quietscht so laut und schrill, dass ich kurz befürchte, sie auseinandergerissen zu haben. Doch ihr Schrei geht in hysterisches Lachen über, als ich sie zu den Duschen trage, aus Gewohnheit die der Männer wähle und sie direkt unter einen heißen Strahl stelle.

Wir lachen uns halb tot und ich schaffe es gerade noch, meine Jacke abzustreifen und wegzuschmeißen, ehe Mia mich zu sich unter den Wasserstrahl zieht und mich küsst.

Sofort sind wir triefend nass. Wir kichern doof, als Mia mir mein T-Shirt über den Kopf zieht, obwohl sie eigentlich viel zu klein dafür ist. Ich merke, wie unsere Küsse sich verändern. Sie werden drängender. Und ich spüre, dass ich ansprechen muss, was mir auf der Seele liegt.

»Mia«, sage ich, ihre Unterlippe zwischen meinen Lippen. Ihre Rehaugen blinzeln. »Ich hab keinen Plan, was ich hier tue.«

Sie macht nur eine wegwerfende Handbewegung und zieht meinen Kopf wieder zu sich. Sie fordert mich ein und das ist heiß und beängstigend. Vor allem heiß. Aber nun mal auch verdammt furchterregend.

»Nein«, keuche ich, »ich meine: Ich hab das noch nie gemacht.«

»Ich auch nicht«, sagt sie hastig.

Das kann nicht sein. Sie macht das alles viel zu gut und viel zu zielstrebig. Wenn wir uns gerade in einem Club befänden, wäre sie diejenige, die ausgelassen und selbstbewusst tanzt und ich lediglich der Typ, der mit dem Fuß wippend an der Bar steht. Meine Verwunderung ist mir wohl deutlich anzusehen – oder vielmehr: meinem Kussverhalten anzumerken. Ich ziehe mich zurück und Mias Mund stößt ins Leere.

»Du hast das auch noch nie gemacht?«

»In der Dusche der Männerkabine? Nein! Natürlich nicht!«

»Ich meine …«, will ich korrigieren, aber sie sagt im selben Moment: »Wir sollten gleich hochgehen, oder? Wegen … du weißt schon.«

Ich weiß nicht. Meine Dummheit gesellt sich zu meiner Verwunderung und beides spiegelt sich jetzt ganz sicher in meiner Miene.

Mia nimmt die Hände von meinem Rücken, knetet sie nervös und erklärt verlegen: »Na ja, Kondome sind unter Wasser keine gute Idee, oder?«

Ich Idiot. Natürlich spricht sie von Kondomen. Mia hat natürlich schon Sex gehabt. Sie kennt sich aus. Sie ist routiniert. Das war ja klar. Kondome. Kondome. Ich habe keine Kondome. Ich habe ja keinen Sex, wieso sollte ich Kondome haben? Wir brauchen Kondome, kapier ich schon, aber ich habe keine und außerdem sind sie unter Wasser keine gute Idee – klar. Fuck. *Fuck,* jetzt kann ich nicht mehr aufhören, mir auszumalen, dass ich es nicht hinbekomme, ein Kondom anzuziehen. Nennt man es anziehen? Aufsetzen? Überziehen? Abrollen? Dranmachen? *Fuck!* Ich sollte wirklich keinen Sex haben, wenn ich nicht mal imstande bin, die richtigen Vokabeln zu benutzen.

»Ähm«, bringe ich heraus. Ich muss es ihr sagen. Ich muss ihr sagen, dass ich weder Verhütungsmittel noch Erfahrung im Gepäck habe und dass ich vermutlich, selbst wenn sie Ersteres beschaffen kann, wegen Letzterem nach etwa drei Sekunden kommen werde wie ein verfluchter Dreizehnjähriger. Dann wird sie enttäuscht sein und nie wieder mit mir schlafen wollen.

Fuck. Ich würde wirklich lieber niemals mit ihr schlafen, als es formvollendet zu verkacken.

Na ja, Jake, was hast du schon erwartet? Deine Familie fällt in sich zusammen und deine Freundin – ist Mia überhaupt deine Freundin? – wird dich für einen Versager halten. Shit. Muss mir genau jetzt der letzte Rest Selbstbewusstsein ausgehen?

Mia sieht auf den Boden. Wasser tropft von ihren Haaren. Sie hebt den Kopf. Gleich werde ich in ihre erwartungsvollen Augen schauen und ihr sagen müssen, dass ich ein Verlierer bin. Gleich … jetzt.

»Jake«, murmelt sie plötzlich und tritt aus dem Wasserstrahl zurück. »Ich muss dir was sagen.«

Ich erstarre. Sie muss *mir* etwas sagen?

Sie macht einen weiteren winzigen Schritt von mir weg und schaut mir ins Gesicht. Das Wasser hat ihre Schminke verwischt, schwarze Bäche fließen unter ihren Augen über die Wangen.

»Ich will nicht mit dir schlafen. Es tut mir leid, dass es so geklungen hat, als ob … ich …« Sie verschränkt die Arme vor der Brust. »Entschuldigung, ich wollte nicht …«

Mein Herz kracht von innen gegen meinen Brustkorb. Wieder und wieder, mein Puls mindestens bei hundertzwanzig Schlägen die Minute. Ich will sie trösten, doch aus meinem Mund kommt: »Du willst nicht …?«

»Ich weiß, ich habe … ich habe es signalisiert und ich …«

»Hey«, stoppe ich sie, nun wieder gefestigter und bestimmt, und trete aus dem Wasser auf sie zu. »Es geht doch nicht darum, was du womöglich signalisiert hast. Es ist okay, wenn du nicht willst. Ich …«

»Ich will schon! Ach, verdammt …« Sie ballt die Hände zu Fäusten und stampft frustriert auf. Ihre klitschnassen Schuhe, die definitiv nicht zum Laufen gemacht sind, patschen in die Lache auf dem Boden.

»Du willst, aber du willst noch nicht jetzt?«, frage ich sie.

Ohne mich anzusehen, nickt sie.

»Hey, hey, Mia.« Ich greife nach ihren Schultern, ziehe sie an meinen nackten Oberkörper. »Das ist okay. Mir geht es auch so.«

Sie mustert mich mit zusammengezogenen Brauen aus schwarz verschmierten Augen. »Du musst das nicht sagen, damit ich mich besser fühle.«

»Ich habe noch nie mit jemandem geschlafen«, platzt es

aus mir heraus. »Und das sage ich nicht, damit du dich besser fühlst, sondern weil ich will, dass du es weißt. Ich hab so Schiss, dass ich das mit uns versaue. Ich bin eh schon so ein Versager, da …«

Mia reckt sich auf die Zehenspitzen und küsst mich. Da ist irgendetwas in ihrem Kuss, was eben noch nicht da war. Zuversicht vielleicht? Bestätigung?

»Sag das nie mehr«, ermahnt sie mich. »Du bist kein Versager. Du bist der Hammer. Ich mag dich wirklich. Und ich habe noch nie mit jemandem geschlafen, den ich wirklich mochte. Das macht mir Angst.«

Plötzlich ist es ganz leicht, meine Bedenken auszusprechen: »Ich gehe an dem Gedanken kaputt, dass ich dich enttäusche.«

»Hast du überhaupt gehört, was ich gerade gesagt habe?« Mia lacht plötzlich.

»Hast du gehört, was *ICH* gesagt habe?«

»Ja! Aber ich hab dir gerade gebeichtet, dass du der Erste bist, der mir wirklich was bedeutet – wie sollst du mich da also enttäuschen?« Sie boxt mir spielerisch gegen die Brust. »Miteinander schlafen ist doch kein Maximal-Versuch!«

Ich muss losprusten. »Das wird mir ewig nachhängen, oder?«

»Jap.«

Ich schüttele grinsend den Kopf. »Weißt du was? Vielleicht sollten wir der Einfachheit halber beide keine Angst haben«, schlage ich vor.

»Ist gebongt. Gib Faust drauf!« Mia muss schon lachen, bevor sie den Satz fertig gesprochen hat.

»Wow. Du bist romantisch.«

»Ich werde zynisch, wenn ich Angst habe.«

»Aber wir wollten doch keine mehr haben?«

»Okay.« Ihre Stimme wird ganz leise. »Ab jetzt: keine Angst mehr.«

»Keine Angst mehr«, stimme ich zu.

Also haben wir keine mehr. Einfach so.

Und es verändert alles.

In den letzten zwei oder drei Jahren – es ist schwer, ein genaues Datum festzulegen – war Sicherheit für mich ein schwieriges Thema. Vermutlich, weil nach und nach alles, was ich für gesetzt gehalten habe, weggebröckelt ist. Seitdem glaube ich, Sicherheit ist eine Art Illusion. In einem Moment baust du dein ganzes Leben darauf, im nächsten schaust du nur mal ganz kurz weg und alles ist im Arsch.

Mit Mia zusammen zu sein, ist anders.

Wir bauen uns unsere eigene Sicherheit auf.

Jede Minute in der Schule wird zur Wartezeit auf Mias nächste Nachricht. Sie schreibt mir oft. Schickt mir Songs, die ich mir in den Pausen zwischen Mathe und Chemie anhöre, zitiert Lyrics, die ich nach Englisch googele und dann im Pausenraum der Oberstufe analysiere wie ein Shakespeare-Sonett. Mit jedem Song, jeder Nachricht und jedem Tag lerne ich sie besser kennen. Wie ihr Lieblingsfilm heißt, ob sie je ein Haustier hatte, was sie tun würde, wenn sie keine Angst hätte, woran sie denkt, wenn sie aufwacht. Mein Wissensdurst nach ihr wird nur noch von meinem Hunger auf sie übertroffen. Nach einigen Tagen bilde ich mir ein, jede Stelle ihres Körpers am Geschmack erkennen zu können. Tagsüber, wenn ich bei ihr bin, küssen und berühren wir uns so lange, bis ich vor Lust fast keine Luft mehr bekomme. Und abends, wenn ich in meinem eigenen Bett liege, strecke ich die Hände aus und krümme die Finger in der Luft, sodass sie genau die Stelle ihres Körpers umgreifen könnten, an die ich gerade denke.

Es ist nicht mehr der Schmerz in meiner Brust, an den ich denke, wenn ich wach liege. Sie ist es.

Es sind nicht mehr die Partys meiner Klassenkameraden, bei denen ich sein möchte. Sie ist es.

Obwohl ich am liebsten jede Sekunde bei ihr wäre, fällt es mir plötzlich gleichzeitig leichter, zu Hause zu sein. Es ist einfacher, wenn man weiß, wohin man gehen kann, wenn alles zu viel wird. Wo man willkommen ist. Wo man hingehört. Mein Vater ist in den letzten zwei Wochen nicht ein Mal nach Hause gekommen. Es ist die längste Zeit, die er jemals weg war, und zum ersten Mal wird mir klar, was die Leute meinen, wenn sie sagen, die Zeit heile alle Wunden. Bisher habe ich das für Bullshit gehalten. Jetzt weiß ich, dass wir früher nie genug Zeit hatten, um die Wunden wenigstens verschorfen zu lassen. Im Hause Macintosh wurde vor Abschluss der Wundheilung immer ein weiteres Mal verletzt. Wir bekommen jetzt ein kleines bisschen Abstand. Genug, um Dinge zu tun, die wir lange nicht getan haben. Am ersten Sonntag nach Papas Attacke auf Franklin und dessen Versuch, abzuhauen, frühstücken wir zusammen. Mom benutzt sogar den Mixer in der Küche, um Smoothies aus Bananen und Erdbeeren herzustellen.

Es ist eine Sache, ein Haus mit Dingen vollzustellen, die eine funktionierende Familie vielleicht haben sollte. Dinge wie Küchengeräte, in denen man Obst zerkleinern kann. Eine andere Sache ist, zu bemerken, dass es in den eigenen Händen liegt, all diesen Dingen auch einen Sinn zu geben. Ja. Selbst gemachte Smoothies können eine erstaunliche Wirkung haben.

Nach dem Abend, an dem ich Mia auf dem Laufband entdeckt habe, habe ich selbst kein einziges Mal mehr trainiert. Seit ich Sport treibe, ist so eine lange Auszeit kein einziges Mal vorgekommen. Ich hätte vorher nicht atmen können, wenn ich meinen Körper nicht spätestens nach einem Tag Pause an seine Grenzen gebracht hätte. Doch Mia liegt richtig, wenn sie sagt: Nicht alles im Leben ist ein Maximal-Versuch. Und so schultere ich zwar tagein, tagaus meine Sporttasche, fahre nach der Schule ins Frankfurter Ostend, betrete die Kraftschmiede, begrüße Robby mit einem Hauch von Schuldgefühlen, gehe geradeaus durch zu den Umkleidekabinen, lasse sie dann aber links liegen und steuere die Tür mit der Aufschrift »Zutritt verboten. Ich mein's ernst, Leute!« an.

Genau das habe ich auch heute getan.

Tasche.

Auto.

Ostend.

Robby.

Ich mein's ernst, Leute.

Mia.

Sie empfängt mich an der Tür, indem sie mir einen Teller vor die Nase hält, auf dem ein schwarz verkohltes Etwas liegt. Sie hüpft ganz aufgeregt hin und her, schmeißt den freien Arm um meinen Nacken und lässt einen Wasserfall an Worten sprudeln: »Ich habe gebacken! Ich habe noch nie gebacken! Zumindest nicht seit einer Ewigkeit. Das letzte Mal war, als Mama noch gelebt hat.«

Als Mama noch gelebt hat. Auf einmal kann sie das nebenbei sagen. Ganz *casual*. Und sie kann Kuchen backen.

Nun ja. Sie *traut* sich, Kuchen zu backen, ist vielleicht die bessere Umschreibung. Das kastenförmige Backwerk ähnelt eher einem Brikett, aber das sage ich ihr nicht, weil ich mich zu aufrichtig freue.

»Wow«, antworte ich.

»Ich weiß, er ist etwas zu dunkel. Aber es ist auch ein bisschen Schokolade drin – vielleicht liegt es daran? Kakao auch! Und Zucker. Sag Papa nicht, dass Zucker drin ist. Ich habe so ein komisches Fitnessrezept ausprobiert, weil ich wollte, dass er ihn auch essen kann. Aber als ich den Teig probiert habe, hätte ich fast gekotzt, also habe ich Zucker reingekippt. Ich meine, wenn der Teig schon kacke schmeckt, kann das Endergebnis nur 'ne Vollkatastrophe werden. Oder? Wie kann roher Kuchenteig schlecht schmecken?«

Ich habe so einiges über Mia gelernt. Unter anderem, dass sie nur so viel redet, wenn ihr eigentlich etwas auf der Seele liegt.

»Was ist los?«, frage ich sie mit einem Schmunzeln, trete auf sie zu und schnappe ihr den Teller weg. Trotz seines gewöhnungsbedürftigen Äußeren duftet dieses Brandopfer von einem Schokoladenkuchen ziemlich gut.

Weil Mia mich ganz erwartungsvoll ansieht, breche ich eine Ecke davon ab und stecke sie mir in den Mund. »Mhm ... ist gut«, kommentiere ich und besprühe sie dabei mit ein paar staubtrockenen Krümeln.

»Komm mit, du Spinner«, befiehlt sie und zieht mich hinter sich her in ihr Zimmer.

Sobald wir über die Schwelle getreten sind, sehe ich Mia verwirrt an. Der kleine Raum ist so aufgeräumt wie noch nie zuvor. Kein einziges Kleidungsstück liegt herum und selbst das Bett ist gemacht. Die Lichterkette an ihrer Posterwand ist die einzige Lichtquelle, das Fenster hat sie abgedunkelt. Mia lässt mich stehen, zieht ihr Handy vom Nachttisch, tippt ein paar Mal kurz darauf und wenige Sekunden später dringt leise, untypisch ruhige Musik aus dem Lautsprecher, den sie auf ihrem Kleiderschrank versteckt.

»Was hast du vor?«, frage ich und meine Kehle wird ganz trocken.

»Ich habe nachgedacht«, beginnt sie, setzt sich aufs Bett und deutet mit einem Klopfen auf die Decke an, dass ich ihr folgen soll.

»Ach ja?«

»Ja.« Kaum sitze ich, wandert ihre Hand zu meiner Brust. Sie streichelt darüber und sieht mir dann in die Augen.

»Und zu welchem Ergebnis bist du gekommen?«

»Ich habe beschlossen, dass wir kein Konzeptalbum sind.«

»Kein Konzeptalbum, verstehe.«

»Ja. Wir sind eine richtig klassische LP. Ein paar schnelle, rockige Songs, ein paar, die es in die Charts schaffen und im Radio gespielt werden – der Mainstream-Kram eben –, ein oder zwei Balladen und zwischendurch die wirklich richtig guten Geheimtipps.«

Ich küsse ihre Nase. »Die Geheimtipps?«

»Ja. Songs, die nicht jeder mag. Die ein kleines Risiko für die Band waren. Die man sich noch dreißig Jahre später anhören kann.«

Ich lächle. »Ich will uns auf jeden Fall noch in dreißig Jahren anhören.«

Mia senkt den Blick und öffnet die Lippen. »Ich auch«, haucht sie. »Deswegen dachte ich … Weißt du noch, dass wir uns versprochen haben, keine Angst mehr zu haben?«

»Klar. Das vergesse ich auch nicht so schnell«, flüstere ich gegen ihr Ohr und zupfe neugierig an ihrem Pullover.

»Dann lass uns heute keine Angst haben. So richtig keine Angst.«

Sie sieht mich aus ihren Rehaugen an.

Die Grunge-Elfe. Und der Typ mit dem lila glitzernden Feenpflaster.

Wir versinken in den krassesten Kuss, den ich je erlebt habe.

Und dann haben wir wirklich keine Angst mehr.

Eins kann ich sagen: Keine Angst zu haben ist das

fucking

beste

Gefühl

aller Zeiten.

19 Mia & Jake

Mia

Ich bin kein besonders esoterischer Mensch und mag es auch nicht, wenn jemand versucht, meine Psyche zu analysieren. Die Ängste und Gefühle, die da ohne Zweifel zum Vorschein kommen, konnte ich bisher echt nicht gebrauchen.

Doch in den nächsten Tagen mit Jake tue ich genau das: Ich analysiere mich und das Ergebnis ist ziemlich verwirrend.

Plötzlich kommt es mir so vor, als wäre mein ganzes Leben Marathon und Flucht zugleich gewesen. Während die harte Eisklotz-Mia auf der Suche nach emotionalem Schmerz vorgeprescht ist und sich dafür auf die falschen Jungs eingelassen hat, ist die ängstliche Mia in Wahrheit vor jedem weggerannt, der ihr wirklich hätte wehtun können. Allerdings begegnen uns die Personen, die uns wehtun können, und diejenigen, die uns glücklich machen, ziemlich oft in Personalunion. Nur wer ein Teil von uns ist, kann uns verlassen. Nur wer in unserem Herzen ist, kann es brechen.

Auch wenn ich es nicht wahrhaben wollte – mein Unterbewusstsein war sich vollkommen im Klaren darüber, dass Typen wie Felix und Magnus nicht das Potenzial dazu hatten. Typen wie sie, die ganz genau spüren können, wenn ein Mädchen verunsichert ist. Die es wittern wie Hunde, wenn man bereit ist, sich von ihnen abschleppen zu lassen. Ja! Abschleppen. Wie ein gecrashter Wagen: Haken dran. Weg damit.

Deswegen habe ich weder bei Felix noch bei Magnus etwas gefühlt. Ich wollte keine Liebe. Also habe ich auch keine bekommen. Liebe?! Gibt's ja eh nur im Film. Pf.

Doch jetzt?

Schon als ich vor Eifersucht auf eine wildfremde Schönheit mit apfelförmigem Hinterteil fast geplatzt bin und mich wie eine dumme Gans aufgeführt habe, war mir klar, dass Jake hingegen sehr wohl imstande dazu ist, mir das Herz aus der Brust zu reißen. Aber komischerweise weiß ich tief in mir drin, dass er es nicht tun wird.

Ich habe mal diesen Spruch gelesen, der mir seinerzeit absolut kitschig vorkam: Liebe heißt, jemandem die Kraft zu geben, dich zu zerstören, und darauf zu vertrauen, dass er es nicht tut. Mal im Ernst! So was sagt doch kein Mensch! Es sei denn, er ist Ryan Gosling in einer Nicholas-Sparks-Verfilmung. Aber im echten Leben? Niemals. Tja … Seit diesem Kuss unter der Dusche kann ich nicht mehr aufhören zu strahlen. Und spätestens seit unserem ersten Mal laufe ich herum wie ein gleißender Feuerball.

Ich glühe und leuchte so sehr, dass ich in den darauffolgenden Tagen fürchte, man könnte mir die Nacht im Gesicht ablesen. Wann immer ich mein Bett sehe, fängt mein Unterleib an zu kribbeln. Ich würde der Matratze am liebsten kichernd in die Seite zwicken und sagen: »Wir sind jetzt richtige Frauen, Schätzchen!« Denn alles, was vor Jake war, fühlt sich jetzt unbedeutend an. DAS war mein erstes Mal. Nicht die Silvesternacht mit Felix. Nicht die Katastrophe mit Magnus, nach der ich mich wie Dreck gefühlt habe. Vielleicht geht es gar nicht darum, *ob* man schon Sex hatte, sondern *mit wem*.

Wenn ich in der Schule bin, teile ich ihm gefühlt jeden zweiten Gedanken mit, der mir durch den Kopf geht. Er antwortet immer, egal, womit ich ihn auch zutexte. Als ich ihm schreibe, meine Deutschlehrerin sähe ein bisschen aus wie Harry Styles, fragt er nur: »Zu One Direction-Zeiten oder solo?« Als ich Herrn Günther im Verdacht habe, mir in meiner Englischarbeit ungerechtfertigt einen Grammatikfehler angestrichen zu haben, sende ich Jake ein Foto von der Seite aus meinem Arbeitsheft und er gibt mir recht. Wenn ich ihm Songschnipsel schicke, die ich als Ohrwurm habe, schickt er mir Lyrics, die er gerade im Sinn hat. Oder er googelt den Song, den ich zitiere, und setzt ihn fort. Er hört meine Musik. Für mich.

Hati steckt in einem Zwiespalt aus Freude für mich und Eifersucht auf Jake. Wir sind es nicht gewohnt, einander zu teilen, und schon mal gar nicht, dass ich diejenige bin, die eine Teilung erfordert. Wenn überhaupt, dann war es in den vergangenen Jahren stets Hati, die ganze Nachmittage damit verbracht hat, von irgendeinem Kerl zu schwärmen und mit rosaroten, herzförmigen Atompilzen in ihren Augen herumzulaufen. Ich war der gefühlskalte Eisklotz, der sich zu Hause verschanzt hat, zwanzig Jahre alte LPs rauf und runter gehört und dabei gelegentliche Selbstgespräche mit dem Poster von Mark Hoppus geführt hat. Und jetzt bin ich plötzlich in einer waschechten Beziehung und Hati ist nach wie vor unglücklich in den Lehrer verliebt.

Ja. Das Leben hat sich in diesem einen Oktober wirklich drastisch verändert.

Jake

Am ersten Freitag im November bestellt sich fast die gesamte Oberstufe Pizza direkt auf den Campus. Der Grund dafür ist einfach: Alle, die bisher noch nicht zu Magnus' großer Halloween-Party eingeladen wurden, hoffen, dass ihnen das gemeinschaftsstiftende Pizzaessen eine Last-Minute-Einladung einbringen wird. Seitdem ich den Typen kenne, schmeißt er jedes Jahr am Samstag nach dem 31. Oktober eine Party, die so crazy ist, dass die nächsten dreihundertvierundsechzig Tage über sie gesprochen wird. Also sollte man unbedingt dabei gewesen sein.

Magnus' Eltern kommen zwar aus Schweden, aber er gibt sich schon immer als der Amerikanischste von uns allen aus. Alles an ihm dient seinem sauber gepflegten Klischee-Image vom Bad-Boy-Skater – angefangen bei seinen Halloween-Partys über seinen US-Slang, den er sich sicher nicht in seinem schwedischsprachigen Elternhaus angeeignet hat, bis hin zu seiner Markenkleidung, die nach Straße aussehen soll, aber nach Papis Geld stinkt.

Ich weiß, dass ich ein Heuchler bin. Auch ich trage Markenklamotten, die ich mir nicht selbst finanziert habe. Auch ich musste mir bisher nicht viel selbst erarbeiten. Außer meine

Beziehung zu Mia. Und Magnus war vor mir mit ihr aus. Ich konnte ihn noch nie besonders gut leiden. Doch seit ich weiß, dass er mindestens ein Date mit meiner Freundin hatte, kann ich ihn gar nicht mehr ab. Das Problem ist: Ich sehe genau, was sie an ihm mochte. Und ich sehe auch, dass ich ihr das nicht bieten kann. Ich muss jeden verfluchten Song googeln, den sie mir schickt, und wenn ich ihn mir anhöre, finde ich ihn meistens nicht gut. Aber ich liebe sie und da …

Ich liebe sie?

Hab ich grade … hat mein Gehirn grade …?

»Holy Shit«, fluche ich.

»Ja, Mann!«, stimmt Benni ein, der neben mir auf dem Boden des Aufenthaltsraums der Abschlussklasse sitzt. Er blickt auf die geöffnete Pizzaschachtel in seinem Schoß hinab, als beinhalte sie die größte Enttäuschung seines Lebens. »Echt mal! Seit wann machen die auf die Meeresfrüchte-Pizza keinen Käse mehr drauf?«

Schockiert und beinahe angeekelt gestikuliert er in Richtung des enttäuschenden Teigfladens und schaut mich Mitleid heischend an.

»In der App vom Lieferdienst stand doch, dass die ohne Käse ist«, erklärt Julie, die es sich neben uns auf einem der knautschigen Sitzkissen gemütlich gemacht hat. Ich erinnere mich an den Abend im Skatepark, an dem Julie schrill über meine schlechten Witze lachte und mit ihren Freundinnen Weißwein trank, in dem Beeren schwammen. Das muss ein Jahrhundert her sein. Ein Jahrhundert und eine Mia.

Ich lächle.

Fuck! Ich kann ihren Namen nicht mal denken, ohne zu grinsen.

Ich liebe sie echt. Die Grunge-Elfe. *Meine* Grunge-Elfe.

Ob ich ihr das jetzt sagen muss? Welchen Song müsste ich zitieren, um es ihr begreiflich zu machen?

»Wer würde eine Pizza ohne Käse zubereiten? Käse ist der springende Punkt! Sonst könnte ich mir ja auch einfach ein Brot mit Shrimps belegen! Das ist anmaßend!« Benni wedelt mit dem Zeigefinger wie ein achtzigjähriger Opa, der seinen Nachbarn im Halteverbot erwischt hat.

»Das spart Kalorien«, erklärt Julie. Sie öffnet lächelnd ihren Pappkarton und präsentiert stolz, dass auch sie eine Meeresfrüchte-Pizza oben ohne geordert hat.

»Es gibt keinen Gott«, urteilt Benni.

Ohne ein Wort zu sagen, vertausche ich unsere Kartons, worauf Benni diebisch grinst und sich sofort das erste Stück meiner mit Schinken UND Käse belegten Pizza in den Mund schiebt. Im nächsten Moment hängt ein Arm über meiner Schulter und Magnus' Kopf schiebt sich zwischen Benni und mir hindurch.

»Leuteeeee«, sagt er gedehnt mit seiner schneidenden Stimme. »Ihr seid doch morgen am Start, oder?«

»Ich auf jeden Fall«, sagt Julie.

»Yep«, sagt Benni nickend.

»Was ist mit dir, Mac?«

Gott, ich hasse es so sehr, wenn er mich so nennt.

»Auf jeden Fall kommt Jake mit«, antwortet Benni, als ich einen kurzen Moment zögere.

»Äh, ja, sicher«, sage ich halbherzig. Doch dann fällt mir etwas ein: »Ich komme mit meiner Freundin. Geht klar, oder?«

Magnus beugt sich in einer theatralischen Geste nach hinten, greift sich an die Brust und formt die Lippen zu einem erstaunten O. »Du hast ’ne Freundin, Mac? Wer ist sie? Bist du zurück zu Sophia?«

Julie wirkt aufrichtig enttäuscht. Kurz will ich mir einreden, dass sie bloß schockiert darüber ist, diesen heißen Gossip verpasst zu haben. Aber ich weiß, dass das nicht stimmt. Ich habe wirklich mit ihr geflirtet an jenem Abend. Benni hingegen wirkt amüsiert. Er wird seit dem Abend im Skatepark von drei Frauen auf dem Flur regelmäßig mit Winkehändchen und strahlendem Lächeln begrüßt, die ihn vorher kaum beachtet haben.

»Nein«, antworte ich lediglich und führe das erste Stück käseloser Pizza zum Mund.

»Nein … und? Alter, lass dich nicht so feiern!«

»Du siehst sie ja dann morgen«, erwidere ich schadenfroh und beiße in meine Pizza.

Niemals hat die Abwesenheit von Käse so gut geschmeckt.

»Moment. Wenn du von einer Halloween-Party sprichst – meinst du dann amerikanisches Halloween oder die europäische Variante?«

Mia wischt über die Theke der Smoothie-Bar, wo der Proteinshake eines Kunden einen milchfarbenen Ring hinterlassen hat. Ich bin gerade erst hier angekommen und habe all meine Disziplin benötigt, um sie nicht mit einem Kuss zu begrüßen. Aber Robby steht am Empfang und er weiß noch nicht offiziell, dass da zwischen uns etwas ist. Ich war immer vorsichtig, wenn ich mich zu Mia hinaufgeschlichen habe. Wenn es nach mir ginge, hätte ich ihn längst eingeweiht, aber Mia möchte sich noch etwas Zeit damit lassen. Ich dagegen war nach unserem ersten Mal so aufgekratzt, dass ich selbst meiner Mom davon erzählt habe. Und sie hat sich sogar sehr gefreut. Nicht über meine sexuelle Erfüllung, sondern darüber, dass ich mich ihr anvertraut habe. Sich anzuvertrauen scheint der Generalschlüssel zum Herzen einer Mutter zu sein. Es war ein seltener, merkwürdig intimer Moment unserer Beziehung. Wahrscheinlich der merkwürdigste.

»Ich meine einfach *Halloween*!«

»Du musst das spezifizieren. Ich habe keine Lust, als blutverschmierte Horror-Braut aufzukreuzen, wenn sich alle anderen als sexy Krankenschwester verkleiden.«

»Du hast zu oft *Mean Girls* geguckt.«

Mia rubbelt energischer auf dem Milchring herum, obwohl der schon längst weg ist. »Sag schon … Horror-Braut oder sexy Krankenschwester?«

»Meistens haben die Leute keine besonders aufwendigen Kostüme an. Sie nehmen irgendetwas, was sie eh schon zu Hause haben, und ergänzen ein paar Accessoires. Du musst dir keine Sorgen machen. Sei einfach du selbst.«

Sie zieht kritisch die Augenbrauen hoch und deutet an ihrem Outfit herunter. Ein Bandshirt und Skinny Jeans, Ringelsocken und kaputte Sneakers. »Es ist wirklich egal, Mia. Für mich bist du auch als Horror-Braut sexy.« Ich schaue auf meine Hände. Ich sage solche Dinge zu Mädchen, seit ich dreizehn bin. Aber erst seit Kurzem meine ich sie ernst und das macht einen großen Unterschied.

Sie lacht ihr helles, schönes Lachen, das dazu führt, dass ich kein Stück mehr an Sport denken kann.

»Sehen wir uns heute Abend?«

Mia presst die Lippen aufeinander. »Es ist Pasta-Nacht bei den Arenas.«

»Okay«, seufze ich enttäuscht.

»Ich kann dich danach anrufen.«

»Du könntest zu mir kommen und bei mir schlafen. Ich kann dich abholen.«

Mia verschränkt lächelnd die Arme und zieht einen Mundwinkel hoch. »Sehnsucht?«

»Was hat mich verraten?«

»Dein dümmlich-lüsternes Grinsen. Ich schlafe wann anders bei dir. Wenn Papa Bescheid weiß, okay?«

Ich zwinkere ihr ein letztes Mal zu, weil ich weiß, dass sie das mag, und dann gehe ich mit Herzklopfen davon.

Wie schon heute Mittag schleicht sich das Wort Liebe ganz hinterrücks in meine Gedanken ein. Bisher habe ich nie verstanden, wieso es eine bedeutungsvolle Angelegenheit ist, wer zuerst »Ich liebe dich« sagt. Oder warum überhaupt so ein riesiges Thema daraus gemacht wird, ob man es sagt und wie lange man zu diesem Zeitpunkt zusammen war. Doch jetzt, da diese drei Worte einmal Gestalt angenommen haben, scheint es, als würden sie mir permanent auf der Zunge liegen. Jeder Satz, den ich zu ihr sage, könnte aus Versehen zu einem »Ich liebe dich« werden.

Ich bin eine wandelnde Liebes-Zeitbombe.

MIA

Mit einer gehörigen Portion Spaghetti und Pannacotta im Bauch fahren Papa und ich am späten Abend von den Arenas nach Hause. Papa wirkt abwesend, aber glücklich, irgendwie. Wie immer, wenn wir Zeit mit Luca und Gina verbracht haben.

Bisher habe ich geglaubt, er habe gute Gründe, mir vorzuenthalten, dass sich zwischen den beiden etwas anbahnt. Oder vielmehr: dass sich da schon lange etwas Bahn geschlagen hat. Ich dachte, er wollte die Verliebtheit noch ein bisschen für sich behalten. Doch jetzt, wo ich selbst ein Geheimnis dieser Art mit mir herumtrage, ist es mir absolut schleierhaft, wie mein Vater es seit Wochen, Monaten, vielleicht sogar Jahren schafft, seine Gefühle für sich zu behalten. Über meinem Kopf schwebt quasi permanent eine Sprechblase, in der man aus meilenweiter Entfernung lesen kann: »Ich bin total verknallt, ich habe einen Freund, Gott, kann mich mal jemand kneifen, mein Freund ist der absolut BESTE! Und habe ich schon erwähnt, dass er mein Freund ist?«

»Was ist los, Kind?« Ich beobachte ihn von der Seite. Papa sieht wie immer zu groß aus, wenn er hinterm Steuer sitzt.

»Was soll sein?«

»Du glotzt.«

»Ich glotze nicht.«

»Oh doch. Wie ein Fisch.« Er biegt in unsere Straße ein und sieht mich beim Schulterblick prüfend an.

Ich atme tief ein. »Du könntest bei Gina übernachten, weißt du. Ich würde freitags auch gut alleine nach Hause kommen.«

Papa geht so schlagartig in die Eisen, dass ich nach vorn geschleudert und in den Anschnallgurt gedrückt werde. Mein Körper signalisiert mir sofort Panik, obwohl ich weiß, dass eigentlich nichts ist.

»WIE BITTE?« Auf seiner Stirn wechseln sich Zornes- und Sorgenfalten ab.

»Ich sag ja nur.«

»WARUM?«

Ich hebe eine Augenbraue und schenke ihm den Verkauf-mich-nicht-für-dumm-Blick.

Resigniert, aber mit einem Grinsen, das er nicht unterdrücken kann, fragt Papa schließlich die viel wichtigere Frage: »Seit wann?«

»Seit wann ich es weiß? Luca und ich spekulieren seit über einem Jahr darüber.«

Papa besinnt sich wieder, beschleunigt den Wagen und lenkt ihn in die Einfahrt hinter dem Fitnessstudio. »Mensch, Mia, wieso hast du denn nichts gesagt?«

»Ernsthaft? Ich? Wieso ICH nichts gesagt habe? Ist das dein Ernst? Ich sage NIE etwas!«

Papa gluckst. Doch schnell blickt er wieder mit einer Spur Unwohlsein drein. »Na ja. Es ist nicht so leicht für mich. Man muss ja immer … also.« Um abzulenken, fummelt er viel zu lange an seinem Anschnallgurt und dem Schlüssel im Zündschloss herum, kratzt sich am Kopf und justiert aus welchen Gründen auch immer den Rückspiegel. »Man muss ja … ich kann ja nicht … du bist halt meine Tochter. Und du hast nur mich. Und da … da willst du dir wahrscheinlich lieber nicht vorstellen, was dein alter Herr so …«

»PAPA! Wenn du jetzt das Wort ›treibt‹ sagst, dann kotze ich!«

Papa verdreht die Augen und spreizt beschwichtigend die Finger. »Sag ich ja. Schwieriges Thema.« Verstohlen linst er zu mir herüber. Ich schnalle mich ab und falle ihm über die Gangschaltung hinweg in die Arme.

Am nächsten Tag begutachtet mich Papa von oben bis unten, während er in der Küche steht und blanken Reis aus einer Tupperdose in sich hineinschaufelt. »Wieso sieht meine Tochter aus wie eine Krankenschwester, die heimlich verschreibungspflichtige Medikamente mitgehen lässt?«

Hati kommt hinter mir aus dem Bad, in dem wir die letzten zwei Stunden damit verbracht haben, mein ideales Halloween-Kostüm zusammenzustellen.

»Ich bin mir unsicher mit den Schuhen«, urteilt sie.

»Ah, echt jetzt?«, frage ich sarkastisch. Ich stöckele in besagten Schuhen auf die Küchenzeile zu. Meine sneakerverwöhnten Füße stecken in einem Paar roter Lackpumps, die Hati aus dem Schrank ihrer Mutter hat mitgehen lassen, und führen sich auf, als hätten sie vergessen, wie Laufen geht. Da bin ich schon eine der ganz wenigen Frauen auf dem Erdball, die den ganzen Abend schmerzfrei in High Heels herumspazieren könnten, sehe dabei aber tragischerweise aus, als würde ich besoffen auf einem Hochseil balancieren.

»Mein lieber Scholli«, flucht Papa, als auch er mit seinem scannenden Blick bei meinen Füßen angekommen ist. »Du siehst aus wie die ungelenkigste Stripperin aller Zeiten.« Er tippt sich mit der Gabel an seine Nase.

Zum Glück bin ich von Menschen umgeben, die immer ehrlich zu mir sind. Wie es sich wohl anfühlt, einfach ein bestärkendes Kompliment zu bekommen, wenn man mal etwas Neues ausprobiert?

Ich steige schnaubend aus den Lackschuhen und bin auf einen Schlag wieder zwölf Zentimeter kleiner. »Und jetzt?«, frage ich entnervt.

»Na ja, jetzt ziehst du eben zu deinem wahnsinnig originellen Sexy-Krankenschwester-Kostüm ein Paar Turnschuhe an«, schlägt Papa mit einem teuflischen Grinsen vor.

»Ich bin keine sexy Krankenschwester«, ermahne ich.

»Ach so. 'tschuldigung. Ich dachte nur. Weil du Lippenstift trägst und ich deinen BH sehen kann.« Plötzlich scheint ihm etwas ganz anderes Sorgen einzujagen. »Momentchen mal. Die Tochter, die ich die letzten siebzehn Jahre großgezogen habe, macht sich weder stundenlang Gedanken um ihr Outfit noch zieht sie etwas an, das Unterwäsche durchblitzen lässt.« Hilfe suchend wendet er sich an Hati und fragt skeptisch: »Was ist hier los?«

Ich stöhne erneut, schließe den obersten Knopf des Krankenschwesterkostüms, das ich heute Mittag in einem Karnevalsgeschäft erstanden habe, und tippe auf das Emblem über der Brusttasche des Kittels.

Papa zieht die Augen zusammen, um die Aufschrift auf dem selbst gebastelten Emblem dort lesen zu können. »Okay. Du bist eine *blink-182*-Krankenschwester?« Der Groschen fällt nicht. »Gibt es eine *blink-182*-Version von allem? Ich dachte bisher, du hast nur T-Shirts und Pullover von denen?«

Ich verdrehe die Augen und zeige meinem Vater auf dem Handy das Albumcover von *Enema of the State*, auf dem eine Frau in ebendiesem Krankenschwesternaufzug zu sehen ist. Ich habe ihren Look exakt imitiert, nur dass die Gute offensichtlich schon mal einen Termin beim plastischen Chirurgen wahrgenommen und langes Haar hat.

»Oh«, macht er. »Wie konnte ich das vergessen? Deine Mutter hat dieses Album gehört wie eine Besessene.«

Mir wird schwer ums Herz, als er das sagt. Ich muss daran denken, dass Jake fest überzeugt meinte, ich müsste mit Papa »einfach« über mein Geheimnis reden. So als wäre es kein Problem, die Realität, die er die letzten Jahre gelebt hat, mit einem Geständnis zu zerschmettern. Was soll ich ihm sagen? »Hey, Papa, weißt du noch, damals? Wir waren überhaupt nicht auf den Weg zum Supermarkt. Mama ist nur wegen meiner absolut bescheuerten Lebensunfähigkeit von einem Lastwagen in den Tod gefahren worden.«

Ich erwarte, in Papas Augen dieselbe Wehmut zu erkennen, die mich überkommt, wenn er Mama erwähnt. Doch ich sehe etwas ganz anderes: Zuneigung und Nostalgie.

Ich räuspere mich und klatsche in die Hände: »Tja … die Authentizität meines Kostüms muss leider der Fürsorge um zwei intakte Kreuzbänder weichen.« Mit diesen Worten kicke ich die High Heels zur Seite.

»Schade«, mischt sich Hati ein. »Aber du hättest darin zumindest der Clown der nächsten *Germany's Next Topmodel*-Staffel werden können.«

»Okay. Bevor sich hier irgendwer zu einer Castingshow anmeldet – dürfte ich erfahren, wohin du gehst?« Papa hat sich den letzten Rest Reis in den Mund geschaufelt und versprüht nun beim Reden ein paar weiße Körnchen.

»Auf eine Halloween-Party.«

Er zieht eine Augenbraue hoch. »Und als was verkleidest du dich, Hati?«

»Ich … ähm … ich gehe nicht mit.«

Papa riecht Lunte. »Soso. Ich wusste gar nicht, dass ihr neuerdings zertrennlich seid?«

»Ich wusste gar nicht, dass es das Wort zertrennlich gibt«, frotzele ich und schlüpfe mit meinen weiß bestrumpften Füßen in ein Paar Vans. Dass ich einmal in meinem Leben weiße Strumpfhosen tragen werde, hätte ich nie gedacht. Aber sie sind nun mal Pflicht, wenn ich dem Look vom Albumcover gerecht werden will. Zwar trägt die Dame darauf halterlose Strümpfe, aber die kommen nun wirklich nicht infrage. Ich weiß, die Teile sollen sexy sein, aber ich fühle mich kein Stück sexy, wenn mein Unterbewusstsein alle fünf Sekunden eine Warnmeldung rausschickt, weil meine Intimregion blankliegt.

»Lenk nicht ab, Kind. Wohin gehst du? Wer geht mit? Wie kommst du nach Hause?«

Ich stöhne. Na gut. Zumindest diese Bombe muss jetzt wohl platzen. Ich hätte mir ja wirklich gewünscht, dass ich dabei ein bisschen mehr wie ich selbst aussehe und nicht bis unter den Scheitel mit glitzerndem hellblauem Lidschatten zugespachtelt wäre. Aber immerhin war Papa gestern ehrlich zu mir, also bin ich heute ehrlich zu ihm. Das ist nur fair.

»Ich gehe mit … mit Jake.«

Papas Pupillen rasen von links nach rechts, als würde er diesen Jake irgendwo hier im Raum vermuten. »Jake wer?«

»Na, Jake!«

Papa macht eine übertrieben überraschte Miene und mich ereilt der Verdacht, dass er eine Show abzieht. »Ooooh, du meinst den Typen, der sich seit Wochen durch das Studio zu dir hochschleicht und mich zum Narren hält, indem er vorher alibihalber seine Tasche in der Umkleide einschließt?«

»Ähm …«, mache ich und blinzele ein paarmal zu heftig.

Er ignoriert mein Zögern. »Und du gehst mit ihm auf eine Party, weil …« Papa wedelt mit den Händen, um mich aufzufordern, den Satz zu beenden. Ich denke an eines dieser »Setzen Sie den Satz sinnvoll fort«-Spiele und überlege mir einige Möglichkeiten:

»… weil Jake sich nachts nicht alleine raustraut.«

»… weil Jake und ich gute Kumpels geworden sind, als wir kürzlich zusammen zweihundert Kilo an der Hantelbank gedrückt haben.«

»… weil Jake eine Wette verloren hat und den Menschen mitbringen muss, der auf den ersten Blick am wenigsten zu ihm passt.«

Stattdessen sage ich: »Wir haben noch Magerquark im Kühlschrank.«

»Entschuldigung?«

»Na, nach den ganzen Kohlenhydraten willst du doch bestimmt deine Proteine decken. Wie wäre es mit Quark?«

Papa stemmt die Fäuste in die Hüften, baut sich als auf dem Kopf stehendes Dreieck vor mir auf und donnert: »Du servierst mir gerade schon ausreichend Quark, Fräulein. Jetzt raus mit der Sprache!«

Hati steht mit geschürzten Lippen und aufgerissenen Augen neben der Badezimmertür und scheint gespannt auf meine Antwort. Das bin ich selbst allerdings auch.

»Also … vielleicht … vielleicht ist er so etwas wie mein … Freund?«

Aber Papa will es jetzt auch ganz genau wissen. »So etwas wie dein Freund?«

»Na gut, er *ist* mein Freund.«

»Dein Freund-Freund?«

»Ja, mein Freund-Freund.«

Papa hebt die Schultern und lässt sie sacken, er öffnet den Mund und schließt ihn wieder. Wie ein Fisch an der Aquariumscheibe wiederholt er diesen Vorgang einige Male, dann rubbelt er sich resigniert über die Stirn.

»Also … vermutet habe ich es ja. Aber ich hatte noch Hoffnung, ihr habt vielleicht nur zusammen Mathe gelernt. Ich hätte einfach … also, nie im Leben … also, ihr zwei … ich meine … Wie ist das passiert?«

»Ist das nicht egal? Du solltest dich freuen. Du magst Jake doch. Du sagst immer, er ist ein guter Sportsmann!«

Mein Vater rauft sich die nicht vorhandenen Haare und tigert vor dem Kühlschrank hin und her, wie eine Raubkatze im Zoo. »Ja! Das habe ich gesagt, bevor ich wusste, dass es sich dabei um Sport in der Horizontalen mit meiner Tochter handelt!«

»Urggg! Papa! Nein! Bitte!« Ich halte mir die Ohren zu und singe das erste Lied, das mir in den Sinn kommt. Es ist natürlich *What's my Age Again*.

»Apropos«, brüllt Papa über meinen semiguten Gesang hinweg. »Wie alt ist er? Man kann nie erkennen, wie alt diese aufgepumpten Teenager sind. Die könnten zwischen fünfzehn und fünfunddreißig praktisch jedes Alter haben.«

»Ja, genau, Papa. Mein neuer Freund ist fünfunddreißig. Ich bin froh, dass wir darüber gesprochen haben.«

»WIE ALT IST ER?«

»Er ist achtzehn, Papa, achtzehn!« Ich fuchtele mit den Händen umher.

»Achtzehn ist viel zu alt für dich.«

»Papa. Ich bin siebzehn.« So viel zum Thema *What's my Age Again*?

Er reißt den Kühlschrank auf, nimmt nun doch den Kasten Magerquark heraus, entfernt mit einem Ratsch die Folie und beginnt, sich mit seiner Gabel riesige weiße Quarkberge in den Schlund zu schaufeln.

»Erinnerst du dich, dass ich gestern total cool reagiert habe, als wir über Gina geredet haben? Sei wie ich! Sei cool!« Ich gehe zu ihm und lege meinem Vater den Kopf auf den Bizeps, der unter dem Gewicht der quarkbeladenen Gabel, oder vielleicht auch von der Last des Gesprächsthemas, ganz angespannt ist.

Hati, die sich offenbar unwohl in unserer familiären Szene fühlte, hat sich in mein Zimmer verzogen und respektvoll die Tür geschlossen.

»Ich weiß natürlich, dass du alt genug bist. Aber als dein Vater bin ich dazu verpflichtet, einen Nervenzusammenbruch zu bekommen, wenn du anfängst … was auch immer zu tun. Deswegen: Pass bloß auf, Mia-Lotta.« Mein Herz macht einen Hüpfer, als er meinen alten Kosenamen ausspricht. »Wenn der Kerl dir wehtut, dann reiß ich ihm das Herz aus seiner lächerlich gut trainierten Brust!«

Ich ziehe beide Mundwinkel nach oben. »Okay«, flüstere ich.

»Herrje! Was ist nur aus meinem Kind geworden? Du hast nicht mal gesagt, dass dir nichts wehtun kann!«

Ich zucke die Schultern. »Ich fürchte, Jake könnte es.«

»Gnade ihm Gott«, murmelt Papa. »Gnade ihm Gott.«

Die letzten Worte gehen in einer Gabel voll Quark unter.

Jake

Seit ich den Führerschein habe, bin ich in meinem Freundeskreis »Der Fahrer«. Das lässt sich darauf zurückführen, dass ich noch vor meinem achtzehnten Geburtstag mit dem Trinken aufgehört habe. Ich habe gesehen, was Alkohol aus Menschen machen kann. Die Leute werden einfach nur zur schlechtesten Version von sich selbst. Ich finde es manchmal schon anstrengend genug, die Fassung zu wahren, wenn ich nüchtern bin. Würde ich mich betrunken in die wilden Nächte der International School Students begeben, könnte es durchaus passieren, dass ich den ganzen Magnussen dieser Welt aufs Gesicht zusage, wie ich mich die meiste Zeit wirklich in ihrer Gegenwart fühle.

Jedenfalls bin ich natürlich auch heute der Fahrer. Ich nehme allerdings nur Benni (im Einstein-Kostüm) und Mia mit. Mir klopft das Herz bei dem Gedanken, dass Mia und Benni einander gleich kennenlernen werden. Ich wünsche mir, dass sich die beiden verstehen, weil er mein bester Freund ist. Weil er, da bin ich mir sicher, auch nächstes Jahr noch in meinem Leben sein wird. Und übernächstes. Aber eigentlich mache ich mir auch keine Sorgen, dass die Chemie zwischen den beiden nicht passen könnte. Benni mag intelligente Menschen, wenn er nicht gerade von Pinot Grigio und hübschen Beinen in Riemchensandalen geblendet ist, und Mia schätzt Intelligenz sowieso.

Was die anderen Partybesucher betrifft, bin ich mir nicht so sicher. Schon die Vorstellung, dass sich Mia mit etwa zehn Dutzend Mädchen vom Format Julie oder Sora Kim im selben Raum aufhält, sorgt dafür, dass mir das Thai-Essen, das es eben gab, im Magen rumort. Ich möchte, dass sie versteht, wo ich herkomme. Wie mein Leben war, bevor sie kam.

Und wenn ich wirklich ehrlich bin, dann will der Dreckskerl in mir, dass Magnus sie in meinen Armen sieht.

Als Benni und ich in meinem Auto sitzen, um Mia in Frankfurt abzuholen, verkündet er: »Ich bin außergewöhnlich gespannt auf dein Frauenzimmer.«

»Wenn du sie Frauenzimmer nennst, wirst du sie ruckzuck kennenlernen.«

»Ist sie schlagfertig?«

»Sie ist ein *fucking* Champion!«

Benni kichert in sich rein.

»Was ist?«

»Du bist verknallt. Gooootť, du bist richtig verknallt.«

Ich sehe ihn von der Seite an, zucke die Achseln und dann bleibt mir nur, die Sache zu bestätigen. »Jap. *Big time.*«

»Du hast es verdient, Mann.«

Dankbar lächle ich meinen besten Kumpel von der Seite an.

Ich bin ehrlich: Im ersten Augenblick habe ich kein gutes Gefühl dabei, als ich Mia in dem Krankenschwesternkostüm im Flur hinter der Wohnungstür stehen sehe. Doch das Strahlen auf ihrem Gesicht pustet meine Bedenken weg. Sie hüpft, kiekst, klatscht und dreht sich ganz begeistert im Kreis, als sie mir öffnet.

»Na? Na? Na? Erkennst du mich?«, fragt sie, aber bevor ich antworten kann, hält sie mir ihr Handy vor die Augen. Ich habe die Frau vom Cover ihres Lieblingsalbums schon erkannt, bevor sie es mir zeigt. Denn natürlich habe ich in den letzten Wochen eifrig meine Mia-Hausaufgaben gemacht.

Ich kann nicht aufhören, über ihre Freude zu grinsen. »Du siehst … mega aus.«

Glücklich sieht sie aus, vor allem glücklich.

»Aber was sollst du darstellen?«, fragt sie mit zusammengekniffenen Augen und begutachtet meine grauen Jeans und die langweilige Jacke.

Ich ziehe den Reißverschluss auf und offenbare ihr meinen Sweater.

»Du bist ein Apple?« Ihre Stirn liegt in Falten, als sie das ausgeschnittene Apple-Logo auf meiner Brust betrachtet. Franky hat es für mich gebastelt und mit doppelseitigem Klebeband auf meinen Hoodie geklebt. Streng genommen war dieses ganze »Kostüm« Frankys Idee.

»Ich bin ein Macintosh«, enthülle ich, nicht gerade hellauf begeistert.

Aber Mia urteilt mit einem Augenzwinkern: »Clever!«

»Komm mal her«, fordere ich sie auf. Ist das nicht komisch? Ich sehne mich mehr nach ihr, wenn sie direkt vor mir steht, als wenn wir kilometerweit voneinander getrennt sind.

Sie hebt plötzlich den Zeigefinger und mahnt: »Eine Sache wäre da erst noch …«

Die Sache stellt sich als Mias Vater heraus. Als hätte er mich gewittert, biegt Robby um die Ecke und baut sich in voller Größe vor mir auf. Normalerweise ist er nicht größer als ich. Eher einen oder zwei Zentimeter kleiner. Doch in dieser Situation wirkt Robby neben mir wie ein Turm. Seine Brust ist locker doppelt so breit wie meine. Seine Arme gleichen Laternenmasten und sein Nacken könnte einen jungen Bullen neidisch machen. Dafür habe ich ihn immer bewundert. Doch jetzt, wo er plötzlich mein Schwiegervater in spe ist, jagt er mir Ehrfurcht ein. Sein finsterer Blick sagt unmissverständlich: »Ich weiß, dass du mit meiner Tochter geschlafen hast, und ich finde es nicht gut.«

Robby verschränkt die Arme und brummt: »Soso, mein Sportsfreund … hör mal zu.«

»Papa!«

»Nanana!« Er würgt Mias Protest ab und wendet sich wieder mir zu. »Du bringst mein Mädchen in einem Stück nach Hause, verstehen wir uns da richtig?«

»Aye aye«, salutiere ich. Noch habe ich die Hoffnung, dass Robby nur zu viele Komödien mit The Rock in der Rolle des überfürsorglichen Daddys gesehen hat und gleich lachend auflöst: »HAHAHA, war nur ein Witz!«

Doch er versetzt mir einen Klaps vor die Brust und zischt: »Nix da aye aye. Ich meine es todernst, Jake.«

»Paapaaaa!«

»Nanana«, macht er wieder, »*ich* rede.«

»Okay. Sorry, mir war nicht klar, dass du einen Guinness-Rekord in Peinlichkeit aufstellen willst – Verzeihung, bitte, fahr fort!« Mias sarkastischer Tonfall und ihre lässige »Bitte, fahr fort«-Geste hätten mir unter anderen Umständen wahrscheinlich Lachtränen in die Augen getrieben. Diese anderen Umstände könnten zum Beispiel darin bestehen, dass ihr Vater einfach nur ein achtzig Kilo schwerer Sparkassenberater wäre. Oder Geschichtslehrer. Oder Buchhalter. Aber nein. Er muss natürlich ein ehemaliger Bodybuilding-Champion sein, der mich schon nackt unter der Dusche gesehen hat.

Robby verschränkt die pfostenartigen Unterarme noch enger und spricht mit tiefer, gedehnter Stimme weiter: »Mir ist egal, um wie viel Uhr du sie heimbringst. Aber du bringst sie heim. Heute. Und auch sonst immer. Und wenn du weiterhin bei mir trainieren willst, dann verhältst du dich ihr gegenüber wie ein Mann. Damit meine ich nicht, dass du den Dicken raushängen lässt. Sondern ich spreche davon, dass du sie respektierst. Du bist nett zu ihr, du bist nett zu ihrem Körper, du bist nett zu …«

»PAPA!« Mia schiebt sich zwischen uns. »Nee, das reicht jetzt. Willst du als Nächstes meine Mitgift aushandeln?«

Mia greift nach meiner Hand. Sie will mir Schutz und Zuflucht gewähren und das fühlt sich verdammt gut an.

Robby atmet aus und schrumpft dabei ein bisschen. »Na gut.« Er räuspert sich. »Dann pass wenigstens auf, dass sie sich in diesem Fummel nicht irgendwo reinsetzt.«

»PAPA!«

Als wir die Wohnungstür hinter uns schließen und die Stufen hinab in den Hinterhof steigen, plappert Mia wie ein Wasserfall. Zwar entschuldigt sie sich für ihren Vater, aber in ihrer Stimme schwingt freudige Erregung mit. Weil ihr Vater jetzt von uns weiß und weil wir gemeinsam auf eine Party gehen und weil sie »meine Leute«, wie sie es nennt, kennenlernt. Ich weiß nicht genau, wen sie damit meint, aber ich freue mich, dass sie sich freut.

Die Begegnung zwischen Mia und Benni läuft wie erwartet. Die beiden lieben sich vom ersten Augenblick an. Nach nur zehn Minuten Fahrt lacht sie schon mehr mit ihm als mit mir und sie beenden die Sätze des anderen. Aber das ist okay. Viel mehr als nur okay. Mit Sophia oder mit jeder anderen hat

Benni nur gesprochen, weil er mir einen Gefallen tun wollte. Aber jedes Wort, das er mit Mia wechselt, ist für ihn selbst.

Als die Straße gewundener, die Häuser protziger und die Auffahrten länger werden, beobachte ich im Rückspiegel, dass Mia sich argwöhnisch umsieht. Sie runzelt die Stirn auf die Art, wie es jeder tut, der nicht in so einer Gegend aufgewachsen ist. Als sie zum ersten Mal bei mir war, hat sie ähnlich ausgesehen.

»Wo sind wir?«, fragt sie skeptisch.

»Königstein«, erkläre ich mit Blick auf die Straße.

»Wieso?« Sie beobachtet die Villen am Rand des historischen Altstadtkerns, über den sich die Burgruine erhebt, und wirkt regelrecht gestresst.

»Na, hier ist die Party«, antworte ich schmunzelnd und verlangsame das Auto. Ich visiere einen Parkplatz an.

»Ich dachte, die Party wäre in eurer Schule.«

Ich parke rückwärts ein und schalte den Motor aus.

»Mia, wir sind froh, wenn wir die am Wochenende mal nicht betreten müssen«, sagt Benni altklug. »Außerdem findet die Halloween-Party stets am ersten Samstag im November im fürstlichen Hause derer von Wikström in Königstein statt. So will es die Tradition.«

20 Mia & Jake

Mia

Durch die Windschutzscheibe kann ich das Haus genau erkennen. Pf, das Haus! Ich meine natürlich die Villa, das Schloss, das gottverdammte, mit Pferdestall ausgestattete Versailles von Königstein!

Wikström …

Mein Gehirn befindet sich in einer Panikstarre, seit der Familienname gefallen ist. In einem Zustand geistiger Halb-Ohnmacht steige ich nach Jake und Benni aus dem Auto aus, obwohl alles in mir schreit, dass es eine bessere Idee wäre, mich auf der Rückbank zu einem Häufchen zusammenzukringeln und so lange zu warten, bis Jake von der Party zurückkommt.

»Wieso hast du mir das nicht gesagt?«, zische ich Jake zu, als Benni gut gelaunt einige Meter vorgeht.

»Was?«, fragt Jake. Er wirkt ehrlich ahnungslos. Gott im Himmel, es muss doch auch ihm klar sein, dass es für mich unangenehm ist, dass die Party ausgerechnet bei dem einen seiner Klassenkameraden stattfindet, mit dem ich … Na ja. Mit dem ich nach Jakes Wissensstand zumindest eine Verabredung und mehrere Wochen WhatsApp-Kontakt hatte! Jake war deswegen doch sogar eifersüchtig!

Ich werde so nervös, dass ich an meinem roten Nagellack herumknibbele.

Wieso? Wieso bin ich nicht im Traum darauf gekommen, dass Magnus da sein könnte? Ich weiß doch, dass die beiden zusammen zur Schule gehen! Nur haben Jake und Magnus in meinem Kopf einfach keinerlei Bezug zueinander. Sie gehören zu zwei vollkommen unterschiedlichen Epochen in meinem Leben – zwei Epochen, die zeitlich zwar verdammt nah beieinanderliegen, aber unterschiedlicher kaum sein könnten.

Mein Herz schlägt in einem Tempo, das nicht mal mehr Travis Barker auf den Drums spielen könnte. Ich bin verdammt froh, flache Schuhe zu tragen. Sonst hätten mich die Erschütterungen meines Herzschlags schon aus den Stilettos gehauen.

»Wieso hast du nicht gesagt, dass Magnus da sein wird … dass wir *bei ihm* sein werden?!«

Jake zuckt die Schultern. »Ich hab nicht dran gedacht.« Er verharrt auf der Stelle, dreht sich zu mir um und greift nach meiner Hand. »Ist das so schlimm?«

Meine Pupillen weichen seinen aus und fixieren die Sterne am Himmel. »Ich … ähm … ist das … ist das nicht komisch? Also …«

»Weil du mal was mit ihm trinken warst?«

Mhm … ich weiß nicht, woher Jake die Information hat, wir wären mal »was trinken« gewesen. Aber wahrscheinlich ist es das, was normale Menschen annehmen, weil es das ist, was normale Menschen eben bei einem ersten Date tun. Sie trinken irgendwo ein Getränk, quatschen dabei ein bisschen darüber, ob sie gerne Comicverfilmungen ansehen, welche Netflix-Show sie am liebsten mögen und was sie von Billie Eilish halten. Und wenn man auf einer Wellenlänge lag, gibt es am Ende vielleicht ein Abschiedsküsschen. Aber nein! Ich musste mich mit Magnus ja an einer Kreuzung treffen, in sein Auto steigen, schnurstracks mit ihm nach Hause fahren, einen beknackten Film ansehen und als Tages-Highlight mit ihm sauschlechten Geschlechtsverkehr haben!

Ich atme tief ein. Jetzt wäre der Moment, es ihm zu sagen. Wenn ich auch nur irgendetwas anderes als »Nein, Jake, ehrlich gesagt war da ein bisschen mehr« antworte, werde ich eine Lügnerin sein. Ich wollte Jake nie anlügen. Ich *will* Jake nicht anlügen.

Aber trotzdem sage ich: »Okay.«

Als wir eintreffen, ist es gerade einmal kurz nach neun und die riesige Villa der schwedischen Millionärsfamilie gleicht dem Filmset eines Gruselschockers. Das ganze Haus ist aufwendig geschmückt. Die Wände sind mit schwarzem Damast verkleidet, an den hohen Decken hängen künstliche Spinnweben und überall finden sich Totenköpfe, gruselige Gemälde von viktorianischen Aristokraten, zu Mumien verkleidete Schaufensterpuppen – das volle Programm. Ein ganzes Team aus Bühnenbildnern muss damit beschäftigt gewesen sein, dieses stilechte Spukhaus einzurichten. Ich verstehe sofort, wieso die Party *das* Großereignis ist, das sich anscheinend niemand entgehen lassen will. Gefühlt sind heute Abend alle Menschen unter dreißig aus einem Umkreis von neunzig Kilometern hier. Es ist SO voll. Alle sind verkleidet, alle drängen sich aneinander, alle trinken. Jeder Anwesende hält mindestens einen Becher in der Hand. Sie sind mit Bier, Cocktails und Longdrinks gefüllt, die an einer Bar ausgeschenkt werden. Einer richtigen Bar mit Cocktailmixern! Ich wette, dass eigens für diesen Abend ein exklusiver Drink konzipiert wurde. Der »Spooky Magnus« oder so.

Ich bin komplett geflasht, während Jake und Benni von diesem Spektakel so überhaupt nicht überrascht sind. Sie marschieren durch die Menschenmasse hindurch, als wäre es das Normalste der Welt, die halbe Erdpopulation einzuladen und mit dem »Spooky Magnus« zu versorgen. Doch wie es scheint, bin ich die Einzige, die sich an der Deko nicht sattsehen kann. Niemand starrt die Wände und die mit Teppichen ausgelegten Böden an, die bei meinem letzten Besuch noch ganz anders aussahen. Ich bin so gebannt, dass ich nicht mal eine klitzekleine Panikattacke bekomme. Dabei verstößt das hier so ziemlich gegen alle meine selbst auferlegten Regeln für ein risikoarmes Leben.

Sobald wir uns vom Eingangsbereich zum eigentlichen Wohnzimmer vorgekämpft haben, wird Jake von unzähligen Menschen in Empfang genommen, die ihn mit einer Art Tanzritual begrüßen. Die Jungs machen rhythmische Bewegungen mit ihren Armen, wedeln dann begeistert vor seinem Gesicht herum und klatschen ihn an der Schulter ab. Jake lacht dabei und klopft zurück. Einige tätscheln ihm das Haar, den Rücken oder sogar den Hintern. Ein oder zwei machen akrobatische Handshakes mit ihm, die auch den langen Ausruf »Snaaaaap«

beinhalten. Ich fühle mich, als würde ich die sozialen Sitten einer mir bisher unbekannten Spezies beobachten.

Noch merkwürdiger verhalten sich die Mädchen. Auch sie tanzbegrüßen Jake. Sie pressen die Oberarme eng an den Brustkorb, spitzen die Lippen, verwickeln ihn in aufgeregte Umarmungen und Wangenküsschen. Mir fällt auf, dass Benni nicht auf die gleiche Art willkommen geheißen wird, weder von den Jungs noch von den Mädchen, und das finde ich noch bescheuerter als das übrige Verhalten.

Ich bin so abgelenkt davon, dass mir zu spät auffällt, dass sie auch mich keines Blickes würdigen. Im Schlepptau der beiden gelange ich bis zur Bar, ohne dass auch nur ein Mensch meinen Namen erfährt oder meine Hand schüttelt. Was ich stattdessen ernte, sind Dutzende irritierte Blicke.

»Gib mir deine Jacke«, ruft Jake mir zu und deutet auf einen Berg aus Kleidungsstücken, der sich in der Ecke türmt. Als Benni und ich – nun beide in voller Kostümpracht – neben der Theke stehen, merke ich, dass mich alle anstarren. Alle.

Ich sehe mich im Raum um. Jake hatte recht. Die meisten anderen Partygäste haben sich äußerst schlicht verkleidet. Die Mädchen scheinen alle einem inoffiziellen Dresscode gefolgt zu sein. Ich erblicke mehrere Engel (weißes Kleid mit umgeschnallten Flügeln und Heiligenschein-Haarreif), Teufel (rotes Kleid mit aufgeklebtem Schwänzchen und Teufelshörner-Haarreif) und Einhörner (rosa Kleid, Tutu und Haarreif, an dem ein gedrehtes Horn befestigt ist). Ich kann wahrscheinlich von Glück reden, dass ich ohne Haarreif überhaupt eingelassen wurde!

»Weniger ist mehr« ist auch bei den Jungs der Leitspruch. Genau wie Jake tragen sie mehrheitlich Alltagskleidung, die nur durch kleine Details als Kostümierung zu erkennen ist. Hätte der Typ, der sich neben mir an der Bar gerade einen Whisky einschenken lässt, nicht zufällig eine Plastikknarre am Gürtel, würden seine armeegrüne Hose und die schwarze Bomberjacke gut und gerne als prollige Straßenklamotte durchgehen.

Auf jeder gewöhnlichen Halloween-Party wäre mein Kostüm angemessen. Hier aber bin ich nicht unter gewöhnlichen Teenagern. Ich meine: Der Typ hat sich gerade einen Whisky bestellt! On the rocks! In einem Kristall-Tumbler! Und auf der Flasche, die der Kellner nun zurück in das illuminierte Spirituosenregal stellt, prangt eine große Achtzehn.

Achtzehnjähriger, authentisch kredenzter Whisky? Wow.

Kommt hier gleich Chuck Bass um die Ecke? Ich muss doch einfach in einer Episode von *Gossip Girl* gelandet sein!

»Lass uns schon mal was trinken«, ruft Benni über die laute Musik hinweg direkt in mein Ohr.

»Ich trinke nicht«, antworte ich abwesend, während ich am ganzen Körper spüre, wie mich der Typ mit der Pistole mustert.

»Wie bitte?«, fragt Benni nach.

»ICH TRINKE NICHT«, brülle ich gegen die Musik an.

Mister Plastikpistole wird auf mich aufmerksam: »Was hast du gesagt, Süße? Du trinkst nicht?« Ich sehe, wie er die Lider nach unten schlägt und mit den Pupillen direkt in meinem Dekolletée landet.

»Nein«, antworte ich ihm und verschränke die Arme vor der Brust.

»Mit dem vielleicht nicht«, sagt er und macht eine abwertende Handbewegung zu Benni, der sich gerade die Albert-

Einstein-Perücke gerade rückt. »Aber mit mir doch sicher.« Er hält mir seinen achtzehnjährigen Whisky hin.

Ich ziehe eine Augenbraue hoch. »Sorry, ich trinke nichts, was älter ist als ich.«

Der Proll lacht. »Ey! Du!« Er meint Benni. »Wo hast du die denn her? Die ist ja witzig.«

Eine große Hand legt sich plötzlich auf meine Schulter.

»Hi, David«, sagt Jakes tiefe, schmelzende Stimme direkt neben mir. Ich sehe zu ihm auf. Er lächelt.

»Yoooo, Mac!«, singsangt der Typ, der David heißt. Die beiden geben sich einen Handschlag. »Wer ist deine heiße Pflegerin?« Er spricht, als wäre ich gar nicht da. Oder als wäre ich plötzlich bestenfalls ein Accessoire von Jake.

Mich beschleicht das Gefühl, dass ich in einen Machtkampf geraten bin, aber ich habe nicht vor, mich zum Spielball zu machen. »Ich bin keine heiße Pflegerin. Ich bin das Covermodel von einem der bedeutendsten Alben der Musikgeschichte.«

David sieht mich begriffsstutzig an. Dann hebt er eine Augenbraue und zischt: »Aha. Na dann. Viel Spaß mit deinem Covermodel, Mac.«

Aus dem Augenwinkel sehe ich, dass ein Fünfergespann Mädchen (zweimal Einhorn, einmal Marienkäfer und zweimal Rehkitz, alle mit Haarreif) auf uns aufmerksam geworden ist. Oder besser gesagt: auf mich. Ich fühle mich, als würde ich am Flughafen durch eines dieser Geräte geschoben werden, in denen das Handgepäck auf scharfe Gegenstände und Flüssigkeiten gescannt wird. Das Ergebnis der Visitation scheint bedenklich zu sein, denn die ungleiche Herde aus Fabelwesen, Waldtieren und Käfern steckt die Köpfe zusammen und beratschlagt sich.

In diesem Moment stößt mir ein ausladend tanzender Typ ins Kreuz und ich zucke vor Schreck zusammen. Ich stolpere, schwanke und Jake fängt mich gerade noch auf, ehe ich vor versammelter Mannschaft in meinem viel zu kurzen Krankenschwesternkleidchen aufs Gesicht fallen kann. Die Luft wird plötzlich dick wie Karamell. Jake nimmt meine Hand und ich höre wie durch Watte, dass er fragt, ob alles okay sei.

Es ist alles gut, rede ich mir ein, *es ist nichts passiert. Sag Jake, dass alles okay ist.*

Ich zittere unverhältnismäßig. Blut rauscht in meinen Ohren. Ich spüre die Panik anrasen.

Na los, Mia! Sag Jake, dass alles gut ist!

»Ich möchte einen Drink«, kommt stattdessen aus meinem Mund.

Ich habe keine Ahnung, was ich mir davon erhoffe, ich weiß nur, dass ich gerade das Bedürfnis verspüre, zum ersten Mal Alkohol zu trinken.

Vielleicht liegt es an diesem Idioten David. Vielleicht an der Marieneinhornrehkitzherde. Vielleicht an Jake. Jedenfalls will ich jetzt das Risiko herausfordern.

»Wirklich?«, fragt Jake und sieht mich skeptisch an. »Du musst nicht. Es ist okay, wenn … Ich trinke auch nichts!«

»Ich möchte aber.«

Jake scheint wirklich verwundert, zuckt aber die Schultern und fragt: »Na gut. Was darf es sein?«

»Ich nehme das, was Benni nimmt.«

Benni strahlt und besorgt uns Weißwein, der in richtigen Weingläsern ausgeschenkt wird. Langstielige Gläser auf einer Party, auf der schon um kurz nach neun in der Luft liegt, dass bald alles außer Kontrolle geraten wird.

JAKE

Etwas stimmt nicht.

Mia stimmt nicht. Nicht nur, weil sie trinkt – Mia trinkt nie, Mia hat Angst vorm Trinken. Aber sie sieht sich auch die ganze Zeit argwöhnisch um. Sie scheint die anderen wahrzunehmen – dabei nimmt Mia die anderen nie wahr. Ganz gleich, wer diese anderen sind. Nicht im Fitnessstudio, nicht irgendwo. Sie ist immer nur in sich. Doch jetzt ist der Glanz auf ihrem Gesicht verschwunden, sie zieht ständig den Saum ihres Kleides herunter und prüft im Minutentakt ihren eigenen Ausschnitt, als würde sie sich wünschen, dass dort ein paar Knöpfe mehr auftauchen, die sie schließen könnte.

Gleichzeitig wirkt sie gar nicht verlegen. Sie geht zum Angriff über. Dazu passt der Wein, dazu passen die Sprüche, die sie diesem Vollspacken David aus meinem Englischkurs gesteckt hat, und dazu passt, dass sie darauf aus ist, Benni in lustige Gespräche zu verwickeln.

Irgendetwas ist hier nicht in Ordnung.

Wie schnell wir uns gerade auf einen unsichtbaren Abgrund zubewegen, wird mir erst klar, als ich eine Gruppe Mädchen entdecke, die nur ein paar Meter von uns entfernt steht. Sie werfen uns scharfe Blicke zu, die auch mich sofort verunsichern. Instinktiv überprüfe ich mein Haar und sehe mich um, ob sie jemand anderen meinen könnten. Aber hinter mir, Mia und Benni ist niemand mehr. Sie reden über uns – und ich hasse das.

Julie, mit rot-schwarz gepunkteten Flügeln auf dem Rücken und Pfeifenputzer-Fühlern auf dem Kopf, begegnet meinem Blick zuerst – was ihr offensichtlich nicht leichtfällt, weil sie die

Augen kaum von Mia lösen kann. Neben ihr stehen zwei Blondinen mit Einhorn-Haarreifen, die ich nicht kenne, außerdem Sora Kim, die sich als Reh verkleidet hat, und in demselben Aufzug … ausgerechnet Sophia. *What the fuck?!* Nie im Leben hätte ich gedacht, dass sie sich hier blicken lässt. Nicht nach den ganzen Gerüchten um unsere Trennung.

Benni erkennt sie fast im selben Moment wie ich. Er beißt die Zähne aufeinander und verzieht so sehr das Gesicht, dass sein Hals aussieht wie der einer Echse. Ich hätte wirklich ahnen müssen, dass sie hier aufschlagen wird, wo ihre besten Freundinnen doch schon vor einer Ewigkeit von Magnus eingeladen wurden. Vermutlich war mein Durchblick in den letzten Wochen ein wenig Mia-vernebelt.

Weil ich nicht gut darin bin, solche Situationen zu handeln, beschließe ich, Mia freiheraus zu sagen, dass meine Ex ebenfalls hier ist. Es wird sie wahrscheinlich nicht entspannter machen, aber ich komme mir wie ein Lügner vor, wenn ich sie nicht darauf vorbereite.

Doch ich schaffe es nicht rechtzeitig.

Magnus Wikström, der Herr des überfüllten Hauses, ist plötzlich zwischen uns. Er ist als Graf Dracula verkleidet, sieht mit seinen langen blonden Haaren und dem Umhang allerdings eher aus wie der fiese Vater von Draco Malfoy.

»Na, sieh einer an!« Magnus schreitet förmlich auf uns zu und führt bei diesen Worten theatralisch die Handflächen vor seiner Brust zusammen. Er geht in seiner Rolle als Graf der Finsternis eindeutig zu sehr auf.

Ein kleiner Teil von mir war vorher unsicher, wie das Zusammentreffen von Mia und Magnus verlaufen würde. Aber ich war zu selbstverliebt, um mir darüber tiefere Gedanken zu machen. »Sie ist schließlich mit mir hier« – habe ich mir das nicht ganz stolz eingeredet?

Doch als Mia Magnus sieht, reißt sie entsetzt die Augen auf. Sie stürzt entschlossen ihr ziemlich volles Weinglas herunter und wickelt sich den freien Arm um den Bauch. Ihre Abwehrhaltung. Das ist nicht gut. Was gilt es abzuwehren? Malfoy Senior verschränkt ebenfalls die Arme, nickt bedächtig und urteilt: »Hammerkostüm, Mia, echt mal. Ziemlich … ziemlich originalgetreu. Sogar der blaue Handschuh. Echt geil.«

»Danke«, sagt sie.

»Ich … ähm …« Er macht rudernde Bewegungen mit der Hand. *Jesus*, der Typ zieht heute wirklich so 'ne Art Method Acting durch. »… klärt mich auf: Wie genau bist du hierhergekommen, Mia?«

Mia sieht mich erwartungsvoll an. Ich überlege einen Moment – ein paar Sekunden zu lange, wie ich ihr ansehen kann –, ehe ich sage: »Sie ist mit mir hier.«

Magnus' Augen wandern zwischen uns hin und her, so lange, bis das Zahnrad einrastet. »Shit, Mann! *Sie?* Sie ist deine Freundin?«

»Ja«, sage ich, undeutlicher und leiser als geplant. Ich bin nicht annähernd laut genug, um den Song zu übertönen, der gerade läuft.

»Damn!«, flucht Magnus. »Du elender Hundesohn.«

Er sagt allen Ernstes *Hundesohn*. Ich wünsche mir, er hätte einfach den Arsch in der Hose, mich einen Hurensohn zu nennen, ohne auf so amerikanische Weise das Schimpfwort abzuschwächen. Dann hätte ich ihm eine reinhauen können, der Abend wäre gelaufen, aber die Sache geklärt.

Doch jetzt grinst er diebisch und kann getrost so tun, als

habe er einen kumpelhaften Scherz gemacht. Denn mit mir kann man ja scherzen, mit Jake Macintosh kann man es machen, der wird nur dumm grinsen und sich stillschweigend denken, dass du ein verschissener Dreckskerl bist.

»Was ist dein Problem?«, frage ich ihn, mit einem zornigen Vibrato in meiner Stimme. Es ist komisch, mit jemandem von der Schule Deutsch zu sprechen. In jeder anderen Situation wäre ich längst in meine Muttersprache gewechselt. Doch damit würde ich Mia offiziell ausschließen.

»Ich?« Magnus beult seine Backe mit der Zunge aus und schürzt dann die Lippen. »Nichts … gar nichts …«

Er wendet sich Mia zu und zögert einen Augenblick. Kurz sieht er aus, als wolle er etwas sagen. Doch er wischt nur mit der flachen Hand durch die Luft und lässt es gut sein.

»Heilige Muttergottes, was war das denn?«, fragt Benni.

»Nichts … gar nichts«, antworte ich und merke im gleichen Augenblick, dass Magnus exakt dieselben Worte gebraucht hat.

Mia beißt sich auf der Unterlippe herum und schaut mich an.

»Was?«, frage ich sie, aggressiver als gewollt.

Sie schüttelt bloß den Kopf.

Plötzlich verfestigen sich meine Zweifel, ob der heutige Abend eine gute Idee war.

Eine Stunde später sind wir lockerer. Wieso, weiß ich auch nicht, aber ich bin erleichtert. Mit einer Wand sicher im Rücken tanzen wir am Rand des Wohnzimmers zu Oldschool-Hip-Hop. Es dauert drei ganze Songs, bis Mia und ich einander anfassen. Es ist ungewohnt, Zuschauer zu haben. Wir hatten uns bisher immer nur für uns selbst. Ich habe Mia in den letzten Wochen unzählige Male geküsst, habe sie angefasst, wann immer ich konnte, ihr Haar gestreichelt, ihren Hintern berührt, bin ihren Rücken hinabgefahren und habe meine Lippen in ihrer Halskuhle vergraben. Ich habe mit ihr geschlafen. Oder besser gesagt: Wir haben miteinander geschlafen. Denn irgendwie ist mir erst da richtig klar geworden, dass Sex tatsächlich etwas ist, was man zusammen tut. Und füreinander. Er ist eine wesentlich selbstlosere Angelegenheit, als es sich Prä-Sex-Jake je ausgemalt hat.

Trotzdem fühlt es sich hier auf der Party nach einem ersten Mal der ganz anderen Art an, als ich mit meinen Fingern über ihre Arme streiche und sie an mich heranziehe. Mia, die sich zu *Blackstreets* »No Diggity« bewegt, ist eine völlig verwandelte Mia. Ich kann nicht anders, als sie so nah wie möglich an mich zu pressen und ihr den Refrain ins Ohr zu singen.

Mia kichert, schlingt mir die Arme um den Hals und küsst mich mit einer Leidenschaft, die eine Stunde vorher noch undenkbar war.

MIA

Ich gebe mir die größte Mühe, mich nur auf Jake zu konzentrieren, Spaß mit ihm zu haben, hin und wieder mit Benni zu scherzen. Doch das Schubsen und Drängen der tanzenden Menge um uns herum jagt mir mehr und mehr Angst ein. Ich klammere mich an Jake, will mich nur noch auf seine Hände an meinen Hüften und den Klang seiner Stimme konzentrieren, aber ich krieg's nicht hin. Mir fällt nur noch auf, wie anders diese Welt ist, in die ich hier gestolpert bin. Wie sehr mich alle anstarren. Spätestens, als ich beginne, Jake zu küssen, um meine Unsicherheit zu überspielen, werden die Blicke der umstehenden Biester unerträglich. Aber ich mache gute Miene zu diesem furchtbaren Spiel. Ich strahle und lächle und trinke Wein. Doch die ungleiche Säugetier-Käfer-Fabelwesen-Herde zerreißt sich nur noch offenkundiger das Maul über mich. Ich frage mich, wann auch Jake es endlich bemerkt.

Erst als ich ihm sage, ich müsste mal aufs Klo, erkenne ich Skepsis in seinem Blick.

»Ist alles okay?«

»Klar«, rufe ich spöttisch.

»Wirklich?«

»Ich muss nur pinkeln, Jake.«

»Soll ich mitgehen?«

»Zur Toilette? Ist das eine Art Anmache, die ich nicht verstehe?« Ich spreche mit besonders zynischem Unterton, weil ich hoffe, mein Unwohlsein mit einem Witz kaschieren zu können.

»Nein. Nein, ich will nur nicht, dass du allein hier … ach, vergiss es. Du schaffst das schon.« Jake zeigt ein breites Grinsen, kratzt sich dabei aber wie unbewusst den Nacken.

Mir wird bewusst, wie verliebt ich in ihn bin, wenn ich ihn so sehe. Mit seinem Lächeln. Seinen Haaren. Seinen hellbraunen Augen, die immer Ausschau danach halten, wo ich bin.

Ich bin verliebt in ihn.

Aber ich habe trotzdem Angst.

Oder deswegen.

Ohne dass ich jemanden nach dem Weg fragen muss, schlage ich mich zur Toilette im Obergeschoss durch. Schließlich war ich schon einmal auf diesem Klo, während Magnus den Film *Into the Wild* anschaltete und wir auf unsere Pizza warteten. Damals war ich nicht in erster Linie dort, weil ich mal musste, sondern weil ich etwas tun wollte, um mich von diesem unguten Gefühl des Falsch-Handelns abzulenken.

Jetzt bin ich wieder hier, weil ich meine Komplexe zerstreuen möchte.

Aber das gelingt mir nicht. Im Gegenteil. Als ich die edle, moderne Einrichtung des Badezimmers sehe, geht es mir noch schlechter. Sie erinnert mich daran, dass ich nur ein Zimmer weiter ein kleines Stück von mir an Magnus weggegeben habe, ohne mir wirklich Gedanken darüber zu machen. Denn das ist es doch, was beim Sex passiert, oder nicht? Man gibt etwas von sich weg, das man niemals zurückbekommen wird.

Der unbedeutende Moment in Magnus' Bett hat ein Loch hinterlassen, mit dem ich leben muss. Aber wenn ich mit Jake schlafe, habe ich das Gefühl, dass ich im Austausch auch etwas von ihm bekomme. Etwas, das sich wie ein Puzzleteil dort einfügt, wo meine Hingabe an ihn eine Lücke hinterlassen hat.

Als ich die Tür wieder aufmache, stehen zwei Rehkitze vor mir. Sie haben weiß geschminkte Augen, die mit Eyeliner und viel braunem Rouge umrahmt sind, dazu schwarz bemalte Nasen und Oberlippen. Sie sehen niedlich aus. Wie die Suchergebnisse von »Süßes Halloween-Kostüm« auf Pinterest.

Eine der zwei – eine zierliche Koreanerin mit glatten schwarzen Haaren, die ihr bis zum Hintern reichen – mustert mich, als würde sie mich am liebsten ins All schießen. *Vielleicht ist sie in Jake verliebt und eifersüchtig auf mich?*, überlege ich noch, als mich die andere mit einem schneidenden »Hi!« anspricht. Sie verschränkt die Arme und plötzlich weiß ich Bescheid. Ich erkenne ihr nach allen gesellschaftlichen Konventionen hübsches Gesicht von Jakes Instagram-Profil wieder. Als ich es zuletzt gesehen habe, strahlte es mir von der Praça do Comércio entgegen, eingefangen in einem Quadrat und für immer Jakes Hand haltend.

Es ist Sophia. Seine Ex-Freundin.

»Hi«, sage ich und höre mich doppelt so verschüchtert an, wie ich mich eh schon fühle. Und eins ist klar: Ich fühle mich verdammt eingeschüchtert!

Unablässig beobachtet sie mich, sieht mir dabei aber nicht eine Sekunde lang ins Gesicht. »Du bist Jakes Neue, oder?«

Ich hole Luft, will mit Ja antworten, habe aber plötzlich Angst, es auszusprechen. »Du bist Jakes Ex, oder?«

Sie wirft den Kopf zurück und blickt kurz zu ihrer Freundin. »Magnus hatte recht. Du bist ja sooo schlagfertig.«

Ich schiebe mich an ihr vorbei. Sie lässt mich durch, nagelt mich aber direkt mit ihrem nächsten Satz wieder fest. »Ich frage mich, ob Magnus auch recht damit hat, dass du was mit ihm hattest? Dass du mit ihm geschlafen hast und danach direkt zu Jacob gerannt bist und dich nie mehr gemeldet hast? Also wenn man so etwas über mich rumerzählen würde, würde ich mich in so einem Kostüm nicht vor die Tür trauen.«

Mein Blut gefriert. Ich spüre die Panik nun ganz deutlich in mir aufsteigen. Dieses Mal geht sie von meinem Herzen aus. Es hat mich ja noch gewarnt, ihm nicht wehzutun. Aber das liegt jetzt wohl nicht mehr in meiner Gewalt.

Ich schlucke schwer und sage dann: »Sorry, auf so eine Scheiße lasse ich mich nicht ein.«

Sie stemmt die Hände in die Taille. »Wenn Magnus lügt, kann ich es Jacob ja sagen. Und wenn es stimmt, dann *muss* ich es ihm sogar sagen. Denn der Jacob, den ich kenne, kann Lügen nicht ab, und er hasst Frauen, die in der Gegend herumvögeln.«

Ich wirble auf der Schuhspitze zu ihr herum und reagiere auf die einzige Weise, die ich kenne: Angriff nach vorn. »Der Jacob, den du kennst? Du kennst ihn scheinbar nicht mal genug, um zu wissen, dass er es hasst, so genannt zu werden! Was willst du überhaupt von mir?«

»Du spielst Spielchen mit zwei unserer besten Freunde«, mischt sich nun die andere ein. »Da haben wir ja wohl ein Recht dazu …«

»Du hast das Recht dazu, dich rauszuhalten«, schnauze ich zurück und renne vor den beiden davon.

Als ich Jake und Benni in der Menge finde, sprechen sie mit den Überresten der Herde und einigen Jungs, denen ich bisher nicht beregnet bin. Jake sieht mir sofort an, dass etwas nicht stimmt. Ich versuche, ihn zur Seite zu ziehen. Aber der Raum hat plötzlich keine Seiten mehr. Alles ist weit und groß und voll. Voll mit Menschen, voll mit Alkohol und voll von den Worten in meinem Kopf.

Was, wenn es stimmt, was sie sagt?

Dass Jake mich hasst, wenn er das mit Magnus erfährt?

Ich habe keine Gelegenheit, Jake zu sagen, dass ich nach Hause will. Mir fällt nicht schnell genug eine Ausrede ein und alles in mir wehrt sich dagegen, eine Szene zu machen. Das wäre doch genau das, was diese Mädchen wollen.

Als hätten sie meine Angst gerochen, erscheinen die zwei plötzlich neben uns auf der Bildfläche. Ihre Stimmung könnte sich nicht drastischer von der unterscheiden, die sie mir eben vor dem Badezimmer präsentiert haben. Sie reißen wild die Arme zu einem Song von *Post Malone* in die Luft und werfen Kussmünder in die Menge, als würden sie für ein Instagram-Boomerang posieren.

»Hey, Jake«, sagt seine Ex zu ihm, um mir zu beweisen, dass sie sehr wohl weiß, wie er gerne genannt werden will.

»Hi, Sophia«, erwidert Jake mit einem Lächeln, das höflich oder auch aufrichtig nett sein könnte. Er greift loyal nach meiner Hand und ist im Begriff, mich ihr vorzustellen, aber sie ist schneller: »Wir haben uns schon kennengelernt. Mia, richtig? Ich liebe dein Kostüm. Es ist sooo witzig. Das ist eine Band, stimmt's?« Sie deutet auf meine Brust.

In einer anderen Welt, an einem anderen Tag, in einem anderen Outfit hätte ich jetzt darüber gespottet, dass sie diese scheinheilige Rückfrage stellt. Aber hier und jetzt und heute habe ich keine Kraft dazu. Ich will nur weg.

»Mia ist verrückt nach *blink-182*«, sagt Jake. Auch das wäre in einem Paralleluniversum lieb gewesen. Aber jetzt provoziert es mich. Schließlich hat er sich den Rest des Abends nicht die Mühe gemacht, mich richtig vorzustellen, geschweige denn über meine Vorlieben zu plaudern.

»Sind die mittlerweile nicht um die fünfzig?«, fragt der Marienkäfer. Sie verzieht dabei die Nase, als würde man ab fünfzig aufhören, Mensch zu sein, und langsam wie Abfall vergammeln.

Liebend gerne würde ich ihr dafür jetzt eine Rede zimmern. Aber dann käme ich hier heute nicht lebend raus.

»Apropos Musiker um die fünfzig«, donnert plötzlich einer der Jungs, den ich nicht kenne. Er deutet nach oben, um auf die Musik aufmerksam zu machen, die durch den Raum dröhnt. Sie spielen den großen Hit von Jakes Vater. Den Song, der ihn über Nacht berühmt machte, als er gerade erst vierzehn war. Jake greift sich vor Scham an die Nasenwurzel, aber es ist zu spät. Alle im Haus scheinen plötzlich zu wissen, dass die Stimme seines Vaters aus den Boxen tönt. Sie grölen mit, deuten mit dem Finger auf ihn, hüpfen auf und ab und vollführen eine Choreografie, die offenbar jeder von ihnen kennt. Ein paar Leute um uns herum wollen Jake animieren, in das Springen und Rappen einzusteigen, aber so sehr er versucht, sie abzuwimmeln, keiner lässt ihn in Frieden. Sie haben ihn schneller von mir weggedrängt, als ich gucken kann, und plötzlich stehe ich in der Eingangshalle, meterweit von Jake entfernt. Ich kann ihn nur sehen, wenn die Spitzen seines Haares aus der im Gleichtakt hüpfenden Menge herauslugen.

»Hey, Covergirl«, begrüßt mich eine Stimme und ich erkenne, dass es wieder dieser David ist. »Wir hatten einen schlechten Start.« Er will mir die Hand reichen.

Ich entziehe mich ihm, winde mich.

»Wieso zierst du dich eigentlich so? Du brauchst nicht so zu tun. Wir wissen doch bereits alle, dass du in Wahrheit ziemlich locker bist.« Er zwinkert mir zu.

In Schock und Panik lasse ich ihn stehen und kämpfe mich aus der Haustür heraus, um endlich … endlich durchzuatmen.

An der frischen Luft warte ich auf das Gefühl von Freiheit und Erleichterung, aber es stellt sich nicht ein. Ich komme mir schrecklich ausgeliefert und verspottet vor. Die Partei, die in meinem Kopf dafür kämpft, mich wegen der Nacht mit Magnus nicht verrückt zu machen, und die darauf pocht, dass dies mein Körper und meine freie Entscheidung ist, verliert mehr und mehr Stimmen. Das Abgeordnetenhaus in meinem Gehirn setzt sich schon seit meinem ersten Mal mit Felix mit dieser Debatte auseinander und kommt einfach nicht zu einem Schluss. Das Problem ist, dass ich nicht mit diesen Jungen Sex hatte, weil ich einfach Spaß daran habe. Ich habe nicht meine Weiblichkeit zelebriert oder meine Lust genossen oder … oder irgendwas! Ich habe etwas getan, von dem ich beim ersten Mal dachte, es sei mir egal, und beim zweiten Mal, es könnte richtig sein! Ich wollte im schlimmsten Fall Schmerz und im besten Fall Zuneigung spüren. Dabei habe ich beide Male einfach nur gegen meine Intuition gehandelt.

Und Jake wird das wissen, wenn er davon erfährt. Er hat es geschafft, mich innerhalb kürzester Zeit zu durchschauen, und er wird mich dafür verurteilen, gegen diese Intuition gehandelt zu haben.

Ich umkreise einmal das ganze Haus und gehe bis zu den Stallungen, in dem zwei große Pferde unbeeindruckt von dem Lärm, der aus dem Haus dringt, im Heu stehen und mit ihren Kiefern malmen. Ich beobachte sie eine Weile, dann nehme ich den gepflasterten Weg zurück bis zur Veranda, wo sich knutschende Pärchen auf stylischen Designermöbeln wälzen.

Ich muss Jake finden, ihn bitten, mich nach Hause zu bringen, und dann am besten heute Nacht noch mit ihm sprechen, bevor diese fiesen Sprüche zu ihm durchdringen. Es ist überhaupt ein Wunder, dass er es nicht schon längst von seinen äußerst charmanten Klassenkameraden erzählt bekommen hat.

Mir ist eiskalt geworden, ohne Mantel in der Novemberluft. Doch als ich zum Hintereingang aufblicke, sucht mich ein Frösteln ganz anderer Art heim: Jake und seine Ex-Freundin stehen unter einem Heizpilz (ein Pferdestall, eine Bar, ein Heizpilz – was kommt noch? Ein Spa-Bereich und ein Infinity-Pool?) und unterhalten sich sehr … ähm … erregt.

Sie dreht eine lange blonde Haarsträhne um den Finger und berührt beim Sprechen zart seine Brust mit der Hand. Jake lächelt, er antwortet ihr, er berührt sie am Oberarm.

Mir tut das Herz weh bei diesem Anblick und ich will plötzl…

Plötzlich … Ich … mir … mir tut das Herz weh?!

»Hey«, sage ich, als ich nur noch einen Schritt von ihnen entfernt bin.

»Oh, hiiiii«, zirpt Sophia. Ich bemerke sofort, dass etwas falsch ist.

»Jake, können wir … kann ich vielleicht … kurz …«

»Oh, keine Sorge, Mia. Ich hab schon mit Jacob gesprochen.«

»Jake«, korrigiert er automatisch, während ich laut »Was?« frage.

Sophia sieht halb belustigt, halb verwundert von mir zu ihm und wieder zu mir: »Na, über die Sache mit dir und Magnus.«

Mein schmerzendes Herz wird dick wie ein Ballon. In mir baut sich ein Druck auf, der meinen Brustkorb zu zersprengen droht. Alles ist so eng, ich bekomme keine Luft mehr.

Im Schnelldurchlauf geht mir durch den Kopf, was meine Biolehrerin über Erbinformationen gesagt hat: dass jede noch so kleine Zelle in mir darüber Bescheid weiß, dass ich keinen Schmerz empfinden kann. Doch wieso ist der Schmerz jetzt überall? Wie kann es sein, dass plötzlich jede Zelle das Memo bekommen hat, sich in die Luft zu sprengen?

»Jake, ich … das stimmt so nicht, wie sie es sagt! Ich kann das echt erklären.«

Ich zeige drohend mit dem Finger auf Sophia und bin dabei nur Zentimeter vom Stoff ihres eng anliegenden Kleides entfernt.

Jakes Augen verengen sich so schnell, als hätte man ihm mit einer Taschenlampe hineingeleuchtet. *»Was?«*, zischt er. Dieses »Was« hat ein Dutzend s und klingt in meinen Ohren wie ein Fluch.

»Ich …«, versuche ich. Ich weiß nicht, wo ich hinsehen oder was ich mit meinen Händen anfangen soll. Ich bin mit allen Sinnen haltlos.

»Was redest du denn da?«, fragt Sophia scheinheilig. »Ich habe Jacob nur erzählt, dass es dir eben auf der vollen Tanzfläche nicht gut ging und Magnus dich vor die Tür gebracht hat, damit du frische Luft holen kannst.«

Die Veranda verschwimmt vor meinen Augen.

Jake

Ihr Gesicht ist eine Maske. Scheußlich. Schrecklich. Und wunderschön. Sie ist immer noch die kleine Elfe, in die ich verliebt bin, seit ich das erste Mal hinter ihre Fassade geblickt habe. Oder war ich sogar davor schon verliebt in sie? Gerade wegen ihrer Fassade? Bin ich etwa in *ihre Fassade* verliebt?

Aber in diesem Augenblick könnte sie mir trotzdem nicht fremder sein. Sie scheint meine Worte gar nicht richtig zu hören und zuckt nicht mal, als ich viel fester als beabsichtigt nach ihrem Handgelenk greife.

»Was hast du gemeint, Mia?«

Keine Reaktion.

»Was hat sie gemeint?«, frage ich Sophia.

»Jacob, ich hab wirklich keine Ahnung, ich sehe dieses Mädchen heute zum ersten Mal.«

Ich brodele innerlich vor Zorn und spüre, wie meine Finger zu zittern beginnen. »Wie oft … muss ich dir eigentlich noch sagen … dass du mich nicht so nennen sollst? IST DAS DENN SO SCHWER?«

Sophia presst beleidigt die Arme vor die Brust und tritt einen Schritt zurück, bevor sie zischt: »Also echt mal! Jetzt lass es gefälligst nicht an mir aus, dass deine Neue eine gestörte kleine Bitch ist.«

»Pass auf, was du sagst, ja?«, drohe ich ihr, dann wende ich mich wieder Mia zu und frage noch eindringlicher: »Mia! Wie hast du das gerade gemeint? Was kannst du mir erklären? Was ist mit Magnus?«

Sie hebt endlich den Kopf, sieht mich durch ihre Rehaugen an. Ihre Haare kleben in der Stirn und eine Träne läuft ihr über die Wange. »Nichts«, haucht sie. Dann entfährt ihr ein Seufzen, welches ganz nah an dem Geräusch ist, das sie vor Entzücken macht, wenn ich sie küsse. Zugleich ähnelt es ihm kein Stück.

»Es ist okay. Du kannst es mir sagen«, dränge ich. Ich weiß, dass ich sie überfordere. Sie zittert. Sie bekommt keinen Ton heraus. Aber ich muss es wissen. Ich habe tausend Gedanken im Kopf und kein einziger ist gut. Was MEINT sie, verflucht?

»Gott, Jake, jetzt stell dich doch nicht so blöd an. Eure ganze Schule weiß es schon. Hast du es echt nicht mitbekommen?« Sophia hat den Kopf zur Seite gelegt, sie blinzelt mir aus halb geschlossenen Augen zu.

»Nein«, fleht Mia. Ich werfe ihr einen panischen Blick zu.

»Sie hat sich von Magnus vögeln lassen. An ihrem ersten Date. Und danach hat sie sich nicht mal mehr gemeldet, obwohl er ihr geschrieben hat.« Und dann an Mia gewandt: »Magnus war scheinbar wirklich ein bisschen verschossen in dich. Aber du hattest ja schon etwas Neues gefunden. Weißt du, manche Menschen haben Gefühle, aber davon hast du anscheinend keine Ahnung.« Ein spöttisch verzogener Mund, ein scharfer Blick in meine Richtung und das war's.

Die Bombe ist eingeschlagen. Ein Blick auf Mia genügt und ich weiß, dass jedes Wort wahr ist. Jedes. Fucking. Wort.

»Wann?«, frage ich sie. Es interessiert mich nicht, wieso sie es getan hat, wie es war oder warum sie mir nichts gesagt hat. Ich muss nur wissen, wann es war.

Mias Unterlippe bebt. Sie leidet. Sie leidet und ich kann's kaum mit ansehen, aber …

»WANN?«, donnere ich.

Sie atmet tief ein und aus, ihre Brust hebt sich dabei so sehr, dass ich kurz glaube, sie explodiert. »Der Abend, an dem du mich vom Bahnhof abgeholt hast.«

Ich lasse ihre Hand fallen, drehe mich vollkommen orientierungslos im Kreis, ziehe an meinem Haar und wiederhole nur wieder und wieder ein Wort: Fuck.

Fuck.

FUCK!

Fuck.

FUUUUCK!

Meine Hände kleben an meinen Wangen fest, als versuchten sie, meinen Kopf zusammenzuhalten. Ich bin nur ein oder zwei falsche Gedanken davon entfernt, komplett in Tränen auszubrechen. Aber ich kann nicht. Nicht jetzt. Nicht hier. Nicht mit all diesen Leuten, die es kaum erwarten können, diese Katastrophe herumzuerzählen.

Der Abend, an dem du mich vom Bahnhof abgeholt hast.

Der Abend, an dem sich für mich alles geändert hat.

An dem sich für *uns* alles geändert hat.

An dem ich nur wegen ihr einen Song, den ich gar nicht kannte, in einer Instagram-Caption zitiert habe.

Den wir in der Kraftschmiede verbracht haben, nachdem wir beschlossen hatten, uns keine Fragen zu stellen.

An dem sie mir zum ersten Mal von ihrer Krankheit erzählt und angedeutet hat, wie der Tod ihrer Mutter sie zerstört hat.

Der erste Abend, an dem ich bemerkt habe, wie gut wir passen.

Nur dass wir diesen Abend nicht gemeinsam begonnen haben. Für Mia begann er mit Magnus.

Ich will mir nicht ausmalen, dass er sie so erleben durfte, bevor ich sie so erleben durfte. Dass er sie gesehen hat, bevor ich sie gesehen habe. Geküsst, bevor ich sie geküsst, berührt, bevor ich sie berührt habe. Aber ich kann die Gedanken nicht aufhalten. Sie überfluten mich. Sie beruhigen mich fast ein wenig. Denn der Umgang mit altmodischen Besitzansprüchen und kranker Eifersucht erscheint mir gerade sehr viel leichter, als mich damit abzufinden, dass der einzige Mensch, dem ich je vertraut habe, mich beschissen hat.

Was bleibt, wenn dieses Vertrauen auf einer Lüge basiert?

Sie hat einen Pfeiler unter mir weggehauen. Mit einem Baseballschläger. Und jetzt steht mein Vertrauen auf drei Storchenbeinen, die die ganze Scheiße echt nicht allein tragen können.

Ich schwanke.

Ich dränge mich an ihr vorbei ins Haus.

Mia folgt mir.

Sophia folgt uns. Sophia, die Spaß daran hat, mich leiden zu sehen.

Aber, hey – vielleicht hab ich es ja verdient, weil ich monatelang nur zum schönen Schein eine Beziehung mit ihr geführt habe. Vielleicht musste es so kommen. Vielleicht bin ich doch nur Jacob, das Arschloch. Jake, der nie sagt, was er wirklich denkt. Jake, der nicht auffallen will. Jake, der Statist in seinem eigenen Leben.

»Was geht ab?« Die Stimme von Magnus ist direkt neben meinem Ohr. Sie streut Salz in meine offene Wunde. Wie ein Eindringling kommt sie in meinen Gehörgang und trampelt in mir herum. Ich denke nicht. Stattdessen schlage ich ihm ohne zu zögern mit der geballten Faust ins Gesicht.

»JAKE!«

Ich sehe den blonden Haarschopf zu Boden fallen. Ich steige über ihn.

»JAKE!«

Keiner wagt es, mich anzufassen, mich festzuhalten, mich zu beruhigen.

»Jake. HEYYY!«

Mia ist laut und schrill.

Wieso hat sie …

Sie hat mir so …

Ich habe sie doch …

Ob sie mich je …

»Jake.« Sie erreicht mich auf dem Pflasterweg.

»WAS?«

Mia ist in Tränen aufgelöst. Ich will das nicht.

Sie reibt sich mit den Handrücken über die Augen und verschmiert schwarze Farbe und blauen Glitzer in ihrem ganzen Gesicht. Ihre Brust bebt vor Schluchzern. »Ich wollte das nicht.«

»Was wolltest du nicht? Mit jemandem schlafen, den ich hasse?«

Sie schluckt schwer. »Ich … ich wusste nicht, dass du ihn hasst.«

»Ich hasse die alle. Alle! Diese ganze oberflächliche, schnöselige Meute, die es auch nach Jahren nicht schafft, mich so zu nennen, wie ich genannt werden will! Und ich habe dir gesagt, dass er nicht das ist, was du denkst!«

Sie zieht die Nase hoch. Ihre Schultern zucken im Takt mit ihren Schluchzern. »Das hab ich nicht gewusst.«

»Ist doch auch egal! Es ist scheißegal, was ich von ihm halte. Von ihm oder von irgendwem hier. Es ändert nichts.«

»Ich wusste nicht, dass es für dich so schlimm sein würde«, sagt sie leise.

»Ach, lüg doch nicht! Du hast es genau gewusst! Deswegen hast du es doch verschwiegen.«

»NEIN!« Sie verschmiert Tränen und Schminke über ihre Wangen. »Ich habe nichts gesagt, weil ich mich geschämt habe. Vor mir selbst. Ich habe das nicht gewollt. Es ist einfach so passiert. Ich dachte, ich würde mich danach besser fühlen. Ich wollte doch nur …«

Sie kommt einen Schritt zu mir, streckt die Hand aus. Ich weiche zurück.

Mia schüttelt den tränennassen Kopf. »Ich wollte doch nur irgendwas fühlen.« Das letzte Wort ertrinkt in ihren Tränen.

»Nee, Mia. Komm mir nicht so. Du kannst nicht jeden Scheiß auf deine Krankheit schieben.«

»Du hast doch keine Ahnung.«

»Wie auch! Du verheimlichst mir ja alles.«

»Das STIMMT NICHT«, brüllt sie mich an. »Ich hab dir ALLES erzählt. Selbst, dass es meine Schuld ist, dass meine Mutter tot ist. Denkst du echt, das wäre leicht für mich gewesen?«

Ich schnaube zynisch. Meine Schultern sacken ab. Alles sackt ab. Ich sinke.

»Vielleicht hast du Schuldgefühle. Vielleicht ist dein Leben scheiße. Vielleicht willst du unbedingt etwas fühlen. Aber das kann nicht deine Ausrede für alles sein, Mia. Wahrscheinlich musst du dich einfach mal damit abfinden.«

Ihre Miene wird finster. Dunkler als ihr Haar, dunkler als ihre Wut, dunkler als schwarz.

»Weißt du noch, als du gesagt hast, du willst kein Arschloch mehr sein? Herzlichen Glückwunsch, du hast auf voller Linie versagt. Du bist ein Riesenarschloch!«

Obwohl ich das weiß und obwohl sie recht hat und obwohl es verdammt noch mal nicht richtig war, was ich gesagt habe, tut sie mir so weh, dass ich nur brülle: »Oh, genau! Wieso sich auch normal unterhalten, wenn man ein zynisches kleines Mädchen sein kann.«

»Nenn mich nicht so!«, schreit sie mich an. Ihre Stimme bricht.

Ich winke ab. Nein: Ich boxe die Luft. »Lass es nicht an mir aus, dass du mit dahergelaufenen Typen vögelst, nur weil du herausfinden musst, ob du irgendwas fühlen kannst.«

Ich gehe den Weg weiter. Mein Magen brennt. Meine Rippen kokeln.

»Bei mir war's wahrscheinlich nichts anderes.«

Dann lasse ich sie stehen.

Ich drehe den Zündschlüssel und der Motor in meinem Auto springt an.

Ich habe ihr nicht gesagt, dass ich sie liebe.

Nie.

21 Mia

»Komm schon, Mia, Schatz.«

Hati meint es nur gut mit mir, aber ich kann nicht.

Ich sitze falsch herum im Schneidersitz auf meinem Bett. Mit dem Rücken zum Zimmer, mit dem Gesicht zur Wand. Das ist wie Schlafen mit der Knopfleiste des Bettbezugs oben. Oder wie Banane quer essen. Oder wie die Lautstärke am Autoradio auf eine Zahl einstellen, die nicht durch fünf teilbar ist. Es ist falsch. Wie so vieles hier gerade. Falsch.

Ich starre mein Mark-Poster an und höre zu, wie er »I miss you« singt.

»Mia, es würde dir bestimmt besser gehen, wenn du uns erzählst, was passiert ist.« Luca tätschelt mir die verspannte Schulter, rüttelt mich geradezu.

Ich kann heute Nacht nicht schlafen und nicht träumen, heißt es im Song, und selten habe ich einen Text so sehr gefühlt. Kein Schlaf. Keine Träume. Nicht mal von Autos und auf mich zu rasenden Bäumen und Häusern. Nichts spielt eine Rolle. »Vielleicht sollten wir mal einen anderen Song anmachen?«, schlägt Hati vor. Sie spricht mehr mit Luca als mit mir, weil sie von mir keine aussagekräftigen Antworten bekommen hat, seit ich sie heute Morgen angerufen und vor Heulen keinen Ton rausgebracht habe.

»Wisst ihr, was komisch ist?«, frage ich schließlich und drehe mich zu den beiden um. Luca und Hati schütteln den Kopf, können die Neugier in ihrem Blick aber nicht verbergen. Sie hoffen eindeutig, dass jetzt das große Geheimnis gelüftet wird. »Ich war immer im Team Mark.« Beiläufig zeige ich auf Marks grinsendes Postergesicht. »Aber als wir uns das erste Mal nahegekommen sind, hat im Hintergrund Tom gesungen.« Hati und Luca sehen sich an und nun lässt sich nicht mehr leugnen, dass sie sich ernsthaft Sorgen um meinen Geisteszustand machen.

Hati krabbelt zu uns aufs Bett, wirft sich die schwarze Lockenmähne über die Schulter und greift vorsichtig nach meinen Händen. »Mia«, beginnt sie. Sie spricht eindringlich und aufdenteppichholend, sie knetet meine Knöchel und wiegt unsere verknoteten Fäuste in der Luft. »Ich weiß, ich verstehe Metaphern manchmal nicht sehr gut, aber jetzt redest du absoluten Schwachsinn.«

»Nein«, erwidere ich.

»Doch«, sagen sie und Luca gleichzeitig.

Bevor ich weiter protestieren kann, funkt Luca dazwischen. »Jetzt mal im Ernst. Was soll das bedeuten? Als ihr das erste Mal geknutscht habt, hat der falsche *blink*-Macker gesungen … und? Soll das jetzt ein schlechtes Omen gewesen sein? Hat das Orakel des Pop-Punk vorhergesagt, dass er sich als Scheißkerl erweisen wird?«

Hatice wirft ihm einen bösen Blick zu. »Noch wissen wir nicht, ob er wirklich zum Scheißkerl geworden ist.«

»Was soll denn sonst passiert sein? Sie starrt seit 'ner Stunde an die Wand, redet Stuss und sieht aus, als hätte sie die ganze Nacht geheult!«

Ich betrachte abwechselnd meine besten Freunde. »Vielleicht bin in Wahrheit ich das Arschloch. Daran schon mal gedacht?«

Die beiden antworten mit Fragezeichen-Gesichtern. Also beginne ich ganz von vorne, auch wenn Hati Teile dieser Geschichte schon kennt.

Ich erzähle von Jakes Familie, von seinem trinkenden Vater, von seinem Bruder, den er beschützen will, von dem ersten Mal, als wir uns unterhalten haben – richtig unterhalten –, von dem Pflaster mit dem Feenmotiv, von seinen Ängsten und auch von den Geheimnissen, die ich ihm anvertraut habe. Über meine Mutter, über die wahren Gründe, die dazu geführt haben, dass Mama und ich an diesem Abend ins Auto gestiegen sind. Und ich versuche, ihnen zu erklären, wie ich mich fühle, seit sie tot ist.

Sie weinen beide. Ich weine mit. Wann immer ich in meinem Leben wegen der Nacht, die alles veränderte, Tränen vergossen habe, fühlte ich mich noch schlechter. Mein Geheule kam mir wie Selbstmitleid vor. Und Mitleid hatte ich nicht verdient. Doch jetzt, wo ich das Leid mit meinen besten Freunden teile – und mit Luca sogar mit jemandem, der Mama kannte –, fühlt es sich reinigend an. Besser.

Als wir uns eingekriegt haben, setze ich meine Geschichte fort und wiederhole die Worte, die Jake mir gestern Abend an den Kopf geknallt hat. Da wirft Hati sich haltlos schluchzend in meine Arme. Sie kennt mich nur als diejenige, die stets locker-flockig »Du kannst mir nicht wehtun« prahlt. Ich habe es meinem eigenen Zynismus zu verdanken, dass auch Hati meine Krankheit in den letzten Jahren eher für meine persönliche Superkraft gehalten hat. Vermutlich wird ihr erst jetzt klar, dass genau das Gegenteil der Fall ist. Dass die Analgesie mein verdammtes Kryptonit ist, das mich schon so viel und nicht zuletzt meine Mutter gekostet hat. Hati versteht jetzt, warum ich wirklich so bin, wie ich bin, und wieso Jakes Worte mich so sehr verletzt haben.

Luca kennt mich und meine Familie schon seit einer Ewigkeit. Ihm steht nach meinem Geständnis ein Ausdruck ins Gesicht geschrieben, der besagt: Jetzt ergibt es endlich alles Sinn.

»Und dein Dad hat wirklich keine Ahnung?«

»Nein. Und er darf es nie erfahren. Er würde mich hassen!« Plötzlich ergreift eine Hysterie von mir Besitz. »Er würde mich hassen, kapiert ihr? Und ich kann nicht auch noch meinen Vater verlieren!«

»Hey, hey, hey«, Luca kriecht in unsere Umarmung, seine Stimme ist sanft und vertraut, wie ein Lied, das ich schon mein ganzes Leben lang kenne, »es ist nicht deine Schuld, Mia. Und Robby würde das niemals denken!«

»Das weißt du nicht. Du hast nie gesehen, wie er mich ansieht, wenn wir über sie sprechen. Du hast nie seinen Blick ertragen müssen, wenn mit mir mal wieder irgendetwas nicht stimmt. Du hast nie …«

»Ich verstehe ja, dass du Angst hast, Mia«, unterbricht er mich. »Aber meinst du nicht auch, dass es dir viel besser gehen würde, wenn du …«

Nun schneide ich ihm das Wort ab: »Wenn er es erfährt, dann würde er jedes Mal, wenn er mich ansieht, den Grund sehen, wieso seine Frau tot ist. Sorry, aber das Risiko gehe ich lieber nicht ein.«

Ich sage das mit Fassung, weil ich damit beschäftigt bin, die weinende Hati zu trösten. Da bleibt kein Platz mehr für Selbstmitleid. Ich habe das Selbstmitleid so satt. Es hat nie geholfen.

Felix aus meiner Klasse hat nicht geholfen.

Magnus hat nicht geholfen.

Nur Jake. Obwohl ich das nie wollte. Obwohl ich es nie für möglich gehalten habe. Und vielleicht – ach, was sage ich: ganz bestimmt deswegen – hat es geklappt.

Am späten Nachmittag stillen wir den Hunger, den stundenlanges Kollektiv-Heulen und Herzausschütten ausgelöst haben, in einem Fast-Food-Restaurant. Wir bestellen indische Currys und Süßkartoffelpommes mit Mayonnaise und teilen alles im Obergeschoss des Lokals. Niemand hier ist über dreißig und für einige Minuten machen wir uns einen Scherz daraus, zu rätseln, welche Pärchen hier wohl auf einem Tinder-Date sind.

»Als ich mal mit 'nem Tinder-Date Curry essen war«, plaudert Luca, »hat der Typ so laut geschmatzt, dass ich ihn am liebsten darin ertränkt hätte.«

»Welcher Typ«, fragt Hati. Sie pult mit der Zungenspitze an einem ihrer Backenzähne herum und sieht erst von ihrem Teller zu Luca auf, als die Stille, die ihrer Frage folgt, gefühlt Spielfilmlänge annimmt.

Luca presst die Lippen aufeinander und sieht mich von der Seite an. Ich wusste, dass dieses Thema eines Tages auf den Tisch kommen würde. Aber ich wusste auch, dass es Luca sein müsste, der es Hati dann erzählt. »Ich erklär's ihr nicht.«

»Was denn? Welcher Typ?«, fragt Hati noch einmal, diesmal mit Nachdruck.

Luca kratzt sich am Kopf. Sein weißblond gefärbtes Haar ist etwa zwei Zentimeter rausgewachsen. Das Durchblitzen seiner Naturhaarfarbe, ein fast schwarzes Dunkelbraun, erinnert mich an den Abend, als wir in seinem Zimmer Nachtisch aus Schälchen gelöffelt und über Fotos und den normalen Wahnsinn gesprochen haben. Es muss eine Ewigkeit her sein. Aber nein. Es ist erst zwei Zentimeter Haar her. Ich denke an mein eigenes Haar, das kaum so lang war wie das oberste Glied meines Zeigefingers, als ich Jake kennengelernt habe. Und jetzt kann ich mir in nassem Zustand manchmal sogar einen Mini-Iro kämmen.

Die Haare und die Zeit. Sie haben einen Pakt miteinander geschlossen.

»Mein Tinder-Date war ein Typ.«

Hati blickt drein, als würde Luca sie erneut aufziehen oder als würde sie einen Insiderwitz nicht verstehen. »Hat die App einen Fehler gemacht, oder wie?«

»Ähm. Nein«, sagt Luca geduldig.

»Wer dann?«

»Na ja, also, ich glaube nicht, dass man hier von einem Fehler sprechen kann.« Luca legt sich scherzhaft grinsend einen Finger ans Kinn.

»Aber …«

»Ich mag Jungs«, klärt Luca auf.

Hati sucht meinen Blick. »Luca mag Jungs«, wiederhole ich. Neben mir nickt Luca bedächtig.

»Was? Seit wann? Wie?«

»Seit immer, nehme ich an«, antwortet er.

»Also, ich denke auch, seit immer«, ergänze ich.

»Du hast es gewusst?«

Ich zucke mit den Schultern. »Ja.«

»Wieso hast du nie etwas gesagt?«

Ich schaue rüber zu Luca. »Es war nicht meine Geschichte. Ich wollte, dass Luca es erzählen kann.«

»Also habt ihr beide darüber gesprochen?«

»Nein«, sagen Luca und ich gleichzeitig. Wir suchen unsere Blicke und ich bin mir sicher, dass auch er diese geschwisterliche Verbundenheit spürt, die uns schon das ganze Leben begleitet.

»Wieso wusstest du es dann?«, fragt Hati.

»Luca wusste auch immer, dass wir beide auf Jungs stehen.«

Hati setzt dazu an, etwas zu sagen, doch dann überlegt sie es sich anders und nickt nur. »Guter Punkt«, fügt sie nach einigen Sekunden hinzu.

Wir brechen in schallendes Lachen aus und es tut so gut. Mein Kummer schrumpft zu einem leisen Pochen in meiner Brust. Für die kurze Zeit unseres Lachanfalls kommt mir der Streit mit Jake vor wie ein Mückenstich: Er ist da, die ganze Zeit, aber wenn man ihn eine Weile nicht berührt, vergisst man das Jucken beinahe. Doch schon der Gedanke daran, dass es gerade nicht juckt, reicht aus, um den unstillbaren Drang, sich zu kratzen, zurückzuholen.

Daran zu denken, dass man lieber nicht daran denken sollte, ist die schmerzhafteste Form des Drandenkens.

»Ich glaube, ich hab ihn geliebt«, sage ich plötzlich. »Er hat immer so gut nach Zitrone gerochen, wisst ihr. Und er hat Songs für mich zitiert, obwohl er die Lieder gar nicht kannte. Er hat extra welche für mich rausgesucht. So was hat noch nie jemand für mich gemacht.« Meine Freunde verstummen. »Und seine Haut war ganz weich. Ich hätte nie gedacht, dass Haut so weich sein kann, obwohl man so viele Muskeln hat. Er war stark. Aber nicht, weil er gottweißwieviele Kilos heben konnte, sondern weil er es einfach war. Und wenn er lacht, dann lacht sein ganzer Körper. Sogar seine Haare. Sie wippen dann so.«

Jetzt weine ich wieder.

Scheiße, ich hab ihn echt geliebt. Ich liebe ihn.

Das Gute an Erziehungsberechtigten ist ja, dass sie sauer auf dich sein können und trotzdem nicht einfach aufhören dürfen, Erziehungsberechtigte zu sein. Du kannst nicht eine kurze Pause vom Vatersein einlegen, nur weil dein Kind dir gerade auf den Keks geht. Du kannst es nicht für eine halbe Stunde oder vielleicht auch für zwei Tage zur Adoption freigeben oder in einem Körbchen auf dem Main flussabwärts schicken, nur weil es eine dumme Entscheidung getroffen hat. Du musst weitermachen. Samstagnacht konnte ich meinem Vater schon am Telefon anhören, dass dies für ihn einer dieser Momente war.

Ich rief ihn heulend auf seinem Handy an und bat ihn, mich abzuholen. Als er fragte, wo ich sei, konnte ich nicht antworten. Ich legte stattdessen auf und schickte ihm meinen Standort auf WhatsApp, begleitet von der knappen Botschaft: »Hier.«

Er brauchte eine Dreiviertelstunde, um nach Königstein zu fahren, Magnus' Haus ausfindig zu machen und mich einzusammeln.

»Hat dieser Vollidiot etwa doch getrunken?«, waren seine ersten Worte, doch er verstummte schnell, als er mein verheultes Gesicht sah. Mein blauer Lidschatten war mittlerweile auch auf meinen Unterarmen und der Stirn verteilt und den Nagellack hatte ich fast vollständig abgeknibbelt. Außerdem war ich durchgefroren. Ich hatte es nicht gewagt, noch einmal ins Haus zu gehen, um meine Jacke zu holen. Also hatte ich eine Stunde lang in meinem kurzen Schwesternkostüm auf dem Asphalt gehockt, in einigen Metern Abstand vom Haus, versteckt hinter einem parkenden Auto. Ich wollte niemanden sehen, ich wollte die Party nicht mal hören. Ich fand auf Spotify keine Musik, die ich anmachen wollte. Traurige Songs waren falsch und lustige waren es auch. In jeder Zeile, in jedem Wort würde mich etwas an Jake erinnern.

Papa war nur kurz still, bevor er mit einem Marathon an vorwurfsvollen Fragen loslegte.

Warst du die ganze Zeit ohne Jacke hier draußen? – Ja.

Hast du in diesem Kleid auf dem blanken Boden gesessen? – Ja.

Gehst du am Montag zu deiner Ärztin und lässt checken, ob du dir 'ne Blasenentzündung geholt hast? – Okay.

Und dann endlich, mit dem Widerwillen des alleinerziehenden Vaters, der nur mit Hemmungen über das Liebesleben seiner Tochter spricht: Was hat er getan? – Nichts.

Was ist dann passiert? – Ich bin ein Idiot.

Du? Das kann ich mir nicht vorstellen. – Ist aber so.

Hat er dir wehgetan? – Niemand kann mir wehtun.

Mensch, Mia, so meine ich das doch nicht. – Niemand kann mir wehtun.

Ich mach den kleinen Scheißer fertig! – Nein, Papa, nein.

Wart's ab. Ich mach den kleinen Scheißer fertig! – Ich habe Nein gesagt.

Das war wie gesagt gestern Nacht. Heute, am Sonntagabend, nach meinem Essen mit Hati und Luca, macht Papa den zweiten Versuch.

Als ich mich zu ihm aufs Sofa setze, um eigentlich in Ruhe einen Film mit ihm anzusehen, legt er auf seine charmante Art direkt los: »Mia. Ich bin um zwölf Uhr nachts in ein Kaff im Taunus gegurkt. Ich hatte nicht mal 'ne Hose an! Ich will wissen, was los war!«

Es fällt ihm wirklich schwer, es noch einmal anzusprechen, das weiß ich. Für gewöhnlich ist es für uns schon eine Bestleistung, wenn emotionale Baustellen ein Mal thematisiert werden. Dass er es ein zweites Mal versucht, zeigt mir, wie wichtig es ihm ist.

Ich will offen zu ihm sein, aber ich kriege es nicht hin. Ich kann nicht einfach jetzt und hier und heute aufhören, sein kleines Mädchen zu sein, indem ich ihm beichte, dass mein Freund mich hasst, weil ich an einem für uns besonderen Tag mit einem anderen geschlafen habe. Verdammt, letztes Jahr Weihnachten hat Papa meine Geschenke in Papier mit *Frozen*-Aufdruck gepackt, weil er das für eine altersgerechte Maßnahme hielt! Da kann ich doch jetzt nicht so eine Bombe platzen lassen!

»Ich glaube, wir sind nicht mehr zusammen, das ist alles.«

Papa runzelt seine Stirn auf diese imposante Weise, die ihn aussehen lässt wie einen Bluthund. »Aber ... du hast mir doch gestern erst gebeichtet, dass ihr ein Paar seid.«

»Tja. Rückblickend hätte ich das lieber gelassen«, scherze ich trocken. Mein Sarkasmus tut mir selbst weh.

»Red nicht so daher, Mia. Was ist denn vorgefallen?«

Ich lümmele mich tiefer in das Sofa und spiele mit dem Kordelzug von Papas Jogginghose, die ich trage. »Es ist … ich glaube, wir passen einfach nicht so gut zusammen.«

Er zieht die Augenbrauen so hoch, dass sie an seinen Scheitel stoßen würden, wenn er denn Haare hätte. »Erzähl keinen Mist, Mia. Natürlich passt ihr nicht zusammen, das ist offensichtlich. Aber das war dir gestern Nachmittag doch auch noch egal.«

Ich sehe ihn an und muss plötzlich Tränen wegblinzeln. Er hat vollkommen recht. Gestern war mir das noch egal. Heute fühlt es sich tatsächlich wie ein Teil des Problems an. Natürlich hätte ich es Jake sagen müssen. Aber trotzdem frage ich mich, ob es anders gekommen wäre, wenn Jake mich mehr miteinbezogen hätte, mich mehr Freunden vorgestellt und mich nicht aus den Augen gelassen hätte.

Hätten seine Ex und ihre Freundin dann nicht versucht, uns auseinanderzubringen? Hätte Magnus nicht in seiner ganzen Schule herumerzählt, dass er was mit dem Mädchen hatte, mit dem Jake jetzt zusammen ist?

Ich weiß es nicht. Mein eigener Stolz ist mir dabei auch völlig egal. Es ist mir schnurz, dass Hunderte Schnöselschüler von der Internationalen Schule darüber herziehen, was ich angeblich für eine Schlampe bin. Doch ich weiß, dass es Jake nicht egal ist.

Und das ist der Punkt, in dem wir nicht zusammenpassen und niemals zusammenpassen werden.

»Es ist uns gestern Abend erst klar geworden.«

»Aber wieso in Gottes Namen hat er dich nach dieser glorreichen Erkenntnis nicht wenigstens noch nach Hause gebracht?« Papa schäumt über vor Wut, als würde ihm jetzt erst richtig bewusst, was vorige Nacht vorgefallen ist. »Er kann dich doch nicht auf eine Party am Arsch der Welt mitschleppen und dich dort dann sitzen lassen, nur weil euch mitten in der Nacht *klar geworden* ist, dass ihr grundverschiedene Menschen seid?«

Jetzt rollen die Tränen. *Grundverschiedene Menschen.* So kann man es wohl sagen.

»Hey!« Papas Stimme wird zu einem sanften Gurren. Er schließt mich in seine Arme, ich werde eingerahmt von seinem Nacken, seiner Schulter und seinem kräftigen Bizeps, bin eingesperrt in einer Umarmung aus Kraft, Fürsorge und Papa. »Nicht weinen, Mia-Lotta, hey, hörst du? Nicht weinen.«

»Aber …«, schniefe ich, »aber es tut so weh.«

22 Jake

»Hey, Franky.« Meine Stimme klingt so laut, als würde ich in einen leeren Konzertsaal rufen. In der Ecke von Franklins Zimmer vibriert die Snare Drum seines Schlagzeugs unter der Schallwelle. Das Bettzeug raschelt, ein kleiner Kopf hebt sich in der Dunkelheit.

»Jake?«

»Hey, buddy.«

»U'a'ight?«, fragt er.

Er ist so verschlafen, dass *»Are you alright«* zu einem einzigen Wort verschmilzt.

»Ich …«, fange ich an, breche aber ab, bevor ich lüge oder etwas Bescheuertes sage oder ihn mit etwas belaste, worüber er sich keine Gedanken zu machen braucht. Stattdessen streife ich die Schuhe von meinen Füßen, setze mich auf die Kante von Frankys Bett und lege mich zu ihm.

Hier bin ich also. Ich bin achtzehn Jahre alt und krieche zu meinem kleinen Bruder ins Bett, weil sich das Mädchen, das ich liebe, gerade als eine Fremde herausgestellt hat.

Am Sonntag gibt mir meine Mutter hundert Euro und bittet mich, mit Franky »irgendwohin« zu fahren. Ich sehe sie irritiert an und frage, wohin. Sie antwortet mit »Egal, nur weg« und das genügt, damit ich mir gar nicht weiter ausmalen möchte, was an diesem Nachmittag in unserem Haus passiert. Vermutlich packt Dad einige Sachen zusammen und macht sich aus dem Staub. Das wäre nicht unbedingt das Schlechteste, aber auch nichts, was ich mir heute live geben muss. Und so bezahlt meine Mutter mich nicht nur dafür, Franky aus der Schusslinie zu nehmen, sondern auch, damit ich mich selbst nicht dieser Situation aussetze. Genauso wie gestern Nacht, als mein elfjähriger Bruder mir Trost spendete, dient er mir jetzt als willkommene Ausrede, um mich abzulenken.

Wir gehen ins Kino und essen Nachos, danach in eine Pizzeria, in der die Pizzen so groß sind wie Traktorenreifen. Aber alles schmeckt nach nichts und den Film vergesse ich sofort wieder. Franky fragt zu keiner Zeit, ob ich *a'ight* bin. Er weiß, dass ich es nicht bin und dass jegliches Nachhaken mich nur weiter vom *a'ight*-Zustand entfernen würde. Er ist der cleverste Elfjährige der Welt.

Wieder zu Hause, hat sich fast nichts verändert und doch alles. Die Garage, in der ich mein Auto abstelle, beherbergt einen Wagen weniger, im Arbeitszimmer fehlen ein paar Ordner und ein Laptop, im begehbaren Kleiderschrank meiner Eltern hängen die vielen Kleider und Blusen meiner Mutter nun luftiger, es sind keine Sakkos mehr zu sehen, im Eingangsbereich neben der Treppe fehlt ein Bilderrahmen. Das bemerke ich sofort. Als ich den Ort betrete, der seit achtzehn Jahren mein Zuhause ist, wirkt er merkwürdig aus der Balance geraten. So als hätte der Bilderrahmen die Waagschalen dieses Zimmers auf gleicher Höhe gehalten. Jetzt, da er weg ist, scheint der ganze Raum ein Stückchen nach links gekippt zu sein.

Das ist also alles, was meinem Vater wertvoll genug erschien, um es mit sich zu nehmen: ein paar Jacketts, ein Computer und ein Bilderrahmen mit seiner ersten Goldenen Schallplatte. Seine Ehe und seine Gesundheit hat er leichtfertig zurückgelassen. Aber ohne eine Scheibe aus falschem Edelmetall kann er nicht leben.

Die aus den Fugen geratene Eingangshalle wird mich jetzt für alle Zeit an seine Abwesenheit erinnern. Sie ist ein Phantomschmerz.

Dieser Dreckskerl.

Die nächsten drei Tage gehe ich wie fremdgesteuert durch ein Leben, das mal meines war. Ich schaffe es, nichts zu sagen, nicht zu heulen, nicht zu jammern. Ich fülle die Tage mit diesem Nichts aus, weil jede Auseinandersetzung – egal womit oder mit wem – zu meiner Explosion führen würde. Ich setze eine zweite Maske über die, die ich in der Schule und zu Hause eh schon immer trage, doch ich merke jede Sekunde, wie der Sauerstoff darunter knapp und knapper wird.

Ich bekomme keine Luft mehr.

Alles stinkt mir.

Am meisten ich selbst.

Ich laufe durch die Schule und jeder, der auf Magnus' Party war oder von den Vorkommnissen dort gehört hat, glotzt mich an. Also praktisch alle. Alle erzählen sich die Anekdote, dass Jake Macintosh, *ja, genau der, der Sohn von Lil Mac, der mit den lustigen Haaren, der so aussieht, als würde er im Fitnessstudio wohnen, der mal mit dieser scharfen Blondine zusammen war – Sophie oder so* – DIESER TYP jedenfalls habe Magnus Wikström an dessen legendärer Halloween-Party eine reingehauen. Vor versammelter Mannschaft! Ich höre förmlich, wie alle flüstern: *Hä? Wieso das denn? Mac ist doch immer so cool, der ist doch zu jedem immer so nett, ständig ein cooler Spruch* und so weiter. Und dann antwortet irgendwer: *Tja. Die beiden hatten etwas mit demselben Mädchen.*

Es sind allerhand Gerüchte über Mia im Umlauf. Benni versucht sein Bestes, um mich davor abzuschirmen, aber es gelingt ihm nicht besonders gut. In der Zeit von Montag bis Mittwoch kommt mir jede Menge Bullshit zu Ohren. Zunächst heißt es, Mia habe an ein und demselben Tag mit Magnus und mir geschlafen; nach einer Weile erzählt man sich, sie habe es mit uns beiden gleichzeitig getrieben. Weil keiner weiß, wer Mia ist, nennt sie niemand bei ihrem Namen. Stattdessen geht sie schon nach kurzer Zeit unter dem unschönen Spitznamen »Die schlampige Krankenschwester« in die Annalen unserer Schule ein.

»Hör nicht auf sie«, ermahnt mich Benni. Aber das muss er gar nicht. Zum ersten Mal ist es mir nämlich wirklich egal, was alle von mir denken. Ich will zwar nicht, dass sie so über Mia reden, aber ich weiß auch, dass es nicht zu ändern ist. Beschissene, erniedrigende Kosenamen verbreiten sich in unserer Jahrgangsstufe genauso gut wie Details aus dem Liebesleben von Mitschülern. Und der Fall Mia bietet gleich beides. Jackpot.

Magnus kommt in dieser Geschichte übrigens die Rolle des armen Opfers zu und deswegen schenkt man ihm nicht nur Gehör, sondern auch jede Menge Mitleid. Das hat ihm derartig Rückenwind verliehen, dass er am Montag in der Mittagspause sogar die Frechheit besaß, mich großherzig vor versammelter Mannschaft zu umarmen und zu verkünden, wir zwei wären Bros, die auf dieselbe Frau reingefallen sind.

Aber wir sind keine Bros.

Wir sind gar nichts.

Drei Tage lang ziehe ich meinen Alltag auf diese Weise durch. Ich lasse die Gerüchte an mir abprallen und verzichte darauf, auch nur eine der unzähligen Lügen richtigzustellen, weil ich mir einrede, dass es mir egal geworden ist.

Doch am Mittwoch wird mir bewusst, dass das nicht stimmt. Es ist mir nicht egal, es ist mir schlicht und ergreifend zu viel. Ich kann nicht an zwei Fronten kämpfen. Der Stress daheim und die Trennung von Mia … ich pack's nicht mehr.

Wir sind im Aufenthaltsraum der Oberstufe, in dem wir noch vor wenigen Tagen die käselose Pizza aßen. Benni isst ein mitgebrachtes Pausenbrot, ich hocke neben ihm mit den Ellenbogen auf den Knien und wackele nervös mit den Füßen. Ich habe seit einer Ewigkeit keinen Sport mehr gemacht. Erst, weil ich meine Zeit lieber mit Mia verbracht habe – nun, weil ich mich nicht mehr ins Studio traue. Wenn ich mich dorthin wage, wird mir Robby vermutlich sofort den Kopf von den Schultern reißen, weil ich seine Tochter in einer Novembernacht mutterseelenallein in der Pampa habe sitzen lassen. Ich fühle mich schrecklich deswegen, aber diesen Gedanken schiebe ich weg – ganz weit weg hinter meinen Zorn auf Mia. Doch jetzt, nach etwas mehr als drei Tagen ohne sie, fühle ich mich, als hätte mein Körper aufgehört zu existieren. Ich spüre ihn nicht mehr. Ohne die schmerzenden Muskeln oder die sich weitenden Lungen merke ich einfach nur, wie sich alles in mir auf die Explosion vorbereitet.

Benni schwatzt zur Ablenkung von Themen, die möglichst weit von meinen derzeitigen Problemen entfernt sind. Um mich von den Programmpunkten Liebeskummer und Scheidung wegzulotsen, spricht Benni also von veganem Käseersatz, einem Theaterstück von Arthur Miller und schließlich dem Börsengang eines Unternehmens, das E-Roller verkauft.

Ich schneide ihm mitten im Satz das Wort ab, entschuldige mich knapp, springe auf und verlasse die Schule. Setze mich in mein Auto und fahre einfach los.

Ich muss jetzt ganz dringend mein eigenes Blut rauschen hören, sonst drehe ich durch.

Einhundertzwölf Komma fünf Kilo.

Ich starre das Gewicht an, das ich mir soeben auf die abgegriffene Stange geladen habe. Normalerweise bin ich nicht waghalsig oder unvorsichtig beim Training. Robby bringt jedem zuallererst bei, dass das Ego in seinem Studio keinen Zutritt hat. Man darf an seine Grenzen gehen, an den Rand und sogar darüber hinaus. Man darf sich herausfordern und etwas wagen. Aber niemals, niemals darf man die eigene Gesundheit in Gefahr bringen, nur weil man den Dicken markieren will. So sagt er es immer: »den Dicken markieren«.

Wahrscheinlich, denke ich, hat seine Einstellung zum Thema Gesundheit und persönlicher Sicherheit viel mit der Krankheitsgeschichte seiner Tochter zu tun. Mir geht durch den Kopf, wie schmerzverzerrt Mias Gesicht war, als sie mir erzählt hat, ihr Vater dürfe niemals erfahren, was in der Nacht geschah, in der ihre Mutter gestorben ist.

Konzentrier dich, Jake.

Ich muss mich wirklich besser fokussieren, wenn ich gleich dieses Gewicht aus der Halterung heben, es an mein Brustbein führen und dann mit einem Ruck zur Decke pressen will.

Bankdrücken ist meine Paradedisziplin. Das hat Robby immer gesagt. Schon als er mich zum ersten Mal auf der Bank gesehen hat. Als ich in seinem Studio angefangen habe, war ich sechzehn und stemmte an guten Tagen siebzig Kilo. Er beobachtete mich, gab mir Tipps und bescheinigte mir schon bald ein herausragendes Talent. Was würde er sagen, wenn er mich jetzt sähe? Dass ich sein Vertrauen in mich und meine Fähigkeiten missbraucht habe, als ich beschloss, seine Tochter einfach fallen zu lassen?

Konzentrier dich, Jake!

Aber immerhin war es ihre Schuld, oder? Robby wird mich bestimmt verstehen, wenn ich es ihm erkläre. Wobei ich ihm wahrscheinlich nicht stecken sollte, was seine Tochter so treibt. Das ist ihre Sache. Andererseits: Ihre Sache ist ja nicht mehr meine Sache! Ich muss sie also nicht verteidigen. Sie hat mich wissentlich verarscht.

JAKE! KONZENTRIER DICH!

Ich blinzele ein paarmal heftig, dehne meine Schultermuskeln, kreise die Arme, biege den Rücken durch. Ich bin nicht richtig aufgewärmt. Ich habe ein paar leichte Sätze gemacht, ein paarmal sechzig, dann achtzig Kilo gedrückt, um meine Muskeln zu durchbluten. Die Achtzig haben sich angefühlt, als würde ich einen Lkw von meiner Brust hochstemmen. Ich dürfte diesen Versuch mit neuem Maximalgewicht niemals ohne eine Aufsicht durchführen, die im Notfall eingreifen kann. Aber es ist noch nicht mal zwei Uhr an einem Mittwoch und das Studio ist wie ausgestorben. Ich habe jetzt keine Zeit, um jemanden aufzutreiben, der mich beobachtet. Vor allen Dingen bin ich zu stolz, um es überhaupt in Erwägung zu ziehen. Ich will nur, dass mein Blut rauscht. Dass mein Herz pumpt und der Muskel anschwillt. Ich kann nicht allein sein. Ich möchte etwas fühlen, das nicht nur in meinem Kopf existiert. Ich will, dass diese ganzen Gedanken verschwinden.

Konzentriere dich, Jake. Fokus! Das Ego bleibt vor der Tür.

Doch ich bringe die leise rationale Stimme in meinem Inneren mit einem Wort zum Schwiegen: *Egal!* Es ist mir egal. Ich brauche jetzt keine Vernunft, ich brauche keine Sicherheit. Sicherheit ist eine Illusion, es gibt keine Sicherheit. Ich brauche einen Rekord!

Ich lege mich auf die Bank, die Schulterblätter zusammengezogen, mein Hintern berührt das Handtuch, der Rücken geht leicht ins Hohlkreuz, die Füße bohren sich fest in den Boden, mein ganzer Körper ist gespannt.

Du schaffst es nicht, Jake. Du konzentrierst dich nicht.

Ich hebe die Stange aus der Aufhängung und damit habe ich den schwierigsten Part schon überstanden. Zumindest rede ich mir das ein. Ich weiß natürlich, dass das nicht stimmt.

Der schwerste Teil der Übung kommt in etwa einer Sekunde – nachdem die einhundertzwölf Komma fünf Kilo für die Länge eines Wimpernschlags auf meinem Brustbein aufgesetzt haben. Denn dann werde ich dieses Gewicht gegen die Schwerkraft bewegen müssen. Dann heißt es: ich gegen die Physik. Gegen den Druck in meinem Kopf. Gegen das Gefühl, dass mein Leben gerade von einem noch viel größeren Gewicht zu Staub zermalmt wird.

Du wirst es nicht schaffen. Du hast seit Wochen nicht trainiert. Du warst zu sehr damit beschäftigt, dich ein Stockwerk höher mit einem Mädchen abzumühen, das sich in Wahrheit einen Scheiß um dich schert!

Ich biege den Rücken noch ein bisschen mehr durch, dann lasse ich die Stange sinken. Das Gewicht des Eisens drückt schwer auf meine Schultern und den Brustmuskel. Direkt unter meiner Achsel macht sich ein Ziehen bemerkbar. Die Stange berührt mein Brustbein nur für einen Sekundenbruchteil, dann drücke ich. Ich kämpfe, ich beiße meine Kiefer aufeinander, will das Gewicht von mir schieben. Mein Herz rast. Mein Puls ist viel zu hoch.

Das ist keine Anstrengung. *Ich habe Angst.* Rasende Angst!

Ich bekomme es nicht hin.

Meine Sicht flimmert, mir wird schwarz vor Augen. Das letzte bisschen Kraft weicht aus meinem Oberkörper.

Fuck.

Fuck.

FUCK.

Ein Schatten beugt sich über mein Gesicht, zwei gewaltige Arme greifen zu mir herunter und heben die Stange empor, befreien mich. Meine Hände kleben daran fest, werden mit hochgehoben, sind aber gänzlich kraftlos.

»DU IDIOT!«, brüllt eine tiefe, donnernde Stimme über mir. »Willst du dich umbringen? Hast du komplett den Verstand verloren?« Die Arme packen meine Schultern und ziehen mich in eine sitzende Position, schütteln mich. »Hey! Hey! Freundchen! Hörst du mich?«

Blitze durchzucken mein Sichtfeld. Mir ist schlecht. Meine Finger zittern.

»Gina!« Die Donnerstimme dröhnt direkt neben meinem Ohr und ich bekomme einige Tröpfchen Spucke ins Gesicht. »Gina! Bring mir ’ne Cola. Hier geht sonst einer hops!«

Robby … Das ist Robby! Seine Stimme ist eine Mischung aus Zorn, Sorge und Tobsuchtsanfall.

»Cola? Das hier ist doch kein Kiosk!«, schnattert plötzlich eine Frau. »Hier. Wir hatten noch ein bisschen was von dem Espresso-Shake.«

»Der Junge kippt mir gleich aus den Latschen, er braucht richtigen Zucker.«

»Ach, papperlapapp, da ist Banane und Milch drin. Zucker ist Zucker. Sagst du doch selbst immer.« In der Stimme der Frau schwingt nun Albernheit und Zuneigung. Das rundliche Gesicht der hübschen italienischen Angestellten kommt mir in den Sinn. Die Mutter von Mias bestem Freund. Robbys Freundin.

Ich blinzele ein paarmal, dann wird mir ein Strohhalm in den Mund geschoben und Robby brummt mit seinem Bass: »Trink, du Vollidiot.«

»Robert! Also hör mal! Sprich nicht so mit ihm.«

Robby hält mich noch immer an den Schultern aufrecht, als ich zu saugen beginne. Eine kalte, nach süßer Vanille und Kaffee schmeckende Flüssigkeit schießt in meinen Mund. Sobald ich schlucke, fühle ich mich besser. Mein Blick wird klarer, aber mein Körper bleibt schwer. Ich reibe mit einer Hand über beide Augen und erkenne Robby jetzt deutlich. Er kniet vor mir, die Brauen so weit zusammengezogen, dass sie zwischen sich einen Berg aus Falten auftürmen. Auf seiner Stirn pulsiert eine Ader, Schatten liegen unter seinen Augen – Augen, die, das fällt mir jetzt zum ersten Mal auf, seine Tochter geerbt hat.

Er ist Furcht einflößend. Nicht nur, weil mich seine Augen so traurig machen.

»Was hast du dir bitte dabei gedacht?« Er rüttelt an meiner Schulter.

»Nichts«, murmele ich ausweichend.

»Genau! Nichts hast du dir gedacht, du Holzkopf!«

»Robert!«

»Du hast dir 'nen Scheiß gedacht! Bist hier einfach reinmarschiert und hast den Dicken markiert. Ohne Rücksicht zu nehmen. Ohne mal nachzudenken, was du anrichten könntest.«

Ich verenge meinen Blick. Sprechen wir jetzt noch von meinem gescheiterten Bankdrücken oder hat er längst das Thema gewechselt?

»Es gibt hier genau eine Regel – EINE REGEL, mein Freund – und die lautet: Lass dein Ego vor der Tür. Wo ist dein Ego?«

Ich reiße mich von ihm los, rappele mich auf. »Sorry.«

»Ich hab dich was gefragt!«

»Es tut mir leid, okay?«

»NEIN!«, donnert Robby. Gina guckt ihn erschrocken an und gestikuliert in meine Richtung, signalisiert, dass ich mir seinen Wutanfall nicht so zu Herzen nehmen soll.

Aber er hat ja recht. Mit allem.

»Du wolltest hier was beweisen. Dass du es ohne Aufwärmen kannst und ohne Hilfe. Der große Jake, der mal eben so hundertzwölf Kilo drückt. So hast du dir das gedacht, was?«

Ich gucke beschämt zu Boden.

»Nein«, flüstere ich eine Halbwahrheit.

»Wie bitte?«

»Nein!«, rufe ich, jetzt zorniger. Ich sehe Robby in die Augen und runzele meine Stirn fast genauso heftig wie er. »Es ist doch niemand hier, wen hätte ich bitte fragen sollen?«

»Mich zum Beispiel, du Holzkopf!«

Ich weiche seinem Blick aus. Ihn fragen – dass ich nicht lache. Damit er mir direkt den Kopf abgeschlagen hätte?

»Ha!«, macht Robby. »Mir ist schon klar, wieso du mich nicht gefragt hast. Vor ein paar Monaten, als es dir darum ging, meine Tochter abzuchecken, da hattest du kein Problem damit, quer durchs ganze Studio zu brüllen, dass du meine Hilfe brauchst. Aber jetzt – ha! –, jetzt, wo du Mia bei Minusgraden auf der Straße hast sitzen lassen, da scheißt du dir bei meinem Anblick fast in die Hosen!«

Gina greift nach Robbys gigantischem Oberarm, aber er dreht sich von ihrer Berührung weg. »Das ist eine Angelegenheit zwischen mir und ihm«, ermahnt er sie.

Es stimmt. Alles, was ich weiß und kann, hat er mir beigebracht, und heute habe ich seinen wichtigsten Rat mit Füßen getreten.

»Komm mit«, fordert er mich auf.

»Wohin?«, frage ich ängstlich.

»Wir reden.«

»Wieso?«

»Weil ich es sage.« Robbys väterlich strenger Ton lässt keinerlei Spielraum, sich ihm zu widersetzen.

Ich folge ihm in einen Raum neben der Damenumkleide, auf dem in Großbuchstaben PRIVAT steht. Es ist ein kleines Büro, das vor Gerümpel und Papierkram überquillt.

»Hinsetzen«, fordert er, seine Autorität irgendwo zwischen Drill Instructor und Professor Snape. Also lasse ich meinen schwitzigen Hintern auf dem Holzstuhl vor dem Schreibtisch nieder, auf dem ein Computer steht, der älter sein muss als ich. Robby setzt sich mit einer halben Pobacke auf die Tischkante, als wolle er meine Mathelehrerin Mrs Kent imitieren.

»Wieso?«, fragt Robby nur, plötzlich wieder so wortkarg, wie es typisch für ihn ist.

»Wieso was?«, entgegne ich wie ein bockiger Teenager.

»Das weißt du genau.«

Ich hole tief Atem und antworte, ohne ihn anzusehen: »Es war ein dummer Streit. Ich hätte Mia nicht dort sitzen lassen dürfen. Das war scheiße. Ich hab's sofort bereut.«

»Stopp. Das will ich nicht wissen. Wieso hast du dich eben auf der Bank so bescheuert verhalten? Das bist doch nicht du. Du bist gut. Du unternimmst keinen Max-Versuch ohne Absicherung.«

»Anscheinend schon.«

Abrupt baut er sich wieder auf und droht: »Sprich nicht mit mir, als wärst du ein kleines Kind. Ich will wissen, wieso sich der beste Junge, der je hier war, plötzlich benimmt wie ein hirnloser Proll. Wem wolltest du gerade etwas beweisen?«

Und dann, einfach so, explodiere ich. Der Druck, der sich seit Tagen aufgebaut hat, entlädt sich mit einem Knall.

23 Mia & Jake

Mia

»Ihr müsst mir jetzt wirklich nicht auf Schritt und Tritt folgen.« Ich drehe mich auf dem Absatz zu Hati und Luca um. Luca hat uns vor dem Schulgebäude in Empfang genommen, wo er auf uns gewartet und sich währenddessen die Zeit mit Bildbearbeitung auf seinem Handy vertrieben hat. Nun trotten die beiden auf meinem Heimweg hinter mir her, als wären sie meine Bodyguards, die mir zum Schein so etwas wie Privatsphäre geben wollen.

»Ich muss eh in diese Richtung«, beteuert Hati.

»Ja, und ich will deine Meinung zu diesem Foto, wenn ich fertig bin.«

»Meine Meinung?« Der kurze Blick, den ich eben auf das kleine Handydisplay werfen konnte, zeigte mir mein eigenes Gesicht mit grauen Schatten unter den Augen und schwarzen Rinnsalen aus Mascara und Kajal um die Lider. »Ich sehe darauf aus wie Gerard Way von *My Chemical Romance*.«

»Ich finde, du siehst darauf aus wie Billy Molly Brown in *Stranger Things*!« Hati beeilt sich, zu mir aufzuholen.

»Die heißt Millie Bobby, nicht Billy Molly«, korrigiert Luca, der zwei große Schritte macht, um ebenfalls zu uns aufzuschließen.

»Millie, Billy, Bobby – ist doch ganz egal!«, winkt Hati ab. »Auf jeden Fall siehst du darauf aus wie eine richtig starke Kämpferin!«

»Wow!« Ich hebe abwehrend die Arme, halte an einer roten Fußgängerampel und strecke einen Arm aus, um Luca zurückzuhalten, der im Begriff ist, über Rot zu gehen. »Jetzt ist es aber mal gut. Ich hab euch echt lieb. Aber ich brauche keine Babysitter und auch keine Motivationsredner. Ich komme schon klar.« Während ich die Ampel auf der gegenüberliegenden Straßenseite fixiere, ziehe ich meinen Schal enger um mich. Im Augenwinkel kann ich beobachten, dass sich meine beiden Freunde besorgte Blicke zuwerfen. Hati leckt sich über die Lippen, als müsste sie sich dazu zwingen, etwas zu verschweigen.

Ich komme ihr zuvor: »Es ist wieder alles gut! Was am Samstag war, war am Samstag. Am Sonntag habe ich darüber geheult, dabei ausgesehen wie ein waschechter Emo – an dieser Stelle noch einmal danke, Luca, für die fotografische Dokumentation –, aber heute ist Mittwoch und es ist alles wieder gut.«

Luca hebt skeptisch eine Augenbraue, so hoch, dass sie unter den weißblonden Spitzen seiner Ponyfransen verschwindet. Es war klar, dass er mir das nicht abkauft. Aber ich kann mich nicht mit dem auseinandersetzen, was wirklich in mir vorgeht. Wenn ich in den vergangenen vier Tagen eines gelernt habe, dann, dass es leichter ist, Schmerz abzuschütteln, als ihn zuzulassen.

»Wenn wir schon mal hier sind, sollte ich wohl meiner Mutter Hallo sagen«, meint Luca, als wir am Studio ankommen und ich bereits im Begriff bin, den Weg um das Haus herum einzuschlagen. Ich vermeide es derzeit, durch die Kraftschmiede zu gehen, auch wenn es kürzer ist. Obwohl der Ort, seit ich denken kann, mein zweites Zuhause ist, ist er in den letzten Tagen zu einer Gefahrenzone mutiert. Selbst die Smoothie-Schicht, die ich normalerweise am Sonntagabend schiebe, hat Papa mir erlassen und auch sonst wollte er diese Woche keinerlei Hilfe von mir. Wenigstens einen Vorteil hat es also, ein liebeskranker Teenager zu sein.

Liebeskrank … schon das Wort lässt mich schaudern. Ich beginne, mir mein altes Mantra wieder einzureden: *Mir kann nichts wehtun!*

»Dann will ich aber einen Erdbeer-Milchshake abstaudben!«, wirft Hati ein.

»Erdbeer-Milchshake? Hati, das ist 'n Fitnessstudio, kein McDonald's.«

Die beiden beginnen einen Schlagabtausch, als sie auf Lucas Mutter hinter dem Tresen zugehen. Gina sieht besorgt aus, überspielt es aber schnell. Ich frage mich, ob es vielleicht ein Problem mit meinem Vater gibt. Gina ist normalerweise nie besorgt. Sie strahlt immer und bemuttert mich sonst von dem Augenblick an, da ich einen Fuß in die Kraftschmiede setze.

Luca ordert bei ihr einen Proteinshake in der Geschmacksrichtung Erdbeere, aber Gina bereitet direkt drei große Becher mit einem cremigen Getränk zu, das sie aus gefrorenen Bananen und Vollfettmilch mischt.

»Ist alles okay?«, traue ich mich schließlich zu fragen, als sie auch nach mehreren Minuten nicht in ihren üblichen übereuphorischen Plauderton verfällt.

»Bei mir?«, fragt Gina und reicht uns je einen Becher. »Natürlich!«, insistiert sie. »Was soll nicht okay sein?«

JAKE

»Ich wollte einfach mal was hinkriegen, okay? Was ist falsch daran, dass ich mal gewinnen wollte? Dass ich mich ein Mal gut fühlen wollte? Selbst wenn mich das Ding zerquetscht hätte, wäre es mir egal gewesen. Dann hätte ich wenigstens gegen etwas verloren, gegen das ich eine Chance hatte. Und ich hätte als ich selbst verloren. *ICH SELBST!* Nicht als irgendeine abgefuckte Version von mir, die meine Eltern oder mein Bruder oder diese komplett bescheuerten Kids in der Schule zu kennen glauben.«

Meine Brust bläht sich über meinem rasenden Herzen, das sich wie ein kleines, hastig pumpendes Lebewesen hinter den Rippen anfühlt.

»Ich hab keinen Bock mehr auf diesen Bullshit. Überall dieser *BULLSHIT*!«

Ich schreie jetzt. Robby bleibt vollkommen ungerührt. Er sitzt da vor mir, die Arme verschränkt, die Stirn gerunzelt, sein Blick auf mir. Es provoziert mich, dass er so regungslos ist. Dass er mich nicht zu trösten versucht. Also brülle ich noch lauter.

»Seit zwei verfickten Jahren halten wir es zu Hause mit diesem Scheißkerl aus. Seit zwei Jahren müssen WIR uns anhören, wie er besoffen nach Hause kommt und meine Mutter anschreit. Oder meinen Bruder. Oder mich. Und niemand macht was! Niemand! Und ich habe das Gefühl, niemandem davon erzählen zu dürfen, weil ich sonst … weil die Leute sonst reden! Ich muss die Fresse halten … die ganze Zeit!« Ich schaue hinab auf meine vibrierende Brust. »Ich hab keinen Bock mehr, so zu tun, als wäre alles okay!« Ich weiß, dass ich zusammenhanglos rede, aber ich kann nicht aufhören. »Dieses *Arschloch*! Er ist einfach abgehauen. Zu irgendeiner anderen Frau! So als könnte man … so als könnte man seine Familie einfach auswechseln! Wie ein … wie einen Backgroundtänzer!« Meine Wangen werden heiß und nass. Ich schäme mich vor Robby für meine Tränen und ich schäme mich, dass ich mich schäme.

»Ich bin ein Loser. Ein kompletter Loser. Ich krieg gar nichts hin.«

Ich sacke auf meinem Stuhl in mich zusammen und plötzlich ist Robbys große Hand auf meiner Schulter.

»Hör zu, Junge. Du steckst in einer Scheißphase. Erwachsenwerden ist nicht so leicht, wie du es dir vielleicht vorgestellt hast. Und Eltern zu sein … tja, das ist noch sehr viel schwerer.«

Ich schnaube und wische mir über die tropfende Nase.

»Doch, Jake, das kann ich dir sagen. Es ist verdammt hart, ein Vater zu sein. Plötzlich sind da diese kleinen Menschen, die dein ganzes Leben einfordern. Dann bist du nicht mehr Du, sondern vor allem ein Wir. Von deinem alten Ich bleiben dann vielleicht noch dreißig Prozent. Oder sogar nur noch ein Viertel. Und der ganze Rest, die übrigen Prozent – die sind viel wichtiger als du selbst. Ich bin mir sicher, dass es deinem Vater auch so geht. Manchmal findet man, dass der alte Herr ein Arschloch ist. Aber drüber reden hilft immer.«

Er versteht es nicht. Er versteht es einfach nicht! Prozentrechnung? Was hat das denn damit zu tun, dass mein Vater säuft und uns im Stich lässt? Mein Vater hatte alles und trotzdem …

Die Trauer und der Zorn vermischen sich in meinem Blut und ich koche erneut über. Mit festem Blick nehme ich ihn ins Visier, diesen Mann, der immer mein größtes Vorbild war, und dann schleudere ich ihm etwas entgegen, von dem ich weiß, dass es ihn zerstören wird.

»Ach ja? Und wie kannst du dir da so sicher sein? Wenn du vor allem ein *Wir* bist, wieso bekommst du es dann trotzdem nicht hin, für deine Tochter da zu sein? Denn das ist ja offensichtlich. Sonst würde sie sich wohl kaum dafür die Schuld geben, dass ihre eigene Mutter tot ist.«

Robby sieht aus, als hätte ich ihn mit einem tonnenschweren Fahrzeug überrollt. Sein Gesicht ist straff gespannt, der Mund steht offen und der riesige Körper wirkt kraftlos. Sein sonst so gerader, aufrechter Rücken sackt zusammen. Wie bei einer Marionette, deren Puppenspieler in den Feierabend gegangen ist.

Ich sehe seinen Adamsapfel hüpfen, als er heftig schluckt. »Ich bin mir nicht sicher, was du damit andeuten möchtest, Jake, aber wenn du jetzt wild um dich schlagen und mich verletzen willst, nur, weil du zu Hause Stress hast, dann warst du heute zum letzten Mal hier.«

Ich springe auf. »Schön«, zische ich. »Schmeiß mich ruhig raus. Das ändert auch nichts daran, dass Mia von dem Gedanken besessen ist, ihre Schmerzunfähigkeit wäre der Grund, dass ihre Mutter gestorben ist. Das wusstest du nicht, oder? Was dachtest du denn, wieso sie der ängstlichste Teenager der Welt ist? Und warum sie niemanden an sich ranlässt? Du behauptest, dein Kind wäre dir das Wichtigste? Wieso hast du dann keine Ahnung, dass deine Frau gestorben ist, weil Mia sich mal wieder verletzt hat, he? Ja, da guckst du … Das wusstest du nicht! Also erzähl mir nicht, wie wichtig es ist, dass Kinder mit ihren Eltern reden.«

Die Veränderungen in Robbys Körper sind marginal. Nur das Beben seiner Nasenflügel und das Weiß, das auf seinen Fingerknöcheln zum Vorschein kommt, verraten mir, dass er sich allein durch überirdische Kraft davon abbringen kann, mich dem Erdboden gleichzumachen. Ich will, dass er es tut. Ich will, dass sich einmal jemand einen Dreck um mich schert.

»Verschwinde«, brummt er. Leise. Zu leise. Seine Stille jagt mir Angst ein. Angst und mehr Scham, als es meine billigen Tränen des Selbstmitleids je vermocht hätten.

Also kehre ich ihm den Rücken zu und gehe zur Tür.

»Ich wünsche dir, dass du nie lernen musst, was es heißt, jemanden zu verlieren, den du liebst.«

Schuldbewusst und unendlich betroffen drehe ich mich zu ihm um. Ich will mich nur noch entschuldigen. Ihm sagen, wie sehr ich ihn dafür bewundere, dass er Mia trotz allem zu so einem tollen Menschen erzogen hat. Dass ich mir nichts sehnlicher wünsche als seine Anerkennung. Und dass ich wünschte, mein Vater wäre nur ein kleines bisschen mehr wie er. Ich will alles zurücknehmen, was ich gerade in blinder Wut von mir gegeben habe, weil ich es wirklich bereue und nichts davon so gemeint war. Aber ich kann nicht.

Etwas in mir ist noch nicht bereit. Also sage ich: »Das habe ich doch schon längst.«

Robby schnaubt und sein Kopf wird von einem falschen, entrüsteten Lachen erschüttert. Er kaut auf etwas Unsichtbarem in seiner Backe herum, dann speit er seine letzten Worte aus: »Jake ... du hast keine Ahnung, Junge.«

Ich wende mich ab, öffne die Bürotür.

Und stehe direkt vor Mia, die mich mit einer Mischung aus Verachtung und Schock anstarrt.

MIA

Mir kann nichts wehtun!

Außer er.

Jakes Lippen setzen zu der ersten Silbe meines Namens an. Fast so, als wolle er sie zu einem Kuss formen.

In mir macht sich eine Aggression breit, die ich niemals für möglich gehalten hätte.

»Warum hast du ihm das gesagt?«, schreie ich ihn in einer Lautstärke an, von der ich ebenfalls nicht wusste, dass ich sie aufbringen kann.

»Ich ...«

»Das war ein Geheimnis! Mein größtes Geheimnis! Wie kannst du so ... *Scheiße*. Ich hab dir vertraut, du Idiot!«

»Ich wollte nur ...«

»DU HAST NICHTS ZU WOLLEN! Das war keine Information, über die du verfügen durftest! Es war nicht *dein* Geheimnis!«

»Aber ich ...«

Er versucht, meinen Arm zu greifen. Noch vor zwei Minuten, da bin ich mir sicher, hätte ich alles dafür getan, dass er mir vergibt. Dass wir vergessen, was mit Magnus geschehen ist, dass die Party einfach ausgelöscht würde. Ich wäre um jeden Preis in die Vergangenheit gereist und hätte ihm von Anfang an reinen Wein eingeschenkt. Doch jetzt schwanke ich.

Ich sehe an Jake vorbei auf die steinerne Miene meines Vaters, in der ich lesen kann, dass er die letzten sechs Jahre infrage stellt. Es ist dieser Blick, vor dem ich mich seit Mamas Tod fürchte. Wegen dem ich gelogen habe. Ein Blick, der mir das Gefühl gibt, er würde mich sofort gegen Mama eintauschen, wenn er die Chance dazu hätte.

Ich will es nicht, aber ich fange sofort an zu heulen. Kein zitterndes, dramatisches Tränenrollen, das mit glasigen Augen beginnt und mit theatralischen Taschentuchtupfern endet. Nein. Eine Sturmflut von Tränen und Rotz bricht über mich herein, zerschellt an meinem Gesicht und lässt mich in schäumender Zornesgischt zurück.

»Du hast nur an dich selbst gedacht«, herrsche ich Jake an. »Du wolltest dein eigenes erbärmliches Leben ausgleichen. Seit Wochen kommst du bei mir angeschissen, wenn es dir schlecht geht. Wenn du über deinen Vater sprechen willst oder wenn du dich unsicher fühlst – dann bin ich gut genug. Aber als mich am Samstag deine ganze beschissene Schule angegafft und ausgelacht hat, da hast du gar nichts gemacht!«

Die Worte sprudeln aus mir heraus. Ich dachte immer, dass solche zornerfüllten Monologe, die in Büchern und Filmen das Ende einer Beziehung manifestieren, reine Fiktion seien. Ich dachte, kein Mensch sei in so einem Moment noch in der Lage, seine Gefühle in Worte zu fassen. Doch hier stehe ich nun und schleudere Jake meine Wut wie kleine Pfeile entgegen. Ich will, dass sie ihn alle treffen. Ich will ihm genauso wehtun, wie er mir wehgetan hat. Denn so ist es anscheinend mit der Liebe: Früher oder später fordert sie ihren Tribut. Früher oder später verwandeln sich die Herzchen in Wurfgeschosse. Die Küsse in Fäuste. Die Schmetterlinge in Schmerzen.

Jake beschwichtigt mich, versucht, meinen Ausbruch zurückzuhalten, als wolle er einen brechenden Staudamm zurückdrängen. »Ich bin nie zu dir gekommen, nur weil es mir schlecht ging.«

»Doch! Doch, das bist du! Als dein Bruder verschwunden ist, als dein Vater dich geschlagen hat – jedes Mal!« Sollen doch ruhig alle auch sein Geheimnis erfahren. Meines war ihm schließlich auch nichts wert.

Jake schüttelt heftig den Kopf, als würde ich einen wichtigen Punkt nicht begreifen. »Weil du der Mensch bist, bei dem ich sein will, wenn es mir schlecht geht! Weil ich mich bei dir nicht ablenken muss, sondern meine Gefühle zulassen kann. Weil ich nur bei dir nicht so tun muss, als wäre alles okay.«

»ES IST ABER NICHT OKAY«, kreische ich. Ich kann förmlich spüren, wie unbehaglich sich Papa, Luca, Hati und Gina als unfreiwillige Zeugen der Szene fühlen. Aber es ist eine Jetzt-oder-nie-Situation. Das alles muss jetzt raus.

»Es ist nicht okay«, wiederhole ich. »Du kannst nicht alles haben, weißt du? Du kannst nicht behaupten, dass ich diese Person für dich bin, und bei der erstbesten Gelegenheit missbrauchst du das Vertrauen, das ich in dich hatte!«

Mein Hals zieht und meine Stimme kratzt, weil ich die

ganze Zeit zu ihm raufgucke und ihn anschreie. Jake hingegen hat den Blick gesenkt und schenkt mir nicht mal einen Wimpernschlag. Ich weiß nicht, ob das heißt, dass ich recht habe. Ich weiß nicht mal selbst, ob ich recht habe oder ob recht haben hier überhaupt noch irgendeine Rolle spielt. Ehrlich gesagt wollte ich noch nie so sehr falschliegen wie jetzt gerade.

Jake dreht den Kopf zu meinem Vater, seine Schultern hängen noch immer, er sieht klein aus. »Es tut mir leid, Robby. Ich verschwinde.«

Dann sieht er mir ein letztes Mal in die Augen. Seine sind groß, rund, fast schwarz und traurig. »Ich wollte wirklich kein Arschloch mehr sein. Aber vielleicht passen wir doch nicht so, wie ich dachte.« Er senkt den Blick wieder und geht an mir vorbei. Mit seinen hängenden Schultern, die so breit und kräftig sind – und das alles trotzdem nicht halten konnten.

Und dann, einfach so, werde ich von Schmerz zerfetzt. Einem, der nicht von außen in mich eindringt. Sondern einem, den mein Körper selbst herstellt.

Ich hab dich gewarnt, schluchzt mein Herz.

24 Mia & Jake

Jake

Ich bin zu Hause in meinem Zimmer und drehe mich im Kreis.

Sprichwörtlich.

Wortwörtlich.

Im Kreis, im Kreis, im Kreis.

Meine Kleidung ist durchgeschwitzt.

Mein Körper hinüber.

Und plötzlich höre ich aus Frankys Zimmer diesen Song, der durch mein Auto wummerte, als Mia und ich auf einem Feldweg durch die sternenklare Nacht fuhren und nach ihm suchten.

Die Sache ist die: Es gibt Dinge, die wir nicht infrage stellen. Schon gar nicht, wenn wir noch jung sind. Dass wir ein Zuhause haben, zum Beispiel. Ein Zuhause, für das unsere Eltern Geld aufbringen mussten, das sie mit Möbeln und komischer Deko gefüllt haben. Wir hinterfragen all diese Dinge nicht, die sie für uns angeschafft und aufgebaut haben. Die Autos in der

Garage, die Garage selbst. Und doch sind es diese selbstverständlichen Objekte, die unser Zuhause lebendig wirken lassen.

Das fällt mir jetzt auf, wo einige dieser Sachen plötzlich fehlen. Sie haben Staubränder in dem Setzkasten unseres Familienlebens hinterlassen. Dort, wo sie waren, herrscht nun Leere. Und diese Leere ist präsenter als das Objekt, das dort jahrelang seinen Platz hatte.

Wenn ich es mir recht überlege, dann sind auch wir als Familienmitglieder nur Figuren in unserem Setzkasten. Wir wurden gesammelt und nebeneinander ins passende Fach gestellt. Und erst jetzt, wo plötzlich eine Figur fehlt, fällt mir auf, dass mir ihre Anwesenheit etwas bedeutet hat.

Es ist wie bei dem Rahmen mit der Goldenen Schallplatte in unserer Eingangshalle. Seit jeher zogen mich meine Klassenkameraden mit Zeilen aus Dads großem Hit auf. Die Platte war mein persönliches Mahnmal für den verdammt schmalen Grat zwischen Neid und Anerkennung, zwischen Anpassung und Ausgrenzung, zwischen Neckerei und Mobbing.

Früher habe ich meinen Dad verehrt.

Dann wollte ich ihn hassen.

Aber egal, was war, ich wollte immer eine Verbindung zu ihm haben. Als ich ihn hasste, wahrscheinlich sogar dringlicher als zuvor. Je weniger er mich bemerkte, umso mehr wollte ich seine Aufmerksamkeit. Denn auch die Liebe unserer Eltern halten wir schließlich für selbstverständlich, oder? Sie gehört zu diesen Grundfesten, die wir nicht hinterfragen: ihre Liebe zu uns und auch ihre Liebe zueinander. Wir werden mit der Annahme groß, dass das so richtig ist. Genau wie ihre Ehe.

Was bleibt uns also anderes übrig, als in alle Richtungen auszuschlagen, wenn diese Grundfesten plötzlich erschüttert werden?

Mia

Den ersten Knochenbruch, an den ich mich bewusst erinnern kann, erlitt ich an meinem fünften Geburtstag. Wir feierten im Hinterhof des Fitnessstudios, aber sonst weiß ich nicht mehr viel von diesem Fest. Ich habe in den letzten Jahren zu heftig daran gearbeitet, alle Gedanken an mein Leben »davor« zu verdrängen.

Wenn Mamas Gesicht plötzlich doch in meinem Kopf auftaucht, schließe ich die Erinnerungsdatei meistens sehr schnell, um zu verhindern, dass sie mich traurig machen kann. Doch heute lasse ich zu, dass die Bilder von meinem fünften Geburtstag unzensiert auf meine innere Leinwand projiziert werden. Ich sehe vor mir, wie ich auf eine Plastikrutsche steige, auf die oberste Sprosse klettere und laut etwas rufe. Im ersten Moment johle ich begeistert von oben, im nächsten stürze ich kopfüber in die Tiefe und falle ungebremst auf meine linke Schulter. Meine Arme strecken sich nicht aus, um meinen schmächtigen Körper abzufedern. Ich versuche nicht, mich auf den Handflächen abzufangen oder gar auf den Hintern abzurollen. Ich plumpse einfach hinab – in einer Mischung aus Schock und der unfreiwilligen Komik, die fallende Kinder so an sich haben.

Die Diagnose lautete an diesem Tag: Schlüsselbeinbruch. Einmal glatt durch. Doch das war nicht meine erste Erinnerung an Schmerz. Natürlich nicht. Ich hab ja keinen gespürt. Aber ich war sehr sauer darüber, dass mein Papa mich ausgerechnet an meinem Geburtstag ins Krankenhaus fahren musste. Und dann bekam ich nicht mal die Chance, am nächsten Tag eine Armschlinge im Kindergarten vorzuführen. Denn ich durfte wochenlang nicht in den Kindergarten. Ich musste rund um die Uhr beobachtet und stillgehalten werden. Mir wurde nicht eine Sekunde im Scheinwerferlicht neugieriger Kinderaugen gegönnt, die mich um meinen Piratenmut oder die schmerzlichen Erfahrungen oder wenigstens die coole Schlinge beneideten. Denn komischerweise ist das so – man bekommt Anerkennung für Verbände, Gipsarme und Krücken. Sie zeigen, dass man etwas erlebt hat. Dass man an etwas gewachsen ist.

Mein Leben lang habe ich mir gewünscht, solche Erfahrungen zu sammeln. Mehr zu fühlen. Sensibler, empfindlicher und irgendwie mehr Teenager und gleichzeitig mehr Mensch zu sein.

Jetzt wünsche ich mir nur, ich könnte diesen nicht enden wollenden Strom aus Empfindungen und Gefühlen einfach ausschalten. Ich würde alles dafür tun, damit dieser Wirbelsturm aus Schmerz, den ich nicht auf der Haut, aber in meinem Herzen spüre, einfach in demselben Netz hängen bleibt, das seit jeher alle Reize von mir fernhält. Was denkt sich mein Körper denn bitte dabei? Schmerz durch Schlüsselbeinbruch – du musst leider draußen bleiben. Messer auf dem Küchenboden – macht mir doch nichts aus! Aber du, scheißbeschissener liebeskranker, allumfassender Herzenskummer – herzlich willkommen! Hereinspaziert!

Jake

Ich lausche eine Zeit lang dem Song aus Franks Zimmer und ringe um Fassung. Doch während des zweiten Refrains rinnt mir meine Beherrschung einfach so durch die Finger.

Ich beobachte die Bilder an meiner Wand und frage mich, wann eigentlich entschieden wurde, dass ich Snoop Dogg mag? Und wieso ich angefangen habe, auf Basketball zu stehen? Was hab ich mit Michael Jordan am Hut? Mag ich diese Dinge wirklich? Oder dachte ich nur schon sehr früh, es wäre angemessen, all das zu mögen? Weshalb? Weil mein Vater diese Typen mochte? Weil er einen Haufen Kohle mit Hip-Hop verdient hat? Weil ich ihm gefallen wollte?

Welche Entscheidung habe ich jemals selbst getroffen?

Was gehört zu mir?

Wer bin ich?

Die Bilderrahmen zerschellen auf dem Boden meines Zimmers. All diese Entscheidungen, die ich nicht selbst getroffen habe, all das, was ich nie infrage gestellt habe, zerschellt zu einem Meer aus Scherben.

Als ich schwer atmend inmitten des zerbrochenen Glases stehe, denke ich an Mia.

Und mir wird klar …

… uns habe ich nie infrage gestellt.

Vielleicht ist Mia die erste Entscheidung in meinem Leben, die ich ganz alleine getroffen habe. Alleine, bewusst und mit nur einer Intention: glücklich zu sein.

Mia

Ich laufe.

Ich laufe so schnell, dass ich nicht mehr genau weiß, ob meine Beine mich noch tragen oder ob sich der Boden unter meinen Füßen schon verselbstständigt hat.

Ich höre nur den Beat in meinen Ohren und versuche, nicht zu weinen.

Aber ich krieg's nicht hin. Ich jogge meine alte Lieblingsstrecke entlang – zum gefühlt eintausendsten Mal diese Woche – und ich heule wie bescheuert. Meine Atmung und mein Puls schlagen Loopings, weil ich nicht im selben Rhythmus laufen, atmen und heulen kann, aber das muss doch so sein, oder? Wenn etwas wehtut, ist man aus dem Rhythmus.

Nass geschwitzt und mit rasendem Herzen verfalle ich die letzten Meter vor der Kraftschmiede in einen leichten Trab. Meine Füße rollen aus, meine Beinmuskulatur kribbelt, ich spüre mich. Plötzlich muss ich trotz allem grinsen. Ich erinnere mich daran, wieso ich das hier früher so gerne tat. Die körperliche Ermüdung tut gut. Sie entlastet die Dauererschöpfung, die meinen Kopf befallen hat.

Ich bin in zwei dicke Pullover gehüllt und atme weiße Dunstwölkchen in den Novemberabend. Die Kälte brennt in meiner Luftröhre, jetzt, wo ich langsam gehe, und der Schweiß in meinem Nacken wird eiskalt in dem Wind, der das inzwischen dauerhaft geschlossene Rollgitter des Fitnessstudios zum Klappern bringt.

Für einen klitzekleinen Moment muss ich daran denken, was passieren könnte, wenn ich gleich durch die Halle gehe. Mittlerweile ist die Panik, Jake hier zu begegnen, einer noch viel schlimmeren Angst gewichen: davor, dass er gar nicht mehr auftauchen wird. Ihm über den Weg zu laufen war in den letzten Monaten ein kleiner Lebensinhalt von mir. Einer, den ich bestimmt niemals haben wollte. Existieren, um einem Jungen über den Weg zu laufen? Pf.

Trotzdem … hier steh ich nun. In einer Pfütze meines eigenen Schweißes. Und ich habe Angst.

Das Schlimmste daran, jemanden zu verlieren, ist die Furcht davor, nie wieder etwas derart Großes empfinden zu können.

»Mia!« Die tiefe, dunkle Stimme meines Vaters dringt leise vom Eingang zu mir her.

Ich drehe mich zu ihm um und schiebe die Kopfhörer von den Ohren. Es war das erste Mal, dass ich mit Kopfhörern draußen gelaufen bin. Die Musik war die ganze Zeit so laut, dass ich weder das Traben meiner Sohlen noch das Rauschen meines eigenen Atems hören konnte. Ich habe all meine Lieblingssongs gehört, ohne mir Sorgen darüber zu machen, ein vorbeifahrendes Auto zu überhören oder, zu tief versunken in einer Textzeile, über meine eigenen Füße zu stolpern. Ich war unbeschwert.

»Hey«, antworte ich meinem Vater. Er trägt seine übliche Kombination aus riesigen Pump-Jogginghosen und einem winzigen T-Shirt. Sein Körper steht unter Spannung, seine Haltung ist eher eine Pose, aber sein Gesicht strahlt eine sanftmütige Entspannung aus, die ich nur selten an ihm sehe. Etwas ist anders.

Er beordert mich, mit ihm mitzukommen. Aber wir gehen nicht in unsere Wohnung, sondern in sein Büro neben den

Umkleiden. In diesen kleinen fensterlosen Raum, der aussieht wie das überzeichnete Klischeearbeitszimmer eines verrückten Professors. Es ist vollgestopft mit den Steuererklärungen der letzten dreißig Jahre, Rechnungen, Verträgen und anderem Papierkram. Überall stehen Verbrauchsmaterialien wie Desinfektionsmittel, Toilettenpapier und Proteinpulver in riesigen Dosen herum, auf die in schrecklichen Schriftarten pompöse Versprechungen aufgedruckt sind *(Muscle gain! Low carb! Less fat!)*.

Ich schaue auf die Uhr über seinem Schreibtisch – sie läuft noch auf Sommerzeit und zeigt kurz nach halb sieben an.

»Ich dusche nur schnell, dann können wir zu den Arenas«, sage ich. Unser allfreitägliches Abendessen steht an.

»Ja, ja, das hat noch einen Moment Zeit«, verkündet er.

Ich runzele die Stirn und verschränke meine verschwitzten Arme hinter dem Kopf.

»Ich möchte dir etwas geben. Das ist wahrscheinlich längst überfällig.«

Interessiert beobachte ich, wie er seinen Schreibtischstuhl besteigt und eine der obersten Türen des vollgestopften Aktenschrankes öffnet. Es hat etwas merkwürdig Würdeloses, wenn ein ein Meter neunzig großer, einhundertzwanzig Kilo schwerer Mann auf einen Bürostuhl mit Rollen klettert. Und gleichzeitig wirkt es erstaunlich aufmunternd, dass auch ein erwachsener Mann ohne bescheuerte Krankheit einen solchen Anfängerfehler begeht.

Er bugsiert eine Kiste und einen alten Schuhkarton vom Regal und bringt dann seinen Titanenkörper wieder auf festen Boden. Papa stellt die Schachteln auf einem bedrohlich schwankenden Papierstapel ab und öffnet dann die größere der beiden.

»Es sind alte Klamotten von deiner Mutter. Einige Bandshirts, die dich interessieren könnten. Und ein bisschen was von dem anderen Kram, den sie früher gern angezogen hat. Gürtel und so was.« Er deutet auf die andere Kiste. »Hier drin sind einige CDs. Ich dachte, es hätte keinen Sinn mehr, dir all diese Sachen zu geben. Schließlich hörst du deine Musik ja eh nur noch auf diesem Spotidingsbums. Aber als du mir letztens dieses Albumcover gezeigt hast …«

Mit weit aufgerissenem Mund starre ich ihn an. Er hat die kommunikative Mauer, die wir jahrelang um das Gesprächsthema »Mama« gezogen haben, gerade nicht nur überstiegen, sondern mit einer Abrissbirne eingerissen. Nachdem Jake meinen Vater auf so unaussprechliche Weise darüber aufgeklärt hat, wieso Mama und ich wirklich in dem Unfallwagen saßen, dachte ich, Papa würde sie nie mehr erwähnen! Ich vermutete, wir würden das Thema nun auf alle Zeit totschweigen – schon allein, damit er mich nicht spüren lassen müsste, wie sauer er auf mich ist.

Doch nun zieht er eine Ausgabe von *Enema of the State* aus der Kiste und wischt ein wenig Staub von der Plastikhülle. Auf eBay würde man für diese Platte wahrscheinlich nicht mal einen Euro bekommen. Aber die Scheibe, die Papa da in der Hand hält, hat einen unschätzbaren Wert. Das ist die LP, die meine Mutter in ihren CD-Spieler geschoben hat. Die hat sie gehört, als ich klein war. Als sie mit mir schwanger war. Während andere Babys mit Mozart beschallt wurden, damit sie kluge, intellektuelle Hosenscheißer werden, hat meine Mutter mir versauten amerikanischen College-Punk vorgespielt.

Wenn jemand tot ist, neigst du dazu, ihn zu überhöhen. Eine tote Mutter ist immer automatisch eine großartige Mutter.

Aber, verflucht noch eins, mir soll mal einer sagen, dass meine Mama nicht leibhaftig die Allercoolste war!

Die Tränen auf meinen Wangen sind heiß und schnell. Ich werfe mich, nass geschwitzt und verheult, wie ich bin, in Papas Arme und schmiege mich eng an seine harte Brust. Er weint auch. Zumindest ein bisschen. Er küsst meinen Kopf und sagt dann leise: »Ich wollte keine Wunden aufreißen. Deswegen habe ich dir die Sachen nie gegeben. Ich wollte, dass du einfach weiterleben kannst, ohne ständig an sie zu denken. Ich dachte, es wäre richtig, nie über sie zu sprechen, weil … ich dir nicht wehtun wollte.«

Ich sehe zu ihm auf.

Er verdreht die feuchten Augen. »Jaja, ich weiß, dir kann gar nichts wehtun.«

»Doch«, schniefe ich, »doch, Papa. Ich hab's jetzt kapiert. Mir kann sogar ziemlich viel wehtun. Aber irgendwie ist das auch okay. Es … na ja. Ich denke, man lernt daraus. Oder?«

Papas Brust erbebt unter einer Mischung aus verhaltenem Lachen und tiefem Schluchzen. »Das hast du gut gesagt. Man lernt daraus.«

»Ich hab immer gedacht, sie würden irgendwann weggehen. Diese …«, ich bringe die Worte kaum heraus, »Schuldgefühle. Ich dachte, wenn ich es dir einfach nur nie sage, wieso wir … also, weshalb …«

»Mia.« Papas Stimme ist plötzlich ganz zart. Nicht weich wie Butter. Aber immerhin so weich wie die sanfteste Stufe Schmirgelpapier. »Hör mir mal zu.«

Ich hebe mein Kinn und sehe ihm in die Augen, beobachte die Falten darum und frage mich, ob er die auch hätte, wenn alles anders gekommen wäre.

»Es war niemals deine Schuld. Niemals.«

Als er es ausspricht, erwarte ich, noch heftiger weinen zu müssen, aber das Gegenteil ist der Fall. Ich sauge seine Worte auf und merke, wie sie in mir in die richtige Position fallen. So als hätte mein Körper seit Jahren die Rezeptoren auf diesen Freispruch vorbereitet und nur darauf gewartet, dass sie endlich andocken.

»Ich habe viele Dinge falsch gemacht. Aber am schlimmsten waren wahrscheinlich die Dinge, die ich nie getan habe – zum Beispiel, dir tief in die Augen zu sehen und zu bemerken, dass du mir nicht ganz die Wahrheit sagst. Oder dir zu versichern, dass es zwar verdammt beschissen ist, wie es gekommen ist. Aber dass es nun mal eben so ist. Und … dass du einfach richtig so bist, wie du bist. Das würde deine Mama auch sagen.«

Obwohl Papa nun weint, spüre ich, wie mein zersprungenes Herz beginnt, sich wieder zusammenzusetzen. »Es ist, wie du gesagt hast: Aus Schmerzen lernt man. Nur hat der Lernprozess auch bei mir ein bisschen länger gedauert. Ich dachte, es wäre für dich leichter, wenn ich dir nicht zeige, dass ich leide. Das bereue ich. Wir sind doch ein Team.«

Ich lege meine Wange an Papas Brust, höre seinen Herzschlag und flüstere: »Ja. Wir sind ein Team. Oder eher eine Lerngruppe – was meinst du?«

»Das klingt gut. Wir lernen ab sofort zusammen.«

Und das ist es. Dafür ist er gut. Der Schmerz. Zum Lernen. Es hilft nichts, ihm ewig aus dem Weg zu gehen. Er holt einen ja doch ein. Und dann zerfetzt er einen so richtig. So sehr, dass man glaubt, man würde es nicht überleben.

Aber hier stehe ich und lebe.

182 TAGE SPÄTER

25 Mia & Jake

Mia

Es war mir egal, dass ich ihn kaum kannte. Ich wollte einfach nur dieses Gefühl erleben. Dass er sich nahm, was er von mir wollte. Das hier hatte nichts mit Liebe zu tun. Ich hatte gelernt, mich vor der Liebe in Acht zu nehmen. Sie fügte einem nur Schmerzen zu. Was ich wollte, war … seine bretthartе Männlichkeit bohrte sich in meinen Rücken und ich …

»ECHT JETZT?«, brülle ich. »Seine Männlichkeit ist bretthart? Klingt, als könnte man sich daran einen Splitter holen. Nein, danke!«

Ich werfe Hati das Buch entgegen.

»Ich weiß nicht, was du hast. Bretthart klingt doch ganz nett.« Luca lächelt süffisant. Süffisant – ich weiß zwar nicht genau, was dieses Wort bedeutet, aber es eignet sich definitiv zur Umschreibung von Lucas Grinsen. Diesen Gesichtsausdruck hat er übrigens erst drauf, seit seine Tinder-Dates um einiges erfolgreicher geworden sind.

Gierig greift er nach dem zu Boden gesegelten Roman, aber Hati kommt ihm zuvor und drückt den Schmöker besitzergreifend an ihre Brust. Sie streichelt über den Einband, als hielte sie einen wertvollen Schatz in den Händen.

»Das ist zufällig der vierte Band eines internationalen Bestsellers, okay? Anscheinend finden viele andere Leser das mit den männlichen Brettern ... äh, den brettharten Männern gar nicht so schlecht.« Sie läuft zartrosa an bei diesen Worten.

Vielleicht liegt es einfach nur daran, dass ich Männern in den letzten sechs Monaten nicht sehr viel Aufmerksamkeit gewidmet habe. Aber die Sexszenen in Hatices heiß geliebten Erotikschmonzetten lassen in mir keinerlei Hitze lodern.

Nicht mal ein Funke springt über.

Gar nichts!

Nada!

Ich denke nicht an Jungs. Nicht. Im. Geringsten.

Na ja. Okay. Gut. Um ehrlich zu sein: Manchmal denke ich vielleicht ein bis maximal zwei Sekunden an das Gefühl eines bestimmten Rückens unter meinen Händen. Für einen Wimpernschlag flackert ein Mund vor meinem geistigen Auge auf, der mich küsst. Und für einen absolut nicht nennenswerten Sekundenbruchteil wird meine Nase erfüllt von einem zitronigen Geruch.

Eigentlich würde ich meine beste Freundin ja weiter mit ihrer Vorliebe für die Männlichkeit literarischer Badboys aufziehen, aber seit sie letztens herausfand, dass unser Englischlehrer geheiratet hat, hat sie jede Form von Liebe bitter nötig. Selbst wenn es nur Zeilen wie diese sind. Dominik kam ausgerechnet mit einem riesigen Blech Kuchen in unser Klassenzimmer, um zu verkünden, dass er am Wochenende seine hochschwangere Freundin geehelicht hatte, was ich bis heute als eine wirklich sehr schreckliche Art von Humor empfinde. Einerseits war es nun mal der Kuchen, der vom Fest seiner Liebe übrig geblieben war. Andererseits war es praktisch, dass er selbst das Frustessen mitbrachte, das Hati nach der Detonation dieser Bombe sehr dringend brauchte. Es war ihr deutlich anzusehen, dass sie diese beiden Faktoren einige Minuten gegeneinander abwog, ehe sie sich dafür entschied, die Tränen der Eifersucht mitsamt drei Stücken Donauwelle hinunterzuschlucken.

Seitdem ist Hati die zweite Vorsitzende in meinem eigens gegründeten Klub der einsamen Herzen. Auf Lucas Mitgliedschaft können wir hingegen nicht setzen. Er hat nämlich kürzlich entdeckt, dass er aussieht wie der jüngere Bruder von Timothée Chalamet, wenn er aufhört, seine Haare zu blondieren, und nur noch mit zum Schlafzimmerblick verengten Augenlidern herumläuft. Seit dieser Erkenntnis kann er sich vor Dates kaum retten und mit jeder Verabredung wächst sein Selbstbewusstsein. Letztens war er sogar mit meinem Vater ein paar Gewichte stemmen, um eine kräftigere Brust aufzubauen. Hati und ich jedenfalls beglücken uns mit Büchern (in ihrem Fall) und mit Jogging (in meinem Fall).

»Bist du bereit für morgen?«, fragt mich Hati.

Ich schließe die Augen und fokussiere meinen Geist auf den morgigen Tag.

»Mia?«

»Mia, alles okay?«

Ich drehe mich zu Hati um. »Ja«, antworte ich. »Mir geht's super.«

»Also bist du bereit für morgen?«, fragt sie noch mal.

»Bereiter geht gar nicht.«

»Mama wird danach Lasagne machen«, verkündet Luca.

»Perfekt«, sage ich voller Vorfreude.

Ich rappele mich auf die Unterarme und sehe an meinen Freunden vorbei auf die Wiese zwischen den Skatepools und den Basketballplätzen. Wie an dem Samstagnachmittag vor etwa einem Dreivierteljahr ist der Park voller Menschen. Links von uns wird ein Flunkyball-Turnier ausgetragen, daneben spielt eine Gruppe Wikingerschach und immer wieder rollen kleine Kinder auf Laufrädern durchs Bild, dicht gefolgt von ihren panischen Eltern, die den flitzenden Nachwuchs in letzter Minute davon abhalten, die Halfpipe hinabzurollen.

»Woher kommt überhaupt die Faszination für Sixpacks?« Luca fuchtelt exzentrisch mit der Hand, als wäre er ein Shakespeare-Schauspieler.

»Wieso fragst du ausgerechnet mich das?« Hati wedelt mit dem Taschenbuch und bohrt einen Finger in den papiernen Nackedei. »Näher bin ich einem muskulösen Bauch noch nicht gekommen. Frag doch Mia, die kennt sich da viel besser aus!«

Mein Kopf schnellt zu ihr.

Luca wirft Hatice einen vorwurfsvollen Blick zu. Sie lässt theatralisch das Buch fallen und schlägt beide Hände vor den Mund: »Mia! Nein! So war es gar nicht gemeint! Ich hab natürlich nur auf deinen Vater angespielt. Also nicht, dass du auf das Sixpack von deinem Papa stehst, das wäre irgendwie krank. Nur, du weißt deswegen bestimmt einiges mehr über Muskeln. Also über Väter mit Muskeln. MÄNNER, Männer mit Muskeln, wollte ich sagen.«

»Großartig, gut gerettet, wirklich«, kommentiert Luca und klatscht dramatisch langsam in die Hände.

»Schon okay«, versichere ich.

»Ich meinte wirklich nicht …«

»Niemanden meinte sie.«

»Doch, also nein. Ich meinte nicht Jake.«

»Toll, Hati … wirklich! Ich wollte verhindern, dass du den Namen sagst.«

»Na komm, Mia weiß doch, wie er heißt.«

»Wow! Schon mal was von Taktgefühl gehört?«

Erneut bekommen sich die beiden in die Haare.

Und ich … ich denke nur noch an diesen einen Namen.

Jake.

Er kreist mir durch den Kopf wie ein Ohrwurm, der sich besonders hartnäckig festgesetzt hat. Der Ohrwurm zu einem Song mit unvergesslicher Melodie und mit Lyrics, die mich auch immer noch sehr tief berühren.

Einer dieser Songs, die mehr sind als nur Musik. Sie sind ein Duft. Ein Gefühl. Eine Zeitreise, die man auf Knopfdruck starten und auf *Repeat* stellen kann.

Jake

»Lass mich das mal klarstellen.« Benni legt mit einer schulmeisterlichen Miene die Fingerspitzen aneinander. Jetzt sieht er aus wie Angela Merkel, die kurz davor ist, einen diplomatischen Gast zu empfangen.

»Ich bin heute eigentlich hierhergekommen, damit wir zusammen für die mündliche Prüfung in Deutsch ackern können.

Aber in Wahrheit machen wir überhaupt gar kein Deutsch, sondern … *das*?«

Mein bester Kumpel deutet auf das Zettelchaos zu meinen Füßen.

»Yep.«

Benni zieht eine Augenbraue in die Höhe.

»Also –«, ergänze ich, »ich tue das. Was du machst, ist mir heute ausnahmsweise mal schnuppe. Wenn du Bock hast, dich mit Schillers *Maria Stuart* herumzuschlagen, dann hindere ich dich bestimmt nicht dran.« Noch während ich spreche, gehe ich in die Knie und balanciere einige Sekunden über den vielen Notizen, die ich mir gemacht habe.

»Dude«, sagt Benni mit einem tadelnden Ausdruck in der Stimme, der mir nicht gefällt. Ich hatte mit Euphorie gerechnet. Mit Unterstützung. Auf jeden Fall nicht mit Zögern.

»Hast du mich gerade *gedudet*?«

»Ja, Mann. Also … ich weiß ja nicht, ob das so 'ne gute Idee ist.« Er rudert mit den Armen über die Notizzettel. »Nach all der Zeit …«

Ich lasse mich im Fersensitz auf dem Boden nieder.

»Denkst du, *ich* wüsste es?«, frage ich schließlich. Shit, ich habe null Peil, was ich hier gerade mache. Ich weiß nur, dass das meine letzte Chance ist. Wer kann schon sagen, was in einem Monat ist? Wie wird sich alles verändern, wenn ich in drei Wochen meine mündlichen Abiprüfungen hinter mir habe und vielleicht die ersten Antworten auf meine Uni-Bewerbungen erhalten werde? Am Anfang des Schuljahres wusste ich nicht mal, ob ich jemals so weit kommen würde.

Aber am Anfang dieses Schuljahres – meines letzten Jahres an einer Schule, die ich zwischenzeitlich ziemlich gehasst habe –, da war so einiges anders. Da hatte ich verdammt wenig Ahnung. Vom Leben. Von der Liebe. Ich wusste bestenfalls, wie es sich anfühlt, keine Liebe zu kennen.

Heute weiß ich: Liebe ist ein Scheißgefühl. Ich spüre es permanent.

Aber ich will ehrlich sein. Es ist mittlerweile nicht mehr so schlimm wie vor einigen Monaten. Das macht die Aktion, die ich hier auf dem Boden meines Zimmers gerade plane, zwar etwas widersprüchlich, aber ich habe es schon mal festgestellt: Die Zeit heilt Wunden. Sie sorgt dafür, dass neue Bilder aufgehängt werden, dort, wo ein gräulicher Schemen an der Wand ein Mahnmal für Dads Abwesenheit gewesen ist. Ein großer Kunstdruck mit abstrakten rosafarbenen Mustern in unserem Fall, den ich vor etwa zwei Wochen in einem Onlineshop gesehen, bestellt und Mom geschenkt habe. Sie hat geweint vor Freude. Die Zeit macht auch, dass ich nicht mehr durchdrehe, wenn Mom bei solchen Anlässen weint, und dass ich meinen Dad sehen kann, ohne die Fassung zu verlieren. Ich treffe ihn immer nur mit Franky gemeinsam, nur bei Tag und nur an … »neutralen Orten«. Mein Vater wäre nie auf den Gedanken gekommen, einen dieser ominösen neutralen Orte auszuwählen, um mit seinen Söhnen Coke zu trinken und Pizza zu essen. Aber er geht jetzt zu einem Therapeuten und dessen Idee war das. Er ist ein cleverer Typ, dieser Therapeut.

Die Zeit war es auch, die ironischerweise dafür gesorgt hat, dass meine Mutter zehn Jahre jünger aussieht als noch letzten Herbst. So als wolle sich die Zeit selbst auf die Schippe nehmen. Den einen gibt sie Sorgenfalten, meiner Mutter hat sie sie genommen.

Es ist ebenfalls die Schuld der Zeit, dass ich langsam vergesse, wie sich Mias Körper neben meinem angefühlt hat. Vor einem halben Jahr war ihre Anwesenheit das präsenteste Gefühl, das ich je gekannt hatte. Mia war selbst dann *da*, wenn sie sich gar nicht bei mir aufhielt. Deswegen war es am Anfang nicht so schwer, ohne sie zu sein. Irgendwie blieb sie einfach … ein Teil von mir (wenn ich das so sagen kann, ohne wie ein kompletter Trottel zu klingen). Ich hab 'ne Weile gebraucht, um darauf klarzukommen, dass sie fort ist. Ihr jetziges Fortsein ist aber kein bisschen wie der Zustand vor unserem Kennenlernen. Ich stelle mir das vor wie eine mathematische Gleichung: Seit Mia von meinem Leben subtrahiert wurde, entspricht das Ergebnis nicht dem, was ich gewesen bin, bevor ich sie kennengelernt habe. Ich bin jetzt weniger. Früher war ich die Summe aus Jake. Jetzt bin ich die Summe aus Jake minus Mia.

Und diese Differenz schmerzt.

Nicht nur sie ist weg. Sondern auch der Teil von mir, der ich mit ihr sein konnte.

»Bist du ins Koma gefallen?«, fragt Benni und schnipst vor meinem Gesicht herum.

Ich blinzele meine Mathe-Analogien weg und entschuldige mich. »Was hast du gesagt?«

»Ich wollte wissen, wie ich dir bitte helfen soll, wenn du selbst nicht mal weiß, was du hier anstellst?«

Dennoch lässt sich Benni neben mir nieder. Er sammelt ein paar der Notizzettel auf, um sie nicht unter seinen dünnen Beinen zu begraben, und liest kritisch, was ich mit meiner Sauklaue daraufgekrakelt habe. Die Augen werden klitzeklein, seine Körpersprache schreit: *What the fuck?*

»Ich muss das hier alles sortieren«, erkläre ich ihm.

»Wonach? Jahr? Autor? Epoche? Versschema? Was ist das überhaupt?« Er wendet das Post-it, als vermute er auf der Rückseite nützliche Informationen. Benni liest mit zusammengezogenen Augenbrauen den Songtext, den ich daraufgekritzelt habe. »Also ... Jake ... Dude ... ich, also ... nicht dass ich deine lyrischen Ambitionen nicht unterstützen würde. Aber hältst du es echt für gelungen, *hair* mit *underwear* zu reimen?«

»Halt die Klappe«, raunze ich und schnappe ihm den gelben Zettel aus der Hand. Ich lege ihn auf einen Stapel rechts neben mir. Es ist der Stapel der »Kommt nicht infrage«-Zettel. »Das ist nicht von mir. Es ist aus ›The Party Song‹, einem Lied von Mias Lieblingsalbum.«

»Oooooookay.« Benni zieht das O so lang, wie es menschenmöglich ist, ohne an Atemnot zu sterben. »Jake. Hast du wieder heimlich romantische Retro-Komödien mit Hugh Grant geguckt?«

Ich schüttele den Kopf und fange emsig an, Zettel auf den Stapel zu meiner Rechten auszusortieren. »Nope.«

»Aber ...«

»Ich bin nicht mehr meine Summe, okay?«

Benni sieht mich an, als wäre ich komplett durchgedreht.

Also spezifiziere ich: »Ich bin nicht mehr die Summe von Jake. Sondern Jake minus Mia. Was, wenn wir im September wirklich nach Holland auf die Uni gehen? Soll ich da dann wirklich als Jake minus Mia auflaufen? Und was, wenn ich dreißig bin? Oder vierzig? Soll ich für immer Jake minus Mia bleiben?«

Benni öffnet und schließt den Mund einige Male und sieht dabei aus wie einer dieser Fische, die in chinesischen Restaurants immer an der Scheibe kleben. »Du hast dich in Holland beworben?«

»Groningen und Utrecht – war doch deine Idee«, sage ich knapp, während ich zwei weitere Zettel davonsegeln lasse.

»Aber … aber wir …« Benni sieht zu überfahren und zu gerührt aus, um näher darauf einzugehen.

»Keine Sorge – und an einem Haufen anderer Unis. Wenn du mich loswerden willst, habe ich also Alternativen. Aber egal, wo ich landen werde, ich will nicht Jake minus Mia sein.«

Benni beginnt nun, wahllos Post-its auszusortieren, obwohl er keine Ahnung hat, nach welchem System ich vorgehe. »Also willst du sie zurückgewinnen?«

Zurückgewinnen. Bei dem Wort muss ich glucksen. Es klingt, als würde ich die Hauptrolle in einem Netflix-Film spielen, der vermeintlich total nah an der jungen Zielgruppe ist. So einem, in dem der Typ immer erst merkt, was er an der Liebe seines Lebens hatte, nachdem er wochenlang ohne sie leben musste. Aber … wenn ich es mir recht überlege, bin ich wohl genau dieser Typ in meiner eigenen Geschichte.

»Ich will ihr nur klarmachen, dass mir ohne sie was fehlt.« Vielleicht geht es nicht darum, sie zurückzugewinnen. Es würde mich nicht wundern, wenn meine Differenz für immer bestehen bleibt. Aber dann brauche ich wenigstens etwas anderes, um diesen Fehlbetrag in der Summe Jake auszugleichen: Gewissheit.

»Lass mich raten: Dein Plan besteht nicht darin, einfach in das Fitnessstudio ihres Vaters zu latschen, sie dort abzufangen und sie zu bitten, deine … äh … Summe aufzufüllen?«

»Nope.« Robby würde mir mit Sicherheit die Haut vom Leib schälen, wenn ich mich auch nur in die Nähe der Kraftschmiede trauen würde. Ich bin seit dem Zwischenfall in seinem Büro nicht mehr dort gewesen. Mir ist aufgefallen, dass nicht mal mehr der Beitrag von meinem Konto eingezogen wird, was wohl bedeutet, dass Robby mich einfach gelöscht hat. Aus seinem Kundenstamm, dem Abrechnungssystem und dem Leben seiner Tochter.

»Also schreibst du ihr stattdessen ein … Gedicht?« Er rückt sich demonstrativ die Brille auf der Nase gerade, um zu verdeutlichen, dass er angestrengt versucht, meine Handschrift zu entziffern.

Ich lasse stöhnend die Schultern fallen. »Hör zu, Mann. Ich mache Folgendes …«

26 MIA & JAKE

MIA

»Du musst nicht mitmachen, wenn du nicht magst«, sagt Papa.

Ich nicke mit einem schmalen, nervösen Lächeln.

»Wir können auch jetzt noch gehen.«

»Ich will nicht gehen.«

»Es wäre okay. Das würde nicht bedeuten, dass du feige bist.«

»Ich weiß.«

»Vor meinem ersten Wettkampf hab ich mir fast in die Hose geschissen. Es ist okay, Angst zu haben.«

»Ich habe keine Angst, Papa«, sage ich und es stimmt sogar. Er dagegen hat derartiges Muffensausen, als müsse er gleich selbst beim Frankfurter Halbmarathon starten.

Wir gehen zusammen vom Parkplatz bis zum Startpunkt vor dem Fußballstadion. Seit wir zu Hause losgefahren sind, hat er nicht aufgehört zu brabbeln. Er will mir vermitteln, dass es nichts mit Schwäche zu tun hat, einen Rückzieher zu machen. Doch zum wahrscheinlich ersten Mal, seit ich auf dem Krankenhausflur stand und auf Nachrichten über Mamas Zustand wartete, habe ich keine Angst.

Ich fürchte mich nicht, obwohl die Situation, in die ich mich begebe, durchaus furchterregend ist. Vor einem Jahr wollte ich nicht mal in eine Straßenbahn steigen, um die Menschen, ihre Unvorsichtigkeit, ihre Waghalsigkeit und ihren Schweißgeruch zu meiden.

Was mache ich jetzt? Ich laufe einen Halbmarathon. Fuck!

Es leuchtet mir ein, dass mein Vater denkt, ich hätte Versagensängste. Aber ich hatte nie Versagensängste. Noch nie. Ich hatte einfach nur übermenschliche Angst vor dem Leben. Und das Leben ist auch krass! Das habe ich gelernt. Das Leben ist das Krasseste, was ich jemals durchmachen werde. Nicht nur, weil es schrecklich schmerzhaft sein kann, sondern auch, weil es so adrenalinausstoßende Dinge wie Halbmarathons zu bieten hat. Und so ist es gar keine Horrorvision mehr, mich gleich durch die sechstausend angemeldeten Läufer und Läuferinnen zu schlagen, um meine angepeilte Zeit zu erreichen. Denn danach werde ich euphorisch und unglaublich stolz sein, das weiß ich.

»Ich mein ja nur, dass es keine Schande ist, es dir anders zu überlegen.«

»Papa!«, sage ich streng und packe ihn bei der Hand. »Ich will das hier machen! Wir haben fast ein halbes Jahr trainiert, erinnerst du dich? Ich habe sogar deine beknackten Bauchmuskelübungen durchgezogen, um meinen Core zu stärken, und so einen Mist.«

Mein Vater, nun wieder in sicheren Gewässern, sagt erzürnt: »Ein starker Core ist unersetzlich beim Laufen.«

»Eben! Und wer hat einen starken Core, wenn nicht ich.« Ich musste so oft auf dem Rücken liegend anstrengende Dinge mit meinen Beinen anstellen, dass meine Körpermitte nun quasi stark genug sein sollte, um diesen Lauf auch ohne mich anzutreten.

Papa zieht eine Schnute und sagt schließlich: »Okay. Vielleicht bin ich einfach nicht bereit dafür, dass du das hier durchziehst. Wie verdammt alt muss ich sein, wenn meine Tochter es hinkriegt, alleine einen Halbmarathon zu laufen? Du hast doch erst vorgestern aufgehört zu krabbeln.«

»Das ist gelogen. Mama hat immer gesagt, dass ich nie gekrabbelt bin, ich habe direkt angefangen zu laufen.« Dass ich es schaffe, so unbeschwert mit ihm über meine verstorbene Mutter zu sprechen, ist das eigentlich Große. Das Große ist, dass ich Mama erwähnen kann und dass ich sie sogar »meine verstorbene Mutter« nenne.

Papa lächelt. Ein trauriges, nostalgisches Lächeln, das Menschen aufsetzen, die Frieden mit ihrer Vergangenheit geschlossen haben. Ich falle ihm in die Arme. Es tut gut, seine Pranken einen Moment lang um mich zu spüren.

Als ich mich löse, boxe ich meinem Vater auf den höchsten Punkt seiner Brust, den ich erreichen kann, und scherze: »Tja, aber damals hat ja auch die Kugel Eis noch eine Mark gekostet.«

Wir gehen ein paar Meter weiter. Von überallher strömen Läufer und Läuferinnen in Funktionskleidung. Neonfarbene Kompressionsstrümpfe, Vereinstrikots mit aufgedruckten Namen, teuer aussehende Wettkampflaufschuhe. Der blaue Torbogen mit dem Logo des Hauptsponsors, der gleichzeitig Start und Ziel der Strecke markiert, erscheint mir unendlich weit weg.

Bevor meine 21,0975 Kilometer losgehen, muss ich zunächst die Distanz bis zu diesem Punkt hinter mich bringen. Das sollte ein Klacks sein. Aber als ich jetzt die Aufregung anschwellen spüre, wirken die Schritte bis zum Start wie eine Reise zum Mond. Meine ganz persönliche Mondreise, auf der ich mir selbst beweise, wozu ich imstande bin. Dass ich mehr bin als eine neuronale Störung, die meinem Körper seit meiner Geburt einredet, dass es keinen Schmerz gibt.

»Es geht gleich los.« Papa sieht nervös auf die Uhr, die an dem Torbogen angebracht ist und die Zeit bis zum Startschuss herunterzählt. »Gina und ich warten ungefähr bei Kilometer sechs. Das ist kurz nach der ersten Getränkeausgabe, unten am Mainufer. Hati und Luca sind bei elf. Und dann sehen wir uns alle beim Zieleinlauf im Stadion wieder.«

Plötzlich sieht er aus, als würden Tränen in seinen Augen schwimmen. Er packt mich bei den Schultern, mustert mich und wirft einen Blick auf die Handyhalterung an meinem Arm.

»Was wirst du hören?«, fragt er.

»*Blink* natürlich. Eine Stunde und vierzig Minuten nur *blink*. Wenn ich bis dahin nicht im Ziel bin, habe ich versagt und muss es meinem Mark-Poster heute Abend schonend beibringen.«

Papa lässt ein Glucksen los, das amüsiert sein könnte, wenn ihm nicht im selben Moment die wässrigen Augen überliefen. Bestimmt wird er es auf zwiebelschneidende Ninjas schieben oder eine spontane Pollenallergie erfinden. Aber nichts dergleichen geschieht. Stattdessen lässt er unbekümmert eine Träne über sein Gesicht rollen und flüstert laut genug, dass ich es in der aufgeregten Menschenmenge hören kann: »Du weißt, wie stolz ich schon auf dich bin. Aber deine Mama, die wäre richtig, richtig stolz.«

Zwanzig Minuten später fliegt zunächst mein erster, dann mein zweiter Fuß über die weiße Startlinie auf dem Boden und mit jedem Schritt, den ich mache, wird ein kribbelndes, glückliches Gefühl in mir lauter, weiter und größer.

Plötzlich erinnere ich mich an etwas, das Jake mal zu mir gesagt hat. »Wenn ich Sport mache, muss ich nicht denken. Es ist, als würde dann in meinem Kopf eine Schranke hochgehen, die nichts mehr durchlässt, was mich psychisch fertigmacht. Es geht nur noch um mich und meinen Körper. Mein Kopf hat nichts mehr zu sagen.«

JAKE

»Hey, Mann. Das sind echt viele Leute. SAUVIELE!«

»Ich weiß«, zische ich, »das habe ich dir doch gesagt.«

»Du hast gesagt, es sind viele. Aber ich dachte, das heißt, es sind viele gemessen daran, dass es sich hier um einen sportlichen Wettkampf handelt, bei dem man fast zwei Dutzend Kilometer überwinden muss. Mir war nicht klar, dass hier quasi eine ganze Kleinstadt auf den Beinen ist.«

Benni sieht bedröppelt drein und rafft die Pappschilder fester unter seinem Arm zusammen, während er mit der anderen Hand versucht, den Lenker seines Fahrrads auszubalancieren. Sein Drahtesel sieht aus, als hätte er schon den Ersten Weltkrieg durchgemacht.

»Woher sollen wir wissen, wann sie vorbeikommt?«

»Wir werden sie sehen!«

»Alter, hier sind ungefähr neuntausend Leute!«

Das ist übertrieben und Benni weiß das auch. Wir stehen am Mainufer, direkt am Fuße der Friedensbrücke, und ja, das ist definitiv eine der beliebteren Positionen. Aber es sind höchstens hundert Menschen hier.

»Hättest du nicht ’nen Brief schreiben können, wenn du es unbedingt auf die kitschige Tour machen willst?«

Hätte ich.

»Wieso hast du ihr nicht unter ihrem Balkon ein Ständchen dargebracht? Das kommt doch auch immer gut an!«

»Bin ich Romeo oder was?«, blaffe ich.

»Woher hast du überhaupt gewusst, dass sie hier mitläuft?«

»Instagram.«

»Hä?«

»Sie hat es auf Instagram gepostet!«

Benni schaut mich an, als habe er noch nie von Social Media gehört. »Sie hat dich nicht geblockt?«

»Wieso hätte sie das tun sollen?«

»Weil ihr Sex hattet und euch getrennt habt? Macht man das dann nicht so? Ist das nicht obligatorisch? Post-Break-up-Social-Media-Blocker?«

Ich wimmele ihn ab und rufe aufgeregt: »Es geht los!«

Benni beugt sich über seinen Lenker und starrt zu den Gestalten, die aus dem Stadtteil Sachsenhausen kommend die Böschung zum Flussufer hinabtraben. Es ist die Führungsgruppe, drei sehnige Männer, die mit weit ausgreifenden, schnellen Schritten rennen, als wäre das hier ein Sprint und kein Halbmarathon.

»IST SIE DAS?«, brüllt Benni direkt in mein Ohr.

»Ja, genau, Benjamin, du Vollhonk. Das da vorne – der Supersprinter in den winzig kleinen Runningshorts –, das ist das Mädchen, für das ich mich hier zum Idioten mache.«

»Na, na. Wer wird denn gleich sarkastisch werden. Hätte ja sein können!«

Eine Viertelstunde klingt nach einer Menge Zeit, wenn man sehnsüchtig auf etwas wartet. Noch dazu, wenn man aufgeregt ist. Doch am Ende geht alles ganz schnell. Wenn mir manchmal schon das Buffern eines YouTube-Videos ewig erscheint, wenn ich jedes Mal zu ungeduldig bin, um das Toasten einer Scheibe Brot oder die eingestellte Zeit an der Mikrowelle bis zum Ende abzuwarten, wieso vergeht dann diese Viertelstunde, die zwischen dem Ersten und Mias Erscheinen liegt, wie ein Wimpernschlag? Mir kommt es vor, als hätten wir eben noch auf meinem Zimmerboden gehockt, um meine Idee in die Realität zu übertragen. Und jetzt soll ich die Nummer plötzlich durchziehen? Als ich den kleinen Punkt, der Mias Kopf ist, an der oberen Kante des abfallenden, gepflasterten Weges auftauchen sehe, erscheint mir das alles wie eine ziemliche Schnapsidee.

»Gib mir das erste.«

Benni blättert durch seine Pappen wie durch ein Deck überdimensionaler Spielkarten, und als mein Blick dringlicher wird, fragt er: »Okay. Also flipp jetzt bitte nicht aus, aber: Welches ist das erste?«

»Das ist jetzt nicht dein Ernst?« Als würde mein Herz nicht eh schon pumpen wie der Motor eines amerikanischen Trucks!

»Also eventuell – nur vielleicht – sind sie mir runtergefallen, als du die Fahrräder aus dem Auto gehoben hast.«

»UND DU HAST NICHTS GESAGT?«

Benni zuckt mit den Schultern. »Ich dachte, es wäre egal. Gab es denn eine feste Reihenfolge?«

»HAT DAS VATERUNSER EINE REIHENFOLGE?«

Nervös blinzele ich zu Mia, deren Kopf nicht mehr länger nur ein kleiner, wippender Punkt ist, sondern ein deutlich erkennbares, leicht rot angelaufenes Gesicht. Ich kann sogar sehen, dass ihre Haare inzwischen so lang sind, dass sie sich hinter den Ohren zwei abstehende Zöpfe gebunden hat.

»Ich will dir wirklich nicht zu nahe treten, Jake, aber *das hier* ist nicht grade das neue Vaterunser. Hätte ich gewusst, dass es eine fixe Reihenfolge gibt, hätte ich so was wie Seitenzahlen vorgeschlagen, Mann!«

Die Halbmarathon-Fans links und rechts von uns, die mit Spannung darauf warten, mit ihren Fähnchen und Trillerpfeifen loszulegen, belauschen neugierig unsere Diskussion.

»DU HAST ABER KEINE SEITENZAHLEN VORGESCHLAGEN!«

»Ja, weil du nicht gesagt hast, dass es eine feste Reihenfolge gibt.«

»Was dachtest du, wieso ich zehn Stunden auf meinem Teppich kauernd damit zugebracht habe, alles zu sortieren.«

»Na ja, du brauchst halt gerne mal länger.«

Ich fasse mir an den Kopf. Das ist ja schlimmer, als mit meiner Oma über die modische Relevanz von zerrissenen Jeans zu diskutieren.

»Gib mir einfach irgendeine.«

Erneut flippt Benni durch die Plakate.

»Ich hätte hier was mit dem Wort *Asshole* anzubieten. Das passt doch, oder? Du warst ein Arschloch und willst sie zurückgewinnen, was meinst du?«

Ich besteige mit einem Bein das Fahrrad, das ich so gut wie nie benutze (was man deutlich an meinen mangelnden Fähigkeiten im Freihandfahren erkennen kann), und reiße Benni das Plakat mit dem Asshole-Zitat aus der Hand. Genau in diesem Moment mischt sich eine interessierte Passantin in unsere Unterhaltung ein.

»Entschuldigen Sie, ich hab das eben zufällig mitgehört« – *ja, ist klar!* – »Sie wollen eine Frau zurückgewinnen?«

»Er«, schießt Benni sofort hervor und zeigt auf mich.

»Wie toll!«, ruft die Passantin aus. »Ramona, Steffi, schaut mal! Der Junge will eine Frau erobern. Das ist ja wirklich eine verrückte Aktion!«

Etwa drei Sekunden später sind Benni und ich von einer Horde vierzigjähriger Damen und ihren Kindern umgeben, die mir erklären, ihr Fußballtrainer Rainer laufe heute mit.

Die gackernden Frauen rücken uns derart auf die Pelle, dass ich fast diejenige verpasse, wegen der ich in Wahrheit hier bin. Mia joggt in ihrem unfassbar schnellen Tempo an uns vorbei. Ich schaffe es noch, »BENNI« zu brüllen, damit mein Kumpel sich mit den übrigen Plakaten aufs Rad schwingt und mir folgt. Ich trete eifrig in die Pedale und bemerke erst jetzt, dass sowohl mein Sattel als auch mein Gang viel zu niedrig eingestellt sind. Ich strampele wie ein Besessener und haue mir bei jeder Umdrehung die Knie gegen die Brust.

Mia hört und sieht mich nicht, obwohl ich immer wieder laut nach Benni kreische, in der Hoffnung, er würde endlich zu mir aufholen. Als er nicht auftaucht, ramme ich die Gangschaltung bis auf Anschlag und fetze los. Meine eigentlich gut trainierten Beine brennen unter der Anstrengung der ungewohnten Kraft-Ausdauer-Übung, aber es könnte mir nicht egaler sein. Ich überhole Mia und prügele das Fahrrad so schnell es mir möglich ist nach vorn. Als ich etwa fünfzig Meter vor ihr bin, springe ich vom Rad und schmeiße es in das kurz gemähte Gras neben dem Fußgängerweg. Überall werden Fanbanner geschwenkt und Vuvuzelas geblasen. Ich drängele mich durch die Jubelnden, die so dicht an der Strecke stehen, als wollten sie unbedingt den Schweiß der Läufer abbekommen. Mein Herz kracht bei jedem Schlag gegen meinen Brustkorb, es fühlt sich doppelt so groß an wie sonst und es donnert doppelt so laut. Aber das hat nichts mit der Anstrengung des Radsprints zu tun oder mit der panischen Erkenntnis, dass Benni die sorgsame Sortierung der Zitate vermasselt hat.

Es liegt an ihr.

Es lag immer nur an ihr.

MIA

Kilometer fünf.

Ich fühle mich gut.

Meine Füße sind leicht. Die Luft ist angenehm frisch. Sie fließt in meine Lungen und gleitet wieder hinaus. Und die ganze Zeit wiederhole ich innerlich die Worte, die mich nicht mehr verlassen wollen: »Es geht nur noch um mich und meinen Körper. Mein Kopf hat nichts mehr zu sagen.«

Ich denke dadurch so intensiv an Jake, dass ich für einen Wimpernschlag lang sogar eine Halluzination von ihm am

Streckenrand habe. Kurz hinter der Friedensbrücke in einem Knäuel aus Frauen und Kindern in identischen Fußballtrikots mache ich einen großen, dunkelhäutigen Jungen aus, dem meine Fantasie Jakes Gesichtszüge verleiht.

Ich bin komplett durchgedreht! Das ist nicht Jake!

Die Jake-Wahnvorstellung verschwindet schnell wieder.

Doch nur einige Meter weiter steht er plötzlich wieder da! Groß, schlank, mit breiter Brust und kräftigen Armen. Seine Haare sind anders. Kurz geschoren, sodass ich seine Kopfhaut darunter sehen kann. *Es ist nicht Jake. Es kann nicht Jake sein.* Jake würde nicht nach all diesen Wochen, Tagen, Stunden ausgerechnet heute und hier auftauchen und ein Stück Pappe vor seine Brust halten, auf der steht: »I Don't Wanna Be an Asshole Anymore.«

Obwohl ich durch meine Kopfhörer gerade etwas ganz anderes höre, lese ich diese Worte sofort in der Melodie des Songs, aus dem sie stammen.

Ich drehe kurz den Kopf. Blicke mich um nach diesem bekannten Gesicht mit dem neuen Haarschnitt, den ich noch nicht kenne, nach den Händen, die ich so vermisst habe und die eine Nachricht hochhalten, die ich ihm einst schickte.

Es kann eigentlich nicht Jake sein.

Aber er ist es.

Jake

Ich habe sechsundzwanzig Pappen. Sechsundzwanzig Botschaften. Sechsundzwanzig Songzitate, die Mia irgendwann in unserer gemeinsamen Zeit erwähnt oder an mich geschickt hat. Nachts, wenn sie nicht schlafen konnte. Im Unterricht, wenn ihr langweilig war. Wenn sie an mich gedacht hat. Wenn sie ihren Gedanken besser mit den Worten eines Musikers Ausdruck verleihen konnte.

Ich fahre die komplette verbleibende Strecke an der Seite neben Mia her. Mein Plan, dass Benni mich begleitet, die Pappen anreicht und mir dadurch mehr Freiheit lässt, ein verdammt romantischer Aushilfs-Romeo zu sein, ist gewaltig nach hinten losgegangen. Benni hatte Schwierigkeiten, den Rückstand aufzuholen, den er sich im Trubel der aufgekratzten Fußballmuttis eingefangen hat. Also habe ich ihm den Stapel beim zehnten Plakat entrissen und ihn abgehängt.

So eile ich zum Straßenrand. Ich halte das nächste Schild mit ausreichend großem Abstand zu ihr hoch, sodass sie genug Zeit hat, um im Vorbeilaufen die Songzeilen zu lesen.

Mia versucht immer noch, mich zu ignorieren, aber ich sehe, wie ihre Augen über das Schild und über mich flitzen. Vielleicht will sie sich nur nicht allzu sehr ablenken lassen. Wenn ich ehrlich bin, habe ich vorher gar nicht darüber nachgedacht, dass sie vielleicht explodieren könnte wie ein Vulkan, weil meine idiotische Aktion sie um ihre Bestzeit bringt. Doch mit jedem Schild, das ich ihr entgegenstrecke, bewegen sich ihre Mundwinkel ein kleines bisschen weiter nach oben.

Komischerweise sieht sie bei ihrem Lauf sowieso aus wie die verdammt schönste Frau aller Zeiten. Ihre Augen sind ein wenig blass, aber das liegt wahrscheinlich nur daran, dass sie nicht wie sonst schwarz geschminkt sind. Abgesehen davon strahlt sie einfach nur. Sie ist eine strahlende, schöne, schwitzende Superrakete, deren Blick mich von Plakat zu Plakat tiefer in den Wahnsinn treibt. Ich selbst schwitze bei meiner Cardio-Action auf dem Fahrrad natürlich mehr als alle hier anwesenden Dauerläufer zusammen. Deshalb bin ich fast froh, nun nicht mehr darauf achten zu müssen, die Plakate in der ursprünglich geplanten, dramaturgisch wertvollen Reihenfolge hochzuhalten.

Ich schwinge mich einmal mehr auf mein Rad und strampele los, um mich für das nächste Zitat bereitzumachen. Wir sind jetzt nur noch zwei oder drei Kilometer vom Zieleinlauf entfernt und die Menschenmasse ist größer geworden.

Mit der Zuschauerschar ist jedoch auch die Aufmerksamkeit gestiegen, die mir gewidmet wird. Die meisten sehen mich fragend an, aber hin und wieder zählt auch jemand eins und eins zusammen und kommt zu dem Ergebnis, dass ich hier gerade versuche, eine große Geste zu fahren. Als ich meine allerletzte Pappe hochhalte, gelten plötzlich einige der Cheerleading-Rufe mir selbst! Ich sehe mich verdutzt nach einem Mann um, der laut »Hol sie dir, Tiger!« grölt. Ich bin so abgelenkt, dass ich um ein Haar verpasse, wie Mia ziemlich breit grinst, was a) an meinem Zitat oder b) an der weitaus wahrscheinlicheren Tatsache liegen könnte, dass sie im Begriff ist, einen verfluchten Halbmarathon zu beenden. Was ich nicht verpasse, sind die großen Kameras des Hessischen Rundfunks, der eigentlich den Lauf fürs Fernsehen filmt, nun aber mich vor die Linse bringt.

Mia ist nur noch zweihundert Meter von der Ziellinie entfernt, da schallt es von der Zuschauerbühne am rechten Straßenrand: »Wir haben hier heute wirklich schon sehr schöne Szenen erlebt, meine Damen und Herren.« Der Sprecher hat einen breiten hessischen Dialekt. »Vor zehn Minuten durften wir live dabei sein, wie der neue Weltrekord im Halbmarathonlauf mit einem Zwillingskinderwagen aufgestellt wurde – jetzt werden wir hier Zeuge von einer herzzerreißenden Liebeserklärung.«

Neinneinneinnein! Es war WIRKLICH nicht Teil meines Plans, ins Fernsehen zu kommen, der neuen Weltrekordhalterin im Zwillingskinderwagenhalbmarathonlaufen die Show zu stehlen und vor aller Ohren laut ausgerufen zu werden! Aber ich mache mir darüber nicht weiter Gedanken, denn in diesem Moment ruft der hessische Stadionsprecher Mias Namen aus. Sie hat die Ziellinie passiert.

Ich lasse die Pappen fallen und renne los. An mein Fahrrad, das am Straßenrand ein paar Meter weiter hinter mir liegt, denke ich nicht mehr. Ich schubse einige Jubelnde zur Seite, schwinge mich über das Absperrgitter neben dem Zieleinlauf und sprinte Mia hinterher.

MIA

Es geht alles viel zu schnell.

Eben war mir, als hätte ich gerade erst den entscheidenden Schritt über die Startlinie getan, und im nächsten Moment schon verträume ich beinahe meinen eigenen Zieleinlauf. Ein halbes Jahr Training und unzählige gelaufene Kilometer verschwinden in einem nebligen Dunst, als mir klar wird, dass dort am Straßenrand wirklich und wahrhaftig Jake steht. Dass er handgeschriebene Songzitate hochhält, um meine Aufmerksamkeit zu erregen. Dass er real ist. Ganz real und echt und zum Anfassen nah.

Mein Herz ist eine Drum Machine – und das hat nicht nur damit zu tun, dass ich gerade über zwanzig Kilometer gelaufen bin. Ich spüre keine übermäßige körperliche Erschöpfung. Rieche meinen Schweiß nicht. Vergesse den Druck meiner fest geschnürten Schuhe. Die glückseligen Finisher vor, hinter und neben mir verblassen zu Statisten in der Hintergrundunschärfe.

Es geht alles so schnell. Und trotzdem steht die Zeit still.

Der Zieleinlauf ist von hüfthohen Zäunen links und rechts der Strecke eingesäumt. Ich kann Papa, Gina, Luca und Hati auf der rechten Seite erkennen. Sie halten ein Schild hoch, auf dem mein Name und ein Spruch stehen: »Mia! Hiernach essen wir Lasagne.«

Ich bemerke, dass sie nach mir Ausschau halten, die Köpfe recken und wild winken. Sie denken, ich sehe sie nicht, und irgendwie stimmt das auch, denn ich sehe nur noch den Jungen, der auf mich zuläuft, mit einem Satz über das Gatter springt und mitten im Ziel haltmacht.

Und dann steht er einfach so vor mir. Meine Füße sind ganz von selbst die letzten Schritte auf ihn zugegangen. Wahrscheinlich dachten sie, dass diese zusätzlichen Meter nun auch nichts mehr ausmachen. Doch was soll ich sagen? Was sagt man nach einem halben Jahr Funkstille? Wie spricht man sich aus, nachdem man sich Unaussprechliches an den Kopf geworfen hat? Ein vernünftiger Teil in mir weiß, dass man sich in Ruhe irgendwo zusammensetzen und so viel wie möglich Revue passieren lassen sollte. Mein Gefühl jedoch ist ganz anderer Meinung. Mein Gefühl erinnert mich daran, dass die Zeit alle Wunden heilt.

Jake sagt nichts. Er starrt mich einfach nur an.

Verunsichert und mit schier durchdrehendem Puls frage ich: »Und? Was kommt jetzt? Dachtest du, du hältst ein paar Pappkartons hoch und schon leben wir glücklich bis an unser Ende?«

»Halt!« Er hebt abwehrend die Hände.

»Was halt? Du kannst nicht einfach zwanzig Mal am Streckenrand auftauchen, mein in diesem Moment wirklich sehr gefordertes Herz unnötig aus dem Rhythmus bringen und mir dann auch noch den Mund verbieten!« Mein Körper kann sich nicht zwischen Wut und Glück entscheiden. Deswegen stampft er vorsichtshalber mit dem Fuß auf *und* grinst bis über beide Backen.

»Aber ich … hab ich das?« Jake zeigt schelmisch grinsend seine Zähne.

»Natürlich! Du hast Halt gesagt!«

»Ich meine: Habe ich dein Herz aus dem Rhythmus gebracht?«

»Das war nur eine Redensart.«

»Die Mia, die ich kenne, benutzt keine Redensarten.«

Ich funkele Jake an. »Die Mia, die du kennst, konnte auch keinen Halbmarathon laufen.«

»Doch, das konnte sie«, murmelt er.

»Was?« Ich verenge die Augen noch weiter.

»Doch, das konnte sie! Das konntest du! Du konntest es die ganze Zeit, du hattest nur diese … diesen Panzer um dich herum aufgebaut! Und wenn du mich mal meine vorbereitete

Rede aufsagen lassen würdest, dann würde das auch alles einen Sinn ergeben.«

»Du hast eine Rede vorbereitet?« Ich verschränke die Arme und tue einen Schritt zur Seite, um einem besonders rüstigen Rentner auszuweichen, der regelrecht über die Finish-Line schießt.

»Dachtest du, ich komme nach einem halben Jahr Funkstille ins Ziel deines großen Laufs und hab keinen Plan, was ich sagen will?«

Ich überlege einen Moment. Dann zucke ich mit den Schultern. »Keine Ahnung! Im Film wirkt das immer recht spontan.«

»Im Film gibt es aber auch ein Drehbuch.«

»Du hast ein DREHBUCH geschrieben?«

»MIA! Jetzt halt doch endlich die Klappe.« Er greift nach meinen verschwitzten Händen und hält sie fest.

»Hör zu«, beginnt er. »Bevor wir uns getroffen haben, da war … da hatte ich gar nichts, okay? Ich meine: Ich hatte eine Menge! Und ich kam nicht damit klar, dass ich eine Menge hatte und mich trotzdem so fühlte, als hätte ich gar nichts. Mir kam alles scheiße vor. Alles. Am beschissensten war, dass ich trotzdem immer so tun musste, als wäre ich … keine Ahnung, erfüllt oder wie man das nennt. Aber ich war nie erfüllt. Ich war nur ansatzweise glücklich, wenn ich bei euch im Studio war. Weil … weißt du … ich habe mich körperlich und seelisch schwach gefühlt. Aber wenn ich im Studio war – vor allem das Gefühl danach – das war anders. Da war das alles so weit weg. Ich war irgendwie … angekommen. Mein Kopf und mein Körper haben sich einfach … richtig angefühlt. Und genau das wurde meine Motivation, dieses Gefühl, genau das.«

Ich sehe zu ihm hoch, meine Augen werden immer größer,

weil er eins zu eins das beschreibt, woran ich beim Überwinden der Startlinie denken musste.

»Bei dir zu sein …« Jake kräuselt nervös seine Nase, leckt sich über die Lippen und greift mit der Hand an sein Kinn. »Bei dir zu sein war exakt das Gleiche für mich. Es *ist* das Gleiche für mich. Und vielleicht hat sich das für dich mittlerweile geändert, aber ich weiß einfach, dass es dir eine Zeit lang auch so ging. Ich habe zu lange gebraucht, um es dir zu sagen. Ich habe viel zu viele Fehler gemacht, ich hab dein Vertrauen missbraucht und ich war unfassbar unfair zu deinem Vater. Und wahrscheinlich bist du stinksauer auf mich, dass ich dir diesen Moment gerade stehle –« Sein Kopf schnellt nach hinten. Zu den Hunderten anderen Läufern. Zu der Tribüne, von der aus die Namen der ins Ziel Kommenden ausgerufen werden. Zu meinem Vater, Gina, Luca und Hati, die in der Menge darauf warten, mich in die Arme zu schließen. »Aber ich wollte dich wenigstens ein Mal noch daran erinnern. Na ja …«, schließt Jake. Der Daumen seiner Hand, die immer noch meine hält, hat angefangen, nervöse Schlangenlinien auf meine Haut zu malen. »Ich glaube, ich wollte nur sagen, dass du dich für mich anfühlst wie die einzige Person, bei der ich je richtig ich war. Du solltest wissen, dass ich es immer noch so sehe wie damals. Dass wir …« Er zuckt die Schultern und blickt auf den Boden.

»… dass wir passen«, beende ich den Satz.

Jake nickt stumm.

Ich schweige einen Moment. Beiße mir auf die Unterlippe. »Weißt du … bis vor Kurzem dachte ich das auch noch«, beginne ich. Jake blickt auf und er sieht aus, als wäre gerade jemand gestorben. »So etwa bis Kilometer neunzehn. Aber dann hast du diesen schrecklichen Fehler gemacht.«

Er sieht verwirrt aus.

»Also echt mal. Du hast in dem Zitat auf deinem Plakat *attention* statt *affection* geschrieben. Und ich weiß wirklich nicht, ob ich mich unter diesen Umständen wieder mit dir vertragen sollte.«

»Uh, shit«, flucht Jake und zieht langsam einen Mundwinkel nach oben. »Glaubst du … ich meine, glaubst du, es gibt irgendeine Möglichkeit, wie ich das wiedergutmachen kann? Ich kann mich ändern, ich schwöre!«

Auch wenn es nur ein Witz war, so kann ich ihm doch ansehen, dass er sich wirklich verändert hat. Es ist dieselbe Andersartigkeit, die ich mir selbst bei jedem Schritt, den ich heute getan habe, angemerkt habe. Es ist eine Art Drüberhinwegkommen. Es ist Weitermachen. Es ist Erwachsenwerden.

Und wahrscheinlich mussten wir da beide durch. Wir mussten eine Weile ohne einander sein. Nicht nur, um einander zu verzeihen. Sondern auch, um unabhängig voneinander zu Personen zu werden, die wirklich und wahrhaftig passen. Zueinander. Miteinander.

Sein Leben hat sich verändert. Und ich möchte alles darüber erfahren.

Mein Leben hat sich verändert. Und ich möchte ihm alles darüber erzählen.

Ich bemerke, wie meine Augen feucht werden. Wie der Staudamm bricht, der meine Emotionen zurückhält.

»Es ist so viel passiert«, flüstert Jake, als hätte er meine Gedanken gelesen. »Aber ich liebe dich immer noch. Ich liebe dich, okay? Ich habe es dir nur nie gesagt.«

»Du kannst es mir ab sofort gerne häufiger sagen«, murmele ich.

Dann bricht mein Staudamm und meine Beine knicken bereitwillig mit ein. Ich falle in Jakes Arme und umschlinge ihn und küsse ihn.

Ich weiß jetzt, dass es scheiße wehtut, so sehr zu fühlen. Aber solange man so sehr fühlen kann, ist es das Risiko wert.

Ein Räuspern lässt uns auseinanderfahren.

Mein Vater ist im Zieleinlauf aufgetaucht, auf dem nun die breite Masse an Läufern zur rettenden Wasserausgabe hinweggaloppiert. Das Krächzen in seiner Kehle erschüttert die liebevolle Zweisamkeit von Jake und mir. Papas Brust ist aufgeplustert, seine Arme eng verschränkt, als er sich zwischen uns aufbaut, seine Augen sind auf diese so typische Art verengt, die ihn furchterregend aussehen lässt. Hätte ich gewusst, dass Jake ausgerechnet heute seinen inneren Casanova hervorholt, hätte ich Papa wohl sorgsam darauf vorbereitet, dass der Typ, über den ich ein halbes Jahr nicht gesprochen habe, wieder in mein Leben treten wird. Aber … na ja. Wieso einfühlsam, wenn es auch brachial geht.

»Soso«, grollt seine Stimme tief aus seinem Hals.

Jakes Augen sind aufgerissen und seine Unterlippe vibriert, als wäre er emsig auf der Suche nach einer passenden Erwiderung.

»Hey! Ich bin einen Halbmarathon gelaufen!«, durchbreche ich die peinliche Stille und hüpfe vor Papas Nase herum. Aber er fällt nicht auf mein Ablenkungsmanöver herein.

Gina kommt aus der Menge auf Papa zugestürmt. Sie rudert mit den Armen, bereit, seinen Tobsuchtsanfall aufzuhalten. Hati und Luca folgen ihr. Hinter der Absperrung sehe ich nun auch Benni, Jakes besten Freund, der umgeben ist von einer Horde Frauen um die vierzig und Kindern in Fußballtrikots und ihnen anscheinend einen komplexen Sachverhalt erklärt. Er deutet auf mich und auf Jake und mir wird klar, dass er ihnen offenbar unsere Situation erläutert. Wow. Wieso interviewt uns nicht direkt das Fernsehen?

Papa meldet sich wieder zu Wort: »Wenn das mal nicht unser Sportsfreund ist.«

»Robert«, zischt Gina, im gleichen Moment, in dem ich mit einem Augenrollen »PAPA!« raune.

»Robby, ich …« Jakes Unterlippe zittert erneut, während er und mein Vater sich vielsagend mustern. »Es tut mir so leid! Ich war ein komplettes Arschloch. Ich habe an diesem Tag in mehr als nur einer Hinsicht den Dicken markiert und …« Papas Augen werden noch ein wenig schmaler, ich werde nervöser, doch dann entlädt sich die Anspannung.

Papa klatscht erst die Handflächen aufeinander, dann legt er einen Arm um Jake und zieht ihn an sich: »Lass gut sein, Dicker. Ich hab schon verstanden. Und was jetzt? Kommst du mit Lasagne essen?«

»Äh«, fragt Jake, von dem Stimmungsumschwung sichtlich verwirrt. »Ich … ja! Ich liebe Nudeln!«

Hati, Luca, Gina und Papa korrigieren ihn unisono: »Es heißt PASTA!«

»Hey«, beschwichtige ich sie. »Seid gnädig mit ihm, er ist noch neu!« Doch dann wende ich mich Jake zu, klopfe mit der flachen Hand auf seine Brust und berichtige: »Aber ehrlich mal, es heißt Pasta!«

Jake sieht verdutzt aus. Und süß.

Er nimmt meine Hand.

»Hey! Wartet auf mich«, ertönt plötzlich eine Stimme hinter uns. Es ist Benni. Er hat die verlorenen Pappen aufgesammelt und eilt damit auf uns zu. Auf der obersten steht eine Zeile aus dem *blink*-Song »Don't Leave Me«, die vorschlägt, es noch einmal miteinander zu versuchen. Aber dieses Mal mit Gefühlen.

Und während wir Papa, Gina, Hati und Luca folgen, tun Jake und ich genau das. Wir fangen noch einmal an. Mit Gefühlen und all dem anderen Schmerz, der eben dazugehört.

Nachwort und Danksagung

Die Idee zu diesem Buch traf mich wortwörtlich auf der Straße.

Ich hatte zuvor schon mit dem Gedanken gespielt, ein Jugendbuch zu schreiben, doch die Muse hatte mich noch nicht so recht geküsst (vermutlich trieb sie sich wieder einmal woanders herum!). Einige Tage früher hatte ich von einer Krankheit gelesen, die die Betroffenen unempfindlich für Schmerzen macht, und diese Information in einer Schublade meines eher nach dem Chaosprinzip sortierten Gehirn abgelegt.

Es dauerte jedoch bis zu jener Straßenüberquerung, dass mir klar wurde, wieso mein Unterbewusstsein an diesem Wissensfetzen festgehalten hat. Denn irgendwo zwischen rotem und grünem Ampelmännchen wurden der Jugendbuch-Plan und das Gelesene in meinem Kopf miteinander verdrahtet. *Stell dir vor, du bist siebzehn und fühlst alles so sehr, das Leben, die Liebe, deine Freunde, Musik, Sport – ALLES … nur Schmerz, den fühlst du nicht.* Dieses Zusammenspiel aus physischem und emotionalem Schmerz hat mich nicht mehr losgelassen.

Und dann waren sie auf einmal da – Mia und Jake. Zwei Figuren, die auf ihre jeweils eigene Weise nicht so recht wissen, wohin mit ihrem Schmerz. Ich begann ihre Geschichte zu schreiben, eine Geschichte, die nicht in erster Linie von einer Krankheit handeln sollte, sondern vom Fühlen. So kommt es, dass Mias Symptome zwar mit realen Krankheitsbildern der überaus seltenen Genkrankheit Analgesie übereinstimmen, ihr jedoch ein vergleichsweise unkompliziertes Leben möglich ist. Bei den weniger als hundert bekannten Fällen von Analgesie verläuft die Krankheit oft drastischer oder gar lebensbedrohlich. Ich habe dies bewusst beim Schreiben dieses Buches vereinfacht, um mich ganz auf die emotionale Entwicklung der beiden Teenager zu konzentrieren, die mir – auch wenn sie fiktional sind – beide sehr ans Herz gewachsen sind.

Dass aus der Spontan-Vernetzung meiner Ideen aber das Buch werden konnte, das du jetzt in deinen Händen hältst, verdanke ich einer ganzen Reihe von Menschen, die mich auf diesem Weg begleitet haben. Mein Dank geht raus an Lucienne Reu für jedes Wort, jedes Feedback und jede Standpauke. An meine Freundin und Kollegin Julia Hanel, weil ich ohne sie keinen Schritt mehr machen möchte. Außerdem an Carolin Wahl, weil sie nie den Mut verliert, und Sophie Bichon und Tanja Voosen für Sprachnachrichten in Spielfilmlänge.

Ich danke meiner Agentin Leonie Schöbel, meiner Lektorin Leona Pfeiffer, meinem Lektor Johann Gutjahr und dem gesamten Arctis Verlag, weil sie an diese Geschichte geglaubt haben, und Martina Liebig für die traumhaften Illustrationen.

Das vielleicht größte Dankeschön geht an meine Leserinnen und Leser – also auch an dich. Dass ihr meine Worte lest, bedeutet mir die Welt. Und zwar big time!

Und zu guter Letzt: Danke, Lukas. Für alles. Du bist für immer the voice inside my yeeeeead.

Kyra Groh wurde 1990 in Seligenstadt am Main geboren. Sie begann bereits mit elf Jahren, ihre ersten Kurzgeschichten zu verfassen, und seither ist das Schreiben ihr fester Begleiter. Bisher hat sie fünf Romane veröffentlicht. *Sicherheit ist eine verdammt fiese Illusion* ist ihr erstes Buch für Jugendliche. Sie lebt mit ihrem Freund in Frankfurt am Main – und in ihren gemeinsamen vier Wänden läuft garantiert immer Musik, ein Hörbuch oder eine Netflix-Serie.